第二届林语堂散文奖获奖作品集

黄荣才 主编

中国华侨出版社
·北京·

图书在版编目（CIP）数据

第二届林语堂散文奖获奖作品集/黄荣才主编.—北京：中国华侨出版社，2018.6
　ISBN 978-7-5113-7730-2

Ⅰ.①第… Ⅱ.①黄… Ⅲ.①散文集—中国—当代 Ⅳ.①I267

中国版本图书馆CIP数据核字（2018）第134591号

第二届林语堂散文奖获奖作品集

主　　编：	黄荣才
责任编辑：	高文喆
责任校对：	高晓华
经　　销：	新华书店
开　　本：	787毫米×1092毫米　1/16开　印张：23　字数：259千字
印　　刷：	河北省三河市天润建兴印务有限公司
版　　次：	2018年8月第1版
印　　次：	2024年5月第2次印刷
书　　号：	ISBN 978-7-5113-7730-2
定　　价：	56.00元

中国华侨出版社　北京市朝阳区西坝河东里77号楼底商5号　邮编：100028
发 行 部：（010）64443051　　　传　　真：（010）64439708
网　　址：www.oveaschin.com　　E-mail：oveaschin@sina.com

如果发现印装质量问题影响阅读，请与印刷厂联系调换。

第二届林语堂散文奖揭晓

第二届林语堂散文奖在首届林语堂散文奖和首届林语堂小说奖顺利举办的基础上，由福建省作家协会和福建省平和县人民政府共同主办，中共平和县委宣传部、平和林语堂文学馆、平和县文广体局、平和县文联、平和县坂仔镇人民政府、平和林语堂研究会承办。第二届林语堂散文奖于2016年10月25日启动以来，受到热烈响应，共有526位作家寄来作品参赛。第二届林语堂散文奖组委会组织由专家组成的评委会，经过初评、复评、终评，评出第二届林语堂散文奖一等奖2名，二等奖4名，三等奖6名，优秀奖10名。

一等奖：

一幢祠堂的重量	詹谷丰
时间的压力	夏立君

二等奖：

父亲的三个可疑身份	李　颖
判断者说	王　族
日子	胡竹峰
青花：猖狂的画师	江　子（曾清生）

三等奖：

乡愁，是与生俱来的胎记	顾晓蕊
节气是一个一个的美学格子	耿　立
光阴里的南门	曲　梵（俞琦杰）
河西，渡过时光来看你	刘玫华
寄居	陈蔚文
乡村的游戏谱	宋长征

优秀奖：

西域何处	杨　逍
苏东坡：从阳羡到儋耳	赵荔红
大黄的结局	赵晏彪
草木性情	刘学刚
磨损记	杨永康
乡村安魂曲	向　迅
一字藏天机	张金凤
文化俊彦的风骨	刑增尧
狐	祖克慰
双重生活	闫文盛

目录
contents

一幢祠堂的重量　　　　　　...001

时间的压力　　　　　　　　...014

父亲的三个可疑身份　　　　...086

判断者说　　　　　　　　　...103

日子　　　　　　　　　　　...122

青花：猖狂的画师　　　　　...132

乡愁，是与生俱来的胎记　　...149

节气是一个一个的美学格子　...161

光阴里的南门　　　　　　　...168

河西，渡过时光来看你　　　...179

寄居　　　　　　　　　　　...207

乡村的游戏谱　　　　　　　...219

西域何处 ... 235

苏东坡：从阳羡到儋耳 ... 252

大黄的结局 ... 274

草木性情 ... 285

乡村安魂曲 ... 292

一字藏天机 ... 319

文化俊彦的风骨 ... 332

狐 ... 337

双重生活 ... 348

一幢祠堂的重量

詹谷丰[1]

一

世界上所有的建筑，都是从土地上生长出来的砖瓦。除了桥梁，没有一幢房屋，可以凌空站立，用它的脊梁展示木头和沙石的重量。

礼屏公祠还是图纸上的线条时，就遭遇了极大的挫折，这是卢绍勋没有料到的意外阻力。

卢绍勋在家乡盘桓了多日，最终看中了村南面的一块地。除了朱雀玄武、青龙白虎这些风水因素之外，卢绍勋最满意的是这里临河，一条活着的河流连接珠江和南海，让人的心宽阔、平坦。后来的运输，那些巨大而沉重如山的木头和石料，证明了卢绍勋的远见。

礼屏公祠在图纸上一帆风顺，却在征地过程中遇到了那个固执得如同顽石的邻居。其他几户人家对乡贤卢绍勋提出的高价拆迁补偿，并在附近免费建造一幢新屋的条件非常满意，这种从天而降的好事让村里那些无关的乡邻都眼红了。谁

---

[1] 詹谷丰，中国作家协会会员，广东省作家协会主席团成员，广东省作协散文创作委员会副主任。东莞市作家协会主席。一级作家。已出版小说集《苍山无尽》《1823，道光年间的东莞》《再造七级浮屠》《曲水流觞》、散文集《天堂的入口》《莞草，隐者的地图》《书生的骨头》、长篇人物传记《喋血淞沪》等8部。

知这并不是人人都愿意接受的,那个拒不拆迁的邻居昂着头,满不在乎地说,房屋虽旧,却是从老祖宗手里传下来的遗产,如果败在自己手中,那是儿孙最大的忤逆和不孝。卢绍勋极尽耐心和道理,几乎磨破了嘴皮,那人却依旧丝毫不为金钱和新屋所动。

碰上了一个撞上南墙亦不回头的犟人,卢绍勋除了三番五次上门游说之外,也再没有其他办法了。银元的光泽在乡间的土屋里黯然失色。光绪二十二年(1896年)的时候,虎门乃至中国,都还没有"钉子户"一说。这个犟人只是认准了卢绍勋的为人,同时也明白腰缠万贯的卢礼屏家族,不是仗势欺人的恶霸。

卢绍勋在邻居的铜墙铁壁面前亦无计可施,但是一个行善积德的人没有愤怒。他只是无奈地叹气,这个实诚的富翁,没有看穿对方的心思。他不知道,就在建礼屏公祠的计划尚在心里酝酿的时候,一个云游的风水先生,在那幢土屋里看出了异样。半仙说,这屋建在龙脉上,两代之后,主人必大富大贵。邻居保守天机,把惊天的秘密深深地埋在心里,他不能让礼屏公祠破坏自己家的风水,他要用性命来维护那个家族未来人丁兴旺、财源滚滚的想象。

二

清朝光绪年间的中国建筑,尚无杂交西方砖瓦的血缘。只有岭南东莞虎门那幢平常的礼屏公祠,传承着人类建筑最高贵的精神。从公平和平等的文明意义来说,礼屏公祠是一幢与西方建筑,尤其是德国波茨坦磨坊相通的纪念碑。

礼屏公祠的图纸终于在坚硬的现实面前残缺了。卢绍勋知道,这种残缺是无法修补的,它具有一种天定的意味。那天,卢绍勋来到祖坟前,在鸡鸭鱼肉的祭祀中展开了蓝图。卢绍勋明白,只有在这种阴阳两界的沟通中,祖先可以看到人世的现实,给后人前行的指引。

卢绍勋是独自一人来到先祖的安寝之地的，他不愿别人打扰先人的安静，更不想让他人窥见自己内心的隐秘。叩完头之后，卢绍勋默默念道，公祠难全，是子孙的不孝，如以势欺人，逼迫他人拆屋，却是人性的大恶……

正是夕阳西下的时候，太阳的余晖像一炉热炭倾泻在人间，远处的海面上，跳动着金色的光影。在芳草萋萋的静穆中，卢绍勋听见了先祖的教喻。

卢绍勋的无奈，记载在了线装的族谱中："……计所谋择地十有余年，并约费万余金，连先君日前买下屋宇方能凑足，尚有些少地方未能凑成，乃抱缺憾。大抵谋事不能完全，使留此以见天地无全功也。"这些介于文言和白话之间的简洁文字，暗合了卢绍勋面对九泉之下先祖时的复杂心情。

礼屏公祠在卢绍勋心里的变动，那个邻居是一无所知的。他每天数次走出家门，来到卢家用石灰和绳子丈量并在土地上划线，看到其他几户人家搬走，看到他们的土屋被夷成平地，他没有感到压力，他唯一感受到的，只有忧虑。

忧虑是种在邻居内心深处的一粒种子，它是会发酵的。邻居担心的是，建成后的礼屏公祠是一棵大树，而他的祖屋，只是大树旁边的一株野草。宏大的祠堂建成之后，土屋的光线，将会被卢家的威势财富遮盖，出行的道路，将会被祠堂坚硬的砖墙堵死。

图纸上的变动和修改，成了卢绍勋唯一的选择。在平面的蓝图上，礼屏公祠所有的线条都以横平竖直的结构呈现在纸上，修改之后的建筑，它后院的左边，被锋利的刀刃切去了一角，"祠堂左路与右路后部不齐，总体西北角位置缺一块不能补齐"。

中国人的建筑，最讲究的是完整和对称。一幢失去了对称的祠堂，即使占地再大，用料再精，也无法称之为圆满。

礼屏公祠的动工，从无奈和残缺开始。

这是清朝光绪二十二年（1896年），卢礼屏已经去世13个年头了。

160年过去了，后人已经无法考证礼屏公祠奠基的那个日子。但我们可以相信，懂风水的卢绍勋一定选择了一个良辰吉日。那天风和日丽，水稻正在扬花，空气中氤氲着一股淡淡的香味。几乘八抬官轿列着队从太平镇上过来，鸣锣开道，威风八面，这种罕见的风景让远近的百姓都围拢观看，在热烈的鞭炮声中，百姓们看到了靖康盐场大使、东莞巡检司、驿丞和知县老爷等一行官员走出官轿，来到屋场里。那个拒绝拆迁的邻居在奠基的喜庆和官员的威仪中悄悄溜走了，细心的卢绍勋看到了这个情节。但是未曾有人从他迎客的笑容中窥到他内心的波澜。

礼屏公祠的图纸和建筑工地上的石灰线，让知县大人看出了蹊跷。对一个腰缠万贯的乡绅的"软弱"，知县大人的脸上露出了不屑和诧异的神情。

卢绍勋冲知县大人微微一笑，只谦恭地说，父亲在世之时，教我们背了一首大学士张英的诗。

东莞知县被这首200多年前的诗瞬间击倒了。饱读读书的知县大人知道当朝康熙年间文华殿大学士张英宰相的故事，他知道"六尺巷"的典故和"宰相肚里能撑船"的来历。

东莞知县回过头去，他不愿卢绍勋看到自己脸红。然后，他轻轻地用纯正的东莞方言，在心里吟诵了那首诗：

千里修书只为墙，让他三尺又何妨？
万里长城今犹在，不见当年秦始皇。

三

卢礼屏的商业帝国在香港蒸蒸日上的时候，他创办了华人慈善医院——东华医院和东华三院，之后又牵头成立了保良局，担任了东华三院总理和保良局总理。这是他人生中的顶峰，也是卢氏家族辉煌的开头。卢礼屏的成就和业绩，为日后礼屏公祠的图纸，画上了第一根线条。

礼屏公祠在中国的建筑图纸上萌芽的时候，欧洲的波茨坦磨坊已经成了一处远近驰名的人文景观。每天，都会有来自世界各地的瞻仰者，来到那幢矮小陈旧的磨坊前，抚摸那些带着威廉皇帝体温的砖石。如果历史能够巧合与相逢，那么，19世纪的德国皇帝威廉一世打算在柏林近郊的波茨坦盖一座行宫的想法和中国富商卢绍勋想在故乡虎门建一座祠堂的计划是不谋而合的。

威廉一世的行宫选在风景优美的市郊，那里没有拆迁和征地的障碍，德国皇帝对行宫的建筑和郊野的风水非常满意。一个国家的风景，通过森林、湖泊、河流、草地像诗与画一般进入到主人的眼里。

但是，不久之后，威廉一世眼中渐渐生长了一个障碍物，一座古老的磨坊立在行宫的前边，它让皇帝的眼睛不能看得更远，久而久之，那个磨坊变成了一个钉子，让他的目光生疼。这是他当初的一个疏忽。

内务大臣领了皇帝的圣旨，拿了一大笔钱，找到了磨坊主人。威廉一世以为这笔钱足可以在大地上抹去一座磨坊的所有痕迹，谁知磨坊主并没有为金钱所动，那人说，磨坊是祖宗传下的财产，我的任务就是维护下来，一代一代传下去。

威廉一世听了大臣的禀报，也丝毫没有生气，他似乎看穿了磨坊主人的心思，他说，提高补偿，一定要把磨坊买下来。

然而，权力的威慑和金钱的诱惑在平民面前铩羽而归，磨坊主那句再多的钱我也不卖祖宗的硬话刺伤了皇帝的自尊，威廉一世生气了，他派出了宫廷卫队，把磨坊强拆了。

威廉一世的命令代表了一个国家权力的意志。皇帝站在行宫宽敞的阳台上，看着那幢让他目光疼痛的磨坊灰飞烟灭。由于距离的阻隔，皇帝没有看到平民的抵抗，磨坊主的愤怒超越了暴力通过卫队士兵之口到达了威廉一世身边。磨坊主说，皇帝当然位高权重，但国家尚有法律，国家还有讲理的地方，我一定要让司法来作裁判！

威廉皇帝没有想到德国的地方法院真的做了一幢磨坊的裁判。德国的法院眼中无所谓皇帝和权威，只有事实与因果。法院判决了皇帝败诉，并且限期恢复被权力拆毁了的磨坊。

威廉一世的故事在法律面前画上了一个句号,直到他的生命结束,磨坊的那根眼中钉肉中刺始终在他的心里疼痛。然而数十年之后,戏剧性的情节上演了,九泉之下的皇帝无论如何都没有想到,历史会以一种重回的形式再现,不过结局却是一种意外,一种人类历史上史无前例的意外。

这时,故事的主角已经换成了磨坊主的儿子和威廉二世。磨坊主的儿子几乎被穷困压垮了,一筹莫展之下,他决定将磨坊卖给威廉二世。在他的心里,威廉二世定会接受这件两全其美的好事。从此以后,磨坊消失,行宫获得了更好的视野,威廉一世皇帝官司失败的耻辱将从地球上彻底抹去。

磨坊主的儿子很快就收到了威廉二世的亲笔信,还有6000马克。威廉二世说,你经济拮据,赠你6000马克渡过难关。但是,磨坊不能出卖,更不能拆除,这座磨坊已经成为了德意志国家司法独立和裁判公正的见证,同时也是一个家族的光荣所在,这是一幢应该世世代代传承的建筑。

在卢绍勋的眼里,本世纪之内欧洲德国的波茨坦磨坊和亚洲中国虎门的农家土屋之间突然产生了某种关联。已经动了工的礼屏公祠,应该用建筑的残缺换来一种精神的完美。

四

礼屏公祠,是卢绍勋和他的兄弟们花重金兴建的私人祠堂的名字。他的父亲卢礼屏,是这幢即将屹立在故乡大地上的宏大建筑中的香火和精神。

卢礼屏出生的时候,他的先祖已经在虎门村头这片土地上繁衍了18代。18代先人的足迹在漫长的时光中漫漶不清了,但后人知道的是,18代先祖皆因家境贫寒无法读书识字,春种秋收,田间劳作是先祖们共同的特点。

一个家族的转机出现在卢礼屏的人生中。14岁就下田耕种的少年,由于在塾馆中短暂的启蒙，胸中的一群繁体汉字便屡屡激起冲动，他不满足于像父辈一样与泥土打一生交道，与贫穷一世相安。24岁那年，他与本土南面乡的陈廷珏、陈高爵兄弟登上了被当地人称为大眼鸡的货运木船，开始了前程未卜的远行。卢礼屏不知道路途多远，需要多少个时日，也不知道苍茫的大海上有多少风险，他唯一知道的是美国旧金山，那个目的地，就是世界的尽头，也是他梦想挣钱改变人生的希望。

从侍弄土地的农民到挖掘石头的矿工，这是卢礼屏来到美国之后的身份转变。加刺科尔金矿，让卢礼屏的人生一片黑暗，他从来没有看到过金子的闪光。幽深的矿井，每天都让生命胆战。

死神第一次来临的时候，隐身于一场天崩地裂的暴雨，洪水猛涨，世界像垃圾一样漂浮在水上。卢礼屏和两个同乡被困在矿洞里，三个昼夜，没有任何食物充饥，矿灯也在恐惧中慢慢熄灭，在暗无天日的大地深处，卢礼屏一次次听到了死神恐怖狰狞的声音。

超过了黄金救援72小时的卢礼屏和他的同伴，命不该绝，洪水没有熬过人求生的意志而退去，他们在水退之后自行爬出了矿洞。当见到光明的那一瞬间，卢礼屏泪流满面。他知道自己大难不死，却尚未理解这句古语中潜藏的谶言意味——必有后福。

幸福在死亡退走之后迅速地降临了。那一天，卢礼屏在开采的矿石中发现了异常。他把另外两个因在洪水围困中逃生从而结下生死之交的同乡叫来。经验告诉他们，这些外表普通的矿石，都是含量极高的乌金。意外的欣喜击倒了卢礼屏的两个伙伴，只有冷静沉着的卢礼屏，想到了藏匿的方法，然后在时间的掩护下逐渐转移这些可以让他们终生无忧的巨大财富。

上帝赐予的幸运，卢礼屏和他的伙伴极其幸福地接受了。这是卢礼屏在异国挖到的第一桶金。对于上帝的旨意，卢礼屏守口如瓶。这个秘密横跨了广阔无边的大洋，延续了160多年。我多次来到礼屏公祠，在时光中猜测，但仍然无法破译那笔财富的真实数字，"巨大"，只有这个不确定的形容词，可从让人隐隐看到那些乌金的冰山一角。

卢礼屏离开矿井，回到了地面，阳光的天堂般的金色顿时让他紧张的生命松弛下来。衣食无忧了，卢礼屏自言自语地仰天长叹。

衣食无忧是不会让一个世代贫穷的异国淘金者满足和停滞不前的，穷人的哲学是勤劳和纯朴。很快，卢礼屏勤快的身影出现在合记杂货店里，这是卢礼屏在别人的信任与介绍下创办的一份生意，他用心经营，货物流转，变成阿拉伯数字在账簿上一帆风顺，饱经风霜的脸上悄悄开出了花朵。

一个发了横财的人没有想过要在异国他乡扎根。26岁那年，家里的书信不断越过辽阔的大洋到达他的身边，在亲情面前，金钱突然软弱无力起来。卢礼屏在汉字中听到了父亲生病时痛苦的呻吟，他没有犹豫，立即把生意的股份出让给了一个中国侨商，登上了回国的轮船。

回到家乡的卢礼屏延续了中国人致富之后的传统，那些带着异国血汗的钱财，在卢礼屏手中变成了田产，他兴修宗祠，重修祖坟，他建房置业的范围突破了故乡的边界扩展到了东莞、番禺、南海、广州等地。他还赋予了金钱慈善的特性，向穷人施医赠药，扶贫济困。虎门的溥善堂、育婴堂、太平医院和广济医院等公共设施，都通过砖瓦和钢筋水泥，记录了卢礼屏捐款的善行和慈悲。

卢礼屏的美名在南粤大地的标志性建筑中传播，许多名人绅士慕名前来拜访，他们看到了一个乐善好施者的人生传奇，一个人的口碑，在晚清的夕阳里生长挺拔。

五

礼屏公祠，仅仅250天就从图纸走到了地面。后人用纪实的语言描述了这幢建筑的华丽和精致：礼屏公祠，完全是典型的岭南近代古建筑的风格，建制为硬山式等级，坡屋顶的卷棚顶结构，墙体以青砖砌筑，立面有石雕过梁，顶端檐口有木雕花衽和雕花艺术瓦脊和细部的绘画装饰，这些花纹和画面都是民间广为流传的寓意吉祥祝福的彩饰。整体祠宇端庄而不失秀美，古朴而不失典雅。由于时代的进步、建筑材料的更新，梁下柱边用上了钢筋三角支架，墙体上设置了钢架玻璃窗户。基本完整地保留着中国汉文化建筑风格的祠堂，外观整体对外封闭，院落里空间开放，有三间进深，中间夹有两个天井，麻石墙基；宽近20米，进深40多米，占地800多平方米；整体沿纵轴线对称布置。祠堂的大门双扇对开，斑驳厚重的大门每扇皆由罕见的整块木头制成，还有粗壮且跨度较大的整木梁柱，可以想见所用树木材质的巨大。（关宏《礼屏公祠的善缘世界》）

在那些完整而且巨大的木质梁柱面前，我的想象终于同光绪二十二年（1896年）的卢绍勋接轨了。我不得不佩服卢绍勋为祠堂选址的目光和远见，超越了风水因素的运输便利，那一条连通珠江和南海的河流，是后人赞叹的原因。

卢礼屏生前的光耀和死后的哀荣，在礼屏公祠落成之日得到了最好的体现。光绪皇帝的朝廷用"荣禄大夫"的荣耀追赠予这个慈悲善良的富商，恭亲王和一品大员四川布政使陈谲题写的"福善修仁""礼屏公祠"牌匾以及庆亲王、荣禄、李鸿章等朝廷重臣赠送的楹联等礼物，让珠江三角洲乡间的一座祠堂镀上了金子般的辉煌。空前的隆重，让"行善积德"四个古老的汉字焕发了耀眼的光芒。

细心的东莞知县终于发现了礼屏公祠的与众不同之处。知县大人从祠堂左侧那个门楣上刻着"青云巷"三字的巷子走进去，在尽头之后右转，终于看到了祠堂后面的风景。那个在天下的所有理由面前毫不动摇的邻居，他的祖屋完整地与礼屏公祠并列在太阳底下，这条小巷，正是礼屏公祠为一幢土屋留的通道，也是商贾巨富与乡间贫民和谐共处的见证。

祠堂是沉默的建筑，所有的青砖红瓦麻石钢铁都拒绝叙述，它的内心世界，往往通过文字表现。礼屏公祠木柱上的对联，含蓄委婉地表达了一个家族的理想和价值观念：

锡类喜推恩惟乐善好施桑梓至今隆石望；
艰难思韧业赖孙贤子孝频繁永世荐馨香。

礼屏公祠在喜庆的鞭炮醒狮中落成的时候，大洋彼岸的德国波茨坦磨坊，亦正吸引着无数的游人参观。其中有许多法律专业的大学生，站在那座沧桑的磨坊前，胸中涌动着人权的意识和法律的神圣庄严。

六

没有一个人的寿命比建筑长久。所以，地球上的纪念性建筑，无不与人有关，那是人类生命延续的一种方式。一个与我们相距遥远的古人，他的血脉和精神，通过坚硬的材料和庄严的造型，传承给了子孙和后世。

我数次走进礼屏公祠，在空旷的砖墙上看到卢礼屏卢绍勋以及他们后人的照片，时光就会在每一块砖瓦上展开。历史不光以文字的形式呈现在后人心中，我通过青云巷，走到祠堂的尽头，在转向之后，看到那幢比礼屏公祠更苍老的祖屋。卢礼屏家族分蘖开枝，它的众多后人分散在中国香港、天津、上海、广州以及美国、加拿大等国家和地区。空寂的祠堂里，时光漫漶，那栋把祠堂切割之后依然立在古老土地上的小屋，100多年来，始终与祠堂为伴；那个邻居的后人，依然在祖屋中繁衍，如今，他们成了礼屏公祠的守护者。只有他们，知道礼屏公祠深处的秘密，知道120年时光中那些青苔的寂寞，知道青云巷里的人性故事。

120年后的礼屏公祠，成了东莞的文物保护单位。由于和旅游隔着遥远的距离，所以这幢建筑门可罗雀。德国的波茨坦磨坊漂洋过海进入到许多中国人的心中，但礼屏公祠却未走出虎门半步。

历史是个粗心的莽汉，它经常在时光面前掉以轻心。作为正史的《虎门镇志》，仅仅在一个不起眼的角落里安置了礼屏公祠，它轻描淡写地记叙了这幢建筑的年龄和生平，却对青云巷的人性故事讳莫如深。在历史面前，后人常常选择性遗忘。

东莞是一座年轻的城市，在砖瓦的年轮上，那些金碧辉煌的现代建筑都是礼屏公祠的后代。所有建筑，在它们的出生证上，都记录着它们出生之前征地、补偿、拆迁的过程。

礼屏公祠静静地立在一个城镇化建设风起云涌，房屋拆迁随处可见的新时代，在房屋消失的尘埃中，没有人能够看到那张120年前的图纸，更没有人从祠堂经过时留心建筑的残缺。但是，时光漫漶流失，建筑凝固成了心灵的音乐。在人性的善良和人格的平等面前，野草最终开成了鲜花。

在虎门所有的建筑中，只有礼屏公祠敞开胸怀，让人眺望到了它出世之前的精卵。图纸上的每一根线条，都是卢绍勋手上的那把皮尺，当软带上那些寸、尺、丈的计量单位奔跑着向前时，卢绍勋就会不自觉地放松手中的丈量。每一寸土地，虽然都是白银光洋，但他知道，一分一厘，对于那些因拆迁而离开这块土地的人来说，意味着什么。

礼屏公祠的砖瓦木石，就这样注入了公平、慈善的基因。一幢建筑的长寿，就这样成为必然。

七

在我的惆怅面前，已有学者用眼光和论文弥补了东莞地方文史的粗疏。研究中国传统建筑设计理论与方法的李哲扬博士，在他的《古建筑礼屏公祠的建筑风格与特点》论文中，用专业眼光对礼屏公祠的年代、格局、形制、细节、特点与设计手法等方面进行了剖析，对相关的历史人物，近代省港知名的传奇富翁——卢赓扬（礼屏）做了介绍，并对建筑的历史价值做出了客观评价。

李哲扬博士用注重对比、关注细节和文质并重概括了礼屏公祠的特点，认为礼屏公祠用料精良，加工工艺上乘，设计品位高雅，就建筑的工艺水平而言，不在久负盛名的广州陈家祠之下。"与省内其他时间相约的近代富家祠堂相比，礼屏公祠的成功就贵在'惜墨留白'，并没有一味地追求形式的华丽丰富，以财力堆砌令人目眩的繁杂琐碎的细节，体现出的是一种儒雅、内敛、自信的气度，追求的是一种形而上的意趣神韵——文质彬彬，这对于卢赓扬（礼屏）家族这样的暴发户而言尤为难得，这除了当时主事营建设计人员的素质外，还是卢赓扬（礼屏）勤俭沉稳的道德准则在其中发生了作用，也使这座祠堂成为他一生行事做人准则的一个很好的注脚。"

李哲扬博士的论文是科学严谨的认证，它能让人信服，让后世的砖瓦敬佩。那些令人感动的情节，却让一个采风的写作者发现了时光深处的光芒。民间传说中，卢绍勋许诺，愿以黄金铺地，买下邻居的那栋祖屋。用闪光的黄金铺满那些不长稻菽的土地，这种交换体现了卢绍勋的诚意和心情，这种价值严重背离的交易在人类历史上绝无先例，它甚至远远超过了威廉一世皇帝对磨坊主的大方。在人类的巧合中，卢绍勋的邻居成了波茨坦磨坊主的转世，他们用至死不回头的倔和犟检验了权贵和富商的人格以及耐心，也让自己的坚持与顽固成就了人类尊重、平等和司法公正的经典。

民间传说是有情感色彩和褒贬态度的创作，它不同于学术论文的客观和冷静。故事描述了历史的生动细节，由于那家人埋藏了半仙的预言，所有人都猜测不透他拒绝出让的目的。卢家的一切努力就像消失在水上的一个泡沫，那户人家成为了胜利者。然而，那户故意刁难卢家的人家生活发生了变故，穷困潦倒。乡邻们的一致解释是，那户人家恶意占人风水，行事缺德，招致了报应。此时的卢家，却不计前嫌，一次次地接济了他们。

民间传说隐藏着善恶因果的基因，所以，我在这个传说面前一次次地联想起了威廉二世，我的想象总是在礼屏公祠和波茨坦磨坊之间飞翔。遥远的中国和德国两幢不同风格的建筑之间突然产生了善良、公正以及法律神圣的关联。

　　建筑是人的作品,所有的建筑都有重量。与故宫、人民大会堂的面积、历史和雄伟壮观以及知名度相比,我身边的礼屏公祠微不足道。但是,若以重量衡量,一幢小小的祠堂,却可以让天平倾斜,使大厦坍塌。

时间的压力

夏立君[1]

一、屈原：第一个独唱的灵魂

屈原留给历史的最后表情是委屈。

屈原受了天大的委屈。历史完全承认这一点。

诗圣杜甫、诗仙李白，圣、仙之上就是神。中国的诗神是屈原。一个人、一个诗人，具有了近似宗教的意义。他那巨大的存在，从帝王到平民都难以忽视。在民间，他的确具有准神祇意义，人们却将他区别于任何神，百姓对他不求不拜，只以一个独特的节日来纪念他，纪念这个受了大委屈的人。

满腔忠贞、满腹委屈的屈原，行吟泽畔，行吟于遍生橘树的楚国，走进历史深处，走进一个水汽淋漓的节日。

这个节日就是端阳节。

端阳节在屈原之前早就存在。在古代，端阳被视为一个可怕的时刻。按夏历，五月初五正处在小满与夏至之间，此时阳气极盛，疫病也最易流行。古人即取忌

---

[1] 夏立君，1962年生于山东沂南县，中国作家协会会员，现供职于日照报业集团。20世纪80年代始发作品。散文随笔作品数十次入列中国散文排行榜、中国随笔排行榜、中国年度散文选、中国年度随笔选等，入选大学语文教材、中学语文读本、新中国散文典藏等，并被各种读物选刊等大量转载。小说入选《小说选刊》等。已出版《心中的风景》《时间之箭》等专著。曾获钟山文学奖、中华散文奖等。

讳方式称五月为恶月，五月五日更被视为恶月中的恶日。这一天出生的婴儿甚至都不能让其存活。战国四君子之一的齐国孟尝君就因生于此日，差点被父亲扔掉。东晋名将王猛在这一天生有一孙，王猛的豪气非同一般，不但拒绝他人将孙子送出去的主张，还为其取名"镇恶"。王镇恶后亦成为一代名将。直到明清，民间仍保持这一天不汲水、不迁居、不曝床席等忌讳。在古代，人们曾将端阳节先后附丽于介之推、伍子胥、屈原，并最终固定在屈原身上。三位古人全都性格奇崛、正气凛冽，且皆死于非命。这个日子不可能与一个世俗意义上的"好命"之人联系在一起。古人从来不把这一天看作平常日子，其投注的感情可想而知。我很怀疑屈原死于端阳节这一说法。我想，人们以之纪念屈原，最早必含有以正人镇邪恶求吉祥之意。

从长远来看，民众将情感投向哪个人，还真不是宣传教育的结果。

1

> 帝子降兮北渚，
> 目眇眇兮愁予。
> 袅袅兮秋风，
> 洞庭波兮木叶下。
> ——《湘夫人》

这是屈赋楚辞《湘夫人》开头。不看注释，不求甚解，仅轻轻吟诵，异样的天籁般的美感即无边无际扑面而来——生命如花，神灵如云，草木情深，人神相依。这与《诗经》给你的人间烟火气太不相同了。这一切是怎么来的？根源何在？

屈原（约公元前339—前278年），名平，字原，先后忠事楚怀王、楚顷襄王，最终投汨罗江而死。他创立了"楚辞"这一文体，《离骚》等25篇被视为屈赋楚辞。

南方文化发育在远古迟于北方，荆楚曾长期遭受华夏文明的歧视与征伐。第一部诗歌总集《诗经·国风》未采录楚风，原因或许就在这里。至战国末期，楚文化已相当发达，形成与北方并驾齐驱之势，但文化边界却仍是清晰的。《诗经》记录了黄河流域的文明形态。在《诗经》里，不论是庙堂颂歌，还是田野风咏，都情感质朴、少想象。那是稷麦气息，那是有时温馨有时呛人的人间烟火。而这时的楚地却仍是神话沃野，巫风弥漫，人神共处。作为楚国北部人的老子、庄子，正可看作南北过渡的代表，少了些质朴，多了些想象与浪漫。长江岸边的屈原则纯是南方人了。屈原带着植物气息，带着湿地沼泽气息，从另一个方向来了。

屈子来了。他之来，不是为了加入已有的合唱，而是开始了独唱，开始了水汽淋漓、芳香扑鼻、凄美绝艳的独唱。似乎没有任何征兆，任何铺垫，中国第一位独立诗人横空出世，大放悲声，哽咽难抑，草木为之生情，风云为之变色，神灵为之驱遣。《离骚》《天问》《哀郢》《怀沙》……一章章吟完，投江自尽。屈子死了，楚国亡了。屈子投江激起的这轮涟漪，渐洇渐大，很快，屈子便化为中国文化史上一根最敏感的神经。

吟诗、以诗为交际工具曾是《诗经》时代日常生活的组成部分。"不读《诗》，无以言。"（孔子语）那是一个诗像工具一样被普遍使用的时代，却并无独立诗人。屈子来了，这实在非同寻常。

楚辞形式上与《诗经》迥异，句式、篇幅不拘长短，随物赋形，曲尽幽情，诗的表现力得到大解放。孔门诗教："怨而不怒，哀而不伤。"屈子却是又怨又怒，气吞声悲，肝肠寸断，大哀极伤。以北方诸子为标准衡量，屈赋真可谓不伦不类，并非经典，可是正因如此，屈赋才具备了自为经典的品格。《离骚》是中国乃至世界文学史上最早最辉煌的抒情诗篇之一，亦成为中国文学的重要源头。从此中国文人的伤感有了深度，有了参照，从此《诗经》《离骚》并峙，进而风骚并称，成为文学的代名词。

春秋战国是华夏文明走向成熟的时代，是思想哲学的自觉时代，思潮激荡且主流已显。这一大潮中的楚文化却仍保持青春气象，狂热、纯洁、生猛，并具原始气息。屈原是这一文化的集大成者，又是它的极端代表。诸子之文皆可视为文学作品，但文学是以寄生状态存在。屈原的横空出世，标志着中国文学自觉时代的到来。屈原带着源自南方沃野的新鲜血液，猛然楔入华夏文明腹地。

中国第一个独唱的诗魂痛哭登场——行吟泽畔，颜色憔悴，八方有灵，四顾茫然，"东一句西一句地上一句天上一句"（刘熙载《艺概》评《离骚》语），自言自语，绵绵无尽。他似乎将我们带离了历史、生活现场，进入一个似真似幻、婉转浩瀚、芳菲迷离、匪夷所思的世界。而这一切竟是因为他承受着超常的现实重压——君昏国危，党人跳梁，朝政日非，宫阙日远，他一再被疏被逐，无助绝望日甚一日。

2

　　长太息以掩涕兮，哀民生之多艰。——《离骚》
　　亦余心之所善兮，虽九死其犹未悔！——《离骚》
　　路漫漫其修远兮，吾将上下而求索。——《离骚》

《离骚》作于屈原初被怀王疏远或第一次流放之后，忧心如焚，缠绵悱恻，词义哀伤而志气宏放。这时的屈原希望未灭，心存幻想，切盼怀王悔悟，让他重回郢都，为国效力。这数句诗，将屈原的人格主要特征、困境意识表达得很充分。

屈原陷入困境，导源于楚国陷入困境。

屈原出身楚国贵族，主要活动于楚怀王时期。怀王为太子时，屈原曾长期侍读。怀王即位后，屈原深得其倚重，位为左徒、三闾大夫，"博闻强志，明于治乱，娴于辞令，入则与王图议国事，以出号令；出则接遇宾客，应对诸侯"。（《史记·屈原贾生列传》）屈原仪表出众，风度翩翩。古人是迷信相貌的。相貌或许是命运的一种形式。才华和相貌都会引起他人的嫉恨。屈原在作品中屡屡诉说他为嫉恨所困。

正当中国实现大一统前夕。迅速崛起的秦国，雄踞西北，虎视鹰瞵，有野心有实力有动作。对六国来说，存亡是逼到眼前的现实。国际关系错综复杂。有能力抗衡秦国的是齐、楚，齐国在政治上已显颓势，楚国疆域更广更富庶。"横则秦帝，纵则楚王。"天下不归秦，则归楚。实际上，秦国完成大统一之前，楚国先完成了中国南方的统一。

六国从未有过真正成功的合纵，秦国的连横动作却每每奏效。

已是风声鹤唳的局面。天下大势，屈原看得分明。他的焦虑紧张，由来已久。屈原始终力主联齐抗秦。他屡次出使齐国，都是为了同一目的。可是他的主张与奋斗却一再受挫，楚国逐步陷入为秦摆布状态。屈原亦渐被疏远，直至被流放。楚怀王三十年（公元前299年），怀王应邀赴武关会盟时被秦扣，三年后客死异国。楚顷襄王二十一年（公元前278年），秦将白起攻破郢都，据记载，此时屈原绝望，赋《怀沙》，投汨罗江自沉。

春秋战国之诸子百家，早就认可天下必将重新归于一统，形成"新天下"。天下重于国家，是诸子的共识。到战国时，"邦无定土，士无定主"，客卿制盛行，纵横家走俏，朝秦暮楚竟无关人的品质评价。士子们有空前的活动空间。在一个爱国感情相对稀薄的时代，屈原却把自己与楚国紧紧绑在一起。

不断有后人这样发问：凭屈之才能，何国不容？何不弃楚而去？屈原不是不明白，而是做不到。屈原并非不认可诸子的天下观，但天下即使不是由楚来统一，也至少要长久保存楚国。这是屈原政治、思想、情感的底线。他融合吸收以儒为主的诸子思想，称道尧舜禹汤，主张仁政，其主导思想是北方的，情感文化却是南方的楚国的。作为楚贵族，世代与国家关联极深，本人一度成为政坛中心人物。这一切决定屈原自觉地把个人命运与楚国命运绑在一起。楚国如为人吞灭，在他是不能接受的。举目天下，无处能给他安身立命之感。不是天下不能，是他不能。若能朝秦暮楚，人间必无屈原。这是解读屈赋，理解屈原异乎寻常感情的基础。

没有任何一部作品能像《离骚》这样，将个人情感、政治际遇、国家命运结合在一起。所谓长歌当哭，《离骚》是也。自成天籁，"自铸伟辞"（刘勰语），《离骚》是也。

"不有屈原，岂见《离骚》？"（刘勰语）没有楚国，亦难见屈原。楚国，屈原，《离骚》，三者可互印互证。"楚，大国也。其亡也，以屈原鸣。"（韩愈《送盘谷序》）楚国之有屈原，不是偶然的。各国亡了便亡了，很快便尘埃落定，唯楚国国亡而"魂魄"在。"楚虽三户，亡秦必楚。"楚人在怀王客死之时就喊出这一口号。六国中为何楚国、楚人特别能"记仇"，特别怀念故国？除了战国末天下大势这一原因外，恐怕还应从文化上找原因。不能不承认，战国七雄中，楚国文化面貌最鲜明最独特。历史果然应验。反秦争斗中，楚人最为踊跃，陈涉首事，以"张楚"为号，项梁从民间找到楚怀王孙重新立为"楚怀王"。汉高祖刘邦曾为项梁部下，还写过楚辞《大风歌》。新兴汉朝对包括屈原在内的楚人表示了特别的尊重。

> 陟升皇之赫戏兮，忽临睨夫旧乡。
> 仆夫悲余马怀兮，蜷局顾而不行。
> ——《离骚》

《离骚》收篇于一场白日梦般的飞升远游。这类似于庄子的《逍遥游》。可是当屈原从天界一瞥见故乡，天上的快乐等一切都不复存在，只有故乡，只有魂牵梦萦的故乡。《逍遥游》在想象中完成了对现实的超越，屈原却总是重重地坠落在地。从天空坠落，是屈赋楚辞中一再出现的意象。屈原那里有中国最早最沉重的乡愁。屈原之乡，不是一山一水一村一城，而是苍茫的遍生橘树的楚国。

3

> 后皇嘉树，橘徕服兮；
> 受命不迁，生南国兮。
> 深固难徙，更壹志兮；
> 绿叶素荣，纷其可喜兮。
> ——《橘颂》

> 世溷浊莫吾知，人心不可谓兮。
> 知死不可让，愿勿爱兮。
> 明告君子，吾将以为类兮。
> ——《怀沙》

屈子的人生，从明媚《橘颂》欢快出发，至黑暗《怀沙》痛苦而止。

屈赋楚辞，除《橘颂》《国殇》等数章外，大多篇什皆示人以众芳芜秽、日暮途穷之强烈意象，《怀沙》则是无路可走后的绝命词。屈原对死有长久的预谋，死之意愿贯穿于疏远流放全过程。对屈子来说，死是他最后可以使用的工具。"明告君子"中的君子指商代投水自尽的彭咸。在《离骚》等作品中屈原先后七次郑重述及这位古贤，《离骚》最后两句决绝地说："国无人莫我知兮，又何怀乎故都！既莫足与为美政兮，吾将从彭咸之所居！"意思很明白：我必会效法彭咸。这个时候，他尚在壮年。屈子是作为自觉的牺牲者，走上祭坛的。

《橘颂》被视为屈原最早作品。屈原正当青春，受到与他同样年轻的怀王重用。屈原以遍生楚国凌冬不凋的橘树自喻，扎根祖国，自信豪迈，阳光明媚，与天地、诸神、君王及社会高度和谐，显露出强烈的使命感。《橘颂》表明，屈子是一赤子，楚国的赤子。赤子面临相对单纯的局面时会如鱼得水，能按他既有的人格结构勇猛精进。当局面复杂化、异己化，则必会陷入困境。屈原此后的人生正是如此。他把赤子人格坚持到人生终点。

《橘颂》已显露屈原好修求美、自高自贤之端倪。同时，屈原有执着的"美政"理想，希望辅佐君王成为尧舜般的圣王。深深地爱惜自己，殷切地期待君王与朝廷，这可视为屈原赤子人格的核心内容。不能实现的爱惜和期待，最终只能是毁灭。

至《离骚》，这一人格特征更加突出。《离骚》开篇赞美自己的出身和生辰后，接着一再申述对美质修能的不懈追求，一再表明对时光飞逝的焦虑。他的根本愿望，就是为怀王、为楚国尽力，并能确立个人"修名"。可是，随着楚国政局的恶化，屈原越是坚持此人格追求，与楚王及朝中党人的对峙便越紧张。怨恨怀王的同时，他激烈谴责党人："惟夫党人之偷乐兮，路幽昧以险隘。"国家即将倾覆的可怕局面就在眼前，"恐皇舆之败绩"便成为屈原心头时时悬着的噩梦。

注重修身、自高自贤、以道自任，傲视王侯至少是平视王侯，包括孔、孟在内的先秦诸子皆有此气象，只是程度、风貌各不相同。这是那个伟大时代足以令千古唏嘘的特征。屈原正具此气象。《离骚》开篇介绍完自己后，即豪迈地说："乘骐骥以驰骋兮，来吾道夫先路！"为王者师的气度十足。屈原总是比他人更极端。屈原一再申明："亦余心之所善兮，虽九死其犹未悔！"——我是不可改变的，宁愿死。屈原与楚王及党人难以调和是必然的。

失意臣子屈原只能无路可走。越是绝望，越是把唯一的希望投向君王。长期以来，他一直企图以心目中的圣王尺度引导塑造楚王。屈原的"恋君情结"是强烈的，君却不恋他。屈赋中处处交织着对怀王极恋又深怨之情。忠君如用情的屈原，所向往的君臣关系类似于亲密无间的"情人"关系。忠君是他永远无法醒来的梦魇。忠极则恋，恋极则怨，恋与怨正是一体之两面。人最强烈的感情是爱情，虽然未必能持久。当其他感情达到一定强度时，亦会呈现"疑似爱情"的状态。屈原这种"疑似爱情"既强烈又持久，堪称亘古一人。屈赋中屈原反复开始他上天下地"求女"征程，无不以失望失败告终。但是，屈原却将自己的"单相思"义无反顾地进行到底，大约令正宗爱情也望尘莫及了。面向君王的这一"婢妾心态"，有深刻的政治及心理原因。忧患极深、心事绝大的"失恋臣子"屈原，就这样把浩瀚无际的诗意、至微至巨的意象与匪夷所思的"疑似爱情"融汇在了一起。真是难煞了一代又一代解骚者。

后世文人臣子特别乐于营造"求女"意象的传统，不能简单以为是对屈原"求女"意象的效法。以婢妾心态对君王绝非屈原发明。只要存在绝对权力，臣民对君王产生婢妾心态就毫不奇怪。屈原以婢妾式的诚挚劝楚王，但他从未完全跪着。屈原的救国愿望，只能寄托于最高统治者。忠君是绝望中的希望。摆脱婢妾心态其实很容易：缓释爱国之情，出走他国。屈原不是不明白，只是做不到。

当代有些学者，以现代心理学、病理学解读屈原，时有令人耳目一新之发明。但不把屈原放在楚国、放在那个时代，只就屈赋中的一鳞半爪，就得出屈原是恋物癖、易装癖、精神病患者等结论，实在比《天问》更具想象力。屈原长期身处逆境，备受磨难，身心俱疲，丧失健康，时常陷入病痛或神思恍惚状态，是可以肯定的，其文之恣肆、迷狂、瑰异风貌应当与之相关。就是说，某种程度的精神异常在促使屈原精神能量的爆发、创作能力的强化上，可能起了作用。但屈子坚贞人格始终未曾分裂崩溃，心智未曾昏乱失序，也是可以肯定的。屈赋为证。《怀沙》表明，屈原投水之前，彻底绝望，同时高度清醒。他之从容就死，就剩下捍卫人格或殉道、殉国这种作用了。屈子之死是屈子经营最久用情最深的一首诗。

屈原的"天"塌了。

《天问》系屈原晚年之作。全诗172问，疑至何处，问至何处，只问不答，问就是答。全诗不讲文采，不事修饰，问天问地，问古问今，问他这痛苦的一生。屈原似乎是在宣布他曾有的"天"塌了，类似尼采宣布"上帝死了"。尼采疯了，屈原赋《怀沙》后投水了。令屈原成为疯子的压力比让尼采成为疯子的压力或许更大，但屈原没有疯。葬自己于楚国水土，屈原最终只能做此事了。《怀沙》，有情屈子写给无情世界的绝命辞；死，绝望屈子唱给深情自我的歌。

4

屈原既放，游于江潭，行吟泽畔，颜色憔悴，形容枯槁。渔父见而问之曰："子非三闾大夫与？何故至于斯？"屈原曰："举世皆浊我独清，众人皆醉我独醒，是以见放。"

渔父曰："圣人不凝滞于物，而能与世推移。世人皆浊，何不淈其泥而扬其波？众人皆醉，何不餔其糟而歠其醨？何故深思高举，自令放为？"

屈原曰："吾闻之，新沐者必弹冠，新浴者必振衣；安能以身之察察，受物之汶汶者乎？宁赴湘流，葬于江鱼之腹中。安能以皓皓之白，而蒙世俗之尘埃乎？"

渔父莞尔而笑，鼓枻而去，乃歌曰："沧浪之水清兮，可以濯吾缨；沧浪之水浊兮，可以濯吾足。"遂去，不复与言。

——《渔父》

每个民族都有令人言说不尽的话题人物，屈原就是一个。并且，屈原刚死或未死之时，大约就是这种话题人物了。

《渔父》在楚辞里别具异趣。作者不详。应是屈原之后一位具有道家精神的楚辞作者所为，是最早透露屈原社会反响信息的文章。司马迁把《渔父》录入《屈原列传》，以佐证自己对屈原的评价。

《渔父》极具戏剧性，殊堪玩味，就似在泽畔上演了一幕二人短剧。屈原和渔父皆亲切可感，只是作者反而让渔父显示了精神能量上的优越。《渔父》可能是屈子投水后，楚人对屈原最早的解读。

这一短剧极富张力，是两种道德精神的冲突与映照。在渔父那里，这世界固然不怎么美妙，却是个可以将就、可以和光同尘的地方。屈原则是西西弗斯式的反抗荒谬世界的荒谬英雄、伟大英雄。渔父是明白这一点的。旷达的渔父，执着的屈原，他们与其说是为了说服对方，不如说是各自进行了抒情式陈述。《渔父》可看作是对屈原内在矛盾的文学表达。这一矛盾在《离骚》等作品中皆有表现。莞尔而笑的渔父扬长而去，枯槁憔悴的屈原葬身鱼腹。

屈原不仅醒目地存在过，重要的是他的存在一直深刻影响着后世。屈子之魂扩张了中国人的文化视野和情感深度。

　　王孝伯言：名士不必须奇才，但使常得无事，痛饮酒，熟读《离骚》，便可称名士。

——《世说新语·任诞》

王孝伯是东晋末不成器的一个人物，《世说新语》作者在这儿使用的当然是反讽笔法。从中却正可见屈原在士林的影响。

自汉代始，读骚解屈就被士林视为高品位精神活动。可是，解屈常常伴随曲解。《离骚》就是供给中国士人的一坛烈酒，有人痛饮，有人浅尝，有人不屑，有人干脆将这坛酒一脚踢翻。

汉武帝令淮南王刘安编撰《离骚传》。"旦受诏，日食时上。"（《汉书·淮南王传》）可见刘安早就将《离骚》烂熟于心。司马迁在《史记·屈原贾生列传》中引用刘安所论："国风好色而不淫，小雅怨诽而不乱。若离骚者，可谓兼之矣。……推此志也，虽与日月争光可也。"司马迁完全继承刘安论点，并进一步评说："信而见疑，忠而被谤，能无怨乎？屈平之作离骚，盖自怨生也。"突出屈原应该怨，屈赋产生于怨。刘安、司马迁是最早对屈原做出高度评价的人。

此后，围绕屈原，历代文人或褒或贬，或爱或恶，对垒分明，直至现代。

西汉初贾谊、西汉末扬雄皆为有名的辞赋家，都激赏屈原品格及作品，同时痛惜其遭遇，责其未能离楚，全身远害，致遭蝼蚁之辈欺凌。

东汉班固，青年时激赏屈原。自中年奉诏修史后，一改从前立场，激烈反对刘安、司马迁观点，在《离骚序》等文中全面否定屈原，指责屈原"露才扬己""怨主刺上""非明智之器",《离骚》不合儒家"法度"。

东汉末王逸的《楚辞章句》是《楚辞》最早注本,对后世影响甚大。王逸反对班固所有观点,视屈原为标准儒家门徒。为此,王逸不惜削足适履。例如,他这样解释《天问》:"何不言问天?天尊不可问,故曰天问也。""天问"这种命题方式,在屈赋及诸子著作中甚为普遍,屈赋中尚有《橘颂》《国殇》等。重要的是,他的解读有违《天问》主旨。《天问》正是昊天之下"日暮途穷"的屈原,对"天"的激烈发难。

班固与王逸观点针锋相对,其思想却并无本质不同。董仲舒"罢黜百家,独尊儒术"的建议为汉武帝推行后,儒教迅速三纲五常化。班固因感到实在很难把屈原当儒家门徒对待,干脆"打倒屈原"。王逸则煞费苦心"解屈",务必将屈原修饰成标准儒家门徒。

汉唐之间是漫长的乱世。历仕梁、北齐、北周、隋四朝的颜之推,在其《颜氏家训·文章篇》中,历数几十位"轻薄"文人,屈原首当其冲:"自古文人,多陷轻薄:屈原扬才露己,显暴君过……"颜之推自叹"三为亡国之人",朝秦暮楚,却皆为"忠臣",腾挪躲闪,竟得善终。念此惊魂一生,必有深刻"心得体会"。如此评价屈原,可谓发自肺腑。

自唐代始,统治者不断加封屈原,意欲将其打扮成忠君道德神。体制需要塑造适合它的偶像的冲动是强烈的。南宋理学家朱熹作《楚辞集注》,努力把君臣大义从屈赋里读出来,无视屈赋显露的冲天怨气、如梦似狂的精神状态,将"怨"全解读为"忠",以屈原作孔门太庙之牺牲。元明清诸朝,对屈原或褒或贬,并无超出前代新意。闪光点却是有的。明末清初思想家王夫之将"忠君"解读为"忠国",同期的金圣叹否定屈原"忠孝著书"说,立屈原"忧患著书"说。二人同历明亡之痛,眼光毒辣,迥异于俗儒,属非常之人的非常之见。

皇权时代,围线屈原的论争,少有艺术批评意味,多有政治道德纠缠。根源在于,皇权专制2000年一贯制,了无新意。

那些真正的诗人、文学家对屈原是何心态?刘安、司马迁之后,贾谊、扬雄、李白、杜甫、柳宗元、辛弃疾、苏轼等皆厚爱屈原。他们甚少参与论争，只是把屈赋精髓融入血液，融入诗文。"文章憎命达，魑魅喜人过。应共冤魂语，投诗赠汨罗。"（杜甫《天末怀李白》）在杜甫想象中，遭遇冤屈奔波湖湘的李白会写诗投入汨罗江，与屈子之魂惺惺相惜。"正声何微茫，哀怨起骚人。"（李白《古风》其一）真正的诗人，他们的确容易对屈原生惺惺相惜之情。

不过，也有憎恶屈原的诗人。中唐诗人孟郊有《旅次湘沅有怀灵均》一诗，其对屈原评价之劣可说绝无仅有："名参君子场，行为小人儒。""死为不吊鬼，生作猜谤徒。""怀沙灭其性，孝行焉能俱？""如今圣明朝，养育无羁孤。"简直类同诅咒，连屈原自杀亦被视为不孝。真是令人瞠目。一个很有成就的诗人，为何如此仇视屈原？孟郊又有《登科后》一诗："昔日龌龊不足夸，今朝放荡思无涯。春风得意马蹄疾，一日看尽长安花。"登科后狂喜至此。孟郊为"苦吟派"诗人代表，功名心重却半生困顿，大约永存一个"朝为田舍郎，暮登天子堂"式的梦想，精神人格之苍白干枯由此诗可见一斑。已成"小人儒"，却完全不自知。孟郊心态就是完全建立在一己功名基础上的彻底婢妾心态。

围绕屈原，古代文人似可站成数列。一列：刘安、司马迁、贾谊、李白、杜甫、王夫之、金圣叹等。二列：班固、颜之推、孟郊等。三列：王逸、朱熹等。他们对屈原态度分别为：高度肯定或大部分肯定、基本否定或全盘否定、高度肯定或基本肯定但曲解之。第三列虽只列出二人，实际追随者却是一支浩荡大军，一支拿"艺术"比附政治的大军。推敲一下三列人物的思想、情感、个性及文化取向，大有趣味。

对屈原的解读，至梁启超、王国维等现代学者，始基本摆脱皇权阴影，置于现代理性阳光之下。可是，时至今日，屈原仍然可能继续被荒谬、被涂抹。

一个诗人，如果能有让历代读者百读不厌的价值，那么他一定具备可以让读者"自我发现"的功能。解说不尽的屈原，就像一面镜子，每个文人或非文人都可以拿来照一照自己。有人照见面具，有人照见肝胆，还有人照见的不知是什么。

5

> 惟郢路之辽远兮，
> 魂一夕而九逝。
> ——《抽思》

屈原之后，随着以儒为主、儒释道融合格局的形成，中国士人的人格、情绪得到驯化、平衡，少有屈原式的悲剧英雄了。

屈原代表了人类困境的一种类型。"魂一夕而九逝。"屈原说，在流放地，他的梦魂一夜奔往郢都"九次"。用"忠君爱国恨党人"来概括屈原的精神世界，应该无大错。君、国、党人、屈原，形成一个无解的困境。他那"一夕而九逝"之魂，想的是存国，存国，还是存国。忠君？他不能不忠君，国家存亡系于君王一身。君昏国危是逼到眼前的现实。他对君的忠、恋、怨、愤及婢妾心态，全部根源于此。

屈子的悲剧深刻又彻底。可以说，悲剧成全了屈原。当然，这是今天的解读，而非屈原的自觉。屈原是自觉的牺牲者，而非自觉的诗人、自觉的文化创造者。这与前面所说的"屈原标志着中国文学自觉时代的到来"并不矛盾。所谓"自觉时代"是后世的历史的认可，屈原并无这种自觉。屈原追求的是楚国统一天下、楚国常存以及个人成就"修名"这一"喜剧"，而不是做"伟大诗人"。人，不论是伟大还是渺小，自觉进入历史的可能性极小。

读到余秋雨先生解说屈原的文章《诗人是什么》，文中有此一说：

> 在后世看来，当时真正与"国家"贴得比较近的，反倒是秦国，因为正是它将统一中国，产生严格意义上的国家观念，形成梁启超所说的"中国之中国"。我们怎么可以把中国在统一过程中遇到的对峙性诉求，反而说成是"爱国"呢？

有人也许会辩解，这只是反映了楚国当时当地的观念。但是，把屈原说成是"爱国"的是现代人。现代人怎么可以不知道，作为诗人的屈原早已不是当时当地的了。把速朽性因素和永恒性因素搓捏成一团，把局部性因素和普遍性因素硬扯在一起，而且总是把速朽性、局部性的因素抬得更高，这就是很多文化研究者的误区。

寻常老百姓比他们好得多，每年端阳节为了纪念屈原包粽子、赛龙舟的时候，完全不分地域。不管是当时被楚国侵略过的地方，还是把楚国灭亡的地方，都在纪念。当年的"国界"，早就被诗句打通，根本不存在政治爱恨了。……

作者将多种莫名其妙的因素"搓捏成一团"，文意看似曲折，实则甚明白：秦亡楚，楚速朽了、局部了，"政治爱恨"化为尘烟，所以屈原爱国说很荒谬无道理。这一思路如成立，人类将难以找到"爱国者"。宋亡于元，明亡于清，版图都扩大了不少，国界也被打通了，该也算"对峙性诉求"？与作者高见恰恰相反，"现代人怎么可以不知道"？——具体的国家、朝代、党人往往是速逝、速朽的，真正的爱国精神绝不会速朽。试问：古今中外哪一位真正的爱国者形象不是在某种"对峙"中确立的呢？屈赋楚辞的每个字都浸透着屈原钟爱楚国的血泪。屈原正是因此才超出了"当时当地"，成了中国的、世界的。屈原不论生于何国，如果他抱持那种精神，进行了那样的创作，不论其国家存亡，他都一定是伟大不朽的。再说，屈原爱国说并非始自"现代人"。君权绝对化时代，忠君爱国难以区分。王夫之甚至干脆将屈原忠君说换成忠国说，以表达国家、天下重于君主之意。真正的文化一定是从泥土里、血液骨髓里生长出来的，不是嘴皮子叭嗒出来的。屈原无"文化"，头脑很清楚，爱楚恨党人，一点不含糊。"政治爱恨"一定是具体的、时代的，真实的"国界"也一定不是诗句所能打通的。"诗句打通国界"只能当一句诗来看。不可否认，屈原"爱国说"有后世包括现代人附会堆垒的成分，这是许多古人共同的命运。但他爱楚国却是无法否认的。从余氏话中自然可推出又一层匪夷所思的高见：我并不否认屈原爱楚国，但爱楚国能说是爱国乎哉？如屈原爱的是后来统一了天下的强秦，其爱国说才能立得住脚。呜呼哀哉不亦乐乎！爱国与否竟然也以"成则为王，败则为寇"这一原则来判断，似乎又难以用走入"误区"来理解了。

可以批评屈原的愚忠、婢妾心态，可以惋惜屈原没有诸子的达观，但一个中庸玲珑、朝秦暮楚、蹀躞有术的屈原一定不可能完成伟大的文化创造。现实困境中的屈原，最强烈的向往一定不是靠写诗"打通国界"留名青史，甚至也不是文化创造，而是存国。屈原伟大的文化价值是后世的历史的认可，若以这一认可来否认屈原为爱国者，或认为若承认屈原为爱国者就贬低了屈原的文化价值，这无疑极端荒谬。屈赋楚辞的伟大文化激情与其爱楚国之情密不可分，这两者在现实中在历史中皆不会构成普遍性因素和局部性因素的关系。将其这样划分，本身就很难说是理性思维。屈原显然扮演不来"文化蹀躞家"角色，蹀躞于齐兮，蹀躞于鲁，蹀躞于秦兮，蹀躞于楚……

婢妾心态，曾遍布历史，遍布朝野，当然亦可以遍布现实。给你一个婢妾环境，你就有可能为婢为妾。甚至，已经有不必为婢为妾之路可走了，而有人却仍甘愿、甚至努力争取为婢为妾为奴。

"学成文武艺，货与帝王家。"自古士人，心头想的不过是把自己卖出去，交易即使成功，在重重黑幕后面坐庄的却永远是帝王。唐太宗看到新进士子鱼贯而入，兴奋地说："天下英雄尽入吾彀中矣！"他的潜台词应该包括：我终于可以让这些"英雄"为婢为妾了。与帝王交易从没有以平等为原则的说法。

婢妾心态，这一定不是屈原与生俱来的本性。

数千年间，屈原给了我们极宝贵的文化营养。这种营养不可或缺。可是，数千年间，王逸、朱熹们反复欣赏玩味并企图加以利用的实际是屈原的婢妾心态，以婢妾心态为主体人格的人看到的全是婢妾心态。婢妾心态不是屈原的主体人格，是屈原人格被扭曲掉的那一部分。婢妾心态为屈原走上自杀之路加了一把劲。屈子自杀，他该是想把那婢妾心态也杀掉吧？

> 屈平词赋悬日月，楚王台榭空山丘。
>
> ——李白《江上吟》

李白这诗，榔头一样敲下来。在现实中总是吃败仗的诗人，又用诗句打了一个胜仗。

二、李斯：失落的家园

司马迁在李斯之后约百年著史。擅长以穷形尽相笔法塑造人物的司马迁，思量着近世这个稀有独特士人，颇费踌躇。

别具一格的李斯（约公元前284—前208年），别具一格的《史记·李斯列传》。《李斯列传》开篇写道：

> 李斯者，楚上蔡人也。年少时，为郡小吏，见吏舍厕中鼠食不洁，近人犬，数惊恐之。斯入仓，观仓中鼠，食积粟，居大庑之下，不见人犬之忧。於是李斯乃叹曰："人之贤不肖譬如鼠矣，在所自处耳！"

司马迁掂量楚国上蔡小吏李斯，给了他一个很低的人格门槛——不择手段成为安全又光荣的"官仓鼠"。

李斯创造了奇迹，他竟然成功了——丑小鸭变成了白天鹅，"厕中鼠"勇猛晋级为"官仓鼠"。可是，当理想中的生活化成真实的生存，旁观成为亲历，竟然滋味大变。——官仓里不只有鼠，还有猫头鹰及其他猛禽野兽。这是一个按丛林法则运作的世界，在那里，你是一只什么鼠实在是无所谓的。

《李斯列传》结尾处如此写李斯之死：

二世二年七月，具斯五刑，论腰斩咸阳市。斯出狱，与其中子俱执，顾谓其中子曰："吾欲与若复牵黄犬，俱出上蔡东门逐狡兔，岂可得乎！"遂父子相哭，而夷三族。

秦朝是没有诗意的，秦人是反抒情的。所有诗意都已被秦始皇、李斯们取消。而深情的司马迁还是给李斯保留了一点诗意，悲惨的诗意——成功后又彻底失败的李斯，不能对人生作出任何肯定的李斯，曾经的帝国文胆李斯，死到临头的官仓鼠李斯，唯一可再说一说的，就是无法回去的田园生活。

李斯面对宫廷里一幕一幕兔起鹘落的惊险，有时会涌起故园之思，念起率领小儿、黄犬出上蔡东门逐狡兔的情景。

回望来路，是如此清晰，但李斯明白，此生是回不去了。

那是一个取消一切回旋余地、回头可能的时代。不仅有形的田园被取消，无形的精神田园也被彻底取消了。老鼠与黄犬，以它们灵敏的趾爪，扒搔过李斯的一生。使尽了鼠辈伎俩的李斯，最终却连黄犬田园也成妄想。

李斯与他的"同路人"，那些精神上一再自我简化或被简化的人，意志即使曾坚如铁石，生存却无非灰飞烟灭一枕黄粱。

1. 李斯与荀子

那个时代，老师对学生的规定作用是很强大的。孔子门徒众多，却几乎无人能越出孔子划定的思想视野。墨家门徒更是恪守师门规范。

但在荀子（约公元前313—前238年）那里，这一规定似乎失灵了。

荀子有三个著名的学生：李斯、韩非、张苍。张苍侥幸活到了汉代，主要政治活动在汉初，此处并不多说他。李斯、韩非皆活跃于战国末期及秦朝。李斯助嬴政完成统一大业，成为千古一相。韩非将法家学说推向极端，在秦朝几乎被奉为圣人。荀子的这两个弟子，能量大、能折腾。荀子以高寿善终，两个弟子却皆以惨烈方式谢幕。

李斯面对老鼠自省过人生之后，就外出拜师学习：拜荀子为师，学帝王之术。帝王之术即牧民之术、统驭天下之术。

作为先秦最后一位文化巨人，荀子以孔子继承人自居，对孔儒之外各家学说均予以激烈批评，已显露出独尊孔儒、统一思想之先声。在孔孟那里特别是孟子那里，义利对立，荀子则强调义而兼顾利。荀子文章寓雄辩于温厚，有锋芒，有力量，有道德尺度。荀子以人性恶为立论出发点。"人之性恶，其善者伪也。"（《荀子·性恶》）又说"涂（途）之人皆可为禹"。只要设计好制恶路径，人性虽恶，而善是可以期待的。荀子比主张性善的孟子多些对人性的洞悉，却仍然信任人。读《荀子》，其开阔胸襟、温馨情怀是颇能感人的。

李斯、韩非那里，显然把老师支撑门户的某种东西弄丢了。

李斯的那颗雄心，时时呼应着骚动不安的战国天下。生死存亡是逼到列国眼前的现实，并化为思想文化的激烈交锋。荀子坚持他的温厚言辞，而李斯心里却早已戈戟森严。李斯感到学得差不多了，学以致用的冲动便格外强烈。他觉得祖国的楚王不值得侍奉，包括楚在内的东方六国都非理想建功之地。他总是一再把目光投向西部那个强悍无匹的秦国，断定只有秦国能匹配自己鹰隼般的雄心。李斯辞别荀子时说的话，简直有些不客气了："斯闻'得时无怠'。今万乘方争时，游者主事。今秦王欲吞天下，称帝而治，此布衣驰骛之时而游说者之秋也。……故诟莫大于卑贱，而悲莫甚于穷困。久处卑贱之位，困苦之地，非世而恶利，自托于无为，此非士之情也。故斯将西说秦王矣。"（《李斯列传》）李斯已是满腹焦虑：不抓住此千载难逢的布衣翻身的机遇，却堂而皇之以"不好利""无为"粉饰自己，那算什么"士"啊。李斯要做的士，已大不同于荀子之士、诸子百家之士。这个一无所有只有一颗雄心的士，念叨着"得时无怠、得时无怠"，急吼吼地奔赴秦国去了。

荀子对这个弟子早就心存忧虑。《荀子·议兵》篇记载了这样一段师徒论辩。

李斯说:"秦四世有胜,兵强海内,威行诸侯,非以仁义为之也,以便从事而已。"李斯把秦朝累世强盛原因,归结为秦能做到"以便从事"(即怎么有利就怎么做),为达目的,不择手段。荀子生气了:"汝所谓便者,不便之便也。……秦四世有胜,諰諰然常恐天下之一合而轧己也,此所谓末世之兵,未有本统也。……今汝不求之于本而索之于末,此世之所以乱也。"荀子明言李斯重利轻义是本末倒置,尖锐指出不可一世的秦兵其实是"末世之兵"。荀子已经看出,这个吱吱嘎嘎张牙舞爪的强国,缺少支撑其远行的"软件"。荀子能想到的"软件"当然只能是孔儒之道。联系后来李斯及秦帝国的命运,不能不感叹思想家的温厚与深刻。空喊仁义的确常常无用,但将其公然抛弃践踏羞辱,却可能导致灾难性后果。

李斯、韩非却正是如此。与追求天下一统的愿望一致,他们激烈地追求思想一统。这个喧嚣的世界需要简化再简化。这一愿望竟然在秦朝实现了。后世不断有人因这两个有悖师门的弟子而指责荀子。"荀卿明王道,述礼乐,而李斯以其学乱天下,其高谈异论有以激之也。"(苏轼《荀卿论》)苏轼认为,是荀子的"高谈异论"激发了李斯。或许有道理。但李斯之所以成为李斯,原因没这么简单。

你听,春秋战国时期,时代在喧嚣,功名在召唤,国家机器在轰鸣!这可远比任何人的喋喋不休管用。有些人,不陷入抓狂状态是不可能的。

2. 李斯与嬴政

国家机器的轰鸣声最为强劲的是秦国。

经商鞅变法,文化落后的秦国迅速崛起。这是一个敢于做梦的国家,它的梦就是统一梦、帝国梦。李斯是一个敢于做梦的人,他的梦是事业梦、功名梦。秦国梦与李斯梦的交合堪称一场世纪大梦,一场空前绝后的宏大演出。千古一帝,千古一相,千古大惨剧,角色、剧情与场面,都足够震撼。在历史这个关节点上,一些人物不但获得了尽情表演的机会,还被安排为必须表演到底,做梦至死。

男主角当然是嬴政(公元前259—前210年),男二号则非李斯莫属。李斯长嬴政 25 岁，是两代人。李斯 38 岁赴秦，恰逢秦庄襄王死，自出生即饱受屈辱的 13 岁少年嬴政侥幸即位。强秦的这个乳臭未干的"小王"，给了李斯很大的想入非非的空间。世上最大的事业在哪里？在君王那里。君王的事业是什么？是江山是天下。可是这时李斯实在太卑微了，与王者的距离甚远。李斯毕竟是有备而来的。他首先谋得秦相吕不韦门客角色，没用几年就获得面见那位梦寐中"小王"的机会。据记载，嬴政形象不佳。秦军事家尉缭如此描述嬴政："秦王为人，蜂准，长目，挚鸟膺，豺声，少恩而虎狼心，居约易出人下，得志亦轻食人。"（《史记·秦始皇本纪》）嬴政形象及品性给尉缭相当不妙的感觉，尉缭因此打定主意欲从秦国逃掉。但嬴政他能屈能伸，这可是大英雄必备素质。李斯以政治家的胸襟打量揣摩这位小王，开口道："……秦之乘胜役诸侯，盖六世矣。今诸侯服秦，譬若郡县。夫以秦之强，大王之贤，由灶上骚（扫）除，足以灭诸侯，成帝业，为天下一统，此万世之一时也。今怠而不急就，诸侯复强，相聚约从，虽有黄帝之贤，不能并也。"（《李斯列传》）李斯的话只有一个中心：你嬴政一定要做并且必定能做空前大帝国的缔造者，这是秦的国家使命，此时此刻化为你的伟大使命。还有什么比这更能打动嬴政的呢？与从前的卑微生存相比，这个梦多么宏大辉煌啊。重要的是，这个梦有极强的现实性，可以说此时此刻就是梦的一部分。

嬴政的儿童少年时代迥异于常人。他以人质之子身份出生于赵国，在寄人篱下状态中度过童年，秦宫内大人的功利残忍化为他少年时代的耻辱，宫廷丛林深处的尔虞我诈、危机四伏，又刺激强化他关于人性恶的生存感受。父为活命可弃他而去，母为淫乐可毫无廉耻，小嬴政眼里的生存从来没有温情脉脉过。嬴政那颗心，很早就如冰似铁。他知道自己需要什么。嬴政年幼即位，国政长期由吕不韦把持。22 岁亲政后，他施展铁腕逐步清除给他带来巨大耻辱的嫪毐集团、吕不韦集团。他将嫪毐与其母后所生二子装入囊中捶杀，并软禁母后。

嬴政极易倾向刻薄残忍，亦可视为列祖列宗的"造化"。秦人有刻薄传统。"商君，其天资刻薄人也。"（《史记·商君列传》）刻薄的商鞅战死后仍受车裂族灭之刑，其带有强烈刻薄色彩的变法主张却一直为秦奉行。韩非为嬴政所杀，比商鞅思想更加刻薄的韩氏理论却被秦廷奉为圭臬。秦朝一路刻薄下来，文化始终落后，六国始终视之为虎狼之国，但国家确实强大了。而嬴政身段固然不怎么健美，但那鸡胸里却是一颗虎狼般足够有力的心脏。

秦廷需要刻薄，李斯就会奉献足够水平的刻薄。在秦朝，如说谁政治上不成熟，大概就是指他不够刻薄或刻薄得没水平。在除嫪毐、灭吕不韦、杀韩非等大动作中，李斯积极配合嬴政，足够刻薄。当然，李斯是"士"，需要担当时他亦有足够的担当胸襟。经过多年打拼，李斯由门客起步，一路晋升为长史、客卿、廷尉。靠才干识见，在秦朝这架钢筋铁骨的大机器里纵横捭阖，大展拳脚。李斯与国家都在迅猛成长。就在这时，发生了郑国（人名）间谍案。郑国受韩王派遣赴秦，游说秦王上马大型水利工程，目的却是为了延缓秦国东进步伐。七国中，秦国最重视延揽外客，对外客夙怀怨恨的秦宗室借此撺掇秦王"逐客"，包括李斯在内的大批外客皆列入被逐名单。李斯的过人之处又有了表现机会，他不但没有离开，反而上了一件气势恢宏、酣畅淋漓的《谏逐客书》。他的国家立场、国际眼光，辅之以浩瀚激越的政治情怀，打动了硬心肠的嬴政。形势逆转，"逐客令"被撤销。《谏逐客书》或许可称是对中国政治、历史影响最大的古文。时至今日，揣摩《谏逐客书》，我们仍能感受到那个将一己功业与国家追求高度融合的灵魂，感受到这个灵魂面对巨大挑战时反败为胜的胆识豪气。

才华横溢的李斯完全无意于做"知识分子"。他一生所写文章甚少，且文章的目标读者只有一个：帝王。得意时一文可以撼动历史，失意时每个字都是哀鸣。

有了李斯这颗"文胆"之助，嬴政对"武功"也更具信心，统一天下的步伐大大加快了。嬴政听李斯计——悄悄遣谋士持贵重金玉游说诸侯，诸侯名士可用贿赂手段拿下的就贿赂之，不受贿赂拒绝合作的，就利剑刺之。设法先离间诸侯君臣，随后发兵攻打。果然见效。作为法家实用主义实践家的角色，李斯太称职了。从公元前230年灭韩，至公元前221年灭齐，十年灭六国，灭人之国浑如探囊取物。一个空前的大帝国从六国废墟上挺立了起来。王侯专政的王国时代结束，皇权专制的帝国时代开始。作为历史新纪元标志的秦朝，它钢筋铁骨，寒光凛凛，威风八面，总是直奔主题。可是，这是一个缺少润滑剂的帝国，一个没有掌握"软硬兼施"本领的帝国，一迈步便吱吱嘎嘎。

天下人期盼了数百年的统一，竟然在嬴政手里实现了。他自以为"功盖五帝，泽及牛马"，羞与古帝先王同列，自名为"皇帝"。嬴政以为"历史终结了"，终结于他一家一族。他让"时间"重新开始，他是始皇，为秦帝国一世，子孙为二世三世以至万世无穷。正当生命盛年的始皇，有声有色地导演推动着五大运动：造陵、修长城、修阿房宫、巡游、成仙。每一项运动都登峰造极。推求始皇动机，他想的不过是：只有空前巨陵才能与千古一帝身份相称；修长城保卫家业，保卫税收；建起古今无匹阿房宫，极尽人生之繁华；巡游天下既是享用江山，又是震慑天下；此生已达人世极致，只有长生或成仙才能进入永远占有完全享乐的境界。

能简化统一的都简化统一了，各项"事业"都在向始皇所追求的目标推进。可是有多少个人，就有多少张嘴巴。嘴巴除了吃饭，还能说话。这是个问题。始皇的帝国迫切需要一条"舆论长城"。文胆李斯适时登场了。"臣请史官非秦记皆烧之。非博士官所职，天下敢有藏诗书百家语者，悉诣守尉杂烧之。有敢偶语诗书者弃市。以古非今者族。……若欲有学法令，以吏为师。"(《史记·秦始皇本纪》)与《谏逐客书》为外客为士人张目的伟岸姿态相反，此"奏折"呈现的完全是刀笔吏嘴脸。作为实现舆论一律的根本措施，黑暗的"焚书坑儒"事件出现了。天下千万张嘴巴遂统一为嬴政一人之喉舌。从此，"豺声"虽刺耳，开口却即为最高指示。当条件具备后，独裁者很容易接受以屠刀对付嘴巴的策略。李斯清楚始皇想要什么。士人李斯明白怎样才能最有效地向士人、向文化开刀，他主动推进一场满足始皇政治需要精神需求的"愚民统治"。

统一不久，李斯晋升为丞相。历史机遇难得，李斯却似得到了上苍的格外垂青。在统一前后这几十年间，李斯与嬴政君臣相得，立功至巨。秦国梦化为大地上的现实，李斯梦竟也梦想成真，他所恐惧的卑贱之位被彻底摆脱。长子李由任三川郡守，儿子们皆娶公主，女儿们皆嫁皇族。李由回咸阳，前来拜门子的车马数以千计。面对烈火烹油场面，李斯却有悲凉一叹："嗟乎！吾闻之荀卿曰'物禁太盛'。夫斯乃上蔡布衣，闾巷之黔首，上不知其驽下，遂擢至此。当今人臣之位无居臣上者，可谓富贵极矣。物极则衰，吾未知所税驾也！"（《李斯列传》）税驾，意为解驾、休息。位极人臣，此生归宿却仍是个问号。李斯竟也有念及老师荀子之时。生存焦虑如影随形：事情是不是做过了头啊？我不知今生在何时何处以何种方式了结呀！李斯梦，生存大梦，又似一个进行时的噩梦。

始皇巡幸梁山宫，远远望见众多车马簇拥李斯经过山脚，不高兴了。宫中有人打小报告给李斯，李斯立即减少了车马数量。自然又有人向始皇打小报告。始皇追查泄密者，查来查去无结果，便杀掉了当时所有在场的近侍。帝国文胆受到了一次极深的震撼。他亲手打造的体制巨轮飞转，满耳是国家机器的轰鸣。始皇无惧鬼神，唯迷信暴力。他需要的是一个高压下超稳定能传之万世的帝国。在这个血腥淋漓的帝国里，碾碎谁，留下谁，看上去实在是一件平常又偶然的事。

李斯知道自己这个帝国二号人物是多么渺小了。

"焚书坑儒"之后，文化极度简化的帝国实际上已不太需要老文胆李斯了。始皇意外早逝，更使文胆魂飞魄散的时刻提前到来。

3. 李斯与赵高

若论胆量大小、刻薄狡诈程度，李斯显然逊色于赵高。

赵高被后世贴上帝国史上第一大奸宦标签，具有很强的象征意义。帝国与宦阉一开始就建立了深度关系。帝国天生就具有阉割天下的冲动。"焚书坑儒"就是对天下的一场精神阉割。赵高是否为阉人，历来有争议。这里不作判断。秦朝宫廷里，不是身体阉人，就是精神阉人，健全人难以"存在"。

赵高身世有些特别。"赵高者，诸赵疏远属也。赵高昆弟数人，皆生隐宫，其母被刑戮，世世卑贱。"（《史记·蒙恬列传》）秦赵两国同宗，赵国人赵高系嬴姓赵氏，父辈是秦王远房本家。赵高自觉担当起摆脱家族"世世卑贱"处境的重任，所下力气大约不逊于李斯。赵高为人聪明又勤奋，精通时代显学"狱法"。

嬴政喜欢他，任他为中车府令，兼掌符玺，宫中行走 20 余年。地位不是特别尊贵，却是嬴政最信任的近侍。这期间，赵高为人生预置了一大伏笔：任公子胡亥狱法老师，教胡亥决狱。赵高可称为"卑贱者最聪明"的典型。他的生存别无凭借，"学问"加心术是其最大资本，必用此资本完成阿附极权这一初级阶段，才能伺机晋升到操纵极权之高级阶段。

机会来了。

始皇热烈地追求长生，追求成仙。始皇目睹了太多的死，而死去的总是别人。在死面前，他以为自己应当是个例外。自己即使不能成仙，死亡也应是一件非常遥远的事。但死神不这么看。公元前 210 年 7 月，热情万丈的始皇，巡游求仙途中突患重疾。死到临头，才仓促遗令随蒙恬督军的长子扶苏回咸阳主持葬仪。此遗令只有赵高、李斯、胡亥等数人知晓。始皇尸首仍置车中，秘不发丧，百官奏事、上食如故。

而彼时，"接班人"问题永远是皇权核心政治，所有帝王无不提前甚至终生谋划。始皇对此却毫无准备。这很大程度上是由始皇对死亡的态度决定的。这无疑是个致命错误。巨大的权力一时出现真空地带。符玺是权力的象征，用与不用事关朝廷及天下，但掌管符玺也不过类似公务秘书一类的差事。赵高却是个有天胆的人。始皇之死，竟然使赵高具备了亲自使用一回符玺的可能。隐秘、微妙、刺激、惊险，所有因素都具备了，就看潘多拉魔盒以何种方式打开。

赵高要以非凡胆量、非常手段"创造"历史：篡改诏书，逼杀扶苏，立胡亥为帝。赵高利用这一细节，扭转了历史巨轮的航向。

赵高说服胡亥的话，可谓推心置腹："臣人与见臣于人，制人与见制于人，岂可同日道哉！""断而敢行，鬼神避之……"（《李斯列传》）赵高灵魂之硬，真能令恶鬼退避三舍。

做皇帝是天大的好事，所以说服胡亥不难。赵高懂得弟子。二比一是早就预料中的局面。可是，李斯是一个大难题。

作为帝国丞相，久经磨砺的政治家，李斯自然具备森严深奥的胸襟，串通其谋反并非易事。第一个回合，李斯严辞拒绝：怎么能说这种大逆不道的话！这不是人臣应当说的！赵高清楚李斯的软肋。始皇在时，帝国文胆就为归宿问题而焦虑了，却无人敢拿此问题威胁他。而今始皇死，赵高便说：拿您的才能、功勋、威望等与蒙恬比，您掂量一下谁高谁低？扶苏是倚重您还是倚重蒙恬？这无疑击中了李斯的要害。赵高步步紧逼：我们二人同计，即可创造"君听臣之计"局面。这是世世享用荣华富贵的根本保证啊。经过多轮争辩，李斯屈服。

皇权史上第一个血腥大阴谋付诸实施。扶苏自杀，帝国倚重的将领蒙恬、蒙毅兄弟皆自杀。阴谋如此巨大，必须让该流的血流尽。赵高再献计道："严法而刻刑，令有罪者相坐诛，致收族；灭大臣而远骨肉，贫者富之，贱者贵之；尽除去先帝之故臣，更置陛下所亲信者近之。……陛下则高枕肆志宠乐矣。"(《李斯列传》)皇位性质、谋取皇位手段决定，越是有功旧臣，越该杀，与胡亥血缘越近，越是势不两立的敌人。于是，杀旧臣于朝廷内外，灭十二公子于咸阳，肢解十公主于杜。公子高为免合家覆灭，上书自请为先帝殉葬，胡亥见书甚为高兴。赵高说，看吧，臣子们顾命都顾不过来，哪有心思谋反啊，你尽情享乐吧！血腥已浸透宫廷的一砖一瓦，弥漫至每一颗心，皇位宝座下鲜血在汩汩流淌。这才仅仅是个开始。一个恶需要更多的恶来掩盖来成全。胡亥在宝座上发问：怎样才能"穷心志之所乐"？他要的不是常规的享乐，要的是"随心所欲"的享乐。始皇追求的主体可说是达到政治的随心所欲，而胡亥二世追求的主流已堕落为自身的随心所欲了。

这个无敌于天下的帝国正在自杀。

陈胜、吴广服徭役途中，因大雨阻隔不能按时到达目的地。按秦律，迟到就要砍头。韩非主张轻罪重治，以减少犯罪。与统治者愿望相反，既然轻罪重治，那我就干脆犯重罪吧。揭竿而起的人越来越多。胡亥将天下骚乱的罪过推到李斯身上。身在贼船，昔日的帝国文胆早就魂飞魄散了。李斯向胡亥献上臭名昭著的《行督责书》，与赵高展开面向胡亥献媚邀宠的比赛。《行督责书》教胡亥如何对臣下严督深责，追求毫无障碍的穷奢极欲："夫贤主者，必且能全道而行督责之术者也。督责之，则臣不敢不竭能以徇其主矣。……是故主独制于天下而无所制也，能穷乐之极矣……是以明君独断，故权不在臣也。然后能灭仁义之涂（途），掩驰说之口，困烈士之行，塞聪掩明，内独视听……故能荦然独行恣睢之心而莫之敢逆。"先帝故臣、年逾古稀的老人李斯，殚精竭虑创作此文的李斯，面目该是多么狰狞，心灵该是多么黑暗啊。他在精神上已陷入彻底抓狂状态，已不可能表达任何建设性了。为了苟活，他选择无条件助纣为虐。在无耻的赵高面前，他已无任何优势可言。《行督责书》中每个字都是李斯牺牲他人以求自保的哀鸣。

这个反道德、反人性、没有温情、不知去路的帝国，将良知正义砍杀净尽之后，居于权力塔尖的三个人，互相展开了无止境的刻薄、阴狠的比赛。每一个人都深不可测，有的人更加深不可测。可是，人在精神上一旦陷入狡诈状态，做出极愚蠢之举的可能性反而更高。

统治者有一种愚蠢是胡亥式愚蠢——遭蒙蔽、被架空、自大狂。秦朝一度强大的体制能量被迅速透支，国家机器很快漏风透气穿帮裂底。秦朝很快迎来了末世，末世朝廷必是负能量的渊薮。正能量耗散净尽，最后只能以负能量的相互残忍湮灭来收场。

赵高的下一步棋是除掉李斯。要除掉李斯，需强化对胡亥的控制。赵高向胡亥献计："天子所以贵者，但以闻声，群臣莫得见其面，故号曰'朕'。且陛下富于春秋，未必尽通诸事，今坐朝廷，谴举有不当者，则见短于大臣，非所以示神明于天下也。……"（《李斯列传》）胡亥采用赵高计，深居禁中，不见大臣，一味寻欢作乐。距离产生敬畏，产生恐怖，产生神秘，产生神。赵高动用一切力量制造放大恶，让恶成为铺天盖地的霾，让二世成为霾里的大神巨魔。赵高则望着霾狞笑。

就献媚取宠的能力来讲，李斯显然比不过赵高。李斯一再堕落，自以为与赵高站到一条线上去了。可是，赵高是没有底线的。你站过来了，我再大踏步后撤。在这场无耻比拼中，李斯注定败北。——国丞相竟无法见到皇上。李斯闻到了死神的气息。李斯放胆一搏，上胡亥书，言赵高短。可是，在胡亥眼里，赵高当然是最忠诚的人。胡亥不高兴，说与赵高，并让赵高案治李斯。其他人可以成批成群除掉，李斯太重要了，只好当作个案。狱中的李斯再次上书胡亥，幻想二世悔悟。赵高说：囚徒焉能上书！上书被扔掉。李斯让二世听一声他的哀鸣都已不再可能。公元前208年，帝国统一13年，秦二世二年，李斯被定为谋反大罪，腰斩于咸阳，夷三族。

赵高已经不怀疑自己的能量了，却还亲自在胡亥和群臣面前导演一场"指鹿为马"的情景剧。众目睽睽之下，红口白牙，颠倒黑白。他要的就是这个效果。从前是参与游戏，现在是游戏规则制定者了。一个安全感极度匮乏却暂时掌控了极权的人，迫切需要验证他的生存安全系数有多高。赵高一手促成凶险的生存地狱，却幻想在此地狱获得生存的绝对安全。针对他的致命一击马上就会降临。

胡亥与赵高共治，诡诈愚暗登峰造极。

李斯死后第二年，赵高逼胡亥自杀。赵高仰仗自己嬴姓赵氏血统，想篡登皇位。他取过玉玺配在身上，迈步登殿，感到殿基摇动，再试，仍如此。为人性恶驱使的赵高，终于走到了心理承受能力极限。——他竟然也是有极限的人。他只好取下玉玺。他无法一人实现生存安全，嗜血的体制不可能单独对他温情脉脉。中途退场的可能性是零。天下已是风雨飘摇。仓促中始皇后裔子婴即位。子婴即位后做的第一件事就是杀赵高，夷其三族。接着，刘邦入咸阳，子婴自杀。不可一世的庞大帝国至此完成了自杀。一个惯于压迫他人的体制或个人，那压迫他人的手段迟早会以更加无情的方式加在自己头上。"请君入瓮"这类剧情在人类历史上总是不乏再版机会。李斯、赵高、胡亥皆如此。始皇虽早死，这个亡国灭族的沉重悲剧，他却必然仍是第一承受人。

摧毁自己寄身的体制和国家，看似毫无逻辑，实则正符合事物发展逻辑和人性人格逻辑。胡亥赵高李斯三人，让后人、让我们看到，体制之恶与人性之恶是怎样相互激发相辅相成的。靠邪恶而存在，便片刻都离不开邪恶。体制崩溃不是他们的本意，而是他们实在进行不下去了。自古就有这一说法：赵高为给母国赵国复仇，自残身体来到秦宫，最终灭秦。这是戏说，毫无历史根据，也有违人格逻辑。祖国、家园、乡愁、牺牲这类温暖光明情感，离赵高之流实在太远太远。

把权力使劲往黑暗里操纵的人，不配享有阳光命运。

帝国已成为一架充满血腥的机器，其强大嗜血的惯性，使之连控制它的人也绝不放过。这个体制的胃口太好，多么恶的东西都能吞下去。体制本身和体制里的核心人物，全都呈现出丧心病狂如鬼似魔的嘴脸。体制和这些人吃错了什么药？——那药是士人韩非配制并提供的。

4. 李斯与韩非

李斯为数不多的文章及一生行迹证明，他的精神导师不是老师荀子，也不是其他诸子，而是其同窗韩非（约公元前281—前233年）。

韩非，韩国诸公子，即韩王室近支。韩非有口吃之疾，却满腔思想激情，只好靠写文章来抒己志了。《韩非子》十余万言，是诸子中作品量特别大的。（本节引《韩非子》，只注篇名）

李斯一条道走到黑，几乎不提老师，相反屡屡提及的却是韩非。劝始皇焚书坑儒的奏折及丑恶的《行督责书》，其精神本质全来自韩非。李斯屡称韩非为"圣人"。据司马迁记载，韩非冤死的第一推手便是李斯。

读《韩非子》，总给人非人的感受。《孤愤》《说难》《奸劫弑臣》《备内》《诡使》《六反》《八奸》……先秦诸子文集皆不见类似标题。韩文峻急犀利，凝重苦涩，刻薄诡谲，同时文采斐然。一篇一篇读下去，读得人脊背发寒。

要判断一种学说的本质，应先厘清其对人性的态度。人"上不属天而下不著地，以肠胃为根本，不食则不能活，是以不免于欲利之心"（《解老》）。人"不免于欲利之心"，这一判断尚能辩一辩。可是，韩非反复强调的是：人是一种"以肠胃为根本"、没心没肺的本恶式生存，仁义、慈爱、信任等道德说教全都是虚伪害人的。人性恶，人皆不可信；不要用道德论人，而应以利害察人。这是韩非立论元点。

韩非自称为"法术之士",即以法术理论游说君王之士。与李斯一样,韩非文章只有一个目标读者:君王。他反复告诫君王:要放弃对人性的一切幻想,以法、术、势无情面对一切人、一切事。君王手中利器就是法术势。法要公开,让臣下明白;术则为"暗器",须深不可测。

法术势的施加对象自然首先是臣与近侍。韩非说,盼君王早死的人,正是后妃、夫人、太子之党。为何?"君不死则势不重。情非憎君也,利在君之死也"(《备内》)。只有君王死了,势与利才会转移到自己身上。"臣尽死力以与君市,君垂爵禄以与臣市。君臣之际,非父子之亲也,计数之所出也。"(《难一》)君臣"上下一日百战"(《扬权》)。君臣之间是买卖关系、虎狼关系,任何幻想都是有害的。所以"人主之患在于信人,信人则制于人"(《备内》)。韩非的结论就是:人皆逐利、无耻、无良知,君主只有首先抛弃仁义说教,才能在"上下一日百战"中稳操胜券。这些不给任何一方留情面的说教,对那些无时无刻不为险恶宫廷斗争所困的君王来说,或许无异于醍醐灌顶。可是,规则存在是一回事,把规则亮出来,加以肯定、予以推动,又是一回事。

取消了道德底线,才可以无所顾忌。"倒言反事以尝所疑。"(《内储说上》)只要需要,君王完全可以正话反说、正事反做以试探臣下。"故明主之行制也天,其用人也鬼。"(《八经》)用权要显得像天一样公正,役使臣下则要神妙莫测。到如此地步,君主如果愿意宣布某个"阴谋"为"阳谋",那是他觉得好玩而已。包括儒家在内的诸子,大都有或显或隐限制君权思想,唯韩非主张绝对君权,且君主有无限纵欲权。

韩非的思想武库里,有最充足的毒汁,连自己都能毒死的毒汁。韩非之死比李斯之死更耐人寻味。韩非以文章咬牙切齿,却仅是纸上谈兵;帝王用刀剑发言,则招招见血。

在权力与命运之间,韩非颠簸于自信与不自信的两极。

韩非文章透露着这样一种自信:君王您只要听我的,不但自身生存安全上可以高枕无忧,还能富国强兵称霸天下。君王实现安全的大方针就是:严刑峻法,轻罪重治，让人人惶恐不安。"群臣百姓救过不给，何变之敢图？"（李斯《行督责书》）李斯之言，完全源自韩非。韩非对君王安全细节都深思极虑。"同床""在旁""父兄"（《八奸》），即妻妾、近侍、同宗被列入八奸中最需提防的前三名。为防有人下毒，要做到"不食非常之食"（《备内》）。韩非竟然担心君王不会杀人，需他来支着："生害事，死伤名，则行饮食；不然，而与其仇……"（《八经》）对活着会坏事，杀掉又会有损君王名声的人，就在饮食中放入毒药毒死他，或交给其仇敌除掉他。

韩非对一己命运却完全没有自信。"阴用其言，显弃其身。"（《说难》）君王会暗地里采用我的话，却公开抛弃我。命运果然应验。嬴政看了《孤愤》《五蠹》，不胜感慨："嗟呼，寡人得见此人与之游，死不恨矣！"（《史记·老子韩非列传》）下令进攻韩国，目的竟是为了得到韩非。韩王恐惧，将韩非送到秦。韩非到秦不久，嬴政却听信李斯、姚贾陷害韩非的话，下令除掉韩非。李斯派人给韩非送去了毒药。喝着法家黑色乳汁长大的嬴政，心肠大约比韩非所希望的更硬，处死韩非想来并未担忧名声损失。以韩非为精神导师的李斯，看来也已养成足够的恶，不惜让同学踏上死路。不知韩非接到老同学送上的毒药后，又作何感想。

韩非的死法，简直就像是他生前为自己量身定做的。在自己的理论里设计好的取死之道，为生存打下一个死结，并且非常清醒地意识到这一点，人类历史上实在找不出第二人。他是聪明过头了，还是愚蠢过头了？他构思不出一个强者、士人、民众都能适当生存的世界，必然也想象不出一个能够让自己坦然生存的世界。

李斯、韩非的思维就是斩草除根式思维。这是一个广泛阉割的时代。在极权统治者眼里，世界必须是一个阉割过的干干净净的世界，一张白纸式的世界。韩非就极力要成为帝王阉割天下的手术刀，他因此先把自己彻底阉割。李斯就做成了这样一把手术刀。韩非之前，人是有逃避之路可走的。老庄是一种逃避，儒家独善其身是一种逃避，退处岩穴也是一种逃避。贯彻韩非理论，使所有人都欲逃无地。韩非对岩穴之士（隐士）也大张挞伐，认为他们的存在是对君王权威的蔑视挑战。

韩非要为时代提供"一抓就灵"的妙方,时代强者竟也认为那就是妙方。好在猛药往往同时又是剧毒药。

韩非提出"法不阿贵",却又让君王超越一切法。他提出人性绝对恶,从《韩非子》却读不出这样的自省:"我韩非系一本恶之人,无良知,不可信……"他把君王和自己置于不受其理论裁判地位,其主张难脱虚伪。他彻底类似精神癫狂。说韩非得了"失心疯"症,固然难以证实,说韩非思想是失心疯思想,则无大问题。这失心疯思想,李斯认为真伟大真彻底,嬴政感到真管事,胡亥感到真受用,赵高则感到其毒性有待于升级换代。人创造的体制,却未被置入人性灵魂。秦朝呈现出丧心病狂征候,合情合理。似乎可把"韩非思想"看作秦廷"软件",只是这一"软件"一开始就带有致命病毒,连软件开发者亦能毒死的病毒。

从先秦诸子之文中,我们大都能感受到或深或浅的人文气息。唯韩非例外。韩非那里,无自省、无良知、无大体、无诗意、无冲淡、无温情、无生趣,唯阴鸷,唯诡诈,唯刻薄。汪洋恣肆开阔雄伟的先秦人文精神,陡然收束,钻入了狭隘紧张的韩非"黑洞"。而以韩非理论为根基的秦朝和李斯,踏上的注定是不归路。

李斯、韩非,其生其死皆别具一格。李斯生存能力远超韩非,比韩非多活了20余年。可是,最终死得比老同学"隆重"百倍。

李斯、韩非,最后的士人,终结先秦士人的士人。在他们之后的漫漫皇权历史中,再难觅真正士人踪影,只有士大夫。李斯、韩非的生命终结在自己的"事业"里,却无法将其视为任何意义上的殉道者。

5. 尾声:失落的家园

李斯是最能触动司马迁神经的现代人。在《李斯列传》里,司马迁在道德上否定李斯,在情感上又极度同情李斯。司马迁因身体的被阉割,而激起反精神阉割的怒火;李斯却因精神自我阉割与被阉割,再也发不出一丝人性光亮、文化光亮。

在李斯之后 1600 年，出了个皇权历史中罕见的异端思想家李贽。李贽说：李斯"是圣是魔，未可轻易评说"（李贽《史纲评要》）。李贽体会到评价李斯的困难。李斯作为一个精神力量曾经强大的人，肯定有成圣的潜能和冲动，但事实是他未能成圣，而是以魔的面目出现。历史堪称一间巨细靡遗的人性实验室，什么样的人性不曾被检验过？有些人，注定要被放在冰中浸，放在火上烤。李斯被冰透了，又被烤焦了。

李斯死亡前后，是中国历史最黑暗的时期之一。秦式"黑暗"是一个系统工程。李斯自身就是黑暗的组成部分。

秦朝，没有人能把它当作家园，它也不许任何人有属于自己的家园。一个不许任何人有任何精神坚守的体制，竟然迅速挺立在大地上，寒光凛冽，巍然赫然。

统一固然是演绎了一出伟业正剧，至二世却完全是一派闹剧加惨剧景象了。李斯这只飞黄腾达的雄鹰，一下子成了断线的风筝。

三族是一支浩浩荡荡的队伍，老老少少可能会有好几百人吧。李斯平时就没认真想过三族会有多少人，许多人他一生也未曾谋面。这么多无辜的人陪着他死去，不管他流泪还是流血，都变得毫无意义。为了功名，他背叛老师，辜负先帝，出卖同学。先帝、同学是什么东西是一回事，背叛与否是另一回事。李斯幻想有一个举族和乐的大家园等着他的晚年，功成名就的老年李斯在这个家园里光荣地寿终正寝，而结局却是三族成灰。成功后又失败得如此彻底，今世之缘一齐斩断，斩草除根式的斩断啊，任何操心牵挂都不必有了。那是什么样的悲凉啊，连悲凉也不必有的悲凉！喧哗与骚动之后，是无边无际的死寂。眼泪是需要人性温度的。"老泪纵横"可看作一种境界。大悲无泪。人总是易见他人的无常，而难悟自己的幻灭。我怀疑老李斯还能哭得出来。

"黄犬之叹"，那是司马迁想象中的李斯的家园之叹。家园？李斯的家园早就失落了。

没有家园，只有丛林。英国人托马斯·霍布斯于 1651 年所出版的《利维坦》

一书中首次提出"丛林法则"概念。丛林法则下的社会，弱肉强食，赢者通吃，没有道德，没有怜悯，只有冷冰冰的食物链，所有人都不惜以他人为牺牲。在秦朝，有些人的确实现了通吃，但传之万世的通吃是不存在的。暂时拥有通吃能力的人很快就把天下人吃成了陈胜吴广们的地狱。强者、狠者并没有进天堂。贯彻丛林法则不走样的地方恰恰在宫廷，在强者的人际关系里。韩非之后1700年，约在1515年，意大利人马基雅维利将其丛林法则意味极浓的《君主论》一书献给佛罗伦萨的权贵。与韩非著述主旨近似，都是向统治者奉献"权术教科书"。为了能让统治者攫取、巩固权力，马氏可谓处心积虑。"为达目的可以不择手段"，成为"马基雅维利主义"的核心。对比阅读，却不能不承认，《君主论》虽具无耻倾向，但其政治设计水准、人文色彩、人性温度远远高于"韩非思想""李斯理论"。

悲凉的李斯，短促又悲惨的秦朝，像个惊叹号一样矗立在数千年皇权历史的起点。接过皇帝称号、秦氏体制甚觉受用的历代帝王，却无人能正视始皇和他的功业，总是将他骂一骂、贬一贬以示自己道德正确、政治正确。2000年帝制并未产生嬴政主义、刘彻思想、爱新觉罗理论，皇帝动辄杀人，却不敢以君道同体自居，不敢宣布"朕即真理"，"道"必另有所属。在我们这里，始皇首次受到高度赞扬，李斯、韩非等亦沾不少光荣。历史的某些潜质，似乎获得了一次聚焦式回光返照的机会。

三、司马迁：在肉身与灵魂之间

中国历史上有两个受了大委屈的男人——屈原、司马迁。

"魂一夕而九逝"（屈原《抽思》）的屈原始终有强烈的被抛弃感，一夜之间离开躯壳九次的灵魂要到哪儿去？到楚国国都郢都去了。屈原投水自尽是绝望后的自我抛弃，也是对被抛弃命运的无奈反抗。

"是以肠一日而九回……"（司马迁《报任安书》）是何缘故使司马迁陷入肝

肠寸断、痛不欲生之境地？是耻辱，是撕裂躯体、深入灵魂的耻辱。以受宫刑为标志，司马迁的人生判然分为两截。司马迁亦被抛弃了，且是更彻底的抛弃——他成了"非人"。一把耻辱之锯，拉扯着他的肉身和灵魂。他晃荡着残躯，带着一个难以安抚的巨大创伤，激愤又冷酷地登场。

司马迁把自己活埋在那个张牙舞爪的盛世，《史记》就是他的坟，他的墓志铭。司马迁以超常心力，突入历史的纵深地带，亦突入人性的纵深地带。

宫刑，是活人所能经受的最沉重的身体创伤和精神镇压之一。

义气深重的司马迁，义气深重的《史记》，不仅能触动你的心理，甚至能触动你的生理。

1. 他本在盛世"跑龙套"

> 不知其人，视其友。——司马迁
>
> 智者贵在乘时，时不可失。——司马迁。

历史一直在说汉武帝时代是一个伟大盛世。司马迁的奇崛人生历程，基本与这个时代相始终。

人是历史动物。把自己安顿在历史里，是人类由来已久的精神需求。汉武帝时代，中华民族已累积了丰富的历史经验。而历史文化最丰富的家族就是司马迁家族。司马氏世代为史官。

汉初崇尚道家的无为而治，饱经战乱的社会得到休养生息。第五位皇帝汉武帝刘彻接手的是一个富于生机、野心勃勃的庞大帝国。这个帝国，差不多可说就是从前的"天下"。先秦时代诸子百家所向往的天下一统局面，似乎是实现了。

看看这样一个时代，容纳了些什么人物。

一号人物当然是汉武帝刘彻（公元前156—前87年）。刘彻16岁登基，在位逾半个世纪，将汉朝推至鼎盛，寿命长，威势重，能量大，阴影亦大。元鼎四年

（公元前 113 年），刘彻出巡至河东郡（今山西夏县），郡太守料不到突然来了皇上，供给保障措手不及，急得以自杀来逃避。司马迁以 11 个字实录此事："河东守不意行至，不办，自杀。"（《史记·平准书》）第二年，同样原因，陇西郡守自杀。皇上——这个权力巨人，影子就能吓死人。刘彻热衷武功与出巡，是古代走得最远、出巡次数最多的皇帝。他对女人的热衷亦甚有名。"用剑犹如用情，用情犹如用兵。"（翦伯赞语）

卫青、霍去病、李广等，在现实与历史中，他们皆赫赫有名。他们一次又一次远征漠北、西域。他们是武帝性格的延伸，是帝国挥出的铁拳。对内集权与对外征伐，是刘彻的力量来源。他对卫青说：一不出师征伐，天下不安。武帝一朝，是中国古代进攻型将领最多的朝代。靠蛮力挑战汉朝的匈奴，在武帝铁拳不断打击之下，不得不一再远遁。

张骞，中国古代走得最远、出使时间最长的外交家、旅行家。军事将领向远方伸出铁拳，大汉使者则向远方传布帝国消息。

董仲舒，首次确立儒学至尊地位的思想家。天下一统了，也必然要求"软件"一统。帝国到了从容建设"软件"的时候，董仲舒应运而生。他将儒学世俗化、实用化兼神学化，殚精竭虑从天上到人间为体制寻找自圆其说的合法性。

……

这些人与司马迁同代。他们大都不会留意、在意人微言轻的司马迁，而早早就有史学使命意识的司马迁却不会不留意他们。

大文明需要大时空。汉朝人不论走多远，都没有发现文明高于自己的地方，更不会发现比自己还要庞大的帝国。在这一大背景下，刘彻追求好马的热情极为高涨，为此他不惜耗费巨大的人力物力，派将士一次又一次深入西域。后世不断有人诟病刘彻此举。不过，当时的刘彻自然有理由认为，他最有资格拥有最好的马，最好的马也应该为他的帝国驰骋。

司马迁面对的就是这样一个时代。他的命运，他的才华，在此时空下展开。

比生活在这个时代更加幸运的或许是：司马迁有一位伟大父亲——史学家司

马谈,一个有能力有条件站在时代文化巅峰的人物。司马谈任太史令,太史令掌文史星历。"天下遗文古事,无不毕集太史公。"(《史记·太史公自序》)司马迁的读书条件当世无人能比。司马谈服膺道家精神,却让儿子师从孔安国、董仲舒等人习儒。这应当含有为儿子规划未来人生的现实考虑。崇儒大局已定,只有习儒才能走上仕途。司马迁10岁时,父亲就将他从家乡夏阳(今陕西韩城)带到京城长安。20岁时,司马迁迎来了他一生至关重要的首次壮游。这时的司马迁无公职,出游必出于父亲的安排。由此可见司马谈对儿子的期望之高。司马谈的影响及对其有意识的培养,必使司马迁的文化自觉、史学胆识发育极早,为他成长为精神更雄伟、文采更丰富的人,奠定了重要基础。

司马迁在《太史公自序》中高度概括了24岁前的人生:

迁生龙门,耕牧河山之阳。年十岁则诵古文。二十而南游江、淮,上会稽,探禹穴,窥九嶷,浮于沅、湘;北涉汶、泗,讲业齐、鲁之都,观孔子之遗风,乡射邹、峄;厄困鄱、薛、彭城,过梁、楚以归。

司马迁对自己的游历甚为得意。首次壮游大约持续了三年时间,再次出游则已是奉使青年朝官身份。这些游历可视为司马迁所进行的史学"田野调查"。一个学养非凡的青年,又及时进行了非凡的浪漫长旅,胆识、文气得到有力淬炼,他以广阔的地理为人生奠基。正当多情易感的青春时代,走出书斋,面对大地山河,胸中典籍掌故在游历中一一指认,书生心窍豁然开朗。如此时空的长旅,在汉代之前是不可想象的。国家大,心脏亦大。帝国的强大心脏,能把志向非凡的司马迁送到很远的地方。司马迁深知这个时代,并喜欢这个时代。当然这并不妨碍他后来激烈批判这个时代。在此后20多年时间里,他又不断随侍热衷出巡的刘彻,遍行大汉江山。后世的史学家,在脚力与心力两方面皆无人能及司马迁。非凡的游历考察,使他对历史特别是现当代史具备了鲜明的在场感,历史的大局与细节了然于胸。他把游历化为《史记》的一条脉络,其深沉的脉动不时在各篇中呈现。

司马迁已经把自己确立为这样一个人物：中国古代游历最为深广、文化准备最充分的史学家。到司马迁以深邃眼光打量历史的时候，中华民族极其宏富的历史经历，亦在呼唤一位伟大史学家、一部伟大史学著作的出现。

在这个大时代，司马迁却一直是一个小人物。司马迁 24 岁左右为郎官。此后 20 余年，他几乎随侍了刘彻所有出巡行动，虽自视为莫大殊荣，但他无疑是一个无足轻重的旁观者、记录者。与众不同的是，职业敏感、知识修为使他自觉不自觉地成为一个洞察者。司马迁能看到并经历他人看不到的历史活剧。在那些活剧中，他只是一个跑龙套的角色，对剧情却可能比主角、比导演看得更清楚，并深知产生那剧情的背景。元封元年（公元前 110 年），刘彻举行汉朝首次登泰山封禅大典，司马谈却突然在周南（洛阳）病危，不能随侍封禅，临终遗命司马迁完成《史记》。司马迁垂泣受命。按汉制，儿子可继父职。三年后，38 岁的司马迁继任太史令。此后至 48 岁遭宫刑前，司马迁除应对本职事务外，集中撰述《史记》。

司马迁或许自信已具备洞察历史的能力了，但对自己的命运却完全无能为力。他深知历史，在现实中却一派天真。

他要为自己的天真付出"意外"代价了。

2. 李陵案的一个意外事件

> 千人之诺诺，不如一士之谔谔。——司马迁
> 士为知己者用，女为悦己者容。——司马迁

不管投降及投降后的遭际多么曲折，李陵是大汉帝国的叛徒，这是历史事实。

吊诡的是，一代又一代后人一直同情乃至喜欢这个叛徒。历史的可畏与有趣，在李陵身上得到了充分体现。

对李陵的这份历史情感较大程度上是司马迁给奠定的，是他抚哭叛徒情怀的

濡染和发酵。

司马迁朋友很少，撰写《史记》这一浩大工程要求他必须心无旁骛，家族、职位亦决定他不会成为朝廷股肱之臣，无巴结权贵的必要。虽然如此，皇帝刘彻的身影却不能不深深地笼罩他。宫刑之前，他是这种心态："绝宾客之知，忘室家之业，日夜思竭其不肖之材力，务壹心营职，以求亲媚于主上。"(《报任安书》)虽可绝宾客，但皇帝却是生存意义所在。青年郎官司马迁小心翼翼，紧手紧脸，让皇帝满意、讨皇帝欢心是最高行为准则。与皇权下的许多臣子近侍一样，司马迁亦具"臣妾心态"。

任安是他少数几个朋友之一。公元前98年司马迁入狱并受宫刑，次年出狱，且意外地尊崇任职——任中书令(皇室机要秘书)。七年后，任安因"巫蛊案"下狱，论腰斩之罪。任安下狱前数年，曾致信已任中书令的司马迁，希望他"尽推贤进士之义"，就是利用职务之便向刘彻推荐自己。司马迁竟数年未复此信，直至任安死到眼前才复信。2000年后一读再读《报任安书》，司马迁那颗流血的心仍会令人心惊胆战：老朋友任安你太不理解我的心事了。

刘彻对司马迁施以宫刑，皇帝心事依旧，司马迁心事已非。

司马迁对李陵家族的敬仰和同情由来已久，而他与这个家族向来毫无瓜葛。"夫仆与李陵俱居门下，素非相善也，趣舍异路，未尝衔杯酒接殷勤之欢。"(《报任安书》)与李陵连一杯酒的交情都没有，却因他蒙受奇耻大辱。

李陵像他的祖父李广一样急于立功。公元前99年秋天，李陵主动要求率5000步卒出击匈奴。进入漠北已是寒风吹彻的冬天。这注定是一个与他过不去的冬天。在浚稽山一带，李陵部众与单于三万骑兵展开了遭遇战。单于很快发现他这三万骑兵竟不能制伏李陵5000步卒。单于又调集八万余骑，对李陵摆成合围之势。李陵部众的150万支箭全飞向了匈奴。部队损失惨重，且成了一支赤手张空弓的部队。他下令部众解散，各自突围。单于太想活捉李陵了。李陵未能冲出重围，最终为单于活捉。

李陵投降了。

在此之前，公元前119年，李陵年过60的祖父李广最后一次出击匈奴。他已转战疆场40余载，匈奴人都惊呼他为"汉之飞将军"。时乖命蹇的李广始终未能封侯。他想用战功说话。可是，部队却因迷路而贻误战机。为向皇上谢罪，亦为本人和家族免受羞辱乃至屠杀，李广果断自杀于阵前。

李陵却陷入了复杂的选择。

李陵全军覆没的消息掀起轩然大波。刘彻一开始听说李陵阵亡了，接着又有消息说投降了。他便让相师给李陵母妻相面。相师说李陵母妻脸上皆无死丧之色。独裁者往往乐见他人的牺牲，牺牲越壮烈，独裁者心境越欣慰：这样是好的。一将功成万骨枯。为有牺牲多壮志。

名将阵前降敌，深深刺激了朝廷心脏。事件中心不是李陵，而是皇帝。刘彻的心情，才是臣下们最关心的。他们在揣度此时刘彻爱听什么话。从前赞扬李陵的人都开始说李陵坏话。司马迁对无人为李陵说句公道话甚为不满，适逢皇上召问，司马迁发言了：

> 仆观其（指李陵）为人自奇士，事亲孝，与士信，临财廉，取予义，分别有让，恭俭下人，常思奋不顾身以徇国家之急。其素所畜积也，仆以为有国士之风。……且李陵提步卒不满五千，深践戎马之地，足历王庭，垂饵虎口，横挑强胡，卬亿万之师，与单于连战十余日，所杀过当。……转斗千里，矢尽道穷，救兵不至，士卒死伤如积。然李陵一呼劳军，士无不起，躬流涕，沫血饮泣，张空弮，冒白刃，北首争死敌。……身虽陷败，彼观其意，且欲得其当而报汉。事已无可奈何，其所摧败，功亦足以暴于天下。（《报任安书》）

司马迁对任安说，他就是用这些话去应对皇上的。可是，秀才心事对帝王心事，真是南辕北辙。刘彻龙颜大怒：你这是攻击贰师将军李广利屡次劳师远征，却损兵折将！李广利是谁？——刘彻宠妃李夫人之兄。而对多疑忌刻、心理又遭重创的刘彻这样说话，可视为司马迁之不智。专权者有翻脸不认人的强大优势，闷棍的这个打法当然是臣子无法也不可能招架的。

司马迁下狱。司马迁成了李陵事件中的一个意外事件。

这完全出乎司马迁意料——微臣可是一片忠心啊！

更大的不幸还在后面。第二年，刘彻对李陵之事有所悔悟，派公孙敖深入匈奴，企图寻机接回李陵。公孙敖未能见到李陵，却传给刘彻如此消息：李陵正为匈奴练兵，准备与汉朝对垒。

刘彻心灵再次遭受重创。皇帝总有迁怒的办法：李陵被灭族；狱中司马迁论死罪。

司马迁在武帝面前开口为李陵辩解时，内心既有书生的正直天真，又有婢妾般的绝对忠诚。几句话惹出杀身之祸，令司马迁一下子明白：帝王心事与臣下心事，实有天壤之别。可是，宫刑七年之后，在那篇著名的《报任安书》里，司马迁仍情不自禁地盛赞李陵。可以后悔当时那样说话，但一旦白纸黑字却还是要那样说话。

司马迁的悲剧是偶然中的必然。驰骋疆场的将领，或胜或败或死或降，乃正常命运，因将领正常命运而致司马迁无妄之灾，又属非常事件，非常事件落在司马迁身上又有必然性。如他不在场，或在场不说话，或察言观色随大流说话，都可免祸。他在场了，他说话了，他说话必发自肺腑，而此发自肺腑便触犯了宫廷丛林法则。这是性格决定命运的古代版本。彻底的恐怖效果来源于绝对的惩罚权力，专制者需要不讲理就能做到绝不讲理。

按汉律，死罪可拿 50 万钱赎罪，或以宫刑免死。司马迁家无余财，朝中也无人为他说话，他只能面临三种选择：自杀、处死、宫刑。自杀是最能保持一点尊严的死法，司马迁也最想自杀。读《史记》，你看到自杀是如此普遍，伍子胥、田横及五百士、李广、屈原、蒙恬等，皆自杀。自杀是有用的，或明志，或避辱，或解脱……可是，《史记》未完成，司马迁不能死。是斩首还是去势，他只能在身体的两头之间选择。——他选择了宫刑。当朝当代不许他发自肺腑说话，他对历史、对后人发自肺腑说话的愿望就变得格外强烈。司马迁坚定地想：我必须活下去。他决定接受一具荒谬的身体，在荒谬中活下去。从此，他终生视自己为该自杀而未自杀的人。

人是唯一的为了自身利益而对同类或其他动物实施阉割术的动物。比身体阉割更加普遍的是精神阉割。能决定现实秩序者，必求决定心理精神秩序。在宫刑之前，司马迁虽学识超人，却亦自觉走在精神阉割的路上了："以求亲媚于主上。"婢妾心态在皇权体制下是常态，而非异态。大环境足以使你自觉养成"婢妾自律"。宫廷之内，大约只有皇帝一人无"太监表情"。从阉者身体和精神里，皇权可以得到所需要的最"纯正"奴性。

敏感自尊、学识超人的 48 岁老男人司马迁被处以宫刑了。少小时遭阉割，会自然养成阉者人格，可司马迁此时已年近半百。

宫刑，这真是一种令人发指的酷刑，一种最具古代中国特色的摧残术。文明进化的结果使男女性器成为最深忌讳最根本隐私，宫刑则把这一切一刀挑开。消逝的一切实际上可看作是被张挂在了受刑者脸上。司马迁将耻辱列为十等，"最下腐刑极矣。"腐刑（宫刑）是生人耻辱之极。"仆以口语遇遭此祸……污辱先人，亦何面目复上父母之丘墓乎？虽累百世，垢弥甚耳！是以肠一日而九回……每念斯耻，汗未尝不发背沾衣也！"（《报任安书》）七年 2000 多个日夜未能使耻辱感稍有缓释。他时时感受着身体上的那片虚空。阉人，皇权体制里不可或缺的蛆虫。司马迁的残生里，时时有蛆虫在身的恶心。

一刀下去，司马迁终于窥破帝王心事了。司马迁亦坚定地与帝王决裂了。

在与武帝刘彻的短兵相接中，司马迁看见刘彻并不高大，他看见了刘彻脸上的毛孔和眼中的血丝。匍匐的他站了起来，站立成大丈夫，站立成一心可对八荒的大丈夫。对司马迁来说，现世已成"荒原"。现在，《史记》成为他生命中第一位的东西。

中书令向来由宦官担任。对司马迁宫刑后任此职，不断有人说这是刘彻羞辱司马迁，有意提醒他的宦竖身份。从前我亦认同这一说法。今日看来，这是高估了刘彻的情商。对下级，没什么奖赏比官帽更重要，这是皇帝们的共同思维。司马迁出狱时，李陵事件已尘埃落定。公孙敖传回的消息有误：为匈奴练兵者不是李陵，而是另一位降将李绪。李陵得知被灭族后，怒而杀掉李绪。"大势已去"的司马迁出狱后竟升了官，参与皇家机密，这很大程度上是刘彻的悔过表示。翻脸无情的皇帝，犯不上用一顶级别更高一些的官帽子去羞辱一个人，也与情理不通。

对皇帝心事，司马迁已洞若观火。对司马迁心事，皇帝完全无知。刘彻完全不知他的中书令在精神上已走得多远。处司马迁宫刑这年，刘彻已是60岁老人。这个老英雄，这个把权力使用到极致的帝王，他不会去判断也无兴趣判断身边这个小人物的雄心壮志及情感风暴。

当世荣辱、皇帝恩宠对司马迁已完全无意义。他虽被置于权力系统中，但精神上绝对是"局外人"了。皇帝亦不过是"荒原"的组成部分而已。宫刑无异于一场精神淬火。司马迁在精神上已彻底抛弃了当代，抛弃了皇帝。

司马迁要在历史里无所依傍地站着。

至莫（幕）府，广谓其麾下曰："广结发与匈奴大小七十余战，今幸从大将军（指卫青）出接单于兵，而大将军又徙广部行回远，而又迷失道，岂非天哉！且广年六十余矣，终不能复对刀笔之吏。"遂引刀自刭。广军士、大夫一军皆哭。百姓闻之，知与不知，无老壮皆为垂涕。（《史记·李将军列传》）

《李将军列传》是司马迁唱给李陵祖父李广及李陵家族的深情挽歌。司马迁的深情，化为历史的深情。李陵案为《史记》增加了最深重的义气感。

李陵案意外地改写了司马迁的命运，被改写命运的司马迁重写了中国历史。中国历史多了一种"意外"的表情——司马迁表情。

3. 把名字擦亮

> 立名者，行之极也。——司马迁
> 规小节者不能成荣名，恶小耻者不能立大功。——司马迁

司马迁成了一个自觉的悲剧人物。荒谬的身体，悲怆的精神，无情的世界，不能不令司马迁瞪大眼睛，他抛弃了灵魂里的最后一丝虚伪。司马迁裸体面对历史。他自觉地在荒谬中度过余生。他使用着这具躯体，直面并超越这个给了他巨大耻辱的当代世界，以惊人的意志，伟大的才华，坚强的人格，将自己送入历史。

与通常的阉割摧折人格作用相反，司马迁涌起的是反精神阉割的狂潮，是人格旗帜的高扬。

司马迁有哪些思想精神资源？

靠铁血政策完成统一大业的秦朝，还没来得及为帝国安装"软件"，就土崩瓦解了。秦创立的国家体制却基本由新兴汉朝继承了下来。秦帝国企图用绝对权力绝对控制每一个人，建立一个传之万世的超稳定结构，不料迎来的却是昙花一现的宿命。"传之万世"又何尝不是后世帝王的心事呢。只是秦之忽兴忽亡的事实活生生摆在面前，牧民之术再也不能像暴秦那样蛮横露骨了。

董仲舒极力将儒教加以神化和俗化，贴近皇权，贴近政治，他提出的天人感应、天不变道亦不变等主张，被确立为时代命题。这种貌似不容置辩的理论，很合统治者胃口。秦朝"以吏为师"求思想统一归于失败，武帝"独尊儒术"却大获成功。好在短命的秦朝难以完全阻断先秦那伟大的气息，百家争鸣的历史局面虽难以再现，司马迁时代却无疑尚能感受诸子的风流余韵。

道家人物司马谈却让儿子习儒。这是很耐人寻味的。司马谈晚年，崇儒已成大势，他当然希望儿子瞩目于时代显学。司马迁没有辜负父亲期望。对孔子的倾心仰慕赞美，是弥漫于整部《史记》的。司马迁要求自己做孔学衣钵传人，他自

觉"折中于夫子",即以孔子为判断是非的标准。

司马迁对道家又深情喜爱。《史记》许多篇章对此都有流露。后世有个性的士人往往都表现为尊儒而喜老庄。所谓儒道互补,是士人精神张力所在。司马迁可称为开先河者。有趣的人,不论在儒在道皆有趣,反之则皆无趣。

司马迁这样确立创作目标:"欲以究天人之际,通古今之变,成一家之言。"(《报任安书》)司马迁并无系统异端思想,但对儒学神化迷雾,却有独持异见的勇气,不时冲破当代儒术的羁绊。虽然我们从《史记》中得不出"究天人之际"后的明确答案,但司马迁之天不等于董仲舒之天,是可以肯定的。司马迁对孔子止于"圣化",董仲舒则将儒教"神化"。董之天不可究,迁则究之。《史记·伯夷列传》中写到伯夷、叔齐高洁而饿死,盗跖暴戾以寿终,司马迁不禁感慨:"余甚惑焉。傥所谓天道,是邪,非邪?"司马迁的思想不时旁逸邪出,超越正统儒家规范,对汉代儒术更是颇有微词,其思想又体现出多元混沌乃至矛盾状态。

司马迁之魂,正是混沌又清澈,坚定又怀疑之魂。这是司马迁的深邃所在。

多元混沌的司马迁,最坚定明确的精神追求是把自己的名字擦亮。只有把名字擦亮,才能对得起自己经受的苦难,才能对得起列祖列宗、天地宇宙,才能对得起手中的"史笔"。他是以悲壮之情对待这一点的。

重名是儒家传统。"君子疾没世而名不称焉。"(《论语》)司马迁视孔子此语为座右铭。"立名者,行之极也。"(《报任安书》)司马迁视确立名节为人生终极目标。《史记》中,他常常用名不虚立、名冠诸侯、名垂后世、名重泰山等语深情赞颂所述及的杰出人物。"壮士不死即已,死即举大名耳!"(《史记·陈涉世家》)这是起义草民陈涉的豪言壮语。"所以隐忍苟活,幽于粪土之中而不辞者,恨私心有所不尽,鄙陋没世而文采不表于后也。"(《报任安书》)司马迁对自己的文采早有自觉,他认为如不把才华表达出来并传之后世,那是可耻的。

司马迁重名,亦出于儒家世俗伦理责任。"且夫孝始于事亲,中于事君,终于立身。扬名于后世,以显父母,此孝之大者。"(《太史公自序》)把自己的名字擦亮,是为包括父母在内的列祖列宗尽孝。由此可见,儒家立德、立功、立言"三不朽"精神在司马迁生命意识中的地位。在司马迁看来，立德、立功与他无缘，唯立言是他可以把握追求的。

后世不断有人指责司马迁"急于求名"，这是不能仰见其伟岸人格之故。不可否认，宫刑使他的立名冲动更加紧迫强烈。可是，司马迁之立名兼有洗刷人生奇耻大辱作用，不是在当代洗刷，而是在历史里洗刷，在历史里为蒙羞的灵魂正名。司马迁之名，是名节、气节，是贯通古今、顶天立地的判断与正义担当，舍此则断无可能确立司马迁心目中之大名。从来都是名利相随，追名逐利必立足眼前当下，必巴结权贵。司马迁之立名却以彻底剔除利、抛弃当代为前提，完全不存以著述求当世功名之念。司马迁比孔子所要求的立名境界可说更彻底更纯粹。"四十五十而无闻焉，斯亦不足畏也已！"（《论语》）孔子把功名完全当作此生之追求，并且有年龄限度。

体会一下司马迁这些话："述往事，思来者。""仆诚已著此书，藏之名山，传之其人……"（《报任安书》）"后有君子，得以览焉。"（《史记·封禅书》）"藏之名山，副在京师，俟后世圣人君子。"（《太史公自序》）这一口吻，这一情怀，弥漫于整部《史记》。这极重要。隔着2000多年的时空距离，更有利于我们体会这些话的伟岸与深情。司马迁是以未来意识去审视历史的。他把立名冲动放在一个巨大的历史坐标上。他判断历史，并自信其判断能经受住历史的考验。司马迁重名，在某种意义上与追求真理同义。

创作却绝无眼前名利企图，不唯当今无人企及，古代亦罕有其匹。重名的司马迁，却取消了当代、取消了汉武帝及一切统治者评判他的资格。这是何等胸襟？谁能有此立名胸襟？

司马迁要在历史里把自己的名字擦亮。他竟然做到了。

4. 天下大势在我胸

人穷则反本——司马迁

天下熙熙，皆为利来；天下攘攘，皆为利往。——司马迁

司马迁单人独骑，一往情深，一意孤行，突入历史的纵深地带。

《史记》，就记录的深度广度，思想情感的高度强度而言，不仅前无古人，亦堪称后无来者。从哲学或人类学角度看，《史记》就是一部人性史，人性的秘密被展现得淋漓尽致。司马迁之后，修史之责被统治者强调得越来越重，修史路径却越来越窄，以重臣监修史书成为常态，史书越来越无趣，个性光彩、人性深度、批判锋芒从史书中全面退却，再也难见文气丰沛、识见卓越的史书了。

司马迁看到这是一个势利世界，又是一个悲剧世界。无数人受利益的驱使，而陷入各种各样的悲剧。可是，还有无数人为了正义、情义、信念、国家，或仅仅为保持人格尊严，而自觉选择悲剧命运。《史记》全书130篇，112篇写人物，人物多数为悲剧人物。其悲剧人物之众，悲剧氛围之浓，悲剧性质之彻底，中国古代史学、文学著作皆无出其右。悲剧意识是司马迁的精神本质。"太史公曰"是司马迁独创的叹息形式，《史记》就是一声深长的叹息，众多篇章皆以悲夫、乎哉、矣、乎、哉等叹词来结尾。《史记》充满了郁结、苦闷、寂寞、激越、沉吟，可视为一篇淋漓着司马迁心灵苦汁的自传。

商鞅、荆轲、项羽、蒙恬、白起、吴起、屈原、贾谊、李斯、李广、李陵、张汤、主父偃等，从市井细民到宫廷权要，他们的人生无不以悲剧收场。

李斯：出卖良知、精神自宫者的典型。精神自宫者死于阉人赵高之手。这是个掀动司马迁复杂情感的人物，厌恶、痛惜、怜悯，皆有之。《李斯列传》中，司马迁开篇就让李斯面对老鼠——蝇营狗苟的老鼠。这是一位身体被阉割者，给一位精神自宫者的定位。李斯作为一个携有巨量信息的现代人物，出现在司马迁

笔下。

张汤：一个"模范"酷吏而最终不得不自杀。《酷吏列传》中，司马迁亦开篇就让张汤面对老鼠。张汤儿时，肉为鼠偷吃，张汤因看家不力遭父殴打，张汤怒而掘穴捕鼠，煞有介事布置场面、传布文书庄严"审鼠"，当堂处鼠以"磔刑"。审鼠的孩子后成长为酷吏。这个盛世看上去光鲜异常，却需要大量酷吏来维稳。《酷吏列传》所描绘的恐怖世界是皇权的投影。纣只有一个，助纣为虐者却必是一群。张汤审鼠，庄严常常就是滑稽。

张汤、李斯与鼠之关系这种细节，极具黑色幽默味道。

主父偃：一个皇权时代庸常官僚的庸常悲剧。司马迁却对之寄慨遥深。《平津侯主父列传》写至主父偃被族诛，司马迁悲情又起："主父偃当路，诸公皆誉之。及名败身诛，士争言其恶。悲夫！"这一徽记，如伏流千里，贯穿《史记》全书。

司马迁以文学笔法入史，后世对此争议不断。司马迁之所以首创纪传体修史体例，既归因于他的实录精神，亦归因于他将文采"表于后"的决心。这一体例最有利于塑造人物，铺陈他非凡的文采。李斯面对厕中鼠与官仓鼠的心理活动，小儿张汤一人在家中审鼠的场景，鸿门宴上的钩心斗角，项羽乌江自刎时的言行……《史记》中遍布此类私密性极强的细节。这类细节是怎么来的？我倒宁愿相信，有些细节干脆就来自司马迁的伟大文学才能。这违背历史真实了吗？司马迁追求的是另一个层面上的真实，更本质的真实。把历史场面生动地布置在你眼前，这是司马迁突出的本领。一个无史识史才的人，给他再多史料也无意义。《史记》是史诗，亦是诗史。它同时具备伟大诗篇的美学意义。

司马迁笔下，现代人与古人，味道完全不一样。写古人，虽也有激情澎湃之时，但以求证、概括、理性为主。写现代人，司马迁可就放开手脚了。你看，陈胜、吴广、项羽、樊哙、刘邦等，一个个活灵活现，像极了小说中的人物。司马迁是一个有强烈还原历史真实愿望的史学家，又是一个具有非凡创作能力的伟大文学家。这两个司马迁，我们相信谁？"正是作为小说家的柏拉图的优异性，才使人要怀疑作为历史学家的柏拉图。"（罗素《西方哲学史》）我们当然亦可对司马迁持此态度。可是具体到《史记》中的历史事实与细节，相信还是怀疑，是一个难以解决的问题，并且也不再是重要问题。以情感入史，是司马迁的缺陷，也是他的伟大。去掉司马迁情感的《史记》，绝不会是伟大作品。司马迁对距他不远的现代人物，敢于进行创造、塑造，大肆张扬文采，那是他自信已充分占有材料，对人物具有本质性把握。他在记录历史，同时实现了艺术真实。

司马迁所创制体例为后世继承，其著史的本质精神却难以为继。幸运的是，司马迁的文学精神却哺育了一代又一代文章大家，韩愈、柳宗元、苏东坡等无不以《史记》为准绳。当文风颓靡时，真正的文学家就到司马迁那里寻找生机和力量。从《红楼梦》的浓厚悲剧氛围里，亦可探得《史记》的消息。伟大的文化创造必息息相通。

司马迁职掌文史星历，著史却是私人撰述。至东汉班固时，已是奉旨修史了。私著未必能超越精神阉割，奉旨却是必须先行精神阉割的。相对于《史记》，《汉书》是规矩的皇家史册。《汉书》主旨或许可如此概括：明天人感应，固皇权一统，成官史规范。核心是"以求亲媚于主上"。班固判断《史记》，就完全是以"真理在握"的眼光了："其是非颇谬于圣人，论大道而先黄、老而后六经，序游侠则退处士而进奸雄，述货殖则崇势利而羞贱贫，此其所蔽也。"（《汉书·司马迁传》）班固眼里，司马迁俨然异端了。大师往往充满矛盾，精神阉割者却最易以立场坚定、真理在握面目出现。班固肯定《史记》实录精神，却难以接受其思想锋芒。班固的话对后世影响甚大。汉末，司徒王允欲诛蔡邕，蔡邕上书求毁容刖足，留下一条命，以著成汉史。这显然是要效法司马迁了。王允说："昔武帝不杀司马迁，使作谤书，流于后世。"（《后汉书·蔡邕列传》）蔡邕难逃一死。《史记》为谤书说在两汉甚为流行，这是将司马迁发愤著书降低为"泄愤著书"。司马迁不论是否心存诽谤，只要他贯彻实录精神，当代及后世必有人视其为诽谤。司马迁恪守实录，但又有强烈的主观性、个性。终生抱持婢妾心态的大小班固，必然不能仰见司马迁的瑰异光彩。与《史记》相比，后来20余史无不热衷于为皇权"资治"，少有社会经济大局的揭示，更缺乏对人性的深度探究，显然气量狭窄，局促矮小。

无主观性、个性之史学家，竟亦难以实现深远的客观性。

针对班固贬斥司马迁之言，明代思想家李贽说："不是非谬于圣人，何足以为迁也！"（《藏书·司马迁传》）可谓一语中的。班固眼中的"蔽"，正是《史记》光辉所在。汉武帝及当代无疑是司马迁暗讽主箭靶。刘彻创造了一个无人敢判断他的时代，司马迁却给他一个判断。从维护统治者光荣形象的立场来说，谤书说当然是成立的。对以天然正确自居的人或事物来说，你只要讲真话就完全有可能被视为诽谤。写刘彻父亲的《孝景本纪》、写刘彻的《今上本纪》，被从《史记》中删除，亦可证此点。睥睨千古易，判断当代难。专制统治者对当代史的忌讳几乎是天然的。更有甚者，对古代史都是如此。

在司马迁那里，就是献给皇帝与交付历史的区别，就是婢妾心态与伟丈夫的区别。

深情的司马迁"绝情"于当代，不如此，他不会走向雄伟开阔。

有此绝情，方有绝唱。有此绝唱，方能称为"独断历史"（章学诚语）。

"太史公胸中自有一天下大势，非后代书生所能及也。"（顾炎武语）有天下大势，有细节，有深情，这就是司马迁。

5. 一个穿过了精神炼狱的人

> 人固有一死，或重于泰山，或轻于鸿毛，用之所趋异也。
>
> ——司马迁

"史家之绝唱，无韵之离骚。"当代人普遍接受鲁迅对《史记》的这一评价。《离骚》标志独立诗人的登场，《史记》则标志独立史学家、文学家的横空出世。屈、迁同历极端精神痛苦，但屈原之痛可由外因而得到缓释或解除（如楚王重新起用他），司马迁之痛却是无解的，痛苦植入身体植入灵魂深处。司马迁激越感情与强大理性并存，屈原则相对理性匮乏。史学家为历史而选择忍辱偷生，诗人因无力扭转楚国命运、自身命运而投水自尽。同为悲剧,司马迁的悲剧更具精神彻底性。

司马迁选择在荒谬中活下去,并在荒谬中证明自己。

"诞生到一个荒谬的世界上来的人,唯一真正的职责就是活下去,并意识到自己的生命、自己的反抗、自己的自由。"(加缪语)加缪的立论前提为"世界荒谬"。对司马迁来说,荒谬已被植入身体深处。司马迁要调动更为强大的精神力量来反抗,在荒谬中真实勇敢地生存。

本文或许过于突出宫刑对司马迁对《史记》的作用,大约难免会犯顾此失彼的错误。以司马迁之才识,没有宫刑,《史记》亦会完成,或许亦能成为里程碑式的伟大作品。但他或许难以告别"以求亲媚于主上"的心态,那注定是一部为了献给皇上而创作的书。宫刑彻底取消了这一心理。宫刑使司马迁进入"发愤著书"的状态,这是养尊处优的遵命史官难以体会的。从挑战程度、受迫害程度上讲,司马迁远超孔丘、屈原、左丘明等。司马迁为中国史学、文学确立了一脉反阉割、反柔懦的阳刚之气。他是反阉割的典型。阉宦中能成就此伟大人格、伟大事业、伟大精神,古今中外,唯此一例。出于舆论一律的本能需要,皇权或其他专制体制必然追求比身体阉割更加普遍的精神阉割。

动物被阉割则易于驾驭豢养,人亦如此。去势者,其人格普遍取下行趋势。阉宦人格是最彻底的婢妾人格。阉割制造了一具皇权可以放心使用的肉身,也制造了一个更渴求取容献媚也往往更加阴鸷的灵魂。与男人阉割相对应的是女人缠足。缠足恶习千百年间遍施于这个民族的所有女人,实际已成集体无意识。女人缠足在摧残程度上虽略逊于男人阉割,但两者均为内置于人体的监控与惩罚,具有身体政治学的丰富内涵。事实是,被阉割者必会接受阉人角色,小脚女人必定比"人"小。

"一切历史都是当代史。"(克罗齐语)历史是我们的前生。司马迁在我们前生里歌哭。现实是个我们置身其中的迷宫,历史却似乎总是清晰简单。

汉武帝不会想到,他宏伟一生里这个微不足道的细节——对司马迁处以宫刑,竟深深影响了中华文明。

司马迁走过了灵肉之间的漠漠荒原。随着历史的演进，他的创作产生了极为广阔深厚的意义领域，远远超出了他本人的感觉与想象。2000 年来，司马迁和《史记》的遭遇似乎告诉我们，文化或文明就是一棵大树，它知道该吸收哪些养料。

一个穿过了精神炼狱的人，自然会看见他人看不见的风光。

四、曹操：说曹操曹操到

曹操可说是中国文化里幽灵味最足的人物。

"说曹操，曹操到。"

没有哪位国人不知这句俗语。每个人大约都经历过此种情景：大家正谈论着一个不在场的人，那人恰巧来到了。这时，有人可能就会来上一句：说曹操，曹操到。每次使用这句俗语的情景必定是独特的，不可重复的。重复的只有"曹操"。俗语中的"曹操"，不能换成其他任何一位古人。只有曹操具备这种可以无处不在的幽灵气、诡谲气。

为何是曹操？

历史中真实的曹操（公元 155—220 年），集豪侠气、英雄气、文人气、帝王气、江湖气、奸雄气于一身，是一个雄伟又复杂的人物。可是，他进入了被简化的过程，最后被简化为彻头彻尾的白脸小丑。吊诡的是，他又总是十分有趣。白脸奸臣曹操一出场，空间似乎就被一下子放大了。我们似乎需要一个永远心怀鬼胎的曹操，以证明我们没有心怀鬼胎。

"对酒当歌，人生几何。譬如朝露，去日苦多……"曹操说人生如朝露一般脆弱短暂可怜。曹操这滴朝露落下来已 1800 年了。这相当于曹操 66 岁人生长度的 27 截。这滴朝露到底有些特别，它落下来，砸进历史，牵动一代又一代人的神经，一直蔓延至我们。

生当非常之世的曹操，把自己打造成现实和历史中一种巨大存在的曹操，遵循的路径肯定不是简化。他与时代的深度关联，与后世世道人心的异样纠葛，在中国历史上堪称别具一格。

1. 曹操"述志"

曹操登场时，举目皆是末世景象，庞大汉朝正崩溃为风波诡谲的江湖碎片，一个悲惨世界。汉灵帝死去那年（即公元189年），袁绍起兵，董卓进京，外戚、宦官同时瓦解，血污狼藉之后，汉朝廷唯遗一副残破躯壳。

曹操很早就横身站了出来。面对这个仓皇的世界，曹操要找一个怎样的立足点？

很多年之后，用了无数心计之后，打了无数仗、杀了无数人之后，曹操统一了北方，做了汉丞相。

在这个额外野心、额外企图疯狂滋生的时代，在这个杀戮主义横行的时代，曹操十分惊险地活了下来，并站到了高处。这个不易结束的乱世，真是一个展示人性的大舞台。在普遍的生存恐惧压迫下，人人让心灵成为黑洞。担心他人不择手段，所以我要不择手段；担心他人先下手为强，所以我要先下手为强。曹操手段残忍不落人后，否则一百个曹操也会被其他枭雄或准枭雄打下。

汉献帝建安十五年（公元210年），曹操56岁，起兵作战已20余年，"挟天子而令诸侯"已15年，做丞相已3年，赤壁大败已3年，"天下三分"局面此时已形成，统一梦想更加渺茫。政敌攻击他为汉贼，内部拥汉派亦心存狐疑，还有很多人巴望他赶快称帝。曹操整理他此时此地心事，创作了此人此生最长"公文"《述志令》（又名《让县自明本志令》）。曹操已成为这样一个人物：他的心事，就是天下事。天下有窥测曹操心事的欲望，曹操亦须向天下交代。

述志令（节选）

　　孤始举孝廉，年少，自以本非岩穴知名之士，恐为海内人之所见凡愚，欲为一郡守，好作政教，以建立名誉，使世士明知之；故在济南，始除残去秽，平心选举，违迕诸常侍。以为强豪所忿，恐致家祸，故以病还。

　　去官之后，年纪尚少，顾视同岁（指同年被举为孝廉者）中，年有五十，未名为老。内自图之，从此却去二十年，待天下清，乃与同岁中始举者等耳。故以四时归乡里，于谯东五十里筑精舍，欲秋夏读书，冬春射猎，求底下之地，欲以泥水自蔽，绝宾客往来之望。然不能得如意。

　　后徵为都尉，迁典军校尉，意遂更欲为国家讨贼立功，欲望封侯作征西将军，然后题墓道言"汉故征西将军曹侯之墓"，此其志也。……后领兖州，破降黄巾三十万众。……身为宰相，人臣之贵已极，意望已过矣。

　　今孤言此，若为自大，欲人言尽，故无讳耳。设使国家无有孤，不知当几人称帝，几人称王！或者人见孤强盛，又性不信天命之事，恐私心相评，言有不逊之志，妄相忖度，每用耿耿。齐桓、晋文所以垂称至今日者，以其兵势广大，犹能奉事周室也。《论语》云："三分天下有其二，以服事殷，周之德可谓至德矣。"夫能以大事小也。……然欲孤便尔委捐所典兵众，以还执事，归就武平侯国，实不可也。何者？诚恐已离兵为人所祸也。既为子孙计，又己败则国家倾危，是以不得慕虚名而处实祸，此所不得为也。前朝恩封三子为侯，固辞不受，今更欲受之，非欲复以为荣，欲以为外援，为万安计。

　　孤闻介推之避晋封，申胥之逃楚赏，未尝不舍书而叹，有以自省也。奉国威灵，仗钺征伐，推弱以克强，处小而禽大。意之所图，动无违事，心之所虑，何向不济，遂荡平天下，不辱主命。可谓天助汉室，非人力也。然封兼四县，食户三万，何德堪之！江湖未静，不可让位；至于邑土，可得而辞。今上还阳夏、柘、苦三县户二万，但食武平万户，且以分损谤议，少减孤之责也。

理解《述志令》，要从曹操出身说起。

大人物往往有大困局。曹操的第一个深刻困局是出身。

曹操父亲曹嵩是大宦官曹腾养子。宦官比外戚的道德基础更为薄弱，不论其权势多么煊赫，社会舆论都永远视之为令人不齿的"浊流"。曹操如系一平庸之人，必安于享用父祖的余荫，无意也无能计较出身的不光荣。可是，曹操对这一出身相当敏感。曹操自20岁被推举为孝廉，接着不论任洛阳北部尉、任议郎，还是任济南相，皆采取不避险恶与宦官势力对抗的态度。这样做，需要勇气，需要正气，也需要远见。既要成功地表达自己，要站出来，站到醒目之处，还要保证人生航船不致倾覆。曹操在人格和政治上都成熟得早。

青年曹操带有理想主义色彩，这和任何时代的青年一样。

青年曹操心目中早就有一个他期待成为的曹操，并愿意为之奋斗。在曹操的一再强求下，清议名士许劭说出了他对曹操的评价："子治世之能臣，乱世之奸雄。"（《三国志·武帝纪》注引孙盛《异同杂语》）曹操报之以大笑。许劭的话似褒似贬，大有深意。一言似能说尽曹操正反两面，托出一个"潜在曹操"，点中曹操本人尚模糊的"潜意识"。对此，曹操只好报以大笑。生命早期的这番大笑，是一次在后来时光里不断有回音的大笑。这一大笑表明，曹操有能力让"他的曹操"在世上站住。——曹操很早就接纳了"曹操"，青年曹操灵魂里已有一个深邃又复杂的曹操。他将要用全部勇气，主动、生动地回应这一个杀机重重、血光弥漫的世界。

曹操能基本冲破"出身"这一困局。"挟天子"是他主动或被动进入的另一个更大困局：对天下，他是口含天宪的第一汉臣；对汉室，他是具有最大可能性的篡位者。这是一个关联更加深广的困局。曹操破拆此困局的唯一途径，就是统一天下。天下统一了，劲敌消灭了，做汉臣，做"周文王"，还是废汉自立做皇帝，那就要看曹操的"意志"了。无奈，曹操终生不"自由"。

曹操已登至高处，但未完成他所期望的自己。面对这一切，曹操的确需要这篇《述志令》。

《述志令》系露布天下公告，却堪称千古奇文。有人视为通篇谎言，有人视为完全真话。这都有违《述志令》的真实意蕴。《述志令》是"曹操水平"的政治宣言与外交辞令。在这王纲解纽之季，社会呈一种怪异状态的"三国环境"式言论自由。曹操不会糊涂狂妄到欲以一文尽欺天下。《述志令》是傲慢的谦虚，是霸气的辞让，是心事重重的诚恳。《述志令》里的曹操，是一个有怕有爱亦有担当有胸襟的曹操，是自信又无奈的曹操。曹操知道自己的无奈，别具一格的是，他自信世人对他亦无奈。

《述志令》上半部分（开头至"几人称王"），曹操自述大半生心事与遭际，类似一低调自传。曹操最想说的话却是这个："设使国家无有孤，不知当几人称帝，几人称王！"这话榔头一样敲下来，由低调一下子转为高音。

这话有深远的历史、现实背景。

秦始皇奇迹般把无边江山拿在了手中。始皇宣布：历史终结了，终结于他一家一姓。这大约是人类历史上最早的"历史终结论"。出乎始皇意料，历史毫无终结之意，他要传之万世的皇位，竟然迅速又血腥地转移给了下家。从此，后世帝王再无人敢像始皇那样企图终结历史了。可是，历史终结论不露痕迹地转化为"道德终结论"——谋反是天下第一罪，篡位是天下第一恶。皇位成为天下第一"禁脔"。与统治者的愿望相反，第一禁脔，却极易成为第一诱惑。"皇帝轮流做，明日到我家。"并且，谁把皇座抢到手，谁就抢占了道德高地，谁就有权解释"君权神授"。每当天下骚乱，皇位动摇，马上就会冒出无数个穷凶极恶的"皇帝"。你的"天"塌了，我的"天"要接班。天下就是不乏这种胆量的人。公元184年，以"苍天已死，黄天当立"为口号的黄巾起义爆发，标志大崩溃的到来，标志禁脔异香一下子弥漫天地。

乱世既释放大批"过把瘾就死"的毛贼，也催生满腔救世情怀的英雄豪杰。

汉献帝建安元年（公元196年），在腥风血雨中壮大起来的曹操接受毛玠建议，成功迎献帝至许县，立许为都，开始"挟天子而令诸侯"新篇章。曹操捞起汉室这片风雨飘摇中的浮木，让献帝成为生命安全有保障的傀儡。

曹操在军事上、生活上犯了不少严重错误，屡次差点丧命。但在事关皇位问题上却向来谨慎。怎样对待皇位当然是最大的政治。曹操羽翼渐丰后，成为各种势力拉拢对象。汉灵帝中平五年（公元188年），王芬等谋废立之事，约结曹操，曹操严正拒绝。第二年，董卓擅立献帝，任曹操为骁骑校尉，曹操隐名埋姓逃跑。第三年，袁绍谋废立之事，拉曹操，曹操严正拒绝。这类事，参与一次，就可能彻底失去未来。在曹操眼里，董卓之流，是无未来之人。

献帝可以天天象征性地上朝了。这多少能给天下一些安慰。袁术却按捺不住称帝野心，称帝了，很快为操败亡。更多的称帝可能，亦为操所抑制。所以，《述志令》中那话，曹操是要天下来感受来掂量的——我现在这个样子，是时势造成的；我没什么野心，却是保存国家（汉朝）、稳定天下的重器。

有无野心，野心大小，当然不能全听曹操的。

《述志令》下文，完全以"忠"为陈述主题。

曹操历数自己心目中的榜样：齐桓公、晋文公、周文王、乐毅、蒙恬。曹操以前三者皆"兵势广大"却忠事其主来自况，以后两者表明自己累世忠良。众所周知，齐桓公、晋文公后来称霸了，周文王不代商，其子武王却代商了。这三个"榜样"可真有力量。历史上更多的是名将重臣死于功高震主，比如蒙恬。曹操赞赏蒙恬，但蒙恬的悲惨命运却是曹操一定要避免的。曹操后面说道："意之所图，动无违事，心之所虑，何向不济……"没有我曹操想办而办不成的事。这简直是在敲打震慑天下了。

曹操说，我不放弃兵众，是因为首先考虑子孙及身家性命，而这又与国家安危相联。又说"江湖未静，不可让位……"曹操不说为了国家不顾身家性命。他知道人家不信。话说到这份上，真话假话，可以见仁见智，诚恳坦率，却难以轻易否认。但就深邃复杂的曹操来讲，他显示给世界的，仍然只是冰山一角。

已成霸主的曹操，期望成为一个什么样的曹操？

曹操常以周文王、周公为人生榜样，他们一个是圣人圣王，一个是有"元圣"

之称的贤臣。曹操的自我期许是清楚的：有生之年做汉室"周公"，身后则期望成为"周文王"。在这一选择中，现实妥协，道德自律，自身期许，都包含其中。文王姬昌纵横捭阖开疆拓土，为周朝奠基，却不代商。

《述志令》面上主旨是陈述"忠"，深层动机是向天下向这个血腥江湖表明自己的巨大存在。但曹操不能无视皇权道德紧箍咒。清楚这个时代，明白自身的能量和局限。这就是曹操。曹操的态度或许可以这样说：我本人至死不称帝，就对得起汉室，对得起天下，对得起历史了。曹操有俯视皇位的胸襟，皇位并非曹操的最高追求，"圣人圣王"才是他的理想。这是曹操的过人之处。而历史并不买账。圣人圣王注定当不成，"小丑"却与之纠缠不休。

《述志令》表明，曹操不是圣人，却有圣人追求。以当代眼光看，圣人追求或许不值得肯定，但却是曹操雄伟气象的来源之一。曹操以《述志令》向当世喊话，那时该有不少人能听懂。后来，听不懂了，无人听了。未来社会塞给人们一个完全与《述志令》中的曹操无关的曹操。

2. 小丑与圣人

曹操之世，社会已彻底丛林化。这个丛林并非始自曹操，而是在汉末乃至在汉中后期就形成了。是丛林，自然就实行弱肉强食的丛林法则，道德的招牌幌子味更浓厚了。

曹操的圣人圣王情结，不仅流露在《述志令》中。

曹操死前一年，孙权来信自贬为臣，劝曹操称帝，曹操营垒内也有大股势力盼他赶快称帝。他把孙权信向部下公开，说："是儿欲踞吾著炉火上邪！"（《三国志·武帝纪》注引《魏略》）身边的人却不屈不挠，已经说成曹公不称帝天理难容了。曹操这样打消他们的念头："若天命在吾，吾为周文王矣。"（《三国志·武帝纪》注引《魏氏春秋》）曹操的意思是明白的：称帝之事让子孙去做吧。对汉室来说这难道不算"不逊之志"？曹操对来自献帝周围哪怕十分微弱的反叛，都予以血腥镇压，不但董承、吉本、魏讽等被斩杀无遗，连皇后皇子贵妃亦照杀不误。为曹操掌控的献帝难道会认为曹操并无"不逊之志"？

曹操一直斗志昂扬，企图一战定乾坤，无奈赤壁之战后已无此可能。谁打仗最厉害，谁就能赢得统一和平，谁就是潜在的开国之君。曹操能看透，孙、刘等不会看不透。除了孔融、荀彧这类憨直士人能真正心存汉室，试想枭雄们是以何种眼光、何种心情打量江山天下？枭雄们之所以皆惦记那个名存实亡的汉室，原因在于不论皇冠以何种方式降临，总是来自汉室。刘备既有帝室之胄这一金字招牌，似乎怎么折腾都不会被当作乱臣贼子，但令他激动不已奋斗不息的根本动力，还是自己做皇帝这一美好前景。孙权无牌可打，就盼着有人率先称帝，他好搭顺风船。风口浪尖上的那个枭雄，正是曹操。

曹操的"圣人追求"实在是玄之又玄。在皇权道德的天罗地网里，曹操注定成为一个大怪胎。

历史基本按照曹操的设想推进了。曹操死后，汉室与曹魏之间通过上演一场煞有介事、高尚到似乎不感天动地就誓不罢休的禅让剧完成易代。曹丕登上帝座，像周武王追封其父为周文王一样，追封曹操为魏武帝。孙权、刘备相继"问心无愧"地称帝。据记载，曹丕在劝进的汹涌浪潮面前，面对帝位，仍然诚惶诚恐。他靠一而再、再而三的辞让表演来掩饰道德恐慌。孔子奠定了在道德上仰望并效法古人的传统，曹氏父子或许以为自己就是这么做的。他们羞羞答答地登上帝位，后世却视他们既无尧舜禅让的高尚，更无汤武革命的光荣。

曹丕主导的禅让或许难免虚伪，但多少有些协商意味。不杀人、不杀前朝皇帝，这是不小的功德。可是皇权道德最痛恨最恐惧的，正是曹氏父子这种羞羞答答的"禅让"。皇权道德只认打江山。你打得越狠，越有说服力，越有合法性。反之，则无合法性或合法性不足。陈胜、吴广是帝王公开的敌人，曹操则是帝王挥之不去的噩梦。"只要提起曹操，皇帝们就会感到自己的皇冠有滚落地下的危险。"（翦伯赞语）这大约有点出乎曹操的预料。

对以江山为家业的帝王来说，最悲惨最可怕的事当然是易代。董仲舒君权神授理论，用之于易代，就成了得天下是天命，失天下亦是天命。假若曹操打仗更凶一些，手段更狠一些，统一了天下，索性夺了帝位，并传祚足够久，后世恐怕还得照例给这位"开国之君"奉献颂歌。就有谋有趣有文化来讲，皇权时代大约还没有哪位"开国之君"能与曹操相媲美。皇权作为专制权，其道德系统会随时调整自己承认强权。强权有时候就等于"天命"。

曹操成为小丑，似乎是历史宿命。

宋朝之前，对曹操的褒贬，基本尊重历史事实。《三国志》作者陈寿给出的"可谓非常之人，超世之杰"这一评价，得到广泛认可。唐人称曹操为曹公，评价极高。至南宋，偏安局面令统治者气虚胆怯，无力打量天下，便视蜀汉为正统，视曹魏为篡逆。帝王们越是感觉到自己苟延残喘的状态，曹操便越是一个噩梦。到明清，皇权体制越来越僵硬，道德路径越来越狭窄，随着《三国演义》及三国戏的流行，一个彻头彻尾的小丑曹操便代替了真实的曹操。

与其说《三国演义》反映了三国时代生活本质，不如说呈现的是作为皇权末世的明清社会的生活本质。它曾是说书人的底本。所以，它除了要政治正确，还要有足够的娱乐价值，以保证说书人贡献薄技而不触犯时忌。骂曹操就是政治正确。明清特别是清代，普遍的奴才已造成。奴才即使什么也没有，却有"忠"。这是足以傲视奸臣曹操的本钱。越是奴才，越需要某种道德优越感。

罗贯中欲表忠孝节义为充塞天地之道德价值，刘备、曹操为其正负两极。不过，读《三国演义》，从曹操奸诈里常读出可爱，乃至读出忠厚，从刘备忠厚里却常读出虚伪。鲁迅看得分明："欲显刘备之长厚而似伪，状诸葛之多智而近妖……"（《中国小说史略》）罗贯中在塑造刘备等"高大全"典型时，显出较强的外在操控性，在塑造奸诈的曹操时，有时则不知不觉进入自由创造境界。奸诈的曹操，成了面具相对较少的人。谁能说明白刘备、孙权等人的真面目？罗贯中可能自己都意识不到，他其实是喜欢曹操的，在曹操身上，他的伟大创作才能表达得最充分。

清朝统治者对各类小说，大都是取排斥乃至禁绝态度，唯对《三国演义》例外。不仅如此，清朝统治者还命大臣将小说改编成长达120出，名为《鼎峙春秋》

的连台本戏。戏中"尊刘贬曹"成为绝对理念，曹操成了与历史事实甚少关联的漫画式固定丑角。清朝对"篡逆"格外神经过敏，既怕天下视自己为篡逆，又要防范针对自己的潜在"篡逆"势力，特别需要一股忠孝节义的气氛。

一个僵硬腐朽的容器，难以装下鲜活雄伟的灵魂。简化奴化的头脑，无法感受深邃的事物。补天需要英雄，娱乐需要小丑。一个未经丑化的曹操，是缺乏娱乐价值的。既然无力仰见大英雄的光辉，就把英雄简化丑化到能给奴才带来娱乐。无环境无条件养成较高精神境界的芸芸众生，在《三国演义》及三国戏营造的忠孝节义浓厚烟幕里昏沉度日，体会"太平犬"的幸福生活。皇权体制为求自己的长治久安，把人们拉入一个庞大的道德泥淖，当然不许谁站在泥淖之外。道德路径越狭窄，越热衷于树立榜样和打造小丑。曹操被选择成为道德谱系中的首位丑角，不难理解。

一个雄伟深邃的曹操，最终成了小丑曹操。这固然可视为曹操的悲哀，但又并非曹操的悲哀。

3. 作为诗人的曹操

有一个杀人不眨眼的枭雄曹操，有一个忧郁、冥想、深情、柔软的诗人曹操。
"对酒当歌，人生几何？譬如朝露，去日苦多。"苍苔落叶的无边悲凉。
"月明星稀，乌鹊南飞。绕树三匝，何枝可依？"柔若无骨的缱绻深情。
"东临碣石，以观沧海。水何澹澹，山岛竦峙。"一个广漠无垠的风云宇宙。
与异常险恶的现实疆场对应，曹操有一个苍茫广阔的精神疆场。
曹操是诗人文人悲壮自觉第一声。
在这个文化气质转变生成的时代，曹操成为转变风气第一人。超群绝伦的诗才，生长于末世。曹操及建安文人面对的是一个血腥荒原。世界溃败至难以收拾，其间却有勃勃生机，这生机凝结成风神特异的建安风骨。曹操就是建安风骨里那根最硬、最有味道的骨头。乱世沉重，人命危浅，忧生伤世，刺激强烈，由此导致建安文学触景伤情的悲歌气质。那里有志在千里的慷慨，又有乐极生悲的虚无。曹操以寥寥 20 余首诗，登临审美绝顶，我们从中能读出那个时代的千言万语。

曹操显然无意与任何人比诗才，他经营的任何一件事都比写诗重要，却又是天然的文人领袖。豪杰的热情，王者的霸气，诗人的逸气，生成一种前所未有的审美大气象，大格局。不论曹操曾经操纵过多少不可告人的阴谋，其灵魂的诗情画意却完全可以大白于天下。

> 东临碣石，以观沧海。
> 水何澹澹，山岛竦峙。
> 树木丛生，百草丰茂。
> 秋风萧瑟，洪波涌起。
> 日月之行，若出其中。
> 星汉灿烂，若出其里。
> 幸甚至哉，歌以咏志。

——《步出夏门行·观沧海》

建安十二年（公元 207 年）秋，53 岁的曹操带兵北征乌桓，得胜回师途中创作了《出夏门行》组诗，此为其一。征途迢遥，战事残酷。初夏出征，深冬才回到邺城。回想起远征的种种险恶，曹操不禁后怕。他做出了一个特别举动：赏赐了那些出征前极力劝他取消此次行动的人。

诗人在刀丛里滚来滚去，诗中却似乎没有一丝战争的影子。

几行诗便容纳了一个风云宇宙，一个与这宇宙相吐纳的生命。中国古人少有写海诗文。古人走到海边就沉默了。曹操站在碣石山顶，他望大海，望日月星辰的出没，他还努力看那看不到的一切。在沧海宇宙面前，谁还能以霸主、枭雄自居呢？可是，不是霸主，谁又能吟诵得出这样的诗呢？

有一个不停征战杀伐的曹操，还有一个爱山爱水观沧海的曹操。诗句直白劲健,跳跃顿挫,浩荡雄浑,山海似巨灵,诗人若赤子。曹操以朦胧而宏大的宇宙为生命尺度,无需雕琢,娓娓道来,即力抵千钧。曹操的生命激情,弥漫沧海宇宙。

"秋风萧瑟,洪波涌起。"易读出他胸藏雄师百万,难读出他面对沧海宇宙的冥想、忧郁。这是曹操的秋风,没有凄凉的秋风,又凄凉到无边无际的秋风。

  神龟虽寿,犹有竟时。
  腾蛇乘雾,终为土灰。
  老骥伏枥,志在千里。
  烈士暮年,壮心不已。
  盈缩之期,不但在天。
  养怡之福,可得永年。
  幸甚至哉,歌以咏志。
    ——《步出夏门行·龟虽寿》

东晋大将军王敦,酒后辄吟诵"老骥伏枥,志在千里……"以如意击打唾壶为节,壶口尽缺。这诗句成为一代又一代"烈士"打磨生命强度的砺石。

曹操早就视自己为侥幸活着的人。53岁的曹操又把自己视为暮年之人。暮年之人却是一位"烈士"(勇于担当、奋斗不息之士)。此时的曹操,不能不审视自己那盛极而衰的生命。生命如此虚妄,神龟腾蛇亦终归为土为尘。生命多么真实,如握在手中的一件兵器。把那生命利剑使用一次,再使用一次。自35岁起兵,至此作战已近30年,战事无岁无之。还有许多仗要打,还有许多事要做,这把生命利剑使用寿命可要尽量长啊。

"烈士多悲心,小人偷自闲。"(曹植《杂诗》)"烈士"是曹氏父子皆喜用的概念。举目当世,曹植大约找不到比父亲曹操更标准的"烈士"了。"君子多苦心,所愁不但一。"(曹操《善哉行》)曹操之心,就是苦心加悲心,就是"烈士"之心加诗人之心。上哪里去找无苦无悲的生命?曹操所愁的不只一件事啊。"不戚年往,忧世不治。"（曹操《秋胡行》）救世，对英雄是一种永恒的诱惑，可是生命却无不有一个为土为灰的宿命。

曹操要往这件宿命容器里，装进去一些什么？

> 对酒当歌，人生几何？譬如朝露，去日苦多。
> 慨当以慷，忧思难忘。何以解忧，唯有杜康。
> 青青子衿，悠悠我心。但为君故，沉吟至今。
> 呦呦鹿鸣，食野之苹。我有嘉宾，鼓瑟吹笙。
> 明明如月，何时可掇？忧从中来，不可断绝。
> 越陌度阡，枉用相存。契阔谈䜩，心念旧恩。
> 月明星稀，乌鹊南飞。绕树三匝，何枝可依？
> 山不厌高，海不厌深。周公吐哺，天下归心。
>
> ——《短歌行》

此诗作于建安十三年（公元208年），赤壁之战期间或战后。

诗中曹操，生命的饱满，情怀的慷慨、壮烈、温柔、忧伤，达于极致。《观沧海》里的曹操，尚站在沧海宇宙的对面。《短歌行》里的曹操，已与日月山河宇宙同在。

全诗一喜一忧，一扬一抑，似断似续，若徐若急，茫茫而来，令人瞠目。气魄之宏伟，意境之深邃，格调之雄浑，千古难觅其匹。不难感受诗句背后那巨大的能量和意志力。

人生苦短的感叹千古所同，曹操的感叹却浑如霹雳一声：人生越短越要抓紧呀。美酒欢歌，朝露人生；忧思不绝，酒入愁肠。可是，您那青色衣领，时时浮现在我心中梦中……来吧，来吧，贤士英雄，让我们为天下、为这朝露般人生而奋斗吧。

曹操诗大都有一个"光明的尾巴"。此诗亦不例外。似有狗尾续貂之嫌，但又是曹操真实的生命姿态。以汪洋恣肆的醉意开始，却不能不以清醒结束。水落石出，曹公亮相。——写诗是一件多么微末之事啊，政治家、将军、枭雄，才是我本色。

渴求贤才是曹操诗文重要主题。曹操与士人关系，能从更深层次反映出曹操英雄、枭雄本质，而这一本质与他的诗人本质又并行不悖。

号令天下的曹操，孤独深情的曹操，寻寻觅觅的曹操，权杖、屠刀、诗笔俱在手的曹操，对士人来说实在魅力无穷。不肯向乱世屈服、不肯埋没此生的广大士人，不约而同地把目光投向了曹操。

才子谋士真来了不少。曹操的军前帐下，人才之盛，特别是文人之盛，其他枭雄霸主难以相比。如把视野延伸至曹丕、曹植，那就只好承认，帝王之家与文人集团关系如此密切，千古唯此一例。在这个凄怆的乱世，"何枝可依"正是士人共通的生存困境。在"挟天子"的曹操那里，士人却能获得一个怪异的生存空间：为曹操出力，可有效命汉室的名分；真心效命汉室者，又不得不受曹操羁縻与控制。

权杖可以化为剑杖，诗笔可以换作屠刀。曹操能量大，"挟天子"造成的困局亦大。这一困局，必化为曹操内在矛盾。曹操的精神疆域，会与士人发生部分交集，但他人难以涉足的荒原却是无边无际的。曹诗巨大张力魅力，亦可由此解释。

孤独的曹操，苍茫的诗人，杀人不眨眼或流着泪杀人的剑子手。角色的转换既系于曹操一己灵魂，更系于天下势力的消长。这一只大困兽，其骚动不安的爪牙，总须有人领受。

建安十二年（公元 207 年），曹操与孔融关系恶化。曹操让路粹代笔与孔融信，末尾数句这样说："孤为人臣，进不能风化海内，退不能建德和人。然抚养战士，杀身为国，破浮华交会之士，计有余矣。"曹操明示孔融：对你这类"浮华交会之士"，我动一动小拇指就可以解决问题了。刀把子在手的曹操，仍在以最大耐心与孔融文斗。孔融曾为北海相，在兵溃势穷之后不得不于建安元年（公元 196 年）投附曹操。孔融是天下大名士，又有孔子 22 代孙这一光荣头衔，投曹既可有汉臣名义，又自然成为许都士人领袖。刚刚"挟天子"的曹操，也需名士点缀。双方互具利用价值。孔融一度这样寄希望于曹操："瞻望关东可哀，梦想曹公归来。"（孔融《六言诗》）梦想不久即破灭。汉室仅是曹操排布天下大局的一棋子，却是孔融全部。当孔融明白不能指望曹操后，就对其极尽讥笑戏弄，与曹操玩幽默。现当代挺曹派不断有人说孔融言行几近胡闹，这未免看轻了孔融。以孔融对士人对天下的影响力，其讥嘲态度有化庄严为滑稽之效，必然削弱曹操能量的发挥。孔融自不量力倒是真的。这亦是许多士人通病。就像权力有大小一样，幽默权亦是有大小的。孔融是文学家转向政治，有多么力不从心自己都不清楚。曹操是政治家投向文学，将文学家玩弄于股掌亦游刃有余。

建安十三年（公元208年），赤壁之战前夕，曹操下令杀掉孔融并夷族。已经坐大的曹操，早视孔融为异己力量了。显然，孔融表面上看是死于自己的"态度"，根本原因是死于自己的影响力。

东汉道德教化及选拔官员方式，养成了士人极端好名风气。许多士人不惜以怪异言行邀名，甚至不惜一死。孔融极欣赏的祢衡，可算一例。祢衡最乐于侮慢权贵。来到曹营，照例亵辱曹操。曹操哭笑不得，将其礼送至刘表处。同一原因，刘表又将其送至黄祖处。黄祖脾气大，很快将26岁的特立独行者祢衡杀了。祢衡传世大言是：大儿孔文举（孔融），小儿杨德祖（杨修）。以大言自抬，实在省力。古今皆不乏爱好此道者。无奈，虚假的大胸襟，一戳即破。对祢衡之死，有曹操借刀杀人一说，这显然是栽赃。曹操的灵魂疆域，与孔融等士人会略有交集，与祢衡却完全不搭界。祢衡分明在另一个世界里做梦，那个世界是什么他自己也未必清楚。曹操不可能为一个自命不凡者动太多心思。曹操可以杀人不眨眼，但杀人要杀得有价值。曹操对孔融是这样，对其他士人也是这样。

曹操杀死或逼死的名士、谋略家，还有杨修、荀彧、崔琰、娄圭、边让等，皆为当世之杰。对他们的死，古今报以同情的同时，也责骂曹操嗜杀。人们大都以他们罪不至死为同情理由。其实，不是罪的问题。他们何罪之有？一人一种具体死因，大原因则是天下势力消长与曹操困局中的挣扎奋斗。如果对曹操谋划大局足以形成妨碍，他是不怕有负他人的。王纲解纽大局下的各路枭雄、准枭雄，比大一统皇帝有更方便的杀人权。在这个丛林食物链上，曹操已是猛兽。越是猛兽，容忍限度越低。孔融为北海相有兵有权时，亦杀人不眨眼呢。孔融亦是诗人。

官渡之战获胜，从袁绍处缴获一批许都及曹营中人给袁绍的信。曹操下令焚之。曹操说："当绍之强，孤犹不能自保，而况众人乎！"（《三国志》注引《魏氏春秋》）这一非常之举，无大胸襟者不能为。杀人能解决一些问题，但还有更多问题需要超人胸襟才能解决。

放下诗笔，拿起屠刀；放下屠刀，拿起诗笔。这就是曹操。在救世或抢天下的枭雄眼里，人、人命有时不过就是个砝码。"白骨露於野，千里无鸡鸣。生民百遗一，念之断人肠。"（曹操《蒿里行》）诗句写尽了乱世的悲惨、凄凉。想到曹操为报杀父之仇攻打徐州陶谦时，一次就滥杀无辜百姓数万（一说数十万），似乎可以怀疑曹操这诗句的真诚。可是，有复仇能力的曹操，自然竭尽全力复仇。在人口就是生产力的时代，消灭人口就是破坏生产力。发布大开杀戒之令的曹操，是万恶的屠夫；吟诗的曹操，就是"赤子"。那诗首先把曹操自己感动了。以假情写出真诗，或以假诗感动他人，是人类不可能完成的任务。

"青青子衿，悠悠我心。但为君故，沉吟至今。"这等诗句对士人不可能没有感召力。而被这诗句招引来的士人，又完全有可能死在曹操屠刀下。

有情诗人，无情屠夫。曹操的千年孤独。

4. 曹操之死

人生的冬天不由分说来到了曹操门前。

"造化之陶物，莫不有终期。"（曹操《精列》）游仙诗在曹诗中占比例不小，《精列》即其一。诗中表达了对仙人、长寿的向往和人生苦短的无奈。曹操不幻想永生，却希望死神的来访尽量晚一些。这既是出于求生本能，也是出于他对这个世界的"操心"。

曹操一生，"操心"真是不轻。就连他的性命，不光他自己时时惦记，还有许多人惦记。战场上自然是险情不断，坐在家中竟也要防备蓄谋深远的暗箭。"梦中杀人"固然出于演义，曹操一直瞪大眼睛看紧自己的命却是事实。现在是死神自己前来，他却能做到完全心平气和地缴械。曹操死得应当算有水平。

嗅一嗅曹操身上的存在论气息。

存在主义哲学用死来印证说明生，以死为前提和背景赋予并激发存在以意义。"未知生，焉知死。"这是孔子对死亡问题的答复。"未知死，焉知生。"这是海德格尔对死生的思考路径。所谓"存在先于本质""向死而生""自己如何可能""自由选择"，被认为是存在论精义。让"死气"逼出"生机"，尽最大可能在死前成为自己，并负责地"自由选择"，付出有价值的"操心"。

生当非常之世、承受非常生存的曹操，以"烈士"自诩的曹操，应当说不乏"向死而生"的气度。试看处在生机渐尽、死气弥漫之际的曹操，其最后的操心和选择。

对曹操来说，死亡一直是个问题，但现在却是最大、最后的问题。能吟诵"烈士暮年，壮心不已"，是因为离死亡还有较远的距离。现在，手中时光已不多，死神已不时在身前身后狂笑。曹操大约老是不由自主地想象他那座墓和他寝于其中的尸骸了。

建安二十五年（公元220年）正月，曹操临终前颁布《遗令》：

吾夜半觉，小不佳；至明日，饮粥汗出，服当归汤。

吾在军中，持法是也。至于小忿怒，大过失，不当效也。天下尚未安定，未得遵古也。吾有头病，自先著帻。吾死之后，持大服如存时，勿遗。百官当临殿中者，十五举音（吊丧限哭十五声）；葬毕，便除服；其将兵屯戍者，皆不得离屯部；有司各率乃职。敛以时服，葬于邺之西冈上，与西门豹祠相近，无藏金玉珠宝。

吾婢妾与伎人皆勤苦，使著铜雀台，善待之。于台堂上，安六尺床，下施繐帐，朝晡设脯糒之属。月旦、十五日，自朝至午，辄向帐中作伎乐。汝

> 等时时登铜雀台，望吾西陵墓田。馀香可分与诸夫人，不命祭。诸舍中无所为，可学作履组卖也。吾历官所得绶，皆著藏中。吾余衣裘，可别为一藏。不能者，兄弟可共分之。

死神已在额间耳际。最后的时刻到了。他在感受着死神一分一寸地对生命阵地的深入占领。一生险象环生的曹操，正在幸运地"亲自"死亡。

曹操在颁布《遗令》前一年多，已颁发一简短《终令》。《终令》对死亡尚存展望意味，是一种笼统安排，《遗令》则进入细节。《遗令》第一节，曹操仍在耐心品味最后的生存。第二节的各种安排，如葬仪不必遵古礼、死后穿着务必如生时等，都不出常规，"无藏金玉珠宝"这一要求，在曹操从前颁布的其他令文中已有严厉强调。引人注目的是第三节。头等大事是禅代，曹操不提；死后权力布置无疑也极重要，曹操不提……无数大事，全都不提。他细细安排的竟然是婢妾歌伎、分香卖履，以及几件绶带旧衣。这与叱咤风云的英雄似乎太不相称。

此《遗令》是去曹操之世不远的西晋文学家陆机，无意中于宫内秘阁发现。陆机览此《遗令》，不胜感慨，写下长文《吊魏武帝文》。他赞扬曹操为旷世英雄，却对他临终操心的都是些琐屑家务甚感愤懑。苏轼在《孔北海赞》中褒孔融贬曹操，说曹操临死"留连妾妇，分香卖履，区处衣物，平生奸伪，死见真性"，判定曹操一生诡诈，至死方显露卑琐真性。不光陆机、苏轼，还有众多古人，即使承认曹操是英雄，也认为《遗令》暴露了曹操的卑琐。"临难不惧、谈笑就死"方为英雄。这是苏轼们的共识。

曹操的这种安排，可真是能令"英雄"大跌眼镜：要让婢妾们居于铜雀台，在正堂设灵帐，供奉食物，每月初一、十五这两天，自朝至午，面向灵帐歌舞；婢妾们要经常登上铜雀台，望向我西陵墓田。

奄奄一息之际，曹操把生和死放在一起做最后的玩味。天高地迥，荒丘墓田，春光秋色，晨晖夕阴，美姬们歌喉温婉，目光流盼。曹操要在死的绝对黑暗里，布置生的明媚与歌声。

可是那美女的目光即使望向墓田，那情还会为你那一抔黄土而生吗？好一个儿女情长的曹操，好一个为自己操心的曹操。

苏轼等讥其卑琐，似乎不无道理。不过，我们应作更深一层的理解。这是曹操的自恋，是至死都未放弃的自恋。曹操奄奄一息之际，尚存顽强的自恋能力。自恋不是健全的自我、健全的个性，但又与之密切相关。个性越是趋向完美，越有适度的自恋自爱。建安风骨，个性鲜明；魏晋风度，顾盼自雄。魏晋人物的突出特征，正是有自恋有个性。两晋品藻人物风气大盛，正是自恋的转化升华。想一下曹植、嵇康、阮籍等人的自恋吧。建安风骨、魏晋风度无不导源于曹操。

可以想见，曹操对死深思熟虑已甚久甚久。天下呢？他与"天下"搏斗了一生，现在他把天下轻轻放在了一边。曹操实在生得顽强，死得认真仔细——天下局面已经如此，我已尽力，行将就木之人对天下放心不放心已无意义。但我的婢妾、我的死却不能不安排。我不这样安排，即使我的儿子们也不会这样安排的。虽说神龟腾蛇终为土灰，可是有情之生至无情之死，总得有个过渡吧？生之孤独我知，死之孤独难言。

这是曹操对自我存在的怜悯，也是其慷慨刚健的生命精神最后的温柔闪光。

"打开灯，我不想摸黑回家。"这是美国现代作家欧·亨利滨死遗言。曹操亦知道那路肯定是黑的，但他要最后明媚一下。

可拿曹操祭老友桥玄之事来理解曹操。建安七年（公元202年），曹操率军队来到家乡谯县，亲自撰文祭祀对其有知遇之恩的老友桥玄。此时桥玄去世已20年了。祭文追忆生时情谊，颂赞死者德行，这都平常。不平常的是曹操竟将桥玄生时玩笑话写入祭文。桥玄曾笑对曹操说："我死之后，你路过我墓地，如不拿一斗酒一只鸡来祭奠我，车走过去三步，肚子痛可别怪我！"曹操祭文中感叹："非至亲笃好，胡肯为此辞乎？"对桥玄的态度，就是活人曹操对死人曹操的态度。

陆机、苏轼皆堪称天才，但其精神深邃复杂程度，与曹操却不是一个等级。没有一个深邃深情的灵魂，不会有此《遗令》。曹操的无情足以令人瞠目，其深情亦超乎寻常。

在这个无比苍黄的时代，无数人既难以实现生存的价值，更难以品味死亡，曹操却清醒地安排自己的死，死在自己想要的细节里。死得倔强易，死得温柔难。麻木混沌如阿 Q，糊涂之死到来时尚能嗫嚅"过 20 年又是一个……"曹操以《遗令》安排自己的谢幕演出，以《遗令》对自己实施临终关怀。死得如此从容有细节，实在少见。

曹操至死，都在进行他的可能的"自由选择"。他知趣地不去安排"天下"，他知道了安排了也无用，他知道历史不会"终结"。在人难以成为人，自己难以成为自己的环境里，曹操尽最大可能成为人，成为自己。他严令不要任何贵重殉葬品，这一点就超出所有帝王。

曹操以一篇《遗令》，小心翼翼又深情伤感地告别了这个他为之奋斗了一生的世界。他的《遗令》把惊涛骇浪般的生存，化为涓涓细流式的温柔尾声。

5. 尾声

儿时，在沂蒙山腹地那个闭塞村庄里，我常听见母亲这样笑骂父亲："你这个奸雄"或"你这个奸臣"。笑骂里会有贬斥，也会有爱有崇拜。有时也能听见其他妇女这样笑骂他们的男人。双方如果真生气了，打架了，就不这样骂了，就代之以国骂或其他更加令人不堪地骂。只有几岁的我就已经知道，奸雄、奸臣就是曹操。曹操"很忙"，却没有漏掉这个闭塞的村庄。"说曹操，曹操到。"你不说曹操，曹操也到。每一个传统中国妇女心里，竟都有一个奸雄，一个可爱的奸雄——她们的丈夫或其他与她们有重要关联的男人。小丑曹操真是深入人心啊。人心中活泼的东西竟是如此顽固，统治者的诡计，在活泼的人心面前似乎失灵。

一个横槊赋诗的曹操，一个怆然流涕的曹操，一个时动杀机的曹操，都是曹操，唯有小丑曹操不是曹操。牟宗三先生有哲学三气质之说，即：要有汉子气；要有逸气；要有"原始的宇宙悲怀"。曹操就是一条有逸气、有宇宙悲怀的正宗中华汉子，一条容纳了最多复杂性的雄伟的中华汉子。曹操的灵魂是汉末乱世里一颗最深邃、最有趣的灵魂。

历史深处那些遥远的罪恶，仍会来到我们中间。曹操的罪恶，就是我们的罪恶。曹操的伟岸，却未必是我们的伟岸。"说曹操，曹操到。"曹操是一面镜子，一面人性的镜子。人人皆可从他身上实现某种折射。曹操在你的生命之外，似乎也完全可以在你的生命之内。曹操成了人人皆可意会、人人皆可颔首一笑的"熟悉的陌生人"。

"说曹操，曹操到。"你加入集体狂欢骂曹操时，你自己可能都意识不到：你其实是喜欢曹操的。

父亲的三个可疑身份[1]

李颖[2]

黑夜是穿过黄昏从地上升腾起来的。

但小时候我一直深信不疑，我认为黑夜是像一块大幕一样从天而降的。于是我的童年一直在寻找那只从天上撒下幕布的手，在黄昏和小伙伴们捉迷藏时，听着他们远去的脚步，我偷偷地睁开眼睛，看这个世界发生的秘密。我假装在和他们捉迷藏，当我躲在暗处时，我竖起耳朵，屏住呼吸，偷听昆虫的耳语，偷看暗夜来临时正在降临的飞鸟，但是小伙伴们嘈杂的脚步声总是打断我的偷窥，黑夜如期而至，月光照亮了我童年的那垛院墙，淹没了我幼年的疑问和忧伤。

当我在母亲的斥责声中沮丧地回去时，父亲总是坐在屋角织着渔网，他不出意外地脸上对我露出狡黠得意、发出嘿嘿的笑声，那是一种明显的幸灾乐祸的笑。

那时的我对这种笑容习以为常，多少年后我才奇怪地发现我其实在童年早已了然于心的秘密：父亲一直把自己定位在和我一样的地位，我们家里只有一个家长，那便是我的母亲。很多年后，我也发现，在他的一生中，黑夜是占有更大比重的。而属于他的黑夜，肯定不是从天而降的，它是从地底升腾而起的。我的父

---

[1] 原载于《花城》2015年第2期，选载于《散文选刊》2015年第5期、《散文海外版》2015年第4期。
[2] 李颖，女，湖南岳阳人，现居长沙。1990年开始文学创作。诸多作品被选入中国散文年选。在《花城》《天涯》《散文选刊》《散文海外版》《湖南文学》《芙蓉》《山东文学》《广西文学》等报纸杂志发表作品若干。曾获2015年度华文最佳散文奖。

亲，他一生最重要的三个可疑身份，都与之关系紧密。

一、第一个身份：捕鱼人

他驮着自己编织的渔网出门了。

父亲驮着渔网的背影，精瘦，佝偻，不动的时候，像一根被打歪了的木桩。他驮着渔网从上堤子街走到下堤子街，100来米，路过十几户伸手就能摸到黑色屋瓦的人家，再拐一个弯，豁然开朗的，就是码头了。这是20世纪70年代的城陵矶第一码头。

那是燥热而又贫瘠的20世纪70年代，码头上的生活平静又暗流涌动。清晨，这里的所有人准时被高音喇叭激越的歌声唤醒。稍微富足点的家庭，在早上拿着汤碗和粮票，去门市部排队买回油条或豆腐脑当早餐。在那个物质匮乏的年代里，人们脸上泛着满足的笑容。空气中弥漫的不是愁苦，更像是近乎夸张的幸福。世界没有秘密可言，所有的意志都通过高音喇叭传到每一个人的耳膜。人间也没有隐秘可言，每一个人的早餐都在冗长的队伍里公之于众。而我们家不用排队，我们的早餐，往往是头天晚上的剩饭剩菜，和在一起用开水煮开，母亲说，这叫烫饭。我们的剩菜，是母亲趁着卖菜的小贩收拾东西回家后，捡回来的抛弃在菜市场的烂叶子。除了烫饭，我小时候吃得最多的，就是鱼。

父亲背着渔网从堤子街穿过的时候，一路对着早晨谄媚地笑。对着路边的苦楝树谄媚地笑。对着一条缓慢或飞速掠过的野狗谄媚地笑。对着虚空谄媚地笑。对着每个生活在这条街上、迎面或路过他去河里洗菜的人、洗衣的人、洗马桶的人谄媚地笑。现在想起来，那真是一个盛大而热闹的河流，打满补丁的机帆船停泊在不远处，妇女们把吃的穿的用的拉的全部拿到这里来洗洗刷刷。我的父亲，是这河流上唯一的男人。

谄媚地笑，是他对付贫瘠生活的唯一武器。

我家就是堤子街上十几户人家中的一户。这条看似浅显实则深奥无比的河流，它离我家不到百米。涛声静谧，这就是我童年生活的恢宏背景。因此，鱼，是我们餐桌上必备的菜肴。直到很多年后我才弄清楚，我们一直称为河的这片水域，它是洞庭水入长江处。每年防汛期间，广播里都有一个女中音缓慢清晰地播报水文：城陵矶，多少多少点多少米，涨。或者：城陵矶，多少多少点多少米，落。这个声音安抚了童年的我狼奔豕突无处发泄的乖戾之气，但那时的我对那些数值全无感觉，我记不住那些徘徊在 20 和 30 之间的小数，也从没有想去探究它的意义。我只是一味地等着那个藏在收音机或者喇叭里面的她播报城陵矶，无论是涨是落，对我而言，都是温柔的，都是美好的。很多年后，我做了一名新闻记者，在不断地报道防汛现场时，才真正懂得，那些细微差别的数字后面，藏着一个真正的苦难的民间。

父亲不是真正意义上的渔民，因为他不曾拥有哪怕是一艘最小的破船。他 36 块钱的工资远远不够养活一家五口，所以，我的幼年是在他织的密密集集的渔网中度过的。一把又一把深绿色的粗尼龙线，一根竹子做的小小梭镖，在他粗粝的手中上下翻飞。他熟谙织网的技术，他沉迷于这种静悄悄的手艺，他仿佛要织一个足够网起屋后面那条河流的大网。

而我的幼年从来没有感觉到，那些平静的夜晚向一个养家男人背后袭来的深深的寒意。

他织了很久的网，也补了很久的网。那些跟渔网在一起的夜晚，父亲沉默不语，他靠着打鱼，养活了我们姐弟三个。但是除了养活，他似乎没有承担更多的责任。有一次，他把打上来的一篮鱼给我们姐弟，要我们拿到集市上去卖，还兴高采烈地在后面追喊着交代：要卖 5 毛钱啊！我回头望着他那为了 5 毛钱像孩子一样兴奋的面孔，也望了望周遭望着我们笑的邻居，我幼小的心里感到了心酸和疼痛。我想要朝前奔跑，像是要摆脱他的疼痛地追喊，但是已经来不及了，这种疼痛更像一颗石子，一直生硬地硌在我的胃里，直到我成年后的许多吃鱼的瞬间，都硌得生疼。

我们吃了很多年的鱼，也由此我总是怀疑，下辈子我们会遭报应变成一条鱼，而水，是我们来世的故乡。

但是这个故乡它喜怒无常，它传来的讯息像某种早已定好的古老的约定，注定会淹没我们的家园。可是它难道不是从一万年开始就涨的吗？那为什么会有房子建在这里呢？童年的我满怀疑惑。长大后我才明白，在那个人们靠坐闷罐火车出远门的年代，港口水运，是一种多么繁华的景象。面水而居，在当时绝不是诗意的存在，而仅仅是靠水吃水这么现实的需要。只是在每个夏天，城陵矶的水位一直涨啊涨，涨到我们家的台阶上，涨到我们家的床脚上，渐渐地我们家的鞋子漂起来了，我们家的盆子也漂起来了，母亲赶紧把地上的东西往高处搬。我们三姐弟兴奋地冲出家门，看着商铺里的人们忙着用小船运送物品，跑到街上和邻居孩子们一起戏水，捡着整条街上各种漂浮在水面上的东西。这些东西曾经匍匐在地上，也许不过是一个烟盒，也许是一只烂鞋，也许就是一张糖纸。但此刻它们漂起来了，加上在街道上来来往往的小船，整个街道就不一样了，就变成另一条幸福的欢乐的充满魔法的街道了。我们在街道上寻找着另一个隐秘的街道，寻找着夏天的蛛丝马迹，寻找着地上泛起的每一个秘密，我童年的这条街道像幻境一样，映出了我们比浑浊的水更加凉薄的现实，母亲站在家门口呵斥我们回去，因为，她早有预见性地知道，距我们家数米远的公共厕所比我们家的地势更低，我的母亲，她看见了屎、尿，以及厕纸漂浮在水面。但我们永远看不见这些，我们只看得见我们想看见的。也许，在童年，每个人都只看得见自己想要看见的东西。

父亲看着我们狼狈地被母亲拖回家，他嘿嘿地笑着，这种笑跟谄媚地笑区别不大，意思似乎是向我的母亲证明，我们又挨训了，而他是很听话的。他从不管束我们，因为他自己像我们一样，也是被管束的对象。他总是这样一副表情，对着这一副烂摊子无所事事地嘿嘿地笑，对着他狼狈的家人露出高深莫测的笑意。我小时候曾经看我家的户口本，户主那一栏填着"李六梅"。李六梅是我母亲的名字。很多年后，我一直纠结于"户主"这个词，我不能确定它真正的含义，我也不能确定一个过于强势的母亲对于她的孩子的成长到底有多大的影响。"户主"

这个词对于我的一生有着莫名的震慑，乃至我结婚十数年后，户口仍未迁出娘家，直到现在，原本五个人的户口本上，还剩下母亲和我二人。在童年的记忆中，父亲是一个可疑的存在，作为家长的身份他是缺席的，他像一个模糊的符号，既算不上大人，也算不上孩子。他沉默的一生显得过于漫长，又过于短暂：漫长得他用最后20年在准备他的后事，短暂得我的孩子还没有记住他，他就去了。

在那个疲倦的水漫街市的黄昏，他被母亲吩咐，今晚水如果涨到床铺上的话，他明早得去找单位要一个安身的地方。

第二天，父亲带回一艘小木船来。父母搬了简单的生活必需的家当，领着我们划船去了单位的子弟学校，我们被安置在学校的一间教室暂住。这是父亲每年一次的划船，却不是打鱼，而是搬家。对于我们姐弟三个来说，搬家就像过节一样，住在那么宽敞的教室里更是一件奢侈而愉快的事情。我从来没有想过，对于我的父母来说，带着三个无家可归的孩子，拉着乌漆墨黑的锅碗瓢盆，划着小船朝着一个门窗破败的教室驶去，那是一次又一次辛酸的逃难。

父亲的同事们陆陆续续搬进了新居，不远处盖起了4层楼房，但与我们的生活无关。这样的逃难在我的童年几乎每年都有，每年都要直至大水撤离我们家，学校也终于要开学了，我们才搬回那个破败潮湿的家里。水平静地退了，像它来时一样无声无息。但涨水的痕迹还在，家里的墙壁上拦腰一层又一层的青苔，成了我们姐弟的画墙。每年涨水的水位不一样，家里的墙壁上就布满高高低低深深浅浅的苔痕。

从那时起，我便知道，水和树一样，是有年轮的，只是水的年轮让人难以估量它的深浅，它一年一年或高或低地刻在堤岸上，刻在它所能至的每一面幽暗破败的墙上。在无数个暗夜，在5瓦的昏暗灯泡下，父亲像一个孩子，用树枝和我们一起在青苔上画着各种坚硬的棱角分明的图案。如果黑夜有一双眼睛，它一定在冷冷地嘲笑这个头脑简单了无心事的中年男人。

30年后，我回到那条码头前的街道，所有的景象都模糊了，都被挤进了时代深深的皱褶里。我看到房屋还在，只是比我记忆中的更矮更破烂。堤子街还在，只是比我记忆中的更短。一位老人守着我儿时隔壁的破房子，我记得她，她曾每天站在门前的地坪里和我的母亲讨论各自的家长里短，虽然她的脸现在已经皱成了一个核桃。她显然认不出我了，但她热情地招呼我进去坐，她的面容像30年前一样平静而满足，我想，她一定是叫每一个路过她家的陌生人进去坐。她说："这是我的祖屋，我50年代就住在这里，我的崽住了楼房，要我搬，现在不涨水了，我不搬。"

1996年，一场超越了我童年所有水位的巨大的水灾淹没了城陵矶。从那以后，不是不涨水了，只是我们儿时的房子后面已经竖起了一条高高的堤岸，我的童年，被挡在了那个高高的防洪大堤后面，站在屋后放眼看去，驳岸逼仄而来，再也看不到那条涛声静谧的河流。

30年后，我在游戏厅见到一种叫作"捕鱼达人"的游戏机，一个不到两平方米的长方形机器，屏幕上闪烁着各种五颜六色或贵或贱的鱼，我的儿子兴奋地投几个游戏币进去，捕鱼炮弹的威力倍增，儿子稚嫩的手指胡乱地摁出一枚枚炮弹，一拨又一拨的鱼们列队整齐前赴后继，在屏幕上幻灭消失又重新出动。游戏厅充满从颜色混浊的少年们嘴里轻蔑地吐出来的各种粗鄙的语气词。我坐在声浪喧嚣的游戏厅，却恍如置身潮水泛滥的童年，眼前电脑控制着的这一切，让我回到30年前那条固定的波涛和岸线上，在那里，父亲从来不是什么达人，他甚至从来没有真正掌握过捕鱼的技术，他粗糙手指间那巨大的渔网，多数时候只能失望地捕上来一些小鱼小虾，他这一生只碰巧打上来过一条大鱼，而那条大鱼，被他津津乐道了一辈子。那条大鱼活得足够久了，它不挣扎，瞪着眼睛认命地躺在地上，兴奋的父亲喊着邻居来观看，但他既不敢轻易吃了它，又舍不得卖掉，任它在那个夏天悄悄地散发着腥臭的气味。

二、第二个身份：魔术师

父亲在他即将退休的时候，开始了他的另一种身份——魔术师。

作为一名魔术师，他有着一段难以启齿的过往。母亲曾当着父亲的面旁若无人地告诉我，父亲小时候曾经是一名叫花子。是那种马戏团也算不上的、三个同村孩子组成的走街串巷卖艺的叫花子。

母亲在叙述这件事的时候一定会附带说一件他们结婚的事情。在那个年代里，父亲，以一个贫农成分的良好出身，以一个已经38岁高龄、在大家心目中已经沦为老光棍行列的身份，拎着一口破旧的木箱，娶了比他小12岁的我的知识分子母亲。在那个年代，母亲应该是有足够的理由感谢父亲的，因为纵然她的美丽闻名遐迩，却仍旧差点终老娘家，在那个女孩18岁就能出嫁的年代，她已经26岁了，终于能够嫁出去了，她高攀了一贫如洗的父亲。

在那个一共花了母亲的6毛钱买糖的婚礼上，在那个孤独地立在河边萧瑟家徒四壁的新房里，父亲居然穿了一件崭新的呢子衣！婚礼后的几天，母亲发现新郎官唯一一件像样的可以穿出去做人的呢子衣服不见了，问他，他说，在工地上烤火的时候，倒在火塘里，着火了，赶紧把衣服脱下来，想扑灭，但是晚了，于是衣服就烧掉了。

我无法揣度当时的母亲对这个火烧呢子衣的说法是不是将信将疑。直到我上初中后，父亲的同事、我同学的爸爸陈叔叔有一天毫无预兆地在路上逮住了我，脸上满是得意："喊老子！喊叔叔！你爸爸结婚那天都是借的我的呢子衣！不信回去问你爸爸！"

我不知道他为什么憋了那么多年以后突然告诉我这件事，我因而连带着憎恨起了我的陈同学，我满怀屈辱地回家问了母亲关于呢子衣的事，母亲淡淡说了一句：我早知道了。

从母亲不断重复的关于叫花子和结婚的故事里，以及父亲涨红着脸讪讪的笑意中，我大致知道了这样一个事实：父亲小时候确实是要过饭的，在三个小伙伴组成的要饭队伍中，父亲一无所长，专管拿着盘子讨钱。另两个会翻筋斗，会劈叉。某一天，其中一个伙伴突然轻松地变出一条红绸，惊呆了父亲，惊呆了那个只会翻筋斗和劈叉的伙伴。他们用崇拜的眼光盯着红绸伙伴。

红绸伙伴很得意，不屑地把唾沫甩到两个伙伴的鼻尖上：这叫魔术，懂不懂？魔术！

父亲仿佛被他这个词猛地推了一个趔趄，他寂寞了。即便在三个要饭的小伙伴中间，他也是被鄙视的那一个。事实上，他的童年一直是在不断的趔趄中撞撞跌跌推推搡搡地度过的，他被继父推出家门要饭，被有钱的人家傲慢地推到马路上，被抢食追赶的穷伙伴们推倒在地……他不断地爬起来，不断地被推倒。他从没有抗争，是的，他的字典里没有尊严这个概念，哪怕是一瞬间的念头。

多年后，我知道一句话：三人行，必有我师焉。于是少年的我不断拿这句话去嘲弄我的父亲："三人行，必有我师焉！你懂不懂？你的魔术师傅呢？"

整个少年时代，我都像对待兄弟姐妹一样随意地恶毒地嘲笑他。而他，从来都是涨红着脸，讪笑而去。

多年后，父亲当兵了，父亲参加工作了。他当了40年的港口工人。那时有句俗话："男不进港，女不进纺。"这句话虽然充满怨意，但又深藏了一层说不明白的骄傲与慰藉：我是工人了，我吃上国家粮了。父亲成了一名光荣的码头工人，最初拖板车，后来开铲车，最后开吊车。他在实践中学会了一项项机械技能，和许许多多工人一样，淹没在中国大多数光荣而朴素的命运之中。

工会会员，是父亲工作生涯中最重要的身份证明。父亲喜欢单位上开职工代表大会，他有神圣的选举权、投票权，他还喜欢八一建军节，不出意外会领到老兵才有的慰问金。他更喜欢工会主席笑眯眯地叫他一声"李师傅"。在那种上级对一名普通工人亲切却略显隔膜的问候里，他那似乎得到片刻舒展的人性，其实越发让人伤感。

父亲终于在要退休的时候想起了童年时代的梦想了。他花一块钱从地摊上买了本魔术入门的拙劣的印刷品,但他不识字,他一个字也不认识,包括他自己的名字,所以只好要我一句一句念给他听。有一段时间,每天晚上我都准时给他读魔术道具的制作方法,指着劣质油墨印制的不清晰的图片给他讲解道具的奥秘。那样的夜晚对我来说,无比枯燥与不耐烦。

他下班后常常就躲在房里不出来,翻看着那本书上的图片,用几根木条,敲敲钉钉,几天后就做了一个箱子。然后,他当着我们三姐弟的面,变了一个蛋出来。然后又变了一个蛋。

他变魔术时手一直抖啊抖。这是一种病。只要做稍微精细的活手就会颤抖。每个人都说我像父亲。我没有遗传母亲的美丽,我没有遗传她雪白的肌肤,没有遗传她漂亮的大眼睛,没有遗传她傲慢从容的态度;我遗传了父亲的一切,遗传了父亲深陷的眼窝,过于坚硬的鼻梁,急冲冲走路的姿势。是的,我不仅长得像他,习惯也像他。我的手和他一样颤抖。捏筷子的时候颤抖,拿针的时候颤抖。除此之外,我还遗传了他的吃相。只要一开始吃东西,我们的颈部以上整个头部就开始出汗,吃得越认真,汗就越多,滋滋地一直到头顶热气升腾。我的母亲总是对他说一句:"吃饭一副哈相。"有时候也会对我说一句:"和你爹一样,吃饭一副哈相。"对于玩魔术这件事,我的母亲不闻不问,只跟我们说过一次,然后再也没有评价过:"一个手一直在抖的人怎么可能玩得好魔术。"

变出蛋来的那天,我们三个前后左右围着他的道具箱,把他的破绽看了个精光。弟弟欣欣一直在旁边指出来:假的!箱子里面还有个暗箱!

作为一个在无数个夜晚给他念魔术道具制作方法的女儿,我知晓他魔术里的全部秘密。

他有好些年都沉浸在魔术这个秘密之中。他声称自己会大变活人,只是没有做道具的材料而已。我知道他不可能拥有这些道具的材料,因为他虽然是家里收入的主要来源,但他一辈子所花的每一分钱都要从母亲手里讨要。多少年后,我的父母这种类似于家长与孩子的关系深深地影响了我择偶的标准,我发誓,我不要一个自卑的男人，我也绝不会管制他口袋里的钱。啊，我是有多么不喜欢看见男人猥琐的模样。事实上，我在国家规定的晚婚年龄遇见了一个豁达的磊落的男人，我甚至没有完全地经过初恋，就迅速地把自己嫁掉了。

在父亲即将退休的最后一年，"李师傅会玩魔术"的消息，还是像长了翅膀一样在单位中传开了。父亲很兴奋，而我们姐弟很窘迫。单位上的工会主席上门了，邀请他在元旦晚会上表演一个！他兴奋地在家里搓着手走来走去，现在他最大的问题是，他需要一个帮手。

我立马躲到了我的书桌后面，他的目光落在他唯一的儿子欣欣身上。

欣欣像父亲的任何一个儿女一样，对他玩魔术这件事心怀鄙夷，觉得这是一件不可告人的丑事。父亲的三个孩子逐渐长大并识文断字，而父亲却尘封在原地并未长大。他还是那个在我的母亲面前畏手畏脚的孩子。他早已不能跟他自己的孩子对话了。

很多年后，我才恍然发现，我们一直佯装自己有一个特权，可以鄙视这个叫花子出身、大字不识、做了半辈子工人、从来没有话语权的父亲。

现在这个人，他居然要蹦到舞台上去丢光全家人的脸了！他的一切我们都了如指掌，他笨拙、他猥琐、他狼狈，他的手一直在颤抖，他的箱子是假的！欣欣绝不答应。

但是父亲平生第一次暴怒了，他似乎要把一生储集的训斥、责骂、管教全部一次性地补回来，他眼眶通红，青筋直暴：你去不去？！

欣欣妥协了。于是我们看见父亲单位元旦晚会的舞台上，欣欣耷拉着脑袋，当着上千观众的面，不情愿地配合这个自己瞧不起的父亲，在台上表演了一出蹩脚的魔术。

那晚，父亲化了一个浓艳无比的妆，这个妆容像极了所有躺在棺材里的人，那样鲜明，那样艳丽，那样骇人，让人一见难忘，颧骨上的腮红使他瘦削的脸越发凹进去了，浓密的眉毛像两把利剑，黑色的眼影令他深眍的眼眶眍得更深了，他薄薄的血红的嘴唇配在干瘪的脸上是那么不相称，他穿着明显大了 N 码的地摊上买来的廉价西装，可疑的布料成分闪着不合时宜的光芒，他在电视上学来的奇怪的鞠躬动作显得那么滑稽可笑，听着台下或善意或鄙夷的笑声，我在人群里如坐针毡。我在心里默数着下面稀稀拉拉的掌声，窘迫、自惭，所有这些负面的词汇一个不漏地向我袭来，无法抬头面对台上小丑般的父亲。我落荒而逃。

我的父亲，他终于完成了人生中一次最重要的演出。

那一晚，他是主演，而我们，是不愿意配合的配角和观众。

我在他死后多年才明白，那个夜晚，那个粗糙的舞台幕布下，他其实是在试图用魔术来掩盖他的一生，来涂改他的一生，来变走他的一生。

他一定认为，他的魔术能抹去他贫穷自卑无人问津的一生，变出一个光明灿烂鲜花簇拥的一生。

事实上，他潦草的一生一直都处在崩溃的边缘，在他的晚年，他曾想把一切推翻重来，他曾用魔术试图救赎自己一次。而我们，与夜色一起合谋，冷冷地忽略了他。

三、第三个身份：掘墓者

从 50 岁开始，父亲一直在念叨着关于自己的后事。他要"料"。

也是从那时起，我的母亲一改她强硬的气势，变成了一个娴静豁达温柔的妇人，而我的父亲，这个半生郁郁寡欢的男人，变得无比乖僻、纠结、暴躁。那个曾经优越感十足的倨傲的跋扈妇人，突然在老年的父亲面前泯灭了她一切锋芒。到了父亲将去的最后几年，他的儿女都成家了，父亲每日强加于她精神上的折磨让她度日如年，委屈却又无处诉说，只有我回去的时候，她才能跟我流着泪说：他怕是真的要去了，人死前三年作恶。

那三年对母亲来说，每一天都是煎熬。有一次回去我发现家里的一张挂历上有个三角形的洞，母亲羞于启齿。她不好意思告诉我，那张挂历是市里夕阳艺术团的合唱团制作的宣传画，那个上百人的合唱团照片印在挂历上密密麻麻看不清人脸。但是父亲深刻而精准地用小刀狠狠地剐去了其中一个人的头。那个人就是住在我家楼下的刘伯伯。起因就是父亲和母亲下楼散步时，母亲和刘伯伯打了一声招呼。父亲忿恨地当场垮下脸质问：你们什么关系！

一辈子作风清白行为端正从未被诟病的母亲突然在快60岁的时候被父亲这样问，她在路上气得当场石化。当过校长一生清高的刘伯伯在短暂的惊愕之后，投给父亲一个居高临下的同情眼神，扬长而去。

回家后父亲依然不依不饶：他有什么好？会唱歌？我唱九九艳阳天的时候他还在玩泥巴！你以为他比得上我！要是我屋里条件好，送我读了书，我哪里不比他强！暴怒之下，他从抽屉里刨出一把锈迹斑斑的小刀，母亲惊惧地以为要刺向她，但是刀子却准确无误地刺向了客厅那张挂历上一个蚂蚁般大小的人头。母亲跟我说这件事的时候还惊魂未定："真不清楚他怎么知道那个照片上的头是刘伯伯的，挂历挂了快一年了，我都不晓得刘伯伯是那个艺术团的。"

第二天一早，父亲口述了一副对联"青山不老绿水长流"，要我弟弟拿红纸写了贴在单元楼的大门上，还要署上他的大名"李迪吉"。

一不是年节，二不是自己家大门，那几个刺眼的字莫名其妙地被东张西望的弟弟趁夜贴在单元楼门口，父亲从此当上了"单元楼行走"这一职务，他每天早上5点起床，就在单元楼前背着手转悠，翻着一双由于过于深陷而显得阴鸷的眼睛，观察有谁看了他"作"的对联。那段时间，母亲经常一整天守在屋里，偶尔从二楼窗户向楼下张望，看着他翻着眼睛死死盯着每一个路人的脸，但是除了最初的愕然后，他没有收集到更多的表情。熟视无睹的人们已经把这副对联和它的主人一道当作空气了。

但是这种最初的愕然被父亲发酵成了钦佩、崇拜。每次回来都跟母亲吹嘘：又有人夸我对子作得好！

母亲没有戳穿他，任他得意地想象着人们对他满腹才学的尊敬，对他好学问的钦佩。

很多年后我才明白，父亲当年生气的，并不是母亲跟某个男邻居打了招呼这么简单。他只是讨厌那些出身名门的男人，他只是讨厌那些读过书的男人；他只是不能理解，最初明明是他自己的贫下中农这个出身令他骄傲，令他身无分文抱得美人归，为什么最后这个身份只是像一枚过时的徽章一样，像一只被拍死的苍蝇一样，胡乱地粘在履历表上？为什么最后却仍是他被人不屑一顾？

时代的飓风并没有赐予他答案，反而将他抛向了更远的荒芜之境。他不能理解这一切。他迫切地需要一个证明，证明那曾经属于他的时代并未远去，他迫切地需要一个肯定，肯定他是一个足以值得尊敬和骄傲的人。

在最后几年，父亲最常做的一件事，就是把他年轻时在部队里得过的木框奖状拿出来，一遍一遍地放在居民楼前的地坪里晾晒。这些奖状曾经被我母亲咒骂过无数次，因为每次搬家父亲都得带上沉重的它们，它们不像现在的奖状，它们不是一张张纸或者红本本那么简单，它们镶了玻璃和结结实实的枣红色木框。此刻，那些早已发黄霉变的奖状对他裸露出倦容，玻璃镜框在阳光下一晃一晃闪着冷冷的光芒。我的父亲，他像一个摆摊的货郎，向世界晾晒着他毕生的荣耀，但是鲜有人问津。

就是这样一个越来越不肯对世界和身边人善罢甘休的父亲，他用尽最后的几年时间，要求我们给他准备"料"。

但起初我们都听不懂，他一直要"料"做什么？"料"是什么？母亲悄悄跟我们说：棺材。

他需要一个体面的死。儿女们不早早地给他准备身后事，就是不孝。他很早就在准备他的后事，他知道，自己这辈子不会有什么惊喜了，永无翻盘的机会了，他正在向一败涂地的境地迅速溃退。

那么，他要一副上好的棺木。

我暗骂他神经。活得好好的，要棺材做什么？

他跟邻居说，孩子不孝顺，不肯给他买"料"，不肯给他准备墓地。

我们很委屈：这里不是乡下，我们买来棺材放哪儿呢？墓地？他从8岁出来要饭，就永远失去了可能属于自己的土地。事实上，他一生从未拥有过土地。再说，政策不允许，我们也不敢土葬啊。那么，他注定是回不去了。

他又说，每年农历的七月半，一定要记得给他烧纸，还要记得给送信的小鬼打赏。如果没有给小鬼打赏，小鬼就不会把钱转给他，他若没有收到纸钱，就会像那些孤魂野鬼一样，摘一片荷叶捂住脸，伤心地哭着回去的。

我不知道他活得好好的为什么老要说这些乱七八糟的事情。我也不知道小鬼跟荷叶有什么关系。我没有问过，此生也永远没处问了。

他60岁的时候，我出嫁了，嫁到离家30里地的城市中心，离开了那个家。

我们一生都没有讲过太多的话，但是在我结婚后，也就是他最后的10年，他不断地要母亲召我回去，回去的理由只有一个：给他的左眼拔出倒着长戳到眼珠的睫毛。

他说，任何人都不会拔，我的母亲不会，弟弟不会，妹妹不会，只有我能拔。

我每次回去，他都会郑重地搬个椅子，坐在阳台上，把镊子递给我。我沉默地扒开他的眼皮，看见那只混浊的、苍老的、布满眼屎的眼睛，它含混不清，它遮遮掩掩，像他的人一样抖抖索索，我定定神，用遗传自他的那颤抖的手，迅速而坚定地拔出那根拔了又长拔了又长的倒睫毛。

他郑重地收回镊子，擦干，放在眼镜盒里，收好。

他仍旧不说话，我也倔强地不说话。

我知道他是想见我的，他的老同事告诉我，他跑到单位的办公室去收集了每一张发表了我文章的报纸，自豪地告诉每一个遇见的人：这是我大丫头写的！

我能想象，他脸上挂着骄傲而又鬼鬼祟祟的神情急于向别人证实，他的女儿，骨子里遗传了他基因的女儿，能够识文断字，并且似乎比别人要多认几个字。可是自从我知道我成了他炫耀的资本后，我就别扭地怀着一颗充满敌意的心，故意在饭桌上报告关于自己的各种令人沮丧的消息。

我并没有告诉过他我发表了文章。我不知道他从何得知。他大字不识，我不知道他凭什么在报纸上摸索到了我的名字。他也从来不跟我说知道我发表了文章，更不说他收集了报纸。他似乎很虚弱，不敢跟眼前这个内心强大的女儿说话，似乎生怕自己的语言过于低劣，而玷污了报纸上那些他并不认识的字。隔在我们心间的，仍是一生的无言。

我们在一起磕磕碰碰撞撞跌跌沉默不语中虚掷时光。

直到有一天，父亲的老同事告诉我们，他连续一个月的晚上跑到离家两公里远的山坡上挖了一个大坑。

确切地说，他挖了一个自己百年之后要躺的洞穴。

他给自己掘了一个坟墓。

我悄悄对母亲提起，却发现母亲早就知道了。起初母亲并不知道他晚上出去一身泥回家是干什么去了。后来，母亲悄悄跟着他去了那个尚未成形的洞穴。那些夜晚，母亲跟在他身后，看着他一锄一锄狠劲地挖下去，不敢出声。那个坑越来越大，母亲并不知道他挖了坑干什么，但是有一晚他突然扔了锄头，他跳下去了，他平躺在那个足以容下他躯体的长方形的洞里，用他一辈子不改的岳阳县方言，尖声尖气地唱起了他最喜欢的那首歌：《九九艳阳天》。

母亲惊骇地听见他从地底下传来的妖魅歌声，这首歌他刚结婚的时候他就一直唱，他那时候曾经唱得那么欢快，那么明亮，那么高亢，从歌里飞出那么多美好的风声掠过她年轻的耳畔，而此刻，这首歌却显得那么阴凉，那么鬼魅，比夜色更深远，更凉薄。

母亲落荒而逃。她仿佛要逃脱自己的宿命般地奔跑，她向着有灯火的地方奔跑，一路跟跟跄跄，她逃到了自己熟悉的床上，无边的黑夜却狂拽着她，似乎要将她一并拖进那个和她过了一辈子却从未真正理解的男人所挖的深邃洞穴里。那个洞穴，盛满了一个男人贫寒的一生，落寞的一生，孤寂的一生，蒙昧的一生。

从那夜起，他每挖一锄，都深深地挖在母亲的心上，等那个墓穴挖好，母亲的心早已成了无边的空洞。母亲惊骇地发现，他们俩快过完一辈子了，在与父亲结婚之时她就埋葬了自己，任由另一个没有温度的自己与这个男人活在世间，而这个男人，此刻也快要与她诀别了。

夜晚、锄头、坑、洞穴、坟墓，这些词语撞击着我和母亲，每一个词都充满陷落的语义，都指向消亡。我们狠狠地压制着它，任它们在胸口左冲右突，我们谁也没有再提起这件事。我没有信仰，不能理解他为什么要去做这种令人汗毛倒立的事情。我甚至深深地怨恨他，给我们姐弟带来了恶名。就因为他偏执地需要过早安排一个身后安身之所，全世界都知道我们是不孝顺的孩子了！

　　我不知道他为自己挖墓穴的那些夜晚，心里头是满足的，充满希望的；还是悲凉的，绝望的。他生活过的那些日子，已经在他面前一层层垮掉，逐渐变成一堆堆废墟。我永远不能揣测那些个黑夜从地下升腾而起的时刻，他是怎么样寂寞地与夜色对谈，合谋要埋葬自己卑微如草芥的、由于乏味而显得过于冗长的一生。

　　我结婚 10 年后，一场家族遗传的胃病带走了父亲。这时，他掘墓的地方早已建起了一个豆油厂。

　　我抱着他去了我们为他选的公墓，西风曾经侵入过的街道显得过于冷清，在稀稀拉拉的鞭炮声中，季节模糊成一片混沌，这是夏末，我们仿佛在试图走出这个季节，但我很快发现，那一条街，仿佛过于漫长，又过于短暂，我抱着他，既走不出夏天，又走不到秋天。我们一起路过那些他曾试图抓住过的器物，路过他的窃笑，他的恩怨，他的骄傲，他的奖状，他的悲愤，如今，一切一切都退场了，我的父亲，他退到了一个冰冷的石缝中，蜷起了自己悲凉的骨灰。

　　我留下他一件破洞的背心，和医院最后一次给他照的片子。那些体腔内黑白的影影绰绰的镜头，像是透明的，又像是虚幻的。我把他的背心、片子以及片子里从他骨缝中透出的寒凉，挂在了我衣柜的深处。

　　在野外，我们烧了他所有的奖状，连同那些烧不掉的玻璃一齐抛在了灰烬中。在饱含油漆味的刺鼻的火焰边，我才想起，我从来不曾问过他在部队里的事情，从来没有。那是他此生最骄傲的日子，但现在，他过往的光荣成了一个深深的秘密，他那么想要世人知道的光荣，到最后，连他最亲的人都不曾了解。

　　时间何曾宽恕我们。我穷尽一生用无数光年也不能回到过去，看一眼他当兵的日子，听他讲一回过去的事情。我知道他会唱《打靶归来》，但他更喜欢唱《九九艳阳天》，他心中曾经有个小英莲吗？他曾在部队里想念着她吗？她是谁，还在这个人间吗？

父亲的墓穴旁空着一个洞穴。那是给母亲留着的，每年清明扫墓，我都尽力阻止母亲去，我无法看着她面对自己最终的居所。

四野寂静。他遗在这个世间的三个儿女，放弃了他的方言，长着和他相似的面孔，继续在人间风尘仆仆。

现在，每年的七月半我烧纸钱的时候都会跟他说，我来啦，你不用去摘荷叶啦。

我一生有太多话想跟他说，但直到他死后，我仍然没有说出口。我心疼他打鱼的手，心疼他蹩脚的魔术，也心疼他溃烂的胃。他的一生也许过于乏善可陈，可是我有什么资格去评判他的一生。我知道是没有的。我们那么相像。

判断者说[1]

王族[2]

一、马的伤痛

1. 说法

马受到人们的喜爱和赞赏后，却变得越来越模糊。造成这一结果的原因是人们给了马太多的赞誉，这些赞誉像五彩缤纷的光环挂满马的全身，以至于马自身的色彩逐渐被遮蔽，很少有人能真正理解马了。

马因为是供人骑乘的，而且奔跑姿势优美，速度超群，所以与其他家畜相比，马的地位高高在上，而且深受人的关心和爱护。不仅如此，马还颇具灵性，总是能够领会人的意图，让人骑乘时得心应手，所以人们总是忍不住要赞美它们几句。时间长了，那些赞誉便让正常的马变为异质的马，让人觉得马都是神异之物。马和人的关系之所以密切，是因为马满足了人的精神需求，所以人很愿意把马想得

---

[1] 《人民文学》2015 年第 2 期。
[2] 王族，甘肃天水人，现居新疆乌鲁木齐，从事图书出版工作。出版有散文集《第一页》《兽部落》《上帝之鞭》《两千年前的微笑》《逆美人》《清凉的高地》《遗失西域的钥匙》，长篇散文《悬崖乐园》《图瓦之书》《狼界》，小说集《十三狼》，长篇小说《狼苍穹》等 40 余部作品。部分作品在美国、韩国、土耳其、中国台湾等地出版。

更完美一些。比如马的奔跑，其速度之快，蹄音之清脆，身姿之矫健，嘶鸣之悦耳，都让人心生欢喜之情，为自己拥有这样的马而骄傲。有一群作家刚好看到了马群奔跑的一幕，其中的散文家说，它们密集的蹄声，像一场大雨落在了大地上；诗人说，这是心灵的闪电；小说家说，晨曦中，一群马在快速奔腾，四蹄踩得泥土飞溅起来，不一会儿，它们身后便飘起一层厚厚的烟尘……有一位牧民在旁边听到了他们的话，低声甩过来一句话：胡扯个球，马是饿的，急着去吃草呢！

马不论走多远的路，只要人不停下，它们的四蹄就不会停止迈动。人可以喊苦叫累，而马却不会发出任何声音。时间长了，马便变成了人在漫漫长途中最忠实的依靠，使人总忍不住要赞美，于是便有了这样的谚语："眼睛能看到的地方，马和人一定能到达。"有人骑马在沙漠中跋涉了很长时间，终于到达目的地后，他觉得是马让自己渡过了难关，便说，没有走不出沙漠的马，马都是好样的。他的马好像听懂了他的话，望着他，鼻息粗重，眨动着疲惫的眼睛。这时传来一个消息，有好几匹马在沙漠中倒地而亡。他想起自己刚才说出的那句话，内心生出几分难堪之感。第二天早上，他发现自己的马也死了。就在昨天夜里，他一觉酣睡到天亮，但他的马却不知在几时突然死了。它塌垮在地上变成了一团，有蚂蚁从它鼻孔中出出进进，让人看着骇然。马被累死了！它跑了那么远的路，把力气都用完了，连缓过劲儿的力气也没有了。他哀叹一声，一屁股坐在了地上。

在另一件事中，人们把马神化成了动物中的英雄。有一匹种马，对配种这样连续重复的事情很厌烦，但凡它看不上的母马，绝不与其交配。有人想了一个办法，用黑布蒙住它的眼睛，然后让一匹母马去诱惑它，不明真相的它与那匹母马结合了。之后，人们揭去蒙在它眼睛上的黑布，它一看便痛苦地从村中冲出，在山上乱跳乱蹦，后因不慎一蹄子踩空掉下悬崖。但人们在讲述这件事时，却将其变成了另一个版本：它被揭去蒙在眼睛上的黑布后，明白自己高洁的品行在一场骗局中被玷污，突然痛苦地嘶鸣一声，向一处悬崖跑去。人们想把它抓住，但它纵身一跃跳下了悬崖。这样一说，那匹马便有了视死如归的精神。

人们之所以篡改一件事的真相，大概是想用神化马的方式，遮掩自己的难堪行为。但事情却发生了变化，本来人们以为那匹马掉下悬崖后摔死了，不料几天后它居然一步三摇地回来了。它的一条腿摔断了，用三条腿艰难地走到主人院子里，嘶哑地叫了一声。人们都很惊讶它居然还活着，亦不能接受它又回来的事实。它死了多好，它死了，就会让人们对它的赞美上升到一个高度，并且会让人们编造的故事近乎完美地传播下去，但它却突然回来了，让一切都戛然而止，并且把人们推到了最难堪的地步。人们对它很冷漠，包括它的主人，甚至不给它治伤。它一天天地不行了，身体走动时东摇西晃，似乎一阵风就可以把它吹倒。最后，它终于死了。它死后，人们很少提及它回来的那段经历，仍然喜欢谈论它视死如归的故事，说得多了，它似乎又停留在了那个故事中。

本来，它身上是没有光环的，它从死亡中挣扎回来，只想得到人的帮助，但人们给了它光环，它被那道光环阻隔，所以它只能死去。

2. 事实

怎么说呢，看到阿克哈巴河的那一刻，我的第一个感觉是它不是一条河，而是一块被遗忘在这里的透明的布。也许它被遗忘得太久，所以便停滞不前，甚至已经忘记自己还可以向前流淌。天已经黑了好一会儿，夜幕完全拉开，像是有另一块更大更厚重的黑布，把天地裹了进去。这时候一抬头，就看见月亮像是忍受不了郁闷似的，迫不及待地出来了。不一会儿，月光亮越来越大，一直涌到你的眼前，让你惊讶于月光像大手，把黑夜这块厚重的黑布掀翻在地，然后铺展开自己的身体。

阿克哈巴河是从上游被月光照白，变得明亮后才呈现出明显的动感的。我看见月光一经铺入河中，河水便变得透亮，而且河水似乎也在向下汹涌，并且越来越快，似乎已经倾泻起来。当月光从我面前移动过去，像一支大画笔似的把阿克哈巴河逐一抹白，我便看见河水的内层也被月光照亮，显露出一层很深也很厚重的水域。月光移动过去后，河面只有一层淡淡的亮光，让人觉得阿克哈巴河仍然是一团白光在涌动。

这时，一位牧民骑着马，一边向这边走，一边唱着歌。因为有了他的歌声，空旷的夜晚便被打破，似乎走近的不是他和他的马，还有很多人和他一起在向这边移动。他走到我跟前，从马上跳下来，愣愣地望着月光中的阿克哈巴河。我觉得他有点奇怪，为何突然看着这条河发起了呆？过了一会儿，他表情复杂地看了我一眼，然后转过身准备牵马离去。我不知为何突然想和他说几句话，便叫了他一声，他听到我的叫声后停下来，准备去牵马的那只手在半空中犹豫了一下，还是收了回去。

他走到我跟前，也向我问好。他的声音很有磁性，一字一顿，感觉像是有坚硬的东西碰撞了过来。打过招呼后，我们都不说话，望着月光中的阿克哈巴河长久沉默。此时的阿克哈巴河面仍被月光照亮，我仍然感觉到有一团白色的光在向前涌动。但在一扭头间，我发现他的右手上有血。再仔细一看，他的那只手在流血，一滴一滴的鲜血从指缝里流出，滴在了黑暗里的沙土中。此时月光正亮，他的那只手掌看上去黑乎乎的，可以肯定已经有大量的血流了出来。我有些诧异，问他，你的手……他把手伸到我跟前。我看见他的手心扎着一根骆驼刺。他把手翻过来，我触目惊心地发现那根骆驼刺刺穿了他的掌心，在手背露出两三寸长的一截。我知道紧挨着阿克哈巴河的山坡上到处都长着骆驼刺，骆驼刺较之于其他沙漠植物，似乎有着钢铁铸就的枝叶，其枝坚硬无比，其叶锋利如刃，人和动物一旦碰到骆驼刺上必然会被划破皮肤，如果碰得重了，则会被刺入肉中。

我问他，你这是怎么回事？他说，刚才，我的马看见阿克哈巴河被月光照亮，就狂跑起来，我不小心从马背上掉下来，这根骆驼刺就钻到了我手心。我扭头去看犯下错误的那匹马，看它的样子，它很想向着阿克哈巴河一跃而入，但拴在它脖子上的那根缰绳被它的主人紧紧地抓在手中。它急迫地望着阿克哈巴河，鼻息在黑夜中很响，似乎它的身体里有什么要冲涌而出。他用手抚摸着马的脖子，意欲让它安静下来。他说，我本来想在河水中把手上的血洗掉，但一看见阿克哈巴河，我发现我从来都没有看见过它在月光中会是这样，它太干净了，我不洗了，我怕把河水弄脏。说完,他翻身上马,两腿用力一夹马腹,那匹马便奔腾而去。不一会儿,远处又传来他的歌声。我知道,此时的他跟刚才来到阿克哈巴河边时一样,正高声唱着歌,而他手上的鲜血伴着歌声,正从他的指缝里一滴一滴地落入沙漠。

文章写到这里,我才想起,当时他面部的颜色和阿克哈巴河一样,都是被月光照亮后,有一层清洁的光芒。

过了几天,我在牧场上再次遇到了他。牧场的雨很奇怪,说下就下了起来。下午的时候,我们的车子在草场中行驶,刚看见远处有一朵巨大的乌云飘了过来,雨就铺天盖地下了起来。天地顿时一片暗淡,牧场和远处的山像是变得害怕了似的,都躲进了黑暗之中。偏偏有一辆马车这时仍在牧场上行驶,由远及近,从一个小黑点慢慢变大,也慢慢驶近。我们终于看清楚了,是一辆拉着马草的马车,驾车的人坐在马车上,也许他觉得在雨天的牧场上无处躲藏,便索性赶着马快速向前。他挥动的马鞭有些缓慢,也有些迟疑,马车更是行驶得仓皇而沉重。一阵风刮来,雨密集了起来,马车似乎被裹进了一个巨大的口袋。

我抬头看了看天,巨大的乌云占据了整个天空,远处的草地也已被笼罩在阴影里,驾车的人如此这般能跑到雨的前头去吗?雨带来的凉意浸入我体内,我打了一个寒战,我为他的这种徒劳担忧,但我又不能阻止他,放牧的人怎么会听一个外人的话呢?我们只能躲在一棵大树下,怀着复杂的心情看他在雨中奔跑。看着看着,我想起小时候在故乡的雨中经历的一件事情。那一年正是酷夏,乡里人收了麦子,把黄灿灿的麦粒晒在场上。中午,被大家深为恐惧的"白雨"(暴雨)突然来了,于是每家都忙着收麦,好在收得及时,很多人都将麦粒收了回去。雨下起来时,大家扭头一看,张二娃家却无一人在场上,眼看着他们家的麦粒要被冲下场,钻进了陡坡上的石缝里。张二娃的老婆后来哭喊着扑到场里,顿时傻了。少顷,她发出一声惨叫,一屁股跌坐在地上。这时,雨像干了坏事要逃跑的孩子似的,拖着一条白色的雨丝尾巴又向前移去。张二娃的老婆从地上一跃而起,指着那朵云骂开了。那朵云渐渐往前移去,她的手指随之紧跟,像是要把它戳下来。

她的愤怒已经无法控制，一声声痛骂犹如心被撕下一般痛苦。多少年过去了，想起她那天的情景，我都能体会到她在那一刻的悲凉心态，多少个辛劳日子换来的麦子，就那样被一场雨轻而易举地冲走了，这才是真正的天灾，是老天爷干了一件坏事，她能理智地控制自己吗？那些麦粒被冲入石缝和土渠，那里是老鼠的家园，它们由此会度过一个幸福的冬天。如果那些老鼠能够良心发现，在以后走过张二娃家的地头，或许会转身离去。

想着往事，不由得为这辆雨中的马车担心起来，它前面的坡越来越陡，它这样跑能行吗？驾车者又加快了速度，马撒开四蹄奔跑起来，马蹄下是泥淖，它一经踩下便有脏水溅在身上，但它却并不顾及这些，仍将马车拉起快速往前驰去，有好几次两个轮子都已离了地。我担心马车会翻，这样的地形，这样的速度，稍有不慎就会倾翻在地。然而，正应了人常说的，不好的事情有时候只要你一想，它马上就会发生。我担心马车会翻的念头刚一出现，它像是被什么从底部掀了一下似的，突然向上翻起，然后发出几声裂响落地，翻了个底朝天。马车夫从马车上摔出，像一只鸟儿似的跌落在一堆石头上。马在车子翻倒的一瞬又向前窜去，它太有力量了，马车发出一阵沉闷的声响，像是正在扭结着断裂，很快就要在地上散成一堆。

我们跑过去先救马车夫。这时我才认出他是前几天在阿克哈巴河边见过的那位骑马的牧民，拉马车的马也是前几天的那匹。他摔得不轻，脸上流着血，胳膊已经无法抬起，嘴巴痛苦地歪向一边。我们要把他抬到我们的车上去，他却不停地喊着马、马……那匹马仍在向前奔跑，马车被拖着翻来翻去，一只轮子掉了后，就开始在地上滑行。马显然受了刺激，它要甩开拖在身上的马车，但惊恐却让它不能从疾驰中停下来。一丝担忧袭上心头，我担心马会摔倒。扭头一看，驾马车者已叫不出声，双眼圆睁，似乎在等待可怕的结局。马还是摔倒了，那根套在它脖子上的绳子慢慢滑下，绊住了它的两只前腿，使它轰然倒地。它倒地之后不再动，偌大的牧场突然安静下来，飘拂的雨掠入额际，人不由得又打冷战。驾马车者脸上的血糊住了眼睛，我们帮他将血擦去，却看见他眼里的泪水在往外流淌。

他不停地喊着马、马。他的泪水并非为疼痛而生，而是不愿相信马会有这样的遭遇。也许在他的心里，马是灵活而又有力量的，无论如何都不应该发生这一幕。在他的要求下，我们将他搀扶到马跟前，他请求我们把马身上的那根套绳解下，并把马放开。他说着这些的时候，一直在哭。但令我不解的是，在刚才的疾驰中，他难道就没有想到会出现这样的结果吗？他难道是为了保持一个驾车者和一匹马的态度，不落得这样的下场，就不会停止吗？

马身上的那根绳索被解了下来，我原以为它会站起来，但它却一动不动地卧在地上，不停地喘着粗重的呼吸。一匹在刚才还奔腾如飞的马，此时却像是再也没有了力气似的一动不动，被命运彻底打败，变得越来越模糊，越来越小。我们平时对马赞美得太多，为它们身上的阳刚之美所迷醉，但是今天，我却看到了马的失败，就像一个非常善战的士兵，击倒他的并非是他的敌人，而是这个复杂的世界。

我触目惊心地发现，马也在哭，有两行泪水从双眸中涌出，挂在它的脸颊上。我第一次看见马哭，突然觉得内心被什么一下子掏空了。

马在地上卧了一会儿，挣扎着站了起来。我们无法再说什么，帮他把马车部件收拾在一起，把马牵到他跟前，然后默默离去。身后，一个马车夫依靠在马腿上，一人一马，像两个从擂台上败下来的武士。

好几年过去了，我对那匹摔倒的马一直记忆犹新，当时的情景始终在我脑子里浮现，似乎它紧盯着我不放，要让我回到当时的场景中去认识那匹马。我想起俄罗斯诗人曼杰施塔姆的诗句：黄金在天上舞蹈，命令我们歌唱。今年，我不可能再有外出的机会，大致只能是书斋和日常生活，但我很想再去看马，看马的挣扎、马的忍耐、马的眼泪、马的血、马的伤口、马的尸骨……看不到这些，就看不到马的命运。

以后，我将如何写马？

二、树的生长

1. 说法

新疆少树,因此树便显得珍贵,而显得更珍贵的是树的生长。一棵树在干旱缺水之地能够活下来着实不易,一场场大风把它根部的沙子石头都刮走了,但它却裸露着根活了下来。因此,人们便觉得这样的树身上有顽强的精神,并对它发出赞叹。赞叹在很多时候就是光环,而且还有明确的指向性,所以受赞叹者往往都会因这种光环而价值陡增,显得与众不同。

上面情形,说的是胡杨。由于胡杨多年来一直保持着一致的形象,所以人们对胡杨的生命给予充分的肯定,"胡杨"二字因此便变得像符号,代表着刚毅、执着、顽强等,让人觉得胡杨与人有某种对应。这个对应多好啊!人可以勉励自己像胡杨那样活着,不论多么艰辛,只要体现出精神,人的价值照样能够得以体现。但写到这里,我已经对自己的叙述方式有些厌烦,我不想用这种理性或论述的文字写下去,虽然这篇非虚构的主题是写人们对一件事的说法和事实的对立,但实际上谈论的是人们长期以来对这些现象的误解和被遮蔽的真相,所以除了用论述文字外,我找不到更好的方式。我想,我是反对人们集群式赞叹胡杨的,胡杨原本就是普通的树,而且像所有的树一样,并不具备精神和意志的外在行为,但人给予了它们精神,所以它们便变成了人们需要的一种树。于是乎,人们对胡杨发出了这样的赞叹:生3000年不死,死3000年不倒,倒3000年不朽。长期以来人们像朗诵诗歌一样说着这句话,不少人为此而感动,三个3000年加在一起就是9000年,胡杨的生命力是多么顽强,它们的意志是多么伟大。

在塔里木盆地,每天一出门就看见胡杨的牧羊人的头脑很清醒,他们说,三个3000年的事情,谁看见了,说这话的根据在哪里?有什么根据呢,三个3000年,不死、不倒、不朽，如此整齐的排比，不是人为的美化又是什么？后来发生的一件事便是最好的说明，在塔里木河畔的一个地方，有一大片胡杨在一个夏天先是树叶发黄飘零，继而又干枯，树身腐朽，接着一一倒地。有专家去调查，得出的结果是因塔里木河水流失严重，那片胡杨林干死了。前后几个月时间，那片胡杨便经历了死、倒、朽的全过程，彻底否定了人们一贯高唱的三个3000年的胡杨悲歌。可惜这件事知者甚少，所以轻浮的赞叹仍在持续。去年我在一家报纸副刊上看到一位散文家写的关于胡杨的文章，我想以他的见地该不会再轻浮赞叹胡杨了，不料整篇文章仍是三个3000年的事情。我放下报纸，心想以后不用再看此人的散文了。

有一件关于树的事更有说服力。在天山的很多地方，有一个令人费解的现象，山坡的阳面不见一丁点儿绿意，而阴面却长着郁郁葱葱的树。于是人们又发出赞叹，天山上的树喜欢选择绝地而生，富有挑战精神，总是能够在山坡的阴面生长。更多的人听到这样的赞叹后，应和着把这种赞叹传播开了。牧民们在山里生活很多年了，对好多事情都烂熟于心，所以答案很快就有了：阳面容易被风吹到，树的种子一落到这里就被风吹走了，所以不长树。我着急地问，难道一个种子也留不下吗？牧民回答，留倒是可以留下，但还是因为风大，刚发芽不久就被风吹走了根部的土，最后又被连根拔去，死了。原来是这样啊，我为树苗惋惜的同时，也为山坡上这些充足的，派不上用场的阳光惋惜。

另外一个答案是：阴面冬天积雪多，即使到了酷夏也有冰雪，冰雪多雪水自然就多，对这一面的土地滋润得好，就长出了树。再说，松树是一种不分阴阳之地都可以生长的树，所以便在没有阳光的阴面也能长得郁郁葱葱。答案依据的都是科学，从牧民嘴里说出来似乎有些不可思议，我觉得他们讲出的应该是离奇的事才对，因为他们祖祖辈辈在这里生活，看到的和听到的，一定比外人要多得多。

2. 事实

　　一阵风刮起，一片树叶飞了起来。远远地看着，我觉得它像一只鸟儿。我在心里说，再飞高一点，你就真的是一只鸟儿了。

　　果然，风又把它吹了起来，它真的变得像一只鸟儿，而且是一只正在运载阳光的鸟儿，似乎一直要飞到太阳中去。我又在心里说，飞到太阳中去吧，把大地的阳光返回给太阳。我盯着它，它越飞越高，越飞越小。突然风停了，它飘摇着从空中落下，落到了艾力家后面的山坡上。这是多么幸福的一片树叶啊！被风的大手抓着，享受了一次不用努力就可以得到的飞翔。

　　直到看不见那片树叶，我才低下头。这时，我看见了小巷中的那棵小树。小巷中房屋毗连，巷道也较为逼仄，所以没有别的树木，这棵小树显得有些稀奇，站在小巷口就可以一眼看见它。但让人觉得奇怪的是，它几乎贴墙而生，枝条和叶片像挂在墙上的一幅画。我想起几年前见到的一棵小树，它刚发出几片嫩芽，还没有伸开枝叶，从古城墙上落下一个大土块，刚好砸在了它身上。它柔嫩的身子被压在土块下面，所幸，它没有被压死，时间一天天过去，它终于顽强地把头颅从土块下探出，像是弯着腰一般，又重新向着蓝天生长起来。我看到它时，它已经长得有大拇指一般粗了。而从远处看上去，犹如一个人指着天空的一只手。如果搬开那个土块，会看到什么呢？也许是一根庞大粗壮的根，也许仍是在屈辱中紧紧贴着土块的一根枝干。我站在古城墙头上看着那棵小树，不由得心生疑惑。四周原本干旱无比，不要说树，就连野草也不长。在那样的情况下，一棵小树在顽强地爬起之后，又是靠什么活下来的？这些是无法从更具落差感的喀什得到答案的。在喀什，人们栽下一棵白杨树后，总是要像守孩子一样守护它。苦熬数年，房前有了绿荫，便有了生活的乐趣。离开古城墙不远，我看见一位老太太在栽树。她把水桶放在一边，去给树坑填土，填完土又用手去压土，这时候，她提来的那个水桶倒了，她惊慌失措地用手把水桶扶起，她的双手剧烈地颤抖着。她再次用双手去压树坑中的虚土，水桶又倒了，水"哗"的一声全倒了出来，刹那间渗进干旱的沙土中，老太太伤心地哭了起来。我不知道后来是怎样的情景，因为当时我无法再看下去，不得不转身离去。

现在，我看着小巷中的这棵小树，心想它也许知道在这狭窄的小巷中生存不易，所以便紧凑地贴墙而生，它不去妨碍人，人便不会嫌它碍事把它砍掉。我们是去巷中的小饭馆吃饭的，主人很快就将揪片子（汤面）端了上来，吃着可口的揪片子，我忍不住扭过头去看它。是谁把一棵树栽在墙根的呢？细问之下才知道这是一棵小白杨，是它自己长在这里的。是在一个刮风的天气，有杨树籽被刮进小巷，人们看见那么多的树籽在路上，踩上去不舒服，就把它们扫了出去。有一些树籽漏在小巷中，但它们都没有生根发芽，只有墙角的一粒长出了幼小的树苗。起初，人们并没有在意它，只是觉得它是一棵小草而已。不料到了夏天，它在短短的几天就蹿出很高。人们看见它长得纤细而笔直，不忍心拔去，就让它长了起来。它长到了两米多的时候，放慢向上生长的速度，渐渐粗了起来。因为它在小巷中是稀有的一棵树，关于它便有了很多话题。比如人们根据它的长势判断，它长到现在的样子是要停一下，把树身长粗，然后第二次向上猛蹿，一下子就会长到三四米。有人甚至给它编出了谚语：小树长一长停一停，喘口气一下子顶天堂。小巷中一直放着民歌，使小巷具备了那种安详和沉迷的气氛。而坐在棚下吃饭的人一扭头，就看见了这棵小白杨，心里顿时会有更舒服的感觉。

小饭馆的主人是一个小伙子，戴黑毡帽，留小胡子，于聪明间透露出几分浪漫。他准备让这棵小白杨一直长下去，就像他的小饭馆理应一直存在一样。说起这棵小白杨，却还有很多的故事。自从它长在这里后，总是难免要遇到一些麻烦。在春天，它长出嫩绿的树叶，孩子们觉得好看，想伸手去摘几片下来玩，大人们呵斥几声，孩子们才离开；冬天巷子里结冰，人们怕摔倒，经过它跟前时总是用手去扶它，时间长了，它的枯干上便有皮掉落。它其实还很单薄，这样的重负自然承受不了。有一条狗在夏天喜欢卧在它的树荫中，时间长了，似乎对它有了感情。有一次孩子们恶作剧，要折断它的一根枝，狗跑过去在它的根部撒了一泡尿，狗尿的味道很难闻，孩子们都被熏跑了。大人们有时候会不经意地危害到小白杨，比如意欲折一根它的树枝，揪几片它的叶子，狗一看有情况，马上跑过去使劲挡住人，人被狗弄得很烦，便骂狗，等骂完了狗也就忘了再到小白杨跟前去。现在，小白杨已经不会受到任何伤害，因为它长得比人还高，人轻易够不到它的枝叶。

我与人们闲聊着，看见一个小女孩远远地向这棵小白杨走来。阳光照在她脸上，使她显得越发纯洁和可爱。小巷内人声杂乱，来来往往的人从她身边走过，她面前只有一条很拥挤的路，但她却不紧不慢地往前走着，在忙乱的人群之中，她因为步履从容，所以便显得像大人。她走到这棵树跟前停下，抬头看树上的鸟儿。树上有一只鸟儿。小女孩也许是在很远的地方就发现了这只小鸟儿，所以，才走过来看它。树上的鸟儿也许因为飞了很长时间，显得有些疲惫，抑或它担心小巷中的人会伤害它，所以待在树枝上一动不动，亦不发出任何声响。也许，它歇息片刻后就会离去，这个地方人多声杂，不是鸟儿应该待的地方。小姑娘扬起脸，好奇和专注的神情在双眸中隐约可见。周围的人来来往往，但没有谁留意到这棵树上的鸟儿。大人们似乎都很忙，没有闲暇心情打量这个世界。过了一会儿，鸟儿飞走了。它在起飞的时候，将一片树叶碰落。小女孩的目光追随了一会儿鸟儿，便低头盯着地上的那片落叶。那片叶子正绿，从树上掉下后躺在尘土中，小女孩走过去将树叶捡起，出神地望着树枝。过了一会儿，她把捏着树叶的手举起，想把它放回树上去。但她还没有长大，而树又太高，所以她最终还是失望了。她抬头望着树枝，眼睛里依然充满迷惑的神情。终于，她意识到了残酷的现实，一片树叶从树上掉下后，无论如何是再也长不到原来的地方去的。她慢慢低下头，伤心地哭了起来。小姑娘的母亲在远处唤她，她扭过头看了一眼母亲，突然放声痛哭着跑了过去。母亲抱起她，不知道发生了什么事。她还在哭着，那枚树叶被她紧紧捏在手中。

望着她，我痛心疾首地发现，只有这样的小姑娘，才会因为感动而流泪。

三、河流的方向

1. 说法

　　一条河，除了我们看见的缓慢流淌外，是否隐藏着更为宽广的养育人类的精神？这样的问题，一般人是不会认真思考的，因为人们对河流司空见惯。如果有人面对河流发出感叹：啊，伟大的河流，我爱你。别人一定会认为他矫情。人们之所以对河流司空见惯，是因为河水可以随便取用，所以便没那么重视河流了。

　　在干旱缺水的西北地区，因为水对人的生命起到了至关重要的作用，所以人们敬畏河流，觉得土地已经如此贫瘠，如果再没有了水，人便不知该如何活下去。时间长了，这种敬畏就变成了感恩，人们对河流赋予"生命河"或"母亲河"的赞誉，更有人写出了一些歌，比如关于草原河流的《父亲的草原，母亲的河》。那首歌运用了蒙古族音乐元素，听来极富感染力，让人觉得辽阔的草原对生命有养育之恩，在草原上成长的生命更有博爱的情怀。好多人都会唱这首歌，但只是因为曲调易于哼唱，除此之外并无多少感受。只有草原上的一位牧民结合自身命运对其给予了最富情感色彩的解释："我从小就是一个没有父母的孩子，我的父亲死后我学会了在草原上放羊，我的母亲死后我学会了去河里提水回来做饭，正因为有了草原和河流，所以我才长大了。"由此可见，发出浅薄赞誉的人都是没有在草原上生活过的人，而在草原出生并长大的人，于内心对草原和河流的情感，有着很深的命运之痛。

　　任何赞誉，直接说出来会变得苍白，如果用比较艺术的方式说出来，其情形就会变得好一些，比如歌唱，因为借助了音乐的旋律，则容易感人。《塔里木河》中有这样一句歌词："塔里木河哎，故乡的河。"我听过这首歌，歌词简单，但因为作曲家运用了民族音乐的元素，使这句简单的歌词具有了如泣如诉、荡气回肠的感染力，听来让人觉得长期缺少饮水的人们用双手掬起一捧塔里木河水时，一时难以抑制如获神物、如品琼浆的内心感念，忍不住要高吼一声。这是出于心灵之痛的一声吼，吼过后生命就有了依靠。但有人却高高在上，不能体会人们对水的渴求，说词作家写出的"塔里木河哎，故乡的河"只是半首歌，还有一半没有写出来。词作家后来曾说："我宁愿没有看到塔里木河，宁愿没有写出那首歌。"他没有把话说完，他后面的意思是，没有塔里木河，人们就不会在饮到它那清澈甘甜的水时那么痛苦，人们在那一刻的痛是揪心的，因为他们终于知道喝上塔里木河水是如此美好，而之前他们却几近于一直在黑暗中摸索，始终不知其处于何方。

与众多河流相比，比较平缓的是额尔齐斯河，它遇弯拐弯，遇滩过滩，始终不起一丝波浪。一位诗人走到额尔齐斯河边看了一会儿说："它沉缓、内敛，让自己一再缓慢下来，一直保持着智者的姿态。"正如那首萨满老歌所唱："马头的金色力量，羊头的棕色力量，渗透了你的脊梁。"额尔齐斯河无声无息，不会为诗人对自己发出了赞美有任何反应。诗人有些激动，准备朗诵一首诗，但这时天气却很快变了，一场沙尘暴像一个巨大的怪兽从沙漠中逶迤而来，很快便把额尔齐斯河遮蔽于一片昏暗之中。诗人只得捂着脸一边一跑一边埋怨。

距额尔齐斯河不远的一个村庄里，发生了一件与河流有关的极富戏剧色彩的事情。一条河从村庄中间流过，村里人要过河便只能骑马或脱鞋涉水而过，极为不便。几年前有人在这条河上建一座水泥桥，桥建成后，这人去村里住下，准备第二天上午剪彩，孰料当晚一场大雨让河流改道，第二天这一行人看见那条河从别处另择河道缓缓流淌，而那座桥被扔在了一边。这件事说明，大自然的"道法"无边，人不可能左右大自然。与大自然相比，人觉得自己的征服能力很强，但大自然捉弄人时，其气势之汹涌和厄运之不可逆转，都证明人的力量是多么渺小。

由此看来，人必胜天是一句谎言。

2. 事实

　　夏天，大部分牧民会去一个叫"大草滩"的地方放牧。从远处看，大草滩中的河流像是几条明亮的丝带，缠绕在绿色的大草滩中一动不动。走近了才发现河床很宽，哗哗的流水声有些震耳。目测一下水的深度，好家伙，居然有一两米深。在河边坐下，感觉四周的山峰更加悠远，就连不远处的戈壁也宽广了许多。

　　太阳慢慢升起，帕米尔高原一片宁静。有一户人家在河流舒展白丝带的旁边，我们走过去，见一个身材高挑的少女正在河边提水，几头牛走到河边，意欲涉水而过，她提起一桶水走过去拦住它们，把水泼向它们的四蹄，那些沾在牛蹄子上的泥巴转瞬不见了，她这才把它们赶过了河。河水依然那么清洁，仿佛是刚从雪峰下流下来似的。河边有几片野草开着红色的花。那是一种什么花，我至今不知它的名字。那个少女走过草地，阳光从花朵上反射过去，把她的脸庞映红了。她走到黄泥小屋跟前，一只狗跑到她脚下，亲昵地用身子碰她。很快，她和那只狗一起进入帐篷。第二天，我们去了她家，她有些害羞，不怎么与我们说话。由于离得近，看清了她的面容——她的眼睛又大又亮，恍若一潭泉水。她家养了几匹马，我向她父亲提出骑马的请求，她父亲爽快地答应了。但我没有想到，正是这次骑马让我尝到了做骑手的痛苦。之所以这样说，是因为当时的速度与感觉都是在瞬间达到的。那匹马很瘦，但四条腿却很健壮，我骑上去后才突然想起它是善于疾驰的那种马。这个念头刚一出现，它便跑了起来，四周的山峰和脚下的草地变得恍恍惚惚，我有了腾云驾雾般的感觉。正跑着，身后传来几声狗的嘶叫，马匹主人的黑狗蹿了上来。它的速度很快，很快就超过了马。马当然不服气，它精瘦的骨架就是长期被坚韧锻造的，它嘶鸣几声加快了向前奔跑的速度。它们就这样较量着，而这种竞争具体到狗和马身上，都激发它们迸发出超常的力量，乃至为这样的竞争而愤怒，用全身的力量为之一搏。很快，我感到马变得轻飘起来，它在加快速度一点点地超着狗。突然，呼呼作响的风中传出狗的一声惨叫，马骤然而停。我从马背上滑落下来，看见狗的一条后腿被马踩断了，狗的舌头掉在外面，口水和脸上的汗水一起在往下流。少女赶了过来，我赔着不是，望着那只狗有些心酸。她哈哈一笑说："没什么，马还是输了，在它停住的那一刻，它还是落在狗的后面了。"她这么一说，我反而更加迷惑，我在马背上驰骋了一回，我是一个骑手吗？

心怏怏然，加之又无事可干，我便待在大草滩一侧和艾西热甫闲聊。他每天都在红其拉甫河边放羊，那条河不大，但在他面前的浅湾停滞成一池水潭，雪峰的光芒反射下来，那潭水变得明净，远远地看上去像一面镜子。他从地上捡起几块方形的薄石头，在水面上打着水漂。薄石掠过，水面上漾起一圈圈涟漪，不停地扩散开，又聚拢来……他的动作与他的年龄极不相符，在他固执地要把这些动作做得完美一些的时候，因为手脚不灵便，便显得有些力不从心。实际上，他已经是60多岁的人了，牧羊姑且算作能勉强干的活儿，而要玩打水漂这样的游戏，则有些迟缓。过了一会儿，羊群走到了他跟前。那些羊大概已吃饱了草，都抬起头无可奈何地望着他。他发现了羊的神情，也无可奈何地看着它们。这种无可奈何的对望是不多见的，他和羊之间似乎在传递无声的话语。朋友说，他放了一辈子羊，现在老了，估计放不了多长时间了。我觉得他能在这里放一辈子羊真是幸福，我曾很多次观察过他们的眼睛，不论男女老少，他们的目光里都有高傲的神情，那种神情不论在什么情况下都是不会改变的。我的一位朋友说，他第一眼看见这里的人时，觉得他们每一个人都长着一张从来没受过欺负的脸。有一句谚语说，人看山看久了，人也变得像山一样。我想，他们目光中的高傲，也许是因为长期注视雪山、河水、草地后一直保持下来的。与艾西热甫待了一下午，他赶着羊慢慢地走了。太阳已经落山，四周很快暗淡下来，只有雪峰还是那么明亮，像是要进入高原之夜的盏盏明灯。在雪峰的旁边，是一些低矮的山脉，不知道它们要长多少年，才能让雪落在自己肩头，在白昼即将结束时反射出一道醒目的亮光。艾西热甫和羊悄悄地在明亮的雪峰下消失。帕米尔是无言的，他和那些羊回到了怎样的归宿？

我在艾西热甫家住下，他发现我对河流感兴趣，便对我说，河调皮得很，经常自己搬家。它一搬家，人就得跟着它搬家。细问之下，我才知道他说的"河流经常自己搬家"指的是河流改道的事情，这里人说话富于谐趣，把河流改道拟人化，说成了"搬家"。因为"河流经常自己搬家"，他们家也跟着河流搬了三次家。他父亲是在一条河边出生的，听着河水的流淌声长大。他父亲对河水有很深的感情，每次出门都要在河中洗手后才动身，从外面回来也是用河水洗手后才进屋。20世纪70年代末，他们家的生活好了，慢慢从游牧变成了定居。他父亲决定选一个地方盖一座房子，让全家人定居下来。一家人翻山越岭走到一条河边时，他父亲发现那条河清澈见底，立刻决定在河边盖房子定居。他父亲的选择其实不足为奇，作为游牧民族，有水有草的地方往往是他们的首选。

艾西热甫说，他父亲每天都很高兴，因为那条河给他们一家带来了很多快乐的事情。春天，正是雪山化冰的时期，所以那条河里的水时大时小。有时候，水突然就大起来，从河道中溢出，顺渐陡的地势漫延。这时候，一条河便变成了几条河，新的河道出现，旧的河道反而没有水了，被弃在那里，看着骇人。有时候，大水在半夜涌下，哗哗的水声使羊群变得躁动不安，便咩咩乱叫成一片。他父亲说，现在流下来的水是下午的太阳晒化的冰水，上路晚，所以到了晚上才流到了那里。第二天，草地上就会出现新的河道，横横竖竖流着大大小小的水。出现新河道的日子，羊不去远处，只吃近处的草。有羊不小心吃到河边，被水惊吓，猛地掉头就跑，似是对水很恐惧。后来，他们发现了一件很有趣的事情。每次雪水流下来后，不论冲出多少新河道，但最终仍要归于老河道。那些水流上几天后，像是终于听到了召唤似的仍回到旧河道去。旧河道很快就又恢复了昔日的神采，在阳光中如一条起伏的丝带。有意思的事后来发生在一只羊身上。那天，雪山上的冰水突然涌下，顷刻间在牧场漫延，将路都淹没了。一只羊在慌乱间被堵在一个死角，无法回到羊群中，水越来越大，眼看着它就要被淹没，他父亲为它捏了一把汗，但它却很从容，向四处看了看，扬蹄一跃跳入旧河道，它站在水中一动不动，好像在等待着什么，果然，水慢慢地涌入了新的河道中，旧河道中的水始终是那么多。它站在那儿一动不动,等着大水过去。下午,水小了下来,新河道慢慢显出石头和沙地,那只羊从水中出来,又开始吃草。他父亲很为这只羊而高兴,它在危难来临的一刻,能够从容地选择旧河道保护自己,真是聪明。

但是后来却发生了让他们一家痛苦的事情。一天夜里,那条河的流淌声比以往大了很多,他父亲对家里人说,雪水下来了,小河要变成大河了,河水在叫唤着长身体呢!那一夜,他父亲酣然入睡。作为一个对河流有感情的人,伴着河流流淌的声音可让他酣然入梦。不料第二天早晨出门一看,他父亲的脸上顿失颜色——昨天夜里从雪山上涌下的雪水大概很汹涌,在那条河的上游冲开一个口子,使河水经由那个口子一拥而去,将这条河道遗弃了。干了的河道真难看啊,像伤口被撕开后露出了骇人的骨头。河搬家了!他父亲说完这句话后,骑马去寻找那条河流。他骑马寻找了很久,找到了那条河冲开口子的地方,但那条河在向下流淌的过程中出现了几个分支,他觉得所有的分支都是原来的那条,但又觉得不是。他怏怏而归,带领全家人搬家。没有河水,他们必须得搬家,因为人和牛羊都需要水。

他们一家再次找到一条河时,家里人都有些犹豫,但他父亲却执意要紧靠河流而居。不久,一座黄泥小屋又建了起来,他们往墙上洒上面粉,用他们自己的方式祈求平安,然后在那里住了下来。有水有草的地方对人的生活可起到最起码的保障,他们一家又像以往一样生活着。不久,意外的事又发生了。一天夜里,他们一家人都在睡觉,突然从山上传来轰隆隆的巨响,紧接着一股洪流倾泻而下,掀翻了他们家的黄泥小屋。天气太热,雪山上的积雪融化成雪水,集到一起便形成了洪流,他们家的房子不巧正处于洪流的下方,所以被冲垮了。等洪流过去,艾西热甫发现父亲不见了。他们一家人沿河向下寻找,一直找到天亮都不见父亲的踪迹。事后,艾西热甫说,父亲被"突然叫唤着长大了的河流带走了",他变成了家里的顶梁柱,带着一家人又迁到了另一个地方。鉴于上次因为距河太近而遭受了灾难,而事实上又离不开河流,所以这次他们选择了离河流有十几米远的地方盖了房子。父亲因河流而命殒,给一家人心头留下阴影,如果不是去提水,谁都不愿多去河边。

几年时间过去，小羊长成了大羊，大羊生了很多小羊。艾西热甫一家人的心情慢慢平静下来，然而河流再次让他们一家遭受了意料之外的事情。一年夏天，那条河莫名其妙地干涸了。雪山是河流的源泉，气温太低，积雪无法融化成雪水流下，所以河流干涸了。干了就干了吧，从稍远一点的地方提水也可以维持生活，但不久意外的事情又发生了，他们家的墙裂开了缝，风呼呼呼地从中穿梭。有年长的牧民路过，对艾西热甫说，河水都干了，房子能不裂缝吗？艾西热甫这才明白是怎么回事，他心里一阵生气，又是河流和他们家过不去！没办法，他们又搬了一次家。河流"搬家"的方式每次都不一样，而他们搬家却始终摆脱不了河流的阴影。现在住的这个家，已有五年时间了，艾西热甫的心头又有了不祥的预感，这五年平静的时光使他觉得似乎又将遭遇灾难，他甚至已经在心里盘算着如何搬家了。

我劝他不必太过于紧张，那样的事都是在偶然中发生的，不会每次都遇上。他说，父亲以前曾说过，如果找不到最初的那条河流，我们家就得不停地搬家，因为我们遇到的新河流都在"长身体"，它们一"叫唤"就把我们的房子带走了。我无法再劝他，虽然他说的话没有什么科学依据，但在如此蛮荒偏僻的高原上，人与自然就这样相处着，在很多时候甚至融为一体，谁又能不相信他们说的话？他们坚信的事情，都是从现实中得来的道理。

我和艾西热甫走到河边，坐在一块石头上看水。水清澈见底，河底的沙子似乎随流水在移动，但好长时间过去了却并没有移动多远。有几条小鱼从水草中游出，撞上我投在水中的影子，一惊，便快速游走。此时四周已安静下来，隐隐约约地，我听到了水声。一条表面上趋于平静的河，发出的水声是隐隐约约的，但却很紧密，似乎有无数双脚正在看不见的地方行走。

我们俩都沉默了。我扭头去看大平滩中密布的河流。不知为何，我突然觉得这些河流被阳光照射得像一把把刀子，把大平滩切割得支离破碎。

日子[1]

胡竹峰[2]

陡然冷了，前几天还是暖冬，倏地进入寒天。空街残树，满目灰凉，风刮得紧了，走在马路上，那风刁，能钻过衣衫，细密密往身上扎。腊月里，冷一点更像样子。寒冬腊月，腊月非得寒冬衬一下才好。正要人穿大衣、棉袄的，若不然总觉得冬天流于轻浮。

中午的下饭菜是腊肉烧萝卜。白皮水萝卜，圆圆的，鲜、嫩、脆，生吃亦可，配肉更佳。早晨起床，见阳台上挂着腊肉，刚好友人从乡下带过来一些萝卜，勾起了红尘之心。近来一直吃素，红尘之心是腊肉烧萝卜。一片素心要一点红尘点染一下才好。

新糊的窗纸洁净如棉。天有些冷了，呵气成烟成雾，时候大概是初冬吧。一道烧萝卜放在铁皮锅里，锅底陶罐炉子旧旧的。陶罐炉子即便是新的，也让人觉得旧。这个陶罐炉子有道裂纹，被铁丝捆住，更加显旧。火炭通红，铁皮锅冒泡，开始沸腾。一个农民空口吃萝卜，白萝卜煮成微黄的颜色，辣椒粉星星点点。筷子头上的萝卜，汁水淋淋，吃萝卜的人旁若无人。这是20多年前的乡村一幕。

---

[1] 原发2016年第12期《人民文学》，2017年第2期《散文海外版》2017年第3期《散文选刊》转载。
[2] 胡竹峰，1984年生于安徽岳西，现居合肥。出版有《空杯集》《墨团花册：胡竹峰散文自选集》《衣饭书》《豆绿与美人霁》《旧味：中国古代饮食小札》《不知味集》《民国的腔调》《闲饮茶》等散文随笔集十余种。获"紫金人民文学之星"散文奖、滇池文学奖等多种文学奖项。

饭后从书堆里翻出一枚古钱书签,大观通宝。普通的古币,但宋徽宗"大观通宝"四个瘦金体真好看,笔墨秀挺,舒然洒落,自成一格。想象这枚铜币在宋朝人的手心辗转,买过馒头、饺子、稀饭、蔬菜、烧饼,也可能买过笔墨纸砚,买过烟酒糖茶,它可能从《东京梦华录》《武林旧事》与《清明上河图》中走来。寒意里慢慢想来,一个个念头在脑海翻转,大有意趣。

一个人蜗居,冷一点反而平静。暑天,容易燥热。天终日黯淡,灰沉沉的,晦霾里裹着阴恻恻的气息,出行的兴致褪色到发白。冲了一杯咖啡,暖暖地喝完,只剩下暖暖的,没有回味。这些年喝咖啡的兴趣也褪色到发白了。倒是茶越喝越多。红茶绿茶黑茶白茶青茶,甚至花茶。

天南地北的茶一款款在家坐喝,有客共话也好,无人独饮也好,不损茶精神。茶精神者,兼济天下、独善其身也。红茶绿茶黑茶白茶青茶,有的菩萨低眉,有的金刚怒目,有的平缓疏朗,有的急促陡峭,这是茶的性灵也是茶的趣味。茶予人力量,让人欢愉,也给人安详。

冬天里,关紧窗户,拉上窗帘,在幽暗的室光里喝茶,音箱里放几首喜欢的曲子,循环播放着,周而复始。让我有虚室生白之感,心头吉祥止止。人开始迈入中年的门槛,多些吉庆好,近来连红茶也喝得多了。因为红得吉庆,红得热闹。

红茶刚一喝到就喜欢上了,香啊。闻起来香,喝进嘴里更香。鼻底的香缥缈肆意,挥之不散。嘴里的香,遮遮挡挡,断断续续,像读章回体的鸳鸯蝴蝶派小说。嘴里的香比鼻底的香好,好在真真切切回味,又如雪泥鸿爪。

不管是鼻底的香还是嘴里的香,一律香得喜气。香气是出世的,喜气是入世的。香气也好,喜气也好,都是一片琉璃世界。

红茶泡在浅口玻璃盏里,红茶之红像陈年蜡烛的颜色,香气袅袅,佛光扑面。我觉得自己不是茶客,倒像菩提树下的沙弥了。

每每喝到红茶总让我恍惚。像读鸳鸯蝴蝶派小说,又像读佛经。

红茶漾起红光,红光中有药气。这药气里有世情人事的暖意。暖意之外,还有时间的味道。红茶之色,像丹枫的叶痕。叶落树空,让人怅然。

一边喝红茶,一边看年画。朱仙镇的木版年画册子。

年画是俗的,茶也是俗的,柴米油盐酱醋茶,说风雅也风雅,说世俗也世俗。俗的好处是快乐。我热爱一切世俗,热爱一切俗世。世俗有人情之美,俗世有生活之美。年画里一段世俗,茶水里一段俗世。也就是说年画有人情之美,茶水有生活之美。乡下的老人,穿着破棉袄,靠在柴禾堆边,喝着粗茶,我看见他们的脸上挂着微笑。

年画饱满喜庆,饱满是真气饱满,喜庆是色彩喜庆。红茶饱满喜庆,饱满是真气饱满,喜庆是色彩喜庆。

年画一年贴一次,茶每天都在喝。年画的珍贵也在这里,茶的珍贵也在这里。年画每天都看,就苦了。茶一年喝一次,更苦了。

《天官赐福》,这是老题材,杨柳青年画里有,桃花坞年画里有,朱仙镇年画里也有,别处的年画我没见过。喝着茶,看《天官赐福》,真觉得是天官赐福。喝得好茶是福气,泡在壶里的滇红,是绝品也是逸品,那也是天官赐的。

饮茶的时光,天然一段福气。

看完《天官赐福》,看《金鸡报晓》,也是年画的老题材了。金鸡我喜欢,报晓扰人清梦,我不喜欢,近来睡得迟,最贪恋早上一段时光。觉得这金鸡多事了一点。晓是不需要报的,天光自然就亮了。可是年画中的金鸡真好看,色彩斑斓,昂首挺胸,那眼睛在纸面上目空一切,骄傲。年画里的老鼠也好看,《老鼠嫁女》,一群老鼠,左顾右盼,生机勃勃。生机勃勃让人心生灵感。近来觉得灵感不过生机勃勃,奄奄一息恹恹欲睡,无灵亦无感。

年画里的元气与茶里的元气,一洗河山郁闷,让人心生庄严,复生灵感。元气是灵感之元,2013 年 4 月 14 日我曾写过一篇文章叫《元气》的:

  天气真好,精神奇差。昨天下午,疲倦之极,恹恹地,颓唐得很。躺在床上,睡到晚上十点,太累了。这些年一到春天,总觉得累。母亲说我春天里身子骨一向弱。我过去是不知疲倦的,仿佛孔子"发愤忘食,乐以忘忧,不知老之将至",仿佛桃花源中人"不知有汉,无论魏晋"。

有回车前子寄给我一幅"身子骨"三字书法。老车好意。千年文章要一身好骨。傲骨是题外话。

醒来后,精神好一些,体内气力倍增。晚饭懒得吃了,饿一顿无妨。躺在床头看书,读先秦文章。那是大时代——天地玄黄,宇宙洪荒,先秦文章里有来自盘古开天的元气,《庄子》《老子》《论语》《韩非子》,诸子文章随处可见一团团元气酣畅淋漓。

先秦文章给中国文章开了一个好头——纵横六国,横扫千军。先秦的元气实在充沛,这一团元气在时间之河里接力,传到屈原手里,传到司马迁手里,再传到曹操手里,曹操太坏,宁可我负天下人,藏下中国文章里来自先秦的元气,掐住了文脉的流通。

曹操是中国文章的奸贼,好在他是行伍出身,骨节粗大,指缝漏下一些元气,被曹丕曹植嵇康阮籍陶渊明辈得去了,后世的韩愈柳宗元欧阳修苏东坡也得了些。

疲倦了,读点古人文章,补充元气,是我的秘诀。

我忘了说,疲倦时候,我也会喝一点茶,补充元气。

周作人说喝茶当于纸窗瓦屋之下。纸窗瓦屋当然好,有中国的黑白精神。黑白是中国文化的底色,黑白也是人间岁月,黑是夜,白是昼。

喜欢瓦下的日子。喝茶吃饭,拌嘴怄气,悲欢离合,生生死死,一切被笼罩在瓦的氛围里,就有了不一样的感觉。瓦,隔开风风雨雨,挡着夜深露重,但底下的人分明还可以感受到风雨夜露的气息,这是瓦的不同一般。住在瓦屋里,一方方小小的青瓦和绿色的爬山虎构成了一个古朴的氛围,夏天,兀自有山野深处的清凉,夜里,一盏荧灯下靠在床头翻书,让人一下子回到了久远的从前,一些奇怪的念头蜂拥而至,甚至会觉得,屋顶上会走出一位风衣猎猎的侠客,会闪出一位翩翩秀美的狐仙。

在博尔赫斯的《庭院》中喝茶也好。庭院是斜坡，是天空流入星舍的通道。这个夜晚的庭院，葡萄藤沐浴着星光，倒影和星光又一起飘落在蓄水池上。博尔赫斯自足的世界就在"门道、葡萄藤和蓄水池之间"。葡萄藤和蓄水池之间，是容得下一张茶案的。

夏日的庭院在记忆中是墨绿的。爬山虎，狗尾草，喇叭花，何首乌，紫苏，水池在葡萄架下，池子里贮有半池水，粗瓷杯放在屋檐下。西头井底沉着一个大西瓜，墨绿的瓜皮在水里绿油油的。转动轳辘发出扎扎的声音，慢而木，那声音能传出很远。葡萄架下的猫睁开眼睛站了起来，复又睡下。窝在藤椅上翻书，还珠楼主、平江不肖生、王度庐，那书翻卷了边，封面漆黑黑脏分兮的，无头无尾，那时候看起来比周作人有味。

周作人文章里多次写过茶，他甚至把自己的一本书取名叫《苦茶随笔》，那首"且到寒斋吃苦茶"的自寿诗，同气相和者无数。博尔赫斯的《第三者》里有如此一记笔墨：

在那落寞的漫漫长夜，守灵的人们一面喝马黛茶，一面闲聊。

女人捧着马黛茶罐进进出出。

马黛茶是木本大叶冬青，树叶翠绿呈椭圆形，开白花，生在南美洲。做法与中国茶仿佛。马黛茶生长在神秘和幻想的南美丛林。周作人的茶是苦丁茶。不同的茶产生出不同的文化。

博尔赫斯生于 1899 年，周作人生于 1885 年。他们命运不同，相同的是他们都是书斋文人，他们共同在这个地球上生活了将近 70 年。

汉字是东方美学长廊里最生辉的部分，梅兰菊竹、花鸟虫鱼、笔墨纸砚、亭台楼阁、琴棋书画、烟酒糖茶，这些字总是让人顾盼再三。因为这些字里有中国人的生活。

茶文化在唐朝时候兴起，给中国文化带来了不一样的色泽。此前中国文化的底色是灰色土色黄色，是陶、麻、瓦、青铜的颜色。茶的兴起，使中国文化开始有了绿意茶意。唐宋的传奇，元明的话本，柳宗元、苏东坡，以及后来明清各色文人的小品里，都有茶意。茶意是闲话也是小令。

中国后世不少人谈到柳宗元、苏东坡、张宗子，总对他们悠然神往。这神往是茶文化使然。曹操、曹植、嵇康当然也好，但魏晋文化的酒气里戾气森然，挥之不去，让人望而却步。

在清风明月下，国破山河，醉眼迷离了刀光剑影。如果还能散发，如果还有扁舟，如果还有曹操、嵇康、陶渊明，我也会喝酒，甚至沉醉三天三夜。

我喝酒，与其说喝，倒不如说是读。常常在书中读出酒味。

先秦古文如陈酒，魏晋文章如米酒，唐诗宋词如黄酒，明清小品如清酒，元明话本如啤酒。有人的文章是药酒，有人的文章是红酒，有人的文章是糟酒，有人的文章是果酒。有人的文章不是酒，是醋，是红烧肉，是排骨汤，是猪食，是狗粮，是鸟粪，是一地鸡毛，是漫天大雪。一地鸡毛忽然又做了漫天大雪。有一天我看见几个少年拿鸡毛当令箭，不，抓鸡毛当武器——打架。只见一地鸡毛做了漫天大雪。恰恰又是白鸡之毛，那雪越发雪白。

茶里有一份世俗，酒里反世俗。苏东坡与张宗子，酒量都不大。苏东坡说我本畏酒人，而他却为茶写了很多诗词，谪居宜兴时，有饮茶三绝之说：茶美、水美、壶美，唯宜兴兼备三美。亲自设计出提梁式茶壶，题有"松风竹炉，提壶相呼"的句子。

张宗子更是写过茶方面的专著。

苏东坡与张宗子的文章，历来众口称赞，因为茶之意味。不说太远的人，唐宋以来，只有他们有茶风度，让人亲近。

险怪、幽僻、枯寒，远瞻当然令人仰之弥高，但很难生出平常心。韩愈、王安石、欧阳修，他们有文章千秋，也以功业传世，后人却鲜有视其为友者。苏东坡与张宗子是中国人的知己。

元朝刘贯道画过一幅《消夏图》，画面疏散。画中的名物有不少茶器，荷叶盖罐、汤瓶、盏托。有茶好消夏，尤其在古代。

刘贯道的画总能让我想起过去的日子：坐在大石头上，爬在枣树上用树枝编一个窝,坐在竹梢晃荡。茶水壶静静躺在草丛里,人在夏日的凉风中恍惚入梦,醒来时,蝉鸣依旧,蜻蜓在天空绕圈子。夕阳的红泼在清澈无边的天色里,枞树老枝上不时传来鸟的叫声。

那时候,我们不知道茶有优劣。很多年后才明白酒过三巡,又是一番场景。人生的月份牌一张张翻,岁月在哗哗作响的纸页声里一唱三叹。即便再伟岸的人,也有些触动吧。

这些年的冬夜,特别迷恋一个人的茶时光。尤其在乡村,夜深人静,对着炉火,昏昏沉沉,木炭燃烧的气息在四周飘飘浮浮。火炉上放几颗花生、板栗,茶一开开喝下去,额头与脚心沁出汗来,须臾,背心也出汗了。炉火慢慢黯淡了,只有手心近触才能感觉微弱的暖,寒意渐渐围拢上来,睡意也渐渐围拢上来。

一天又结束了。

雪从傍晚时分开始下的,雪意透进窗户,屋子里有一股冷悠悠的光芒。住在高楼上,听不见雪的声音了。雪有声音吗?木吞吞的,轻簌簌的,雪总是让人惦记茶的暖,惦记酒的温暖。

过了30岁开始喝一点酒了,喝黄酒。绍兴黄酒像周作人的文章,绵软,后劲十足,周作人的阿弥陀佛里是有金刚大力的。也是过了30岁才开始喜欢周作人的。

去年冬天在绍兴喝了很多黄酒。

我过去是滴酒不沾的。

绍兴温热的黄酒,肥厚甘醇,装在锡壶里,暖暖地汪起一泓春意。其色如老琥珀,酒味有旧味,仿佛上古青铜器。或者用小盅浅酌,或者用浅而大的陶碗慢饮。如对美人、如观薄雪、如视晚霞、如坐松下、如嗅兰桂、如会名士。

将进酒,如果这酒是绍兴黄酒,我愿意一樽复一樽,坐喝至微醺。此间有真意,不能与外人道也。

饮食文化中的酒发端比茶要早。差不多先民粗糙的陶碗里就有酒的芬芳了。

与茶相比，酒是野蛮的，茶更高级，茶文化是精致文化也是精英文化。饮食之饮，没有茶，无疑会空洞很多。

酒之骨，石也。酒有棱角，有峥嵘，有锋芒。哪怕是红酒黄酒清酒，喝在嘴里，兀自有热风。

茶之骨，玉也。茶光润、圆融、清白。古人说茶性洁不可污，玉精神亦如此。损之又损玉精神。苏轼认为茶"骨清肉腻和且正"，有君子性，君子如玉。

柴米油盐酱醋茶，柴米油盐不必多说。在我故乡，酱醋的饮食是排在茶之后的。我小时候，几乎没吃过醋，乡村小店里似乎也不见有醋卖。酱，吃得多的是酱油和辣椒酱。酱油不过炒肉的时候放一点。辣椒酱是下饭的。几点红艳艳的辣椒酱点在白米饭上，颇有些风致。

茶，在乡下却是最平凡最朴素的饮料了，一年四季饮用不绝。手工做的炒青，经泡，止渴。

如今，冬天我不大喝绿茶了。冬天里泡一壶黑茶或者白茶，红茶或者青茶，觉得日子悠长。

茶没了，茶渍还在。茶几是白色的，茶渍格外醒目。

那茶渍让人想起往事：

我家厢房墙壁刷有白色的石灰，屋顶渗雨，墙面有雨水漫漶的痕迹，那浅淡的褐色常能引人联想。这一块公鸡形状的像中国地图，那一块像桑叶，这边一点就像云霞，看着看着，仿佛从什么地方传来了森林的潮气，似乎还有落叶的霉味……屋子里很静，静得可以听见墙上石英钟指针嚓嚓的声音。那种缓慢的节奏，仿佛两个慢性子的人欣赏一帧发黄的古画，小心地一点点打开挂轴，画面上出现了落霞孤鹜、水天一色的景象。

在小屋幽暗的天光里，我会想一些事。情绪的语言飘浮在空气中，它们流动、漂浮、漫溢，让心里暖和安定。

和雨水漫漶在墙壁的痕迹不同，茶渍更丰富。喝完茶后，茶几上的茶渍都是不同的。

有一晚喝完普洱，茶渍像弥勒佛。禅茶一味，佛茶一味。

有一晚喝完滇红，茶渍像几片桑叶图，采桑采茶好辛苦。

有一晚喝完铁观音，茶渍也如观音图。那观音端坐莲花。

有一晚喝完黑茶，茶渍如徐渭的《墨荷图》中的荷叶。

有茶渍像老猫，有茶渍像小狗，有茶渍像南瓜，有茶渍像枯树。

擅饮者得茶之趣，不擅饮者得茶之味，其实擅饮者趣味兼得。

喝茶兴致最好的时期，家里有十几种茶叶，经常不知道喝哪一种好。

绿茶清雅可人，红茶迷离周正，黑茶老实本分，花茶清香四溢，常常这样，看乱了眼，也就没了喝茶的兴趣，索性倒一杯白开水。

虽是茶客，我也极爱白开水。喝白开水省事，有时懒劲儿上来，懒得泡茶，就喝白开水。人都说白开水无色无味，实则无味之味乃至味也。白开水有开水之色，带开水之味，分明色味双全，难道赤橙黄绿青蓝紫才是色？非得酸咸甘苦麻辣甜才是味？

在乡下，偶尔喝到山泉烧的白开水，感觉几如艳遇，当然，更多是意外之美。乡下的水纯净，山泉清冽，我能喝出丝丝甜味，井水甘郁，我能喝出一片冰心，河水澄澈，入嘴是短平快的酣畅淋漓。

玻璃杯晶丽无瑕，如果水倒得太满，从视觉上看，依旧空空如也。饱学之士常常谦虚，浅薄之徒总是自大。这是一杯水告诉我的。

喝茶要趁热，烫点没关系，可以慢慢品。茶一凉，香气就尽了，再低劣的茶，趁热喝总有些味道，再优质的茶，凉了，进嘴也如同寡水。喝水要稍凉，水一热则烫，茶烫有香有色，有甘有甜；水烫，则是一烫到底，干而硬。温凉之水，喝起来才从容，才潇洒，或气吞长江，或蜻蜓点水。

在酒店吃饭，我一般不喝茶。大碗茶不温不火，喝了只是胀肚子，如遭"水厄"，宁愿拿杯白开水。喝茶有时候像写格律诗，讲究稍微多些，一个平仄不整，一个对仗不工，就有失风雅。白开水通俗易懂，是梆子戏、快板书、大鼓词，热热闹闹。

烧白开水尤其热闹。以前住所附近有家水站。每天清晨和傍晚，男男女女排长队。路过水站，总能闻见空气中漂白粉和煤火气融成一体的味道，与两侧的发廊、小吃店、杂货铺、豆腐坊应和着。这是过去的风致，多年没见到了。

最喜欢的还是老家红白喜事时烧白开水的场景，两眼土灶柴禾熊熊，大铁锅装着满满的水，水汽蒸腾，雾弥厨房，灶门口有一个人在添柴把火。几十号大小不等的保温瓶在一边静静地列阵，俨然沙场点兵。

我小时候喜欢用白开水淘饭，淘冷饭。开水淘饭粒粒爽，再佐以咸豇豆，我能连吃两碗，虽然这种吃法无益健康。

15年前，我坐在门槛上，捧着一大碗白开水，祖父躺在堂屋，我的眼泪滴入碗底。

10年前，我坐在门槛上，捧着一大碗白开水，堂屋两管红烛，我的笑容印在碗底。

白开水不变，变的是人。

白开水，作为液体，穿过我今夜的喉咙，流进肠胃。想象身体是透明的，一根水线渐渐推移，安静却坚定。伊睡熟了。喝完杯中的开水，握着空杯，小声嘀咕：真快，一转眼，这么多年了。

空杯在手，仿佛打灯笼的古人。

日子，从古人那里一路过来。多少年的岁月啊！

青花：猖狂的画师

江子[1]

一

一个人在活着的时候，能不能在这个世界上把自己隐藏起来，让任何人找不到他？这可能是明代中期，景德镇著名画师吴十九穷尽毕生琢磨的事情。他知道，从理论上来说，这几乎没有可能。第一，先他自己是地地道道的景德镇人。他的祖祖辈辈，都以制瓷为业。他们一家，在景德镇陶瓷业有上百年时间数代人结下的恩怨积下的口碑，在景德镇这块烟尘滚滚的土地上，与数不清的人有着根深叶茂的亲缘关系。这样的身份，其一举一动，都会为人所知，不像南来北往的许多瓷艺家，操着让人难以分辨的外地口音，与本地人的关系淡漠，来去踪迹，身份背景，并不为景德镇的人们关心。第二，吴十九是景德镇闻名遐迩的画师，是景德镇响当当的、具有标识意义的瓷艺家。多年来他集自家祖辈的探索经验，经反复试验，秘密创作，掌握了绝无仅有的薄胎精瓷的独门绝技，研制出了流霞盏、

---

[1] 江子，本名曾清生，男，1971年7月生于江西吉水。中国作协全委会委员，中国作协散文委员会委员，任江西省作家协会驻会副主席、调研员。有散文、诗歌、文学评论作品发表于《人民文学》《十月》《中国作家》《散文》《天涯》《钟山》《文艺报》《光明日报》等报刊，并入选数十个散文选本。出版散文集《田园将芜——后乡村时代纪事》《苍山如海——井冈山往事》《赣江以西》《在谶语中练习击球》等。

卵幕杯两种本应天宫才配拥有的精美绝伦的艺术瓷器。其中流霞盏，色明如朱砂，宛如晚霞飞渡，流光溢彩，令人不禁眼眸生动，波光流转。用于饮酒，即使普通农家所酿，置于流霞盏中，也会有琼浆玉液之感。卵幕杯，薄如蝉翼，轻若浮云，色泽莹白可爱，一枚才只有半铢（约合1.1克）重，比鸡蛋壳或许还要轻一分。举着这样的杯子饮酒，怎不胜过陪着羽衣霓裳的仙子起舞？当然，有幸拥有这样美器之人，是断然舍不得用它来饮酒的，万一不小心醉了酒碎了杯，心肝都会疼得裂开口紫了色。他还有一手好的制壶手艺。他制的壶，风格典雅，色淡青，无水纹，每一把都是有魂灵的生命。能做出如此极品瓷物的人，名望都会到登峰造极的程度，人人趋之若鹜唯恐不及，要让自己藏起来整个世界都找不到他，这是一个比上青天还难的难题。第三，如果活得短一些，也许可以让人容易忘记他。死亡也许是最好的一劳永逸的隐藏办法，活不够就不会在这世上留下太多的印记，可昊十九是一个长寿之人。据说他活到了98岁，当然也可能是95岁。一个活了90多年的又如此响当当人物，要让人忘记他是根本不可能的事。

可是昊十九执意要让所有人忘记他。他似乎是一个喜欢清静讨厌繁文缛节的人。或者说，他是一个安贫乐道的人。为了达到让人忘却他这一目的，他用上了能想到的所有法子。他的流霞盏卵幕杯，他的造型精绝的壶，四方官商重金来求，他因此赚下的钱财，广厦豪宅都不愁买不了，可他依然住在与普通工匠无异的草舍，粗布短装打扮，让不相识的人见了他，很难把住草堂的那个短衣粗布的人，认作是当下景德镇最伟大的制瓷大师。这是不是他为了把自己藏起来采取的化装术？一般来说，一个景德镇赫赫有名的瓷艺家，会非常重视自己的雅号，在自己的作品上，非常细致地签署自己的题款，那可是能换来真金白银的标签，必须像捍卫自己的生命一样捍卫它的尊严，可是这种事到了昊十九这里，完全就成了另外一番样子。他在瓷器上签署自己的名号，总是显得随意，并且这种随意，似乎有刻意的成分。他会一会儿签上"昊为"，据说那是他的本名，一会儿签"壶隐老人"，一会儿签"昊十九"，甚至直接签署"十九""九"，有时候"十九"的"十"也故意写成"X"，不熟悉的人会以为，这是不同名字的、素不相识的几个人。甚至，他在底款上签的"昊十九"三字在出窑后会显得模糊不清，让人会误以为是"吴十九"，或者"呆木几"，或者干脆被人错认为其他毫不相干的名号，显然那是一代大师刻意用了某种可以让题款墨色晕散的、不与外人道的技术的缘故。究其心理，无非是希望若干年后，人们可以把他忘记，而他也因此轻松自在，与世界两不相欠。他因为长久不在市面上走动（他通过什么与外人交往？是靠身边贴身小厮，还是兄弟，亲友？）人们渐渐忘记了他的容貌，只是他的流霞盏卵幕杯与极品壶，在市面上广泛流传，并且一炒再炒，已经到了远超于原价很多倍的程度，并且赝品仿品越来越多，几乎让人真伪难辨，需要有专人鉴定才行。当有人觉得需要有他的图像来作他活着的证明，通过他不同的最亲的人的回忆，人们画出了他的画像。可是人们发现，许多人根据他最亲的人们的描述画下的每一张画像都完全不同，这一张的眉毛是浓浓的卧蚕眉，那一张的眉毛却成了疏疏淡淡的样子；这一张是潦草不堪的络腮短胡，而另一张却是精心修饰了的山羊胡须。而真正的他，到底长成什么样，已经羚羊挂角，了无踪迹。

　　昊十九真的把自己隐藏了起来。以至于后来的人们，在整理景德镇掌故时，发现这个人的故事，几近于无。没有人知道他具体的生卒，相貌，爱好习惯，以及婚娶子嗣。没有人知道他挣下的巨额银两，最后被谁挥霍，成了谁继承的遗产。人们甚至发现，昊十九这个名字，也有可能只是一个误称，一个化名。有人说他是吴十九，"昊"不过是"吴"的讹传。因为人们翻遍景德镇当地的姓氏，并无"昊"这个姓氏。又有人根据1973年江西都昌一座明代墓出土的、用青花书写的圆形瓷墓志所载墓主身份，是一个吴姓之人，讳振邦，行昊十，号近泉先生，浮之景德镇人氏，由此附会昊十九与他有亲缘关系，他行昊十，昊十九当是这个人的弟弟。这种牵强附会的考证很容易被人反驳：这个人行昊十，昊十九行昊十九，那有哪位母亲，一生能生下19个孩子的？有人妄图从别人写他的诗句中找到关于他的蛛丝马迹，他们还真是找到了两首诗，一首是据说生前与他相交甚厚的一个叫李日华的名士和书画家赠给他的诗："为觅丹砂斗市廛，松声云影自壶天。凭君点出流霞盏，去汛兰亭九曲泉。"另一首是明代万历年间的一个叫樊玉衡的御史所赠："宣窑薄甚永窑厚,天下知名昊十九。更有小诗清动人,匡庐山下重回首。"可这两首诗,除了充满了古代文人之间惯有的客套,云山雾罩的诗歌修辞套路,并没有什么可供研究者剥离的信息。有人不免怀疑,这个世界上真的存在过一个名叫昊十九的制瓷大师吗?可至今故宫博物院依然藏有昊十九所作壶公窑娇黄凸雕九龙方盂,上书铭文:"钧尔陶兮文尔质,龙函润珠旭东壁,万历吴为制。"九龙方盂造型精绝,九条龙似乎随时破壁而出,乃是瓷器极品之作,非大师所不能为。这一作品落款"吴为",正是本名为"吴为"的昊十九存在的有力证据。

在人人想费尽心机苦心经营以求让自己的名号享誉瓷业名垂青史的景德镇,昊十九却根本无视景德镇的规则,刻意让自己藏起来,任谁也找不到他,这该是怎样的一个恃才傲物、不可一世、特立独行的人呀!

二

在景德镇,人们说到周丹泉,都知道他是为数不多的爱用一把包浆锃亮的紫砂壶喝茶的人。这个来自有着地上天堂美称的苏州的男子,到景德镇不多的时间里,已经喜欢上了景德镇本地的绿茶"浮梁仙芝"的清香,可他依然习惯用来自他的江苏老家宜兴的紫泥做的、陪伴他多年的紫砂壶泡茶,也许他是以此寄托他的乡愁,而人们也可以借此猜测他隐约的籍贯。在景德镇的人们的眼里,周丹泉还是一个和颜悦色好脾气的人。他会随手逗弄远称不上熟悉的年轻母亲怀中的婴儿,随口哼上几句他称之为评弹的、与景德镇当地的曲调完全不同的东西,在不忙碌的日子里,他爱持着那把颇有年成的紫砂茶壶在街头晃悠,到处与人神吹海聊,说说上海城隍庙的小笼包子怎么好吃,杭州西湖边上的女子怎么好看,苏州宋锦又是如何的精美,拙政园里的荷花盛开得如何娇艳。周丹泉甚至算得上是一个爱开玩笑的人。他一点也不老成持重,脸上鲜有与他的身份相得益彰的严肃和高深的表情。他就是个老小孩,醉酒会发点小酒疯,冷不丁会对身边的人扮个鬼脸，讲个小笑话，遇到高兴的事一点儿不掩饰会舞之蹈之。人们会说，这个来自苏州的周丹泉，怎么这么有意思呀。

周丹泉其实是明朝隆庆、万历年间在景德镇做瓷的高人。或者说，周丹泉是一个把玩笑开到瓷器里的人。他所从事的行当是仿古瓷。他模仿古人的作品，根本无须在作品上留下自己的印记。那可真是个嬉皮笑脸的事儿——他要给许多据说是孤品的古代陶瓷作品增添一个孪生兄弟，或者让别人怀疑那件真正的瓷器的真伪。他要故意混淆视听，把自己的亲手制作的器皿伪托于某位前朝著名制瓷大师的名下，完全用的是这位大师作品的造型、着色甚至裂纹、气韵，以此赚取自己的财富和名声。他做的仿古瓷，往往到了以假乱真的程度，而其中又以定鼎、文王鼎和兽面戟耳彝等的仿制最为擅长。他让整个景德镇既趋之若鹜又防之唯恐未及。有钱的客商，都愿意出重金购买他的作品——那可都是一离开他的家门就可以当作古董以更高价出售的宝物。而收藏有真正的珍稀古瓷的人家，就对周丹泉的光临怀着警惕，唯恐自己家的宝贝被他看过后成批仿制，那件真正的古瓷就会因仿品众多而贬值。

有一个关于周丹泉制作仿瓷的故事在景德镇广为流传，谁也不知真假。故事是说周丹泉曾经从苏州坐船回景德镇，路过金陵的时候，顺便拜访他的朋友唐太常。期间唐向他出示了一个据说是绝无仅有的古代定鼎，借此炫耀他的收藏。半年之后，周丹泉从景德镇返回苏州，路过金陵时重去拜访唐太常，唬说唐的白定炉鼎并非孤品，他自己就在景德镇的古玩市场上偶尔闲逛时得了一个。唐连忙搬出自家的收藏与周丹泉所示进行比较，果然一模一样，连自己装定鼎的器皿，也能与之俨然合缝。唐大惊，连忙重新追问丹泉定鼎的来路。这个爱开玩笑的人，此时露出了孩童才有的恶作剧得逞后的坏笑，说自己携带的鼎，并不是古玩市场上的捡漏之物，完全出自自己的模仿秀，是半年前看到唐的定鼎之后回到景德镇的戏仿之作，不过是自己跟唐太常开的一个小小的玩笑而已。半年前，周丹泉看到唐太常的定鼎，就偷偷用手指量了尺寸，并暗中记下了鼎纹的样式。无比叹服的唐太常，旋即用重金买下了周丹泉的那只仿冒的定鼎，作为自己精心收藏的定鼎的副本供在自己的家神庙里。这个故事在景德镇传得神乎其神，表面上龙脉清晰完全无懈可击，人物姓名地点和数字等细节都一应俱全，看起来根本不像是假的。有人向周丹泉验证故事的真实性，周丹泉不是笑而不答，就是对着紫砂壶抿上两口茶，对来者的问话听而不闻，嘴里哼上两句昆曲评弹踱步开去，让问话的人盯着他的背影发呆。有人不免怀疑，这是不是由周丹泉依他熟稔的仿古瓷伎俩杜撰出来的一个仿真玩笑？而他自己，是不是其实并不是一个真人，而是他依一位古代贤达的品格性情或者某件瓷器上的人物画像精心临摹出来的仿品？

入冬了，明朝隆庆、万历年间的鄱阳湖的水面依然浩渺。周丹泉站在船头，眼望着那因为寒冷开始发硬的波痕水面，嘴里衔着那把日日不离身的紫泥茶壶。风吹起他的衣袂，发须也为之纷乱。船头波浪汹涌，周丹泉的表情却仿若闲庭信步般的轻松。周丹泉此行，是要去上海、苏州、金陵、杭州这些远比景德镇繁华阔达之地，兜售他的作品。那些假称洪窑、永窑、成窑甚至是景德窑的物什，那些以假乱真不露一丝破绽的瓷器，此刻正在船舱里酣然入梦。它们将成为上海、苏州、金陵、杭州博古家的宠儿。

每年初冬时节，因天气变冷窑温不好把握等原因，景德镇陶瓷业进入淡季。周丹泉都会趁机离开景德镇，乘船沿着鄱阳湖水道进入长江，携带自己仿制的瓷器前往江南繁华富庶之地。他会给每一件瓷器都设计好一个子虚乌有的故事，让瓷器蒙上一层传奇的色彩。这个爱开玩笑的人，会以古瓷藏家或者商人的身份，捉弄那些财大气粗又爱附庸风雅的富贾，甚至还有那些自以为入行深厚目光如炬的博古行家。他要让那些在收藏界最负盛名的人认为善于甄别鉴赏的行家，在他仿造的瓷器面前丧失分辨力，如获至宝地把那些其实是刚出窑不久的瓷器以数百年前的名家瓷器的价格买下。然后，他要用赚到的银子，去吃一吃上海城隍庙里的小笼包，逛逛车水马龙美人倾国的金陵城，到唐太常这位老朋友家中吹吹牛，再买回些女人用的胭脂布匹孩子吃的糖果点心，赶回苏州将剩下的大把银子打开闪耀在许久不见的妻子们的面前。

这个叫周丹泉的、满口吴侬软语和颜悦色的人，这个景德镇甚至海内闻名却没有一点名人架子的爱开玩笑的男子，其实是一个多么狂妄的人。他敢于和时间开玩笑，数百年的时光，仿佛生死悬崖，而他在这陡峭的悬崖边上腾挪跳跃如履平地，仿佛那白骨皑皑的悬崖，不过是他邻居家的菜园子。他敢于给时间这匹桀骜不驯的烈马钉上铁掌，让无法改道流向天际的汹涌河流拐弯缓行。这个精通模仿的人，是上苍也察不出破绽的人。或者说，如果上苍也是一名制瓷大师，说不定会聘请周丹泉做他的替身。因为他的手艺让时间的缝隙完美缝合，周丹泉因此赢得了世世代代景德镇陶瓷业的尊敬，人们把他的瓷器，统称为"周窑"——那在景德镇历史上，是艺术造诣最高的大师才有的、最为尊贵的待遇。

三

吃过早饭，程门让仆人将御窑厂派来的、已等候多时的听差迎进家门，听他唯唯诺诺地说是御窑厂前几日已发来请柬，请他参与主持一个御窑点火前祭拜陶神的仪式，因为一直没见回话，御窑厂方面遂派专人来延请。程门以一个简单的理由打发了听差，他知道只要不怠慢到让御窑厂管事的人脸上不好看就行，没有人能拿他怎么样。他随手拆开了仆人递上来的几张请柬，无非是当地名流赴宴、赴会的邀请，对这些事他已提不起兴趣，只需淡淡地交代仆人要如此这般处理。他终于有时间坐下来写几封信，比如回复京城某官员对他的瓷画的订购请求，对某位画坛朋友来信提出的某个理论问题进行了解答，同时没忘记给远在京城的妻儿写了问候的家书，给身在安徽老家的老母的去信里附了一张银票。忙完这些他站起身，把仆人叫到跟前，交代他说今天所有来客他都不见，如有人问起，就说他出门远行去了。秋天景德镇的早晨已经有了些凉意。他随手从门后抓起一件平常人家惯有的短褂，边穿边走出了家门。

街道上偶有人推着装着烧窑用的槎柴的车走过。槎柴后面的那张脸，满是劳作者的汗水。女人提着装满了蔬菜的篮子，匆匆前行，一看就知道刚刚买菜归来。

程门走在街道上。因为这一件依稀有洗不尽的颜料斑点、仿佛穷人家的打扮的短褂的伪装，没有人认出程门。

与程门同是安徽人的当朝李中堂李鸿章大人亲自主持修复的六个御窑，坐落在珠山旁边，程门抬头可见。十多年前，太平天国的长毛们让整个大清朝千疮百孔，景德镇的御窑厂在他们疯狂点燃的火光中化为瓦砾。随着太平天国被剿灭，李中堂深谋远虑，为朝廷重新建起了这六座御窑。那葫芦形的六座窑炉坐东朝西，秩序井然地分布在一条直线上。墙体上装饰的龙纹意味着不可侵犯的皇家尊严，决定着景德镇御窑厂的瓷器画风和森严的秩序。此刻阳光打在这一组气势恢宏的窑炉建筑群之上，阴影横斜落到大地上，地上所有的草木都匍匐了身子。程门却没有向御窑走去的意思（那本就是他的工作场所），也没有向着它们投去类似于臣子面对皇亲国戚固有的敬畏眼神。他只是漫不经心地瞥了一眼，然后背着御窑向更远的街道走去。

那由六座窑炉的墙体上装饰的龙纹决定的景德镇御窑厂的瓷器画风和森严秩序，一直也是程门遵循的帝国宫廷的画风和秩序。景德镇熟悉程门的人都知道，他是直接由朝廷委派的宫廷画师，是一直严格按照皇家的美学程式进行创作的权威艺人，是御窑厂响当当的、哪怕督陶官大人都要敬重三分的御窑挂名画师。

才过天命之年的程门已是大清朝满朝文武朝野上下人人追捧的画坛泰斗。他有非常深厚的功力，从小工书善画。他的楷书，有掩不住的书卷气，画上题款，纸上书信，都有文人风流气充盈其间，随意作行书，自有不衫不履、游行自如的脱俗境界。他的画，更是精妙绝伦，他不仅擅长山水、人物、花卉，甚至鸟兽虫鱼，都用功精深，画谱广涉。他曾经遍搜唐宋元明及本朝历代大家画作反复揣摩习练，终于集成独家画风，及至咸丰、同治时，名噪大江南北，即使片幅零缣什袭之作，即使简短的信札，随手画下的几笔写意兰花，练笔舍弃的纸团里的一两只玲珑虫鸟，都会让人如获至宝。他年纪轻轻就声名远播，终于让皇宫在他刚过而立之年就迫不及待地召见他，请他与来自全国各地的著名画师一起为年少的同治皇帝大婚画瓷。这是何其巨大的恩典，试问宇内能有多少画家能享受到如此尊贵的礼遇？

程门想起为完成与同治皇帝新婚画瓷第一次到景德镇的情景。那是同治十一年（1872年）。太平军之乱刚刚过去几年，受过战乱之苦、饱受太平军戕害的景德镇完全没有东方艺术之都应有的雍容华丽，显得萧条凋敝。在军机大臣李鸿章的筹措下，毁坏的堂舍得到重建，炮火中倒塌的窑炉得到恢复，可集历代瓷画家经验和智慧的库存瓷样和资料等一切家底已经踪迹全无。程门并诸画师为完成给即将大婚的同治皇帝画瓷的任务，因陋就简在瓷上开始了全新的试验探索。他们以浓淡相间的黑色釉上彩料，在白瓷上绘制花纹，再染上淡赭和极少的水绿、草绿与淡蓝等，采取700度左右的低温烧制，终于烧出了瓷上纹饰与纸绢上之浅绛画近似的一种彩色瓷。浅绛瓷，那是从宋元文人纸本或绢本画上得到的灵感，是以程门为首的一批宫廷招募的文人画家的创造，经过同治皇帝婚礼的渲染，成为了清中期以来最为时尚的艺术品类。那是施彩浅淡、画意幽远的艺术，暗合了饱尝战乱之苦后渴望休养生息的帝国心理，远处的山峦，天地间蒸腾的云雾，近处的亭台楼榭，画中走过石拱桥的樵夫渔父，浅绿的树枝上的一两只扑腾着翅膀的鸟，三四只趴在叶子间的弹踢着细腿的虫，无一不是战后帝国向往的和平与无为而治的理想国的索引。

享受了为同治皇帝大婚画瓷的待遇、领着大伙儿创造出浅绛瓷品类的程门成为朝野上下一致公认的大师级人物。他的纸本绢本以及瓷画被藏家一炒再炒，已经到了令人咂舌的地步。他的画作所遵循的、同时经皇家检验符合宫廷美学的构图、着色等原则，已经成为众多画者遵循的铁律。同治大婚15年后，程门又奉命担纲光绪皇帝大婚画瓷的工作。这是他再一次来到景德镇的原因。

他满可以像第一次来景德镇一样，以皇家的审美程式来决定创作的形式，意境，主题。他已经是一个功成名就的人了。他是帝国精心打造的一尊偶像。只要沿着人们对他的期待那样画下去，他就永远是由他创造并经宫廷倡导的美学世界的王者。

可是他依然不满足。皇家的恩典，世人的追捧，并不能局限他内心的一颗向往着自由的心。是的，他不仅是皇帝的画师，更是黄公望、吴历等人的精神后裔。前辈黄公望是全真教弟子，一生以道家心境浪迹山川，他对江河山川的兴趣，远大于对世间名利的关心。他避世间争扰唯恐不及，为了领略山川的情韵，他常常深入山中悉心观察山川朝暮变幻的奇丽景色。他居松江时，观察山水更是到了如痴如醉的地步，有时终日在山中静坐，达到物我两忘的境界。程门常以黄公望门徒自诩，反复临摹黄的画作，从中感受黄的归隐之心。他曾受了黄公望《富春山居图》的启发，创作出《溪山渔隐图》。画面依山势铺陈开来，高低错落，林木参差，有水村人家藏在丛林深处。他还在画旁附了两句诗："溪添几篙绿，山可一窗青。"完全是道家的语境，隐者的言辞，从中可以读出他潜藏的心境。吴历自号渔山道人，是与黄公望同乡的清初画家，更是个无比决绝的隐者。清朝政权建立，他避儒入佛，整日与僧侣往来，谈玄论道，不问世事，又皈依天主教，最后隐居澳门。他一生为布衣，社会地位低下，却不俯仰权势，为人天马行空，独来独往，过着贫穷却自由无拘的生活。他的画，用笔沉着谨严，重墨积墨堆山砌石，风格浑朴厚润，尽显其个人磅礴的生命能量和襟抱。程门日日以他们为先师，他怎么可能仅仅满足于做一名大清国四万名皇族尊崇的、飞鹰走狗之余把玩的艺人，做一个优柔寡断的、整日为声名所累的世俗画匠呢？

他要做那个隐藏在他的"雪笠"字号里的那个人，戴着斗笠在大雪纷飞中行走，只循梅香，不问归处。

他要走出九宫格的牢笼，以天地为画纸，以四季为颜料，以万物为主题，以自然为故乡，画出自己心中真正的圣境。

越过窑炉高耸、人们往来不绝的、有一副严肃表情的御窑厂，绕过几座众声喧哗的酒肆茶楼，程门来到了景德镇的街头。他看到了他们，那些经常抱着酒坛旁若无人地饮酒的浪者，那些衣衫不整、胡须拉碴、整日念念有词的街头艺人，那些口音杂乱却集体落拓不羁的画家，那些看起来松松垮垮其实蕴含了巨大创造力和可能的异端分子……

早在十余年前，程门第一次到景德镇，为同治皇帝大婚画瓷，就发现了他们的存在。他们仿佛是同时期的塞纳河畔的西方画家，生活潦倒而心性自由。他们的创作颇为即兴，于陋室或街角，寥寥几笔，便将尘世烟火跃然瓶上。这些堪称中国"波普"艺术的瓷瓶，以极低的价格进入寻常百姓家，为画师筹得微薄酒资，他们感到满足。而现在，程门看到他们依然潦倒、落拓，却依然自由、快乐。只不过十多年前他们年轻干净的脸蓄起了胡须，过去乌黑的两鬓有的变得有些斑白。他们的脸上，却有共同的一种光，仿佛瓷器上永不衰退的釉色。

天命之年的程门走上了街头，成为了他们中的一员。他和他们一起在街头饮酒，唱歌，谈论艺术。他不再精心修剪自己的胡须，任由他们野蛮生长。他逐渐解除了心里的枷锁，梦里不再是九宫格的围困，而是飞鸟，蝴蝶，白云和闪电。偶尔，他会梦见自己骑着一头驴，漫无目的地行走在旷野之中，驴蹄子的悠然声响，回荡在天地之间。

在街头画瓷的日子，程门经常随意地在瓶上点缀，或着笠闲钓大江，或策杖访问山水，或驾舟栖于柳塘，身寄尘世，心超物外，逍遥于宇宙之间。无论是三两笔兰花，一两根藤蔓，都与帝国不再有关，都是自己内心的风景苍郁氤氲使然。他的作品，留白的空间越来越大，道家之气，充盈于浅绛山水之间。淡红青色彩的山水，是他在瓷瓶上为自己构筑的隐居之所。起初他欣赏米氏父子的云山，烟云变灭，林泉相映，可后来，他又认识到"写云山当以气胜"，气胜，则法度自生，气象蒸腾。他的笔下，越来越貌似潦草，简单，不衫不履，却有强大的精神气场，真气奔涌，冲出画外。走上街头的浅绛彩宗师程门最终领悟了"瓷道"，并成为无人可超越的大师。

四

又是一个望日。黄昏刚至，邓碧珊就显得有些魂不守舍。他站在家门槛上看天色，但见天上薄云如纱飘动，几颗星子在薄云的轻拢慢移中若隐若现。他知道这会是一个晴朗的不错的夜晚。他吩咐老伴早早做了晚餐。晚餐菜没上齐他就急切地在桌前坐下。他吃起来完全不像往日那么慢条斯理，就连平日他喜欢的景德大曲也没有喝上两盅。老伴提醒他昨日天津帮的瓷庄老板来谈的鱼藻图瓷版四条屏生意，因为要用于下月天津卫一个据说是大老板的人的60大寿，以此来讨得年年有余的口彩，时间太紧唯恐赶不出来是否要辞了去，而且价格也过于低廉，条件也过于苛刻，说是结账时只付纸钞不付银元。这世道物价涨得离谱，纸钞哪里抵得上现银？不过如果不接下这档生意，一家人的家用就快要成问题了。这兵荒马乱的世道，到底该如何是好？听着老伴的唠叨，邓碧珊嘴里嘟囔着算作回应。他的回答如此含混不清，让老伴疑心他压根就没有听进去她的一言半语。她想起今天是个望日，她知道这个日子里就是天大的事情都装不进他的心。她想此刻他的心说不定早已飞向了珠山附近的文明酒楼，飞向了即将升起的月亮之上。

草草吃过晚饭，邓碧珊带上一件新作的鱼藻纸画，迫不及待地向珠山御窑洞厂龙珠阁附近的文明酒楼走去。暮色深沉，他走过的路上家家点起了灯，从窗户里透出的灯光让人身处乱世亦觉得安慰。近日画鱼藻又有新得，众多老友阅后不知会有何评价？想到此，邓碧珊不免稍稍加快了脚步。

出生于1874年、来自江西余干的邓碧珊是景德镇闻名的大画师。他早年画瓷版人物，颇有所成，现在景德镇运用的九宫格画法就是源于他的发明。他兼画山水，亦有元代黄公望、王蒙、倪瓒等大师的遗韵。后来，邓碧珊转攻画鱼藻——这在陶瓷艺术史上是崭新的领域。他画的鱼藻，异常真切鲜活，每一根鱼藻仿佛都有生命，每一条鱼的鳞片仿佛都在呼吸。这当然得益于他自幼生长在鄱阳湖畔，对鱼类的生活习性及形态特征了如指掌。他知晓急水中的鱼藻粗壮，静水中的鱼藻细小，小河水港才有浮萍。他知晓鲤鱼的鳞片从头到尾约有36片，鳜鱼的鳍平年一般有12根，闰年才有13根。他知晓鲤鱼常栖于粗藻，金鱼常戏于狮草……他知晓太多关于鱼藻的秘密。对他来说，水边人家随处可见的鱼藻，就是一个完整的、繁复的、具有极高艺术感染力的隐秘世界。他的鱼藻湿润，抒情，静美，含情脉脉，浮浮欲飞，饱含了佛家的慈悲愿望和道家的出世之念；他的游鱼，漂浮无依，自由自在，却每一条都有情绪，每一条都是可以对话的生灵，都是值得尊重的生命。

邓碧珊向日本绘画学习，把日本画鱼的静态之美与中国文人画艺术结合在一起，通过有序嫁接，合理转换，创造出了一个独一无二的以鱼藻为题材的艺术世界。他的鱼藻瓷画，闻名于20世纪初的景德镇，并通过在景德镇的各地商帮，传播到了全国各地，被通晓艺术的人收藏玩赏，视为珍宝。

然而20世纪20年代的中国远不是邓碧珊笔下鱼行水藻安宁自足的图画。那其实是一个无比动荡破碎的世界，原本美好的江山仿佛精美的瓷器被人摔成锐利的碎片：军阀混战。今天孙传芳打败奉军，明日冯玉祥与直军、晋军开战。列强入侵，日本人借援奉系进入大沽口，英军舰"柯克捷夫"号炮击万县，中国军民死伤者众多。原本可以偏安一隅的江西一点也不安宁，当此乱世，景德镇岂能幸免于难？两年前，北洋军阀孙传芳部属刘宝贵缇师团败兵过境，将由景德镇200余名陶瓷艺人自发组织、惨淡经营了五年之久的瓷业美术研究社洗劫一空。景德镇艺人们多少年的心血毁于一旦，景德镇瓷业美术研究社遭此厄运难以继续，只好在兵荒马乱的日子里宣告解散……

残酷的现实与瓷上的美好愿景背道而驰。践踏在中原大地上的马蹄远比瓷上的骏马凶狠千倍。狼烟四起，给瓷上的洁白釉面蒙上了阴影。无休无止的战乱让景德镇的瓷器生产无以为继。瓷艺家的生意淡得让人寒心：民国十七年（1928年），全镇制坯行业（包括圆器，琢器）开工的厂家仅有1451户，开烧的瓷窑仅有128座，彩瓷行业开工的厂家（红店）仅有1452户。

可在景德镇，艺术从来就是任铁骑战火也摧毁不了的坚韧存在。在景德镇，艺术是人人信奉的宗教，一件瓷器上雪景图里的茅屋、山水图里的楼阁可作教堂，一幅花鸟图中任何一根自由的藤蔓就是一条朝圣的路径。艺术是瓷器碎了依然怒放的一朵青花，是景德镇古窑里永不熄灭的一点星火。在景德镇，艺术超越了战争与和平、生与死、贵与贱、爱与憎。它是景德镇的血液里涌动的按捺不住的波涛，是上苍赐给的一点美妙的、人人争而饮用的、让人癫狂的毒素。

1928年，中国内忧外患之际，在窑火萧条的景德镇，一群民间瓷艺人，相约以每月月圆之日，聚集在景德镇的珠山附近的文明酒楼里，饮酒品茗，谈瓷论画，称之为月圆会。他们轮流做东，定下规矩，要求作为宾客者各带纸画一幅，即作观赏，又作答谢主人之物。他们术有专攻，如王琦画写意人物，何许人专画雪景，王大凡画粉彩仕女图，徐仲南被誉为画竹大师，田鹤仙画树，程意亭画花鸟，汪野亭画山水，毕伯涛擅长翎毛花卉，刘雨岑擅兼工带写的笔法描绘花鸟草虫……他们之间亦有不同的情分，如王琦与邓碧珊有师生情谊，王大凡和毕泊涛是儿女亲家，汪野亭、程意亭为同窗校友，刘雨岑拜王琦为义父。但现在，他们都是战火焚烧下的孱弱国家的流民，同时也是艺术王国里肆意的狂徒。因为他们常住珠山旁的五龙庵，对这个组织的人，人们模仿竹林七贤、扬州八怪的称谓，称他们为珠山八友。

一边是潦倒的眼看就要缺衣少食的家，一边是可以品茗饮酒的文明酒楼；一边是废弃的瓷窑，战火中凋敝的景德镇，一边是可以谈诗论画吟风弄月仿佛理想国的月圆会……邓碧珊走在路上。从此处到彼处并不遥远，但邓碧珊将这段路走得滋味悠长。这个曾有过前清秀才功名的读书人，这个喜欢吟诗作对的老汉，此刻难免有了几分寻章摘句的冲动。月亮已经迫不及待地升起来了。如水的月光照耀着民不聊生满目疮痍的20世纪20年代末的中国，给这苦难的中国撒下一片清辉，仿佛是慈悲的母亲安慰着正承受着痛苦的孩子，又仿佛是这美丽至极又苦难深重的江山不过是一件画着焦墨山水图的瓷器，而月光就是这瓷器上光洁的白釉。邓碧珊暂时忘记了生活的困境，和越来越糟糕的时局。他会恍惚间疑心自己是瓷器上正翻过石桥的一名形容生动的樵夫，一名背着鱼篓跨过溪水的发须凌乱的渔父，一名走在苦行的路上僧袍宽广表情庄严的佛陀。或者说，他只是他笔下的一尾鳜鱼，体态俊逸，鳞片闪耀，悬浮于这如水的月光下，那四野的树木，不过是这月光流水中的一丛飘摇的水藻。晚风如梳，珠山在望，邓碧珊慢慢地在路上走着，他感到自己的身体在变轻，似乎要与这月光融为一体。他逐渐走出了这让他愁肠百结的苦难人间，乘着月光飞跃到了珠山之上。那景德镇中心隆起的珠山，那邓碧珊们相约聚首的珠山，那历代景德镇工匠、画师、朝廷官员以及黎民百姓都要景仰的圣山，此刻在月光之下，就是天上仙人们雅集的瑶池。

五

1937年7月7日，日军在卢沟桥附近演习，借口一名士兵"失踪"，搜查宛平县城受阻，遂制造了卢沟桥事变，自此，日本开始了全面侵华的战争。仅仅一年时间，1938年，日军与中国军队在中国的土地上进入了死决阶段。这一年多时间，发生了太多的事儿：国共进行第二次合作。日军在南京制造了致超过30万人遇难的南京大屠杀。徐州会战，台儿庄大战，武汉会战。然后是厦门沦陷，合肥沦陷，徐州沦陷，安庆沦陷，广州沦陷，武汉沦陷……

消息不断地通过报纸以及其他渠道传到了景德镇。景德镇所有的人对时局忧心忡忡。武汉沦陷，距武汉仅数百里的景德镇自然感到空气紧张。战争让景德镇的陶瓷生产陷入极度的困境：水陆交通时断时续，有时连续几天整座鄱阳湖湖面上都没有一条船行驶。镇上80多家窑户仅有二三座窑冒烟。不少艺人只好改弦易辙，关店返乡，租田耕种，开荒种菜，等待时日。

徐顺元同所有的景德镇人一起担心着时局。没有国哪有家的道理徐顺元是懂得的。可徐顺元在忧国之外更有其他心事。他是个画师，一个即使面临战乱也不肯歇笔的画师。即使全镇大多数画师都已经停工歇业，徐顺元依然在夜以继日地创作。他赶制一件作品已经花费了几个月时间，现在已经进入最为关键的完工阶段。

徐顺元是个镂雕画师。他自小入门学习瓷雕艺术，出师后在景德镇方家坦自立门户，自办小作坊。为让自己能在高手如云的景德镇有一席之地，他涉猎甚广，不仅善于从古典文学、神话故事中，从说书人口中寻找题材，还善于借鉴姐妹艺术的长处融进镂雕作品中。他还懂得向自然学习，经常去野外采集花草、捕捉鸟虫带回家观察，或者背着一堆泥料去寺庙里住上几天，面对菩萨塑像细心临摹。他逐渐有了自己的风格，雕镂的作品，无论花鸟虫鱼，石山凉亭，花篮盘碟，都有神采，宛如活物。

徐顺元并不满足于此。他要雕出属于自己的独一无二的作品。几个月前，他开始着手创作一件叫作龙舟的作品。那是属于他一个人的江山，他一个人的国。他相信，这一作品如果成功，他将成为景德镇镂雕这一行中青史留名的大师。他的作品，将是战火也毁不掉的艺术胜迹。

他差不多就要完工了。去过他坊间看过他这一宏伟创作进程的人都把将要完成的龙舟说得活灵活现。他们都用叹为观止的口吻说这绝对是一件雄伟的空前绝后的工程，一件价值连城的艺术极品。他们用手比划说龙舟有一尺多长，用的手法就有圆、捏、浮雕等多种，楼阁就分了上中下三层，官人侍者身份不同神态各异，每层都配有桌椅板凳、花瓶摆设，所有门窗都可活动，龙眼龙舌，稍稍震动就可摇晃不停，他们说舟身鳞片采取一块块小瓷片黏贴而成，船尾的锚链细如发丝可依然可以取下装上，可谓精巧至极，两根龙须，向前伸展又略朝上卷曲，仿佛巨龙正喘着粗气昂首前行——

徐顺元终于完成了最后的一笔。他找到了一个依然坚持升起窑火的窑主，请求他为烧制龙舟留一个恰当的位置。窑火焚烧，窑火熄灭。当徐顺元战战兢兢地将装了龙舟的匣钵从窑里搬出打开时，他发现他费了数个月精心创作的龙舟好像遭受了暴行裂变损毁，完全成了废品。仿佛君王看到自己的国破山河碎，他顿时啊的一声晕过去了。

从此景德镇的街头经常有一个疯子在游荡。他的目光呆滞。他的表情怪异。他经常念念有词。他说自己就是上苍派来拯救景德镇的威力无穷的神仙，是开天辟地的盘古，是随时可以上天入地的名列封神榜上的神灵。他曾经五天不食，身边空无一人却说有八仙陪伴，也常去郊外坟地过夜，说要倾听鬼神歌哭。他经常一会儿哈哈大笑，一会儿撕下衣服呜呜大哭……

人们对徐顺元的疯癫见怪不惊。在景德镇，这样的疯癫者从来就不是稀有之物。艺术是一条危机重重的险途，在景德镇这一座有过数百年历史的艺术之城，有人不慎在艺术的岔道走失甚至跌落在艺术的悬崖之下，跌倒是常有之事。艺术在景德镇是人人爱饮的一种酒，它让多少人久饮成癖，醉态百出，一再地引起身体和灵魂的哗变，表现出异于常人的哭之笑之。那些热爱艺术的人们，那些在瓷上精雕细琢的画师，那些踉踉跄跄的酒徒，他们或疯癫于外，或狷狂于内，满脸酡红里带着一点孩子的固执和天真，双目迷离中透着一点诗人的浪漫与柔情，无所顾忌地在景德镇发疯耍泼，把景德镇当作与不堪现实剥离的一座酒馆。借助艺术，他们逐渐逃离了身体或现实的桎梏，让灵魂游牧于精神旷野和自由之境，那瓷上的一朵朵青花，就是那精神旷野和自由之境里常开不败的花朵。

那些狷狂或者疯癫的画师，构成了景德镇这座中国古老的艺术之城的风骨。

乡愁,是与生俱来的胎记[1]

顾晓蕊[2]

一、回不去的故乡

春日的一个夜晚,看吴冠中的画,是一组关于树的。黑瓦白墙的屋舍,房前房后种有树,几抹乱红,繁花点点。抑或是低矮的院墙外,种有数行青竹,竹高而直,青碧喜人。到处充盈着绿意,那一汪汪绿,似是要从树干上枝叶间流淌出来。淌入眼里,淌到心里,淌进乡人的酣梦里。村外一条清碧明澈的小河,终年潺潺流淌,环绕护佑着宁谧的村庄。

这般水墨浸染的村庄,曾浮现在我的梦中。在一棵树的召引下,沿着一缕花香,我又回到故乡。然而,令人唏嘘感伤的是,如此美好的情境,只可在梦中寻得。少小离家,我游走在不同的城市,故乡已淡出记忆。尤其近年来,祖父母相继离世,回乡的次数就更少了。

按乡下的风俗,"早清明,晚十一",父母会在清明前回乡扫墓。以往父母想到我忙,并不勉强随行,我也嫌路上颠簸,便找理由推脱。而今年父亲打来电话,

---

[1] 《脊梁》2016 年第 3 期。
[2] 顾晓蕊,中国电力作家协会会员,作品曾获冰心儿童图书奖等奖项。鲁迅文学院第二十二届中青年作家高研班学员,曾在 20 余家期刊开设专栏,多篇文章选作全国中考或高考语文试卷阅读材料。出版散文集《你比月光更温暖》《点亮自己,你就是一束光》等。

话语中有不容拒绝的坚定。

长途车驶进县城后，拐到一条坑洼土路上。车颠得很厉害，拥挤的车厢中飘浮着一股咸湿难闻的气息，我有些晕车，胃里一阵翻涌。我朝车窗外望去，目光追赶着田间几株稀落的杏花。终于下了车，在岔路口等三轮车时，父亲回头深望我一眼，说，你来领路吧！我四下眺望，一时愣怔在那儿，不知该往哪边走。人至中年，却不认得回乡的路，我不免伤怀，颇有些尴尬。

我和你妈年岁大了，记性已不如从前，说不定以后回来，就全靠你带路了。哎……父亲的叹息极轻，却似一阵风，在我的心湖上荡起细小的涟漪。

我一脸羞赧地望去，父母的鬓间掺杂不少白发，恍若秋日苇塘中的芦花。为掩饰自己的窘迫，我低声辩解道，回老家的次数本来就少，车厢里气味难闻，又颠得七荤八素的，哪还顾得上记路。

当然这是借口，连自己也觉得牵强。还有句没说出的话，那便是记忆中的故乡，已沦陷在时光深处，一切都变了模样。

中原腹地有个叫竹园的村子，是我的衣胞之地。村中的孩子们，一茬儿一茬儿地长大，之后逃离土地，到城市中去寻梦。而今它与附近的村庄，有越来越相似的面孔，像一位老人沟壑遍布的憔悴的脸。

这不是我童年的那个村庄，我曾一次又一次地，透过被岁月淘洗的记忆，以及父亲散乱的回忆，试着去打碎、拼接、还原，一个真实的有温度的故乡。

在记忆里，树是村庄的灵魂。家家户户院里种有桃树、杏树、石榴树、樱桃树等，墙角植有青竹。院落之间但凡有点空地，都被栽上泡桐树、洋槐树、杨树、榆树，村后还有一大片青茂的竹林。"风吹梅蕊闹，雨细杏花香""窗前一丛竹，清翠独言奇""砌下梧桐叶正齐，花繁雨后压枝低"……生长在古诗中的树，跟乡村的树是一样的，只是村民们并不知晓，它们已被吟咏千年。

我家老屋的门前，种有一棵杏树，一棵桃树。父亲是位军人，常年驻守海岛，这两棵树是他在我和弟弟出生后，回家探亲时栽下的。在母亲温柔目光的抚摸下，它们不断抽枝绽叶，只几年工夫，就超过我的个头。春天来时，杏花落了，桃花开，小院的春天是醉人的。

听父亲说起过，早年乡下有土匪出没，为防乱世遭劫，村子四周筑有寨墙，墙外挖有护村河。再后来寨墙被拆毁，十几米宽的壕沟还在。我隐约记事起，春长雨水多。雨一旦下起来，跟天漏了似的，淋淋沥沥的，得下上一两天。水恣意地流淌，护村河沟、村里的大坑、田间的水渠，都溢满了水。村庄被水分隔开来，成为汪洋中的一个个小岛。

我家前面有个大坑塘，水总是满的。有一年父亲休假归来，在塘里种上了荷花，第二年春暮夏初，青碧的荷叶挤了半塘。母亲常到塘边洗衣服，棒槌一下下地用力敲着。塘边有株粗大的紫藤树，紫藤花盛开时，远看宛如一片紫云。我喜欢坐在藤条上荡秋千，仰头向上看，觉得好似荡进云彩里。

在树的护佑下，水的滋养下，村庄古朴中透出几许灵气。春日的清晨，村民在鸟儿的啁啾中醒来，去往田间劳作，待到傍晚时分，他们趁着花香缓缓归来。这时放牧的孩子也回来了，他们会缠着大人，去河沟里、水渠里叉鱼。有水的地方，自然有鱼。洗好的鱼用清水煮了，放点盐、葱花。熬得泛白的清香鱼汤，就着灿黄的苞米面饼子，就是一顿美餐了。

乡里人的心，是简朴而天真的。到田地里去做活，屋门从不上锁，没听说谁家丢过东西。做饭时，发现少盐缺醋，便去邻家借来。飘荡在村庄上空的炊烟也如人一般，有天然的亲近感，在相互凝视中袅袅起舞，或干脆纠缠在一起。

不知何时起，"树绕村庄，水满陂塘"的景况一去不复返了。成片成片的竹子被砍掉，村中大树多被齐腰砍断，壕沟水渠填上了土，坑塘中的水也干涸了。记得前几年回乡时，我绕塘而行，怎么也找不到那片紫藤花云。我感到有些恍惚，这使得原本稀薄的童年记忆，兀然可疑了起来。

炊烟远去了，灶台被燃气灶取代，面对一大桌子的饭菜，却再也品不出故乡的味道。牧童不见了，落日斜晖，坡上老牛，成了美丽虚幻的剪影。村中的青壮年大都外出打工，有人用攒下的钱，在村中盖起气派的两层小楼，红漆木门上挂着把沉重的大锁。他们脚步匆匆地来去，将空荡荡的房子，以及漫无边际的孤独留给老人和孩子。

那天，我最终还是紧随在父母身后，回到了故乡。老屋已然苍老，院内静立着一株杏树，并非早年的那一株，却带着熟稔的旧日气息。有风吹来，片片杏花落，花飞如雪。我伫立在树下，凝望着一地单薄清软的花瓣，心里充溢着难言的深深的忧伤。

或许多年前那个夏日，我扯着母亲的衣襟，踏上北去的列车，就已注定了这样的结局。故乡之所以令人难忘，是因那里的山石草木，见证过一段山河岁月，跟一个人的精神成长有着某种隐秘的联系。而今记忆就这么断裂了，回不去了，再也回不去了，故乡已消逝在岁月的拐角处。

二、柔软时光

在海岛上居住的日子，是一段柔软得近乎轻奢的时光。

那些年间，每天下午清越悠扬的钟声响过，我像冲出樊篱的鸟儿奔向海边，沿着狭长的水岸，晃悠悠地朝家走去。母亲曾叮咛放学走大路，不要离海太近，她的话一出口，便被风吹散了。我喜欢沿着岸边走，边走边眺望大海，小小的心，快乐得像一只张满的帆。

海水蓝得梦幻，蓝得纯澈，荡着令人迷醉的光泽。幽邃的海面上，不时有浪花溅起，如千万朵白莲绽放，旋开旋落。彼时我眼中的大海，比一万个故乡的水塘还要大，还要美，我甚而庆幸逃离了故乡。

初夏的一天，母亲带着我随军去往海岛。在老式的绿皮火车上，母亲默默啃嚼着冷硬的窝头，却很大方地买了块面包，递给我当晚餐。那是我平生第一次吃到面包，焦灿灿的，又软又香。对于一个年仅七岁的孩子来说，一块面包的清香，可令其遗忘掉记忆的来路。

从初见大海时的惊诧，到后来每日与海相伴，大海成了我难舍的依恋。有时走着走着，霞光如透明的薄纱落在海上，晕染出或浓或淡的胭红，水面泛起瑰丽奇异的波光，常引得我好一阵遐想。

到了一栋废旧的欧式小楼前，抬头侧望，那时我只知道它的来历，跟一处历史的伤口有关。楼顶盘旋着成群的海鸥，从一排破损的窗户飞进飞出，它们羽翼洁白，身子轻盈，是可爱的海精灵。我总觉得小楼里隐藏了许多秘密，这里向来大门紧锁，我从未走进去过。

我痴望了一会儿，霞光逐渐散去，有轻柔的凉意升起，该回家了。沿着小楼北侧的石板路，向上走不远就到家了，我并不急着进屋，而是扭身钻进菜园子里。

在海岛上住下后，母亲在绣花厂谋到一份工作。但她似乎对土地有天然的亲近感，说这一大片地要搁家乡是宝地，这么荒着可惜了，不如辟出种菜！她那拈绣花针的手，锄起地来同样灵巧，一园子的菜，被莳弄得青幽幽、水汪汪的。

踏进飘香的菜园，我如鱼儿游在水中般清欢自在。顺手拧下根黄瓜，在手心很快转几下，便大口地嚼起来。园子里有蝴蝶、蚂蚱、磕头虫、花大姐……我左扑右抓，追着满园子跑。来来回回折腾一阵儿，玩累了，将篱笆上的花摘下几朵，胡乱斜插到头上，这才转身回屋去。

我的家掩映在绿瀑布般的爬墙虎中，宛如童话中的小屋。屋后有山，山的后面仍是山，岛由三座山抱合而成。苍郁的密林里，是另一片清幽的好去处。

那是一个夏日的午后，趁家人午睡，我揣本书悄悄出门，奔往山后的丛林。

森林里草木蓬勃，山野浩荡，空中弥散着潮湿的海的气息。林中树木有的已有百年，树干遒劲粗大，筛落一地浓荫。我坐在一棵老树下，欣然翻起书来。我已忘记了书名，书中提到一个"丢了故乡的人"。我被这句话击中，歪头回想着故乡的模样。记忆的珠链却兀然断掉，一片模糊，似乎我就是个没有故乡的人。

这让我感到忧惧与不安，连那些清浅的欢乐时光，也变得不那么真实了。想起母亲曾说过，在山后有一片青青的竹林，跟故乡的竹林一样丛密而幽静。我中了魔似的想去寻找那片竹林，好像只有到那里，才能拨开缠绕心头的薄雾。

我奔行在一片绿意中，越过荆棘、青草与苔藓，走得太累了，倚着一棵树喘息。一扭身，忽看见一条蛇，足有尺余长，灰白花纹，诡异地蜿蜒爬行。我恐惧极了，两腿绵软，蹲下身不敢动弹，直到它窜入草丛，隐没不见。

我起身继续向前，孤独地走了许久，在树林里转了又转，没有发现竹林。竹园，竹园，我默念着故乡的名字，心中满是怅然。无奈只得往回走，身上的力气似被卸掉，我摇摇晃晃，脚步踉跄起来。仓促间脚下一滑，身子沿着陡崖下坠，快速地向前滑去。我被一株长在崖边的野桃树拦住，树上结满青涩的小桃。我抱着树，身子紧紧地依偎着，漫出一脸的泪。

蓦然间，往事如注入沸水的茶叶，"扑腾腾"地翻涌而出。千里之外的故园，门前也有一株桃树，这难道是一个暗示，或是一种隐喻吗？我忍住疼痛，慢慢挪动着身体，终于爬上崖顶。

到家时天色已黑，我急促地推门进屋，多想将这一路的惊魂凶险，全都吐诉给母亲。她正在做饭，回头看我一眼，轻淡地说，你可回来了，准备吃饭吧！在母亲看来，那是个寻常的下午，我的话被挡在唇边，也就不想说了。

那夜，我携着一个巨大的秘密入睡，身体里似汹涌着一股暗流。第二天醒来，忽觉自己一夜长大了。

我16岁那年，随父亲转业回到内地小城。无数个寂静的月夜里，我梦见自己漫步在海边，聆听着阵阵波涛声。雪白的浪花、轻柔的沙滩、低徊的海鸥，俨然一幅清美的画面，一切都是那么美好。

十余年后的一天，我回到梦绕魂牵的海岛。依旧沿着岸边走，眼前的景象让我惊讶不已，沿途尽是摆小摊的，充斥着嘈杂的叫卖声。随处可见花园式的景观，却少了未凿的天真，昔日宁静幽僻的小岛，已成为喧闹的旅游胜地。

那栋神秘的欧式小楼，大门敞开，楼顶不见成群飞舞的海鸥。我不止一次地想象过，楼内有厚厚的鸟粪，还会有海鸥蛋，却失望地发现里面空荡荡的。站在一扇窗前，我朝远处眺去，偶见两三只海鸥，受到惊吓似的，将白色的身影射向天空。

海岛，我的第二故乡，曾一度是我精神上的原乡。而今，它已隐匿在渐行渐远的岁月里，遥远得恍如一个迤逦的梦。那些柔软的旧时光，带给我多少欢欣愉悦，这一刻却轻轻触荡着我的心，漾起一波波的愁伤。

三、荷花的心

读清代文人沈复的《浮生六记》，记下了荷花茶。想象中，夏日的月夜，一个叫芸的聪慧俏皮的女子，一路轻拈裙角，绕过回廊到荷塘边，将裹有茶叶的小纱囊，放置晚含的花心中。翌日晨起取出，用天泉水冲泡，轻啜一口茶，慢慢饮下，啊呀——香韵清绝。

有一回饭桌上，我讲给母亲听，她听得一头雾水，问道："小芸，是哪个村的闺女？什么荷花茶？"我扑哧乐了，一口汤差点喷出。

母亲年轻时家境贫寒，高小没毕业便休学务农，自然不知道林语堂眼中最可爱的女人——芸娘，但她也是个灵慧的人。不然当年父亲那么俊朗的年轻军官，怎会与相貌平平的母亲一见定情，并于回乡探亲时，亲手为她植下一塘清荷。

那些年，父亲每年只在家停上半月，将生活的担子抛给母亲。母亲长年在田间劳碌，深嗅着泥土的芬芳，大地滋养万物，也滋长人的智慧。田里的活，家里的活，够让她费心劳神的，但她从未责怨。距院门十几步远是荷塘，母亲洗衣服，做针线活，都喜欢到荷塘边。

盛夏时节，一片片清碧的荷叶，映衬着亭亭的荷花，微风过处，花叶摇曳。空闲时，母亲坐在大槐树下绣花，绣一会儿，抬头望向荷塘，眼波柔成一汪水。家里的门帘、窗帘、床单上，都被绣上了朵朵清荷，屋中似缠绕着芳香。她对荷花是钟爱疼惜的，从不轻易采摘，也不允许村里的孩子乱采。

我那年六岁，一天，趁母亲去地里忙活，跟几个玩伴到塘边，摘下荷叶撑在头顶当伞。几个人绕着荷塘跑，玩腻了，把荷叶随手丢掉，划着大木盆采莲蓬。剥去外面的青衣，露出嫩生生的莲子，咬一口，涩且苦，并不好吃。我们嘻嘻笑着，干脆用它互相砸着玩。

这一切被收工回来的母亲看到,将我狠训一顿。我委屈地嘟哝:"莲子一点都不好吃,有什么用呢?"母亲的目光黯淡下来,幽叹道:"莲子是荷花的心,它的心是苦的。哎!"她的话我听不太懂,但那声重重的叹息,却落在我心里。

第二年夏天,母亲带着我离开乡村,之后的几十年间,总在不断地搬家。用母亲的话说,房子越换越大了,心里却空落落的。她不大愿出门,坐什么车都晕,只有脚踩在地上,心里才感觉踏实。母亲还说城里的马路太硬,硌得脚疼。她的脚趾骨节变粗大,将鞋子都撑变形了。

母亲的话语中,有近乎挑剔的执拗。可一说回乡下,她便眉眼舒展,一脸的安然和欣悦。我有时觉得并不真正了解她,就好像不懂得那片土地。后来有一件事,在我心中掀起一阵微澜。

一天上班路上,走到桥头时,遇到个挑着花担的人,是位面色黢黑的汉子。他用一根扁担,挑起两筐荷花,走着晃着,洒下一路清芳。男人身上的衣衫已湿透,不知赶了多远的路,他夹在两筐花中间,被花熏染得人也清爽起来。

看到路上行人渐多,他停下脚步,眼睛在人脸上睃望,显得有些拘谨,又有些期待。

见过胳膊上拐着篮子卖桂花、卖栀子花的人,还是第一次遇见有人挑着担子卖荷花,我有些好奇地凑上前。粉的白的半开的花苞,一副羞怯的怜人模样,斜倚在竹编的筐里,散发着令人恍惚的香气。

卖花的汉子是否因了生活的窘迫,涉水将它们采摘下来,而这些花儿又经历过多少曲折,已成为无从知晓的秘密。我掏钱,付钱,买了三枝清荷,抱在怀里到办公室。找来个空瓶子,注上清水,放入荷花。一枝枝从水中探出来,带着一低头的娇羞,整个屋子顿时生辉。

黄昏下班时,我把它们抱回了家,用青花瓶盛水插上,放到客厅窗台上。窗外一浪浪的喧哗,被花香过滤掉,我深吸一口气,心中俱是清静和安宁。

暗夜中,我又一次跌入熟悉的梦境。城市的路纵横交错,或长或短或直或弯,如蛛网，如迷宫。我穿行在一道道街巷，走来绕去，迷失了方向，找不到回家的路。我伸出手来，努力想抓住些什么，摊开来，握住的只有一把空气。

绝望如潮水般袭来，我被惊醒了。醒来时，天色初亮，趿着鞋子去看荷花。

那是个怎样的夜晚，花瓣掉落一地，瓶中只剩下光秃的茎，孤独地默立着。原来，荷花温柔平和的外表下，暗藏着一颗刚烈的心。离开了荷塘，它们拒绝盛放，宁愿从枝头"跳"下，那么坚定、决绝，毫无回旋的余地。

绝不妥协闪躲，绝不屈从求全。地上丝绒般的粉红花瓣，宛若一个悲凉的手势，我轻轻地捡拾，心里一惊又一惊。那一瞬时，我想到故乡的荷塘。忽而某天，池塘里的水干涸了，满塘的荷花纷落如雨，在一夜之间凋零，是多么惊心动魄啊！

母亲对荷花的怜爱，对泥土的迷恋，其实，细想起来，是对大地慷慨馈赠的欣喜，是对安暖乡间时光的珍重。只不过性格温慢的我，直到多年后才恍然大悟。

离开泥土淳厚的怀抱，荷花萎谢了，远离了故乡，我终将成为无根的荷花。或许有一天，在城市的某个街巷，你会遇到位手捧荷花的女子。清脆的足音敲打着冷硬的街面，独自寂寥地走着，脸上无声地淌着泪，那便是我啊！

四、乡愁，是与生俱来的胎记

回到故乡时，已临近中午，轻轻一推，半掩的绛红色木门敞开了。

踏着青砖路走进院，院子里有两棵树，一树桃红一树雪白，花开满枝丫。墙边种有数行竹，竹下卧着只猫，光影斜落下来，碎金般洒在它身上。窗下摆一排"花盆"，是些破损的瓷盆、废弃的饮料瓶、豁边的瓦罐等，里面装土，种上了花，红红绿绿的一片，透着俗世的欢喜。

"瞧瞧，有个小院子真好！哪像城里的房子，跟鸽笼没啥两样。"母亲感叹道。话音刚落，四婶从西侧灶屋探出身来，面带惊喜地说："想着清明是要回来的，我做着饭，没听见你们进院，快上屋吧！小四到庄上收粮食，也该回来了。"

她说的小四是我的四叔，这栋有院子的两层小楼，是他们简朴温馨的家。

父亲兄弟姐妹六人，两位姑姑远嫁他乡，二叔和三叔家都搬去城里居住，只有四叔一家留在农村。四叔高中毕业后不久结了婚，同龄的年轻人陆续外出打工，他却固执地留在村里，过起田园般的躬耕生活。农闲时节，他做起生意，走街串巷地收粮食，收羊毛。靠着勤勉朴诚，生意倒还兴旺，就在前几年，翻盖了新房子。

正说着，听到外边响起"嘟嘟"声，是四叔骑农用三轮车归来。他笑着打招呼，将车开进院停好，许是太渴了，站到竹影里捧着大碗喝水。他略清瘦，皮肤呈古铜色，黑亮的眼底闪着光，显得沉稳又精明。

父亲半开玩笑地说："小四，到城里做生意吧？"四叔淡淡地应道："城里太吵闹了，没乡下自在，再说我留在这儿，你们还能常回村转转看看。"

终日与青竹为邻，与鸟鸣为伴，他已习惯乡间的清寂。在我看来四叔是位洞悉人生的乡村智者，任生活怎样艰难不堪，他总是衣衫整洁，皱纹间淌动着水样的笑容。纵使有那么一天，村里的人都走了，四叔说他仍会留下来，做村庄最后的守护者。

四婶拎着竹篮走过来，里面放着四个碗，装着馒头、水果等供品，腋下夹着沓黄纸。我们跟随她出了门，朝村西北的坟地缓缓走去。

几场春雨过后，麦苗拔节般疯长，已尺余高。那片青青麦田的尽头，有两个并排隆起的坟茔。坟上的草似感应到地下灵魂的气息，东边的草长得更旺盛而茂密，下面躺着我奶奶，她一辈子要强，连旁边的爷爷也要敬让她三分。

那个清贫的年月，奶奶在这片土地上播种希望，她种的麦子、玉米和红薯，都长得比别人家的要好。家中有六个正念书的半大孩子，饱满坚实的庄稼喂养他们的身体和心灵。

记得一年麦苗刚露头，被几只羊啃了一片，奶奶心里那个气恼啊！她站在地头叉着腰，甩出一嘟噜的骂，把羊羞得躲远了。仍不解气，站在那里咿呀地说个不休。我那时年纪小，跟去地里玩耍，只觉那腔调忽高忽低，似在唱戏。

那么率直、强硬的一个人，忽然就变老了，瘦成一把骨。在医院里，她有了不好的预感，低声央求父亲："咱不治了，送我回乡下吧！"

她低下身去，低到泥土里，在田间劳顿一生，最终回归乡野。她如树根扎入泥土深处，留下枝桠般的儿孙在人间，感受阳光雨露，经历风雨吹打，继续他们未走完的路。

四婶把供品端出摆好，四叔点燃黄纸，跪下，磕头，我们也都齐齐跪下去。四叔用低哑的声音缓慢地说："爹，娘，俺们来看你们了……"风吹麦田的声音，像是奶奶爽直又坦荡的笑声。

每个人从第一声啼哭开始，就意味着踏上奔向死亡的旅程。我们所能做的，不过是一路行走，一路捡拾人生花开的欢喜。不管你愿不愿意，总归是要离去，化为一缕青烟，或一抔黄土，这是个悲凉又无奈的结局。

夜色沉静时，曾幻想过，到了该挥别的时候，我愿投身于大海，让灵魂在海面上飞翔。"逝去并不是终结，而是另一段行程的开始。"一如电影中的那句台词，把灵魂交给大海，交给海风和涛声。我被这虚幻的画面感动，于恍恍惚惚，柔肠百转中，流下几行清泪。

然而此时，我有些羡慕那睡在泥土中的人。他们以一种从容安详的姿态回归大地，听清风低语，听鸟鸣虫啁，以及万物生长发出的极细小的哔剥声，延续着与泥土割不断、舍不下的浓情。

从田间往回走时，见有几位老人捧着碗，围坐在屋前空地上，扯聊着天，慢悠悠地吃着饭。"阿荣回来了？"有位老人认出父亲，起身打招呼。父亲忙迎上前："您老这身子骨，还挺硬朗啊！"

四叔凑近我说："这是麻伯，儿子儿媳也都出去打工，家里只剩老人和孩子，那边地上玩泥巴的是他的孙子。哎，现在都成这样了。"

"这是小蕊吧？快认不出来了！"麻伯的目光转向我。我慌忙点头，嗯嗯应道。麻伯又说，"你小时候可淘了，有次从树上掉下来，摔得不轻，磕破了脑门。"旁边有位大娘插话："这妮子性子倔，有回为了个什么事，哭着从家里跑掉，躲到玉米地里睡着了，后来被我发现，背回了家……"

我暗暗吃惊、诧异，进而生出很深的感动。面前似有一扇窗缓缓打开，穿过岁月的蒙蒙烟云，看到遗失在时光巷陌中的自己。

我是个有着双重性格的人，既倔强又脆弱，既温柔又坚韧，也许刚才还自信满满，下一刻可能万念俱灰。一个人的性格喜好，往往能在童年经历中找到影子。而我人生某个阶段的"成长密码"，寄存在那些老人的记忆里。

他们如村中的一棵树、一块石或一堵墙，都是乡间流年的见证者，若哪天消失不见了，我到哪里去找寻呢？

我正思绪如潮，内心纷乱时，麻伯的孙子笑嘻嘻地跑过来，脸上、衣服上、头发上都糊上泥。"等着吧，小泥猴子，到秋天你娘回来，带你进城。"麻伯笑着呵斥道。

男孩明澈的眸子暗了一下，又倏然一亮："哦，进城喽，要进城去了。"

我随即一笑，转而想到，一团不起眼的泥巴，到了乡村孩子的手里，成了最神奇的"玩具"，让一颗小小的心获得快乐和满足。在泥土中爬滚成长的孩子，骨血中继承了土地的品性，温厚、淳朴、坚韧。

倘若有一天他离开村庄，是否如我当年，带着些许叛逆与逃离。到了城市后，急着甩掉一身土气，甚至连那一口乡音，都嫌又土又难听，想彻底抹掉。在一个个城市中游走，某个午夜梦回时分，恍然惊醒——身处喧哗的闹市，自己始终只是个异乡人。

愁是心上秋，秋是收获的时节。想必古人写下"愁"时，心中默念的是故乡的秋天，还有在秋风中沉思的庄稼。

我年幼离开家乡，本以为对故土的思念，像滴入水中的墨，洇染开来，渐渐转淡。却原来啊，乡愁，与生俱来，是一枚印刻在身上的鲜明胎记，是一生抹不去的温暖记忆。

节气是一个一个的美学格子[1]

耿立[2]

一

何谓节气，在有一年农历春节前和朋友策划，让书法家谢先生把有关二十四节气的诗词写下，准备出成线装可翻阅的节气册子放在人的案头，让人感受日子的名字和起伏，就像有双手握着雕刀在岁月的立柱上刻着什么，那自然的刻度就在咫尺，能给当下负重的心灵一点温慰，但这计划最终搁浅，人们看到节气的内容只是摇头，谁懂节气？这有何用？收藏古董吗？那有收藏日子的？

那时我有一种无名的伤怀，这种规矩没人遵守了。

我说你懂寒来暑往吗？春来草青，秋至木叶尽黄，这是先人给我们的实用美学啊。时间是走的，发明滴漏的人看到了；就划出了格子，节气也是一个个格子，是古人给我们画的美学格子。我们在这些格子里可以读到古人的匠心。立春、谷雨、小满、芒种、寒露、冬至……一个一个的格子里，储满了皑皑的雪，柳间的

---

[1] 刊于《人民文学》2016年第5期。
[2] 耿立，1964年生，山东鄄城人。中国作家协会会员。菏泽学院教授，山东省作协第三批签约作家。作品多次被《人民文学》《中国作家》《散文》《北京文学》刊发；获第六届"老舍文学奖"、第四届"在场主义散文奖"、山东省第二届"泰山文艺奖（文学创作奖）"、第四届"冰心散文奖"；作品有《缅想的灵地》《青苍》《藏在草间》《绕不过的肉身》《说人物谁是人物》《遮蔽与记忆》《新艺术散文美学论》《新艺术散文概论》等。

蝉鸣，稻田的流萤，木叶的尽脱。

这是节气的规定，冷的时候就冷，热的时候就热！节气在哪里？节气就在我们的身边，可惜很多人已经失去了感悟节气的能力。大家都懵懂地活着，不知今夕何夕，没有了精神的线条，有得只是岁月的肚腩，腐败的肠胃。没有了和自然同步的生活，自然被我们关在了门外，其实节气是自然与秩序美的约定，该来的时候就来，该走的时候就走。

但现在即使是我，也要翻看日历才知道哪天是哪个节气。对一些节气：小雪，望文生义，雪下得次数少，雪量不大，故称小雪；惊蛰，是谁把地下蛰伏的虫子打搅了吗？

后来见《月令七十二候集解》中有：小雪，十月中。雨下而为寒气所薄，故凝而为雪。小者未盛之辞。初候，虹藏不见……多么诗意，虹躲起来了，到该她出来的时候，绝对误不了事，该酣睡的时候就酣睡，该藏起来的时候就藏起来。

惊蛰："二月节，万物出乎震，震为雷，故曰惊蛰。是蛰虫惊而出走矣。"惊蛰的意思是天气回暖，春雷始鸣，惊醒蛰伏于地下冬眠的昆虫，"出走"二字多传神，如离家逃学出走的孩子，出走何尝不是一种突破，何尝不是一种背叛。

这时暗暗脸红了，才知望文生义的不确切来，小雪，不是雪下的次数少，而是雨遇到寒气，开始凝结，但雪不大，这个时候，天上不再有彩虹；而惊蛰，天上开始有了隆隆的雷声，这是自然自己的事情，人管不着，自然里的一切东西，都有看不见的道在管理。所谓的依天时顺天意，是有深度的道理。就像闻鸡起舞，人听到鸡司晨，马上爬起．而冬眠的虫子，一听到雷的呼喊，也开始蠕动身子了，够了，睡了一冬了，把骨头都睡疼了。

在我的眼里，古代人的眼睛特别的锋锐，如鹰隼，又特别的温和，如佛目；古人的皮肤也特别的敏感，他们的心很静，自然界一有什么声响，他们就在心里划下刻痕，或者是在墙上，树枝上。

那种日子才叫淡定，真叫从容啊，有板有眼，不潦草，不妄为。

那时的人有一颗肃穆的心在，那时的人做事特别的虔敬，有古意，一年之计在于春，当春风来的时候，古人是那么地庄重，在古人眼里和概念里，风是上苍的使者，她从不误时，来的时候就来，是那么守信，人们对风是崇拜的，她从老天那里来，带来的是上苍的口信，《国语·周语》说朝廷有专门的乐官太师负责听春风，发现春风开始吹拂了，就要报告天子，然后朝野上下，全面动员，举行盛大的春耕仪式。

风有雄雌，风有脾气。风也有喜怒哀乐，它的表情和语言，告诉我们：所有物种都离不开风，人也是无数物种的一类，不是异类。

我猜：所谓的节气，是以气的大小缓急来划分的，古人知道老天的脾气，顺着老天的脾气，不惹老天生气，对老天和和气气。

二

节气的美学格子里储满了声音，古时的人耳朵特别的敏感，不像现在的人耳朵里塞满了嘈杂，现在的人对自然的动静麻木，如古人形容的那样春风过驴耳。

有时我曾想从古人那里借一双耳朵该多好，那样就可躲在节气里饕餮各种声音，四季各有声音的标签。整个世界就如一个共鸣箱，但那声音，我们听得再多，也不烦。

若是惊蛰了，就听黄莺叫。

惊蛰：仓庚鸣，仓庚的名字好，仓，清也；庚，新也；感春阳清新之气而初出，其名最多，《诗》曰黄鸟，齐人谓之搏黍，又谓之黄袍，僧家谓之金衣公子，其色鹙黑而黄，又名鹙黄。谚曰黄栗留、黄莺莺儿，皆一种也。

这是一只能搅乱深闺的鸟，这声音是撩人的，也可以挑破人的梦，惊蛰了，春思也开始蠢蠢欲动，鸟声本是上苍赔给人类的音乐，是耳朵的享受，这黄鹂对老杜是一种神思旷远的清幽，而对梦到辽西的女子，无疑是"重金属"，把她的梦击破了。于是她就开始想到打跑鸟儿，把声音也打跑。

夏之烈，一半是各种声音的聒噪。立夏，蝼蝈鸣。蚯蚓出。芒种，百劳鸣；夏至，蜩始鸣。各种声音在夏天的节气里，扯着嗓子，有低音，有高音，美声，民族，世界就如一场音乐会，青蛙有和声，有多声部。

少年夏日，曾与父亲拉排子车到县城送货物，天晚归来，当走到村北的泥之河上，正躺在车厢里，睡意蒙眬的我被铺天盖地的星光和蛙声合围。我仔细分辨不同的蛙鸣，然后默默地计数：一、二、三……怎么也记不下那壮观的农事的乡土的旷野合奏曲，似鼓，似锣，有弹有拨，有裂帛，有碎花。有茶盅跌落的清脆。但感到那时的喧闹乡村竟然是一个"静"的所在。

热是夏日节气的主调，要选夏日的代言者，非蝉莫属。这些声音渲染炎热，让你的汗腺偾张，你的血管就如一个温度计，能清晰地感到地表的温度从脚趾爬升，一直随着蝉的"知啊知啊"到达腋下、额顶。

但蝉是跨界的，立秋，寒蝉鸣；而到了秋分呢，雷始收声；那就开始听蟋蟀叫，我有个幻想，吾之同乡王禹偁在黄州太守任上，破如椽的大竹为屋瓦，他说住在竹楼上面，夏宜急雨，声如瀑布；冬宜密雪，声比碎玉，而无论鼓琴，咏诗，下棋，投壶，共鸣的声音特别地好；现在，若是捉千百只蟋蟀，放在竹瓦下，一只蟋蟀说话，千百只蟋蟀说话；缓缓地说徐徐地说，沉沉地说快快地说，舒舒缓缓舒舒，从立秋日说到冬至，把秋温一下子奏成冬肃，那该多能令人神畅，曾有一个在秦城监狱待过的人写过他在监牢的放风的秋天，在草地捉几只蟋蟀然后带回监牢，晚上就听这自然之声。（可是如今，蟋蟀的唧唧愈是迥不可闻。记得有一个朋友的女儿问我，什么是地平线？我无法回答，现在的孩子们远离了乡野，远离了夕阳，亦远离了黄昏与地平线，马达的隆隆代替了青蛙的咯咯、蝉鸣的嘶嘶，只是在夜里，也许还有一些坚韧的蟋蟀，从郊外潜回城市，为人们收拾一下前夜的残梦，让幻想留几个脚步在现代推土机占领了城市，污染肆虐了城市，大自然无一不受伤，恣意逃遁，蟋蟀也像是一种惧怕污染的植物，从市中心悄然退隐，一直撤到城市的边缘，乃至死亡。）

大雪呢，鹖鴠不鸣。冬天需要安静，所谓大美无言，热闹够了，就需要调养，一静一动，天地之道也。冬天是储藏的季节，一切的声音在储藏，在蓄积。那也是各类的动植物乃至人修复自己听觉的时候，那也是对一年的声响反刍的时候。曾在友人的文字中读到这样的故事：有一长年居住山里的印第安人，受一纽约人盛邀，要他到钢筋水泥的城里做客。等出机场穿越马路时，那印第安人突然喊道："你听到蟋蟀声了吗？"纽约人大笑，"您大概坐飞机久了，是幻听吧。"走了两步，印第安人又停了下来："真的有蟋蟀，我听到了。"纽约人乐不可支："瞧，那儿正在施工打洞呢，您说的不会是它吧？"印第安人默默走到斑马线外的草地上，翻开了一段枯树干，果真，趴着两只蟋蟀。

为什么城里的人听不到节气深处的声音呢？是他们的耳朵退化了吗？不是的，而是他们的耳朵里满是车轮声、演奏声，打桩声，滑翔声，种种人为的声音遮蔽了自然之声，久而久之，他们的耳朵淤塞了，劣币驱逐了良币，美好的自然之声，就被关在了外面。

三

我们先人的精神空间十分广阔兼可爱，有些事现在看来没道理，荒诞，但无理而妙，我想，我最浪漫的事就是按照古人二十四节气的规定重复一遍，再重复一遍的生活，而后在节气的某个时段终老。

古人一直是一年一年复制二十四节气的生活啊。

那时的人不急躁，心态从容，不想现在的人焦虑烦躁和抑郁。

古人认为，惊蛰的最后五天，鹰化为鸠。鹰鸷鸟也。此时鹰化为鸠，至秋则鸠复化为鹰。

谷雨的时候，田鼠化为鴽。阳气盛则鼠化为鴽，阴气盛则鴽复化为鼠。

立冬之日水始冰，又五日地始冻，又五日雉入大水为蜃。

最妙的是大暑，腐草为萤。这是多么浪漫的事，那些可爱的萤火虫是腐草而化，这才是化腐朽为神奇啊，这是我们古人的愿望，古人相信万物有灵，且这些动物植物可以互相转化。

古代人的浪漫和迷信，不是科学，但这是意境与想象，拿现在的科技来要求诗意，无乃关公秦琼之类太过乎？唯物主义不是那么可爱，多一点务虚之美，使我们的生活有了神秘，有了色彩梦幻，我们的生活，我们的周遭不再那么生硬，如今的一切都拿科学说事，我觉得我们现在人的审美智力下降了，美的情愫失落了。生活缺了美感，多了疼痛。

我想到我的老父亲，已经故去 20 年了，早已和泥土融为一体。

记得，每到霜降的时候，他就把地瓜用窖藏起来，那是如地道战里的地道那样的井窖，他把地瓜码在窖里，一块一块的地瓜，如婴孩那样肉肉地卧着，然后就用一层沙土覆盖，那沙土讲究白，讲究细而软，你抓起来，就如水从你的指缝里漏下。

一层沙土一层地瓜。一层地瓜一层沙土。有时那里面也放上白菜和柿子，一块挤在冬天里热闹。

最妙的是父亲给这窖井留了一个气口，父亲说，地瓜要喘气，像人一样。

是的，特别是冬天埋辣萝卜胡萝卜，随意地在院子或村头挖一个坑，把萝卜放进去，用黄土盖上，在坑的中间位置竖一个秫秸秆，就像现在病房里的呼吸机一样，父亲说，萝卜也喘气。果然，一年的大雪时节，下了一天一夜的雪，到了半夜时分，雪停了，月亮出来了。

外面是月亮的白和雪的白，屋里也是雪的白和月亮的白。我半夜下床解手。光着脚丫，一踩地上，就如一层白白的冰，那种透心的凉使我打个激灵。

父亲让我往外看一看，有什么变化？

我看见俺家的院子，如裹了雪的被子，埋萝卜的地方，那个秫秸秆立的地方，特别是那个秫秸秆，一节一节地冒着热气。

我说不出。

父亲沉吟地说：谁都逃不过节气啊，该落的时候都落。当时我不明白父亲的意思，该落的要落，是指的雪吗？好像是又好像不是。

如今，我一年四季都脱离了大自然，像被土埋在坑里的萝卜，但我有一根呼吸自然的秫秸秆吗？

我想到有次要在雪天里吃包子，父亲弄了二斤羊肉，用刀剁碎，要吃羊肉胡萝卜馅的包子。

父亲派给我的一个活就是到雪地里挖胡萝卜。

我蹚着雪，在有秫秸秆冒气的地方，把雪弄开，那时的地，也冒热气，其实地是冻得十分结实的。

干活干得我把棉袄脱了，那胡萝卜才露出脸来。

那萝卜真好，红红的，肉肉的，鲜亮饱满，看得出汁液鼓鼓囊囊的，奇妙的是，那萝卜的身上竟然长出了细细的根须，头上也有了绿莹莹的芽。

这是雪的梦吗？

父亲说：喘气的萝卜不死！

是啊，如果农人冬天在窖里坑里埋藏萝卜的时候，不给它留一根秫秸秆，等你吃的时候挖出来，那时的萝卜或许糠了或许腐烂了。

我们被现代的沙土覆盖得太深了，如蒙眼的驴子，在黑暗里消耗着生命。我们没有一根秫秸秆给我们输送养分。我们忘记了我们首先是生物，然后才是人。

若生物忘记了呼吸，若生物被剥夺了呼吸，你试试。那只有死。

光阴里的南门

曲梵[1]

一

说吧，记忆。

像被鸟衔走的一粒种子，我被种在南门。它处于城市和农村的结合区域，一半连着街市的热闹，一半承接农村的粗糙，守着小城的南边。我喜欢它这种存在方式，闹中取静，边缘，不规则。若是在十年前，你会看到南门陈旧的面容，那些灰色的房子，空中交错的电线，狭窄的街巷，梧桐树叶在街边流浪，偏僻的斜坡上青草大口呼吸……地理位置，人群组成，构成南门一带陈旧、粗粝的气质。这大概是边缘的结果。在群体中，我似乎保持着类似南门这片地域生长的姿态，不喜欢站在人群中间滔滔不绝，不喜欢成为众目睽睽的对象，更合适在边缘行走，当一个听众，微微一笑，在适当的时间选择离开。听众是一个迷人的角色。如果能攫取某些有趣的部分，意识会汹涌澎湃，然后进入某种想入非非的状态。

对于我妈来说，选择从农村搬到贴近小城的南门，是一个清醒的决定。这几

---

[1] 曲梵，原名俞琦杰，浙江诸暨人。有小说、散文发表在《青年文学》《星火》《野草》《黄河文学》《文学与人生》《散文选刊》等报刊杂志，著有散文集《我在这里》，入选"浙江省新荷计划青年作家人才库"，2016年浙江作家高研班学员，曾获浙江作家网青年文学奖提名奖、浣纱文学奖等。

乎是她年轻时代的一个梦想，人生的重要一步。十多年前，她为自己的心愿做出最大努力，成为了一个"城里人"。同时，"离开"不合心意的人际关系，实现阶段性的生活目标，成为她的命题和选择。她是个有点抱负且不甘平庸的人。而我爸更像是继承了庄子的风格，友善，诚实，与世无争。他没有经历看山还是山、看水还是水的那种修炼，属于禀赋使然，一以贯之的无公害人品。

南门的日常生活就这么开始了。一辆车子载着高高隆起的物件，东方发白之际，风风火火地从村子跑到南门。搬新房是讲究时间和程序的，我们守住某一时刻，集体向屋里进发，我爸拎着煤炉，我妈拿着家用物品，我背着一个书包，看似随意的行为，实则埋藏着很强的仪式感、寓意性。我们不善于用语言直接表达生活的喜和苦，更多的是埋在心里、心知肚明。花岗岩地板、窗子、墙裙亮闪闪的，房子里透着小小的喜悦，话语里带着甜味，我们认真地围坐在一张长桌上吃饭。

小小的喜悦仅仅持续了一小段时间，没多久，闭合的100多平方米的房子里，空洞洞的无聊像一张蛛网轻而易举地将我捕获。我往楼下跑去，楼道里空空荡荡，人行道长着一副孤寂的面孔。然后，我抱着篮球，在球场上独自打球，心脏加速跳动，额头沁出汗珠。在一段时间内，我用这种激烈的方式抵抗无聊消磨时光。玩累了，就坐在一棵松树下，把玩尖细的松针，想象某时某地碰到村里的熟人或者亲戚，这些幻想一直没能得逞。实际上，我喜欢在村子里和伙伴们混在一起，钓鱼、捉鸟、打蛇、游泳、爬隧道、玩扑克牌……我们和动词结下不解之缘。

凹凸不平的不适感，经历一段震荡后，被时间一寸寸磨平。一年以后，我换了个人似的出现在村子里，衣着干净，沉默寡言。有个玩伴趿拉着拖鞋，脚上沾着泥巴，朝我使了个眼色说："呀，城里人来了。"他的这种说法，让我心里不是很舒服，但我还是朝他笑了笑。我们三心二意地站在路边，十多年摸爬滚打的交情中间，生出一道沟壑。昏暗的屋子里，我注意到长桌上飘浮的一层油污，木制的物件沉浸在幽暗中，苍蝇肆意飞舞。我在心里和昔日架起一堵墙。许多年后，当我回顾这些细节，一个略微复杂的问题油然而生：从不适应小城生活，到不适应老家生活，再到现在念想老家，是什么造成了这微妙的变化？

毫无疑问，我所挪动的生活是乏善可陈的。对一些人来说，生活移位会产生强劲的精神推力，无论是主动性的吸引，还是被迫式的离开。比如，1888年2月20日，巴黎没发生什么大事，这一天，梵高决定"逃出巴黎"，从里昂车站踏上南下的火车，到法国南部普罗旺斯地区的阿尔。梵高在写给弟弟的信里说："我想在更加晴朗的天空下，看看大自然。""在南方的太阳下，整个大地都在燃烧，淡黄色，硫黄色，绿黄色。"不起眼的黄色，被梵高重视为太阳之光，在那里，他完成了《向日葵》《房间》等一批重要画作。比如，1911年10月，里尔克入住杜伊诺古堡，他爬到高出亚得里亚海的波涛约200英尺的地方，蓦然觉得呼啸的狂风中似乎有一个声音在向他喊叫："是谁在天使的行列中倾听我的怒吼？"他立刻记下这句话，没费什么气力，鬼使神差地续下了一连串的诗句。然后他返回屋内，到了晚上，第一首哀歌诞生了……而我在南门，获得了什么精神产品？挪动生活带来的内部影响像一阵风轻轻吹皱池面，用不了多久，水面归于平静。我们过着类似的生活，咣的一声关上防盗门，在100平方米的地板上走动，观看时政新闻，理个千篇一律的发型，身体发福，务实。

常识告诉我们，我们的生存只不过是两个永恒的黑暗之间瞬息即逝的一线光明。在这两个深渊之间，我们把残存在意识中的片段叫作"记忆"。有时，我会想象记忆的幻化，比如以南门为分界点，叠加了哪些记忆，那个人的身心经历了什么。研究表明，当我回忆年龄更小时的那些场景和事件时，它们更具乐趣和温度，比如常到我家来玩的某个年轻人，他爆炸式的笑声会达到余音绕梁的效果，牙齿崎岖不平。我盯着他的嘴巴，跟着哈哈大笑起来。在我看来，那简直是一种残缺的美和可爱。村里一些无所事事的年轻人，常在尘土飞扬的泥路边打台球，花色球在桌子上翻滚，他们喜欢说："你猜，这球能进吗？"我念起咒语，说："不可能，进了我吃掉它。"他们把身子趴在台球桌上，目光炯炯，果断出杆，台球入袋后，得意地打一个响指……如果说，记忆深处储藏的快乐更加简单，纯真更加充盈，那么我们是否走在丢失的路途上？存在价值的空间大面积被别人占据，假扮一个不是"我"的人，那些遭遇会留下什么记忆。

二

居住南门的第二年，我成了一个中学生。

若干年后，等我回望这段时间，仍然清晰地记得学校报到时的场面。操场上站满了人，黑压压一片。家长们拿着入学通知书，在黑板上寻找孩子的名字。闹哄哄的场景里，夹杂着各式方言。其中，老城区的方言充溢着傲然的气质，其余各地的语言就显得比较乡土和在野。学校的名气大，全市各地的生源都往那里拥挤，同学们的咬字吐音也就五花八门。

骚动的青春期，脸上长痘的孩子开始爱慕虚荣。我们关注同类的穿着、零花钱、家境，暗自产生攀比心理，发酵"面子"这个概念。语言代表身份，为了消除某种排异性和孤独感，我们受着感染，慢慢淡化各自的方言，取而代之的是城区语言。在同学的玩闹中，它时不时地显露出居高临下的气势。汉字在方言中的指向和意味很有意思，比如"醉"字，同学们带着鄙夷的语气说："这个人真醉！"这里的"醉"不是喝醉酒的意思，而是说这人很厉害。如果考试考得很好，我们就说："你这么醉！"一个人理了新颖的发型，或者在头上打了啫喱水，我们就说："你这么醉！"语气里带着不可一世、挑衅的味道，惹得我们学而不厌。我记得一个姓郭的同学，此人颇为暴戾，语气狂妄，动不动就说"这么醉"，还喜欢拿钢筋钳似的手从背后绑住同学，半开玩笑半当真，这种蛮狠的身体入侵时常引发局部的战争。我从郭同学的行为处事上认识到，他喜欢用轻蔑的态度对待方言，狂躁不安占据着他的内心空间。许多年后，我又碰到了郭同学，当年那个凶神恶煞般的小子，居然考进警校，在异地当警察。这意味着他将脱离我们当地的方言，进入一片陌生地域，不知道在异地，郭同学对于语言象征的身份会作何感想。

在那所中学，我度过了三年并不快乐的时光。

一个地区的开放，最直接的是物质打开，深层次的文化和精神交融会缓慢得多。在我们村，方言依然保持着 50 年前的味道。那种语调坚硬、直接。自从走出村子，我的口音经历了各式语言的感染，还通过了普通话二甲考试。曾经，我以为那种方言是卑微的，羞于在混杂的人群中操持。现在，我又重视它，所谓"越是民族的，越是世界的"，有时用方言和同事开玩笑，发出一些陌生的语音，让他们愣在那里。

任何事物都有其局限性，不论尊卑，方言隐含的乡愁和独特性是最大价值。

语言体现尊重。

三

有些现象总是很难解释清楚，哪怕我们用显微镜、探测仪等先进设备去观测化验，未也必能得出究竟。在科学探照不到的地方，人文的、神秘的东西会冒出来。比如，风向、水质、土壤和地理这一类寻常不过的事物，会对一个群体的性情产生怎样的影响，从而累积成怎样的村落脾气？我们很难给出什么确凿的证据和定义，仅仅靠猜测。

以我们村为例，村人的性格比较温和，村内极少发生斗殴事件，但是在隔壁村子的居民看来，这可能是一种懦弱。同样，我们对隔壁村人的衣着、行为方式等方面抱有一些看法。比如，他们在 20 世纪六七十年代，穿着方式特立独行，里边的衣服长，外边的衣服短，裤脚一只高一只低，颇有现在街舞选手的风范，在那个时代，这样穿着势必会让我们村的人笑话。他们性格刚烈，且颇团结，擅长纠缠，一旦发现村人被外村居民欺负，便倾巢出动，乌云一般压过来，和你理论一番，乃至发生群体性事件。

随着物质条件的优化，村落某些可爱的特质正在改变和消退，因为许多人离开村庄，深入城市，人们走进同样的电梯，推开同样的窗户，说出同样的新闻，实行同样的购物计划，并且减少彼此之间的往来。我看到社区里的居民呈现散开的状态——我们熟悉彼此的面孔，但是叫不出对方的名字。

我们很少打招呼。

南门在经历改造。

城市的触角，向四面八方铺展。那些低矮、杂乱、陈旧的生活场景，一年年撤离。较早前，走出我所居住的小区，三四十米外架设着铁道线，绿皮火车蛇一般迅捷滑过，车厢里的旅客用一种平静的目光观望我们，我们用一种猎奇的心态观察他们，实际上，我们都想看到超越常规的画面，或者说是渴望差异，比如发现一片夺人眼球的场景，看到一个美的或者新奇的人。锈迹斑斑的铁轨，伸向远方苍茫，在我茫然的远望里，构成一场诱惑。轨道一侧，生长着蓝色、黄色的寂寞小花，在火车的轰鸣里，轻轻颤抖。我们大概是寂寞的人，爱好在铁路边看火车。表弟骑坐在我爸的肩膀上，我爸问表弟："火车有多长啊？"表弟张开手臂，比画着说："这么长，这么长，这么长。"在一个孩子眼里，火车的长度，约等于他环抱的尺寸。几年后，铁轨易道。再过几年，立交桥消失，平房消失，突起的路基消失……

四

我爸在城郊捡到一块荒地。如获宝物。

也许，基于饥饿和生产方式的影响，父亲那一代人，对土地抱有普遍的热情。即使在长时间进入城市生活后，回归的声音依然响在耳畔。荒地起伏不平，杂草丛生。我爸做了一个平土的道具，像一头牛，前倾身姿，脚步陷在肥沃的淤泥里，一步一步平整土地的胸腔。每天下班后，他骑车赶到荒地，然后披星戴月地操练种植手艺。劳动是上天给予我们的教育。受着土地沉默教育后的人，其身心会发生小小的变化。他可能感到疲倦，然而知足；感到繁忙，然而蕴含希望。很多次，我看到劳其筋骨后简朴的父亲，洗净身上的污垢，给自己泡一杯绿茶。绿茶的色香味俱全，在茶几上氤氲热气。他把茶杯送到嘴边，眯眼观察杯面堆叠的茶叶，然后合拢嘴唇，轻轻呼气，吹开圆形的水面，像白桦林里的一头鹿低头面向春天的湖面。茶水进入喉头的时候，发出一记类似赞叹的声音，那声音透露出舒张和满意。

我一向佩服农人的种植技艺，他们总是有条不紊，对植物生长和收获充满把握，对节气和时令了如指掌。播种，锄草，施肥，收获，春华秋实，水到渠成。我爸亦是很乐意跟我们反馈庄稼的生长情况，"丝瓜吸收养分的能力特别强，旁边的菜蔬营养不足""近几日，四季豆爬架的速度很快""番茄连片长着"……偶有一些成长的意外，若是无法疗救，就随它去吧。在他的语言刺激下，我穿着球服，背着双手，终于站到了田间地头。庄稼们整齐排列，等待我的检阅。但是，许多植物的长相和名称在记忆词典里丢失了，我的弱智显露无遗。一阵风吹过，一些叶片在风里微微蜷缩，像是捂着嘴巴在笑我。

我蹲着身子，用宏观和微距的形式，给大片植物拍下照片。豌豆的须纤细、缠绕而有律动感，它们的花瓣、花蕊呈紫色或者红色，星星点点地飘浮在绿色世界里，像纯洁、清新的少女，未受外界诱惑的污染。青菜幼苗，从土地里钻出来，茎里夹杂淡黄色和绿色，顶端举着两瓣小叶片，平直或者歪斜地伸展成一个个"丫"字，像那些野气的乡村少年。还有一些植物，它们的花蕊、花瓣、叶片、花茎，让我对应联想到人的器官、属性和气质，其相似度令人惊异。

而植物是沉默的，只在一些细节上告诉人类——彼此间的互通互融。它们总是向阳而生，把小小的面孔朝向太阳，阳光，雨水，土壤，肥料，便可以催生蓬勃的活力。田间的动物则不同，它们为了生计四处奔走。麻雀披着卑微的灰色，胆小，警惕，和泥土结成联盟。一条蛇，仰着脖子，在泥地上悠闲漫步，有人见后一惊，扔过去一块石头，蛇完全丢失了散步的雅兴，迅疾往池塘边游去——它没有游到菜地里，它知道那是人们频繁的活动场所。还有田鼠，它们擅长聆听外部声音，听到人的响动，就知道大事不妙，抱头鼠窜。总体上说，一片菜地，是被人类掌控着。

日光下，清风里，植物们摇头晃脑，享受着淡淡的乡间文明。

收获是令人喜悦的。结满籽粒和果实的植物，把饱满的头颅垂向大地，在生命成熟的时刻保持低调和谦逊姿态。菜地源源不断地为我们输送成果。印象最深的是冬日的番薯，经农家土灶烹制，香气顺着炊烟扩散开来，红薯表皮裂开几道缝隙，如皲裂的土地。白番薯的肉质结实、干爽，成块地砥砺牙齿，有嚼劲儿。红番薯软而不散，味甘甜。番薯需趁热吃，热气腾腾之际，冒着滚烫的温度，颤抖地握住它，或者烫到后快速放下，两眼盯视，脸上密布馋相，那是吃番薯的动人之处。

在磨动的牙齿间，植物完成了有形的一生。地上残留着枝干和叶片，土地归于最初的沉寂。我带着外甥女在田间引燃一堆晒干的作物。她们光着脚丫，奔跑在沉寂的泥地上，乐此不疲地搬来干草。阳光翻晒过的枝蔓，在野火中肆意怒放，烧透的灰烬四处飞扬，像一场盛大的告别，像一群灵魂的升腾。她们的眼睛被火光照亮了，整个身心调动起来，围着火堆，手舞足蹈。她们稚嫩的脚趾，像刚长成的玉米，踩在熟透的泥土上，显得格外稚嫩、新鲜。那天，外甥女抓了一只虎纹蛙回家，还在它腿上绑了一根线，当作宠物饲养。她偷偷地把我的手臂当成"跑道"，让虎纹蛙在上面奔跑。半睡半醒中，我感到皮肤上跳跃的凉意，一阵惊悚，惊慌失措地坐直身体。我像是受到惊吓的兽，斜眼看着她的宠物。外甥女呵呵地笑着说，你那么胆小，还不如我们小孩子。没错，我确实感到异样，这类少年时代的伙伴，让我感到恐惧和疏离……虎纹蛙受了惊吓，在地上急促蹦跳，和我保持适当的距离。

我怔在那里，那个下午被撕开一道道口子——小孩的视线贴近地面。随着身体的拔节，目之所及的东西越来越多，我们和那些本真事物的距离是否越拉越大？我们被推入另一个世界，浊浪滚滚，一具身体被越来越多的外界因素绑架，消耗……

我仍然以一个懒汉的姿势，站在草叶间，东张西望，左顾右盼。鸟雀的叫声，虫子的叫声，星星点点地装饰在开阔的田野上。植物静默如谜。这个自然所在，让我紧缩的心境松动起来，开阔起来。

五

外婆病了，在我家住了半年。

我经常用常态的生活细节，来概括这位忘我的老人，再循着词语的方向，搜罗更多的生活场景，以此反证和丰富自己作出的推断。无一落空。

外婆嫁给外公的时候，还小，17岁。小小年纪，挑起一个家。那时，女性还受到乡风民俗的困扰，出嫁三年内不能回娘家。想家的时候，外婆就站在阁楼上，眺望老家，望着望着，热泪便夺眶而出。第二年，外婆的哥哥去看她，两个人一见面便拥在一起，痛哭。哥哥问她："你过得好不好，还习惯吗？"外婆说："好的，一切都好，就是想亲人。想你们的时候，真想把那几座山搬掉。"

对于我妈那一代人，外婆动用极其严格的家规，儿女不得做出格的事情。她会在孩子单独而安静的时候，先是予以反问，搞清事情的来龙去脉，然后用竹条实践他们身体的疼痛。这些"暴力"，在一年年的风吹雨打中，日渐磨损，直至风化消失。等到我记事的时候，外婆是慈祥、耐心的。每次去外婆家，她总是大老远地走到机耕路上接我们。临走时，她打着手电，在地上照出一片光，一路走，一路送，有说不完的话。那时的时光很慢，路上嵌着河滩里搬来的鹅卵石，自行车的铃铛在震荡中发出细碎的声响。那时的感情很淳，等远处的亲人回家，要等上好长时间。外婆说话的声音很轻，那是有准备有关怀的"轻"。她小心翼翼地推开门，轻轻地对懒睡中的我们说："可以吃中饭了。"好像把我们吵醒，是她的不对似的。她总是在各种器具之间，恰当地找到自己，尽量不让自己的手脚空闲下来——她的袖子总是向上翻卷着。她会做各式本地美味，清明馃，夏至麦饼，米糕，芋艿馄饨……每个季节，有每个季节的食物盛典。

外婆的处世哲学，是以他人为基。她很少对生活发表不满和牢骚，很少为自己争取什么，无论是在饥饿年代，还是在物质相对丰富的后来。即便是身体上的病痛，她也总不吭声，瞒着所有人。她说："大家上班都很忙，不麻烦你们，我自己去看一下就好了。"她考虑的仍然是别人。

一个恶魔，逐步侵蚀着她的身体。亲人们的情绪在伤感和希望的两极来回跳动，大家还没做好思想准备，都想挽留这样一位可亲的老人。术后，外婆住在我家调养。那段时间，是我家里最热闹的时候，舅舅、姨妈隔三岔五地赶到我家来，就像一群燕子的集体回巢。这种回归，会使一间小小的房子产生暖意。表面上，大家有说有笑，气氛在晚饭的餐桌上空，达到高潮。私底下，他们阴沉地站在阳台低语，但是不会在外婆面前露出异样的神色。亲人们走后，家里留下五个人，还好，不算孤单，我们可以相互温暖。那时，外公外婆住在我的房间里，我在客厅里打地铺。外婆总是歉意地说："让你睡地铺，我们过意不去。"出院后，她很快忘记自己是个病人，日常器具对她仍有极大的吸引力，洗衣服，拖地，只要是能做到的，总想来帮一把。

半年后，那个恶魔重蹈覆辙，把外婆再度按到病床上。她的身体日渐衰弱，像太阳一步步没入群山。她独自消化着疼痛，嘴唇咬出血丝，用手紧紧抓住床单，却一声不吭。我穿过一片旧街区去医院看她，街区的斜坡上种着几棵高大的梧桐树，每每路过，我就在心里默想，希望外婆尽快好起来。有次，她破天荒地想吃馄饨，我和表哥开心地跑到街上去买。可她只是喝了一点点汤。

外婆去世那天，天空飘满悲伤和抑郁的灰色。她的呼吸，被恶魔的手慢慢抽离。然后，是所有人的痛哭，所有人的呼喊。姨妈们哭哑了嗓子，表哥像个犯错的孩子跪在泥地上，一切脱离了现实秩序。作为背景，一场南方的雨衬托着人们的伤悲，雨水像箭矢一样落下来，淋湿亲人们的衣衫，淋湿一个家族的记忆。后来，当我一次次遇见亲人的逝去，发现伤感对生者的持续袭击，和亡人生前的为人处世、人格力量、死亡形式有很大的关联，在死亡面前我们无法隐藏感情。作为感情的现实收藏，至今我妈依然保存着外婆用过的一只杯子、一块坐垫。她低垂眼帘，注视着那些被赋予意义的物件说："那是你外婆用过的。"

密集的伤悲过后，老屋的门吱呀一声关上了，留下一扇纪念的窗户。透过窗口，可以看到一些温情恬淡类似黑白电影的片段，一句话，一抹笑容，一个动作，又近又远。翻看那些片段，整个人会剔除欲望，沉浸于岁月赋予的感动，感叹时间之伤。我多次在梦里遇见外婆，通常情况下，天色阴沉，我们使用一种魔法物质，让她回到人间，回归众人陪伴的日常生活，魔法在时间的约束下渐渐失去效力，然后一具身体开始急速衰老，她和我们告别，走向深渊。一次次，演绎离别，演绎感情。

梦境和现实给出诸多暗示，丰富我对更多老人的感觉，教我凝视他们身上时光雕刻的皱纹、弯曲的脊背、树枝般干瘪的手……那些沧桑苍凉，那些时间残酷。我想，他们应该受到每个人的关爱。

河西,渡过时光来看你[1]

刘玫华[2]

一、大宛紫驿马,暴利长

汉朝时期,常常和匈奴打仗。匈奴不擅种田织布,差了粮食缺了布匹,就到汉地袭掠。但每次厮打,中原的马匹总是不如匈奴的好,跑不过他们。你去打,他就跑了,还撵不上。你走了,他又跑来抢东西了,简直阴魂不散。

后来,汉朝决定募民实边,抗击匈奴。闲时种田,狼烟一起,操起长矛和匈奴厮杀。开荒,修城,布渠,过日子。可是,中原的汉人喜欢扎根,不愿意背井离乡迁徙到边塞之地。于是"罪人及免徒复作",都调遣到我们河西来了。当然,平民百姓也是不少的,整个村子移到河西来。现在,还留着地名:土门,泗水,大槐树……

汉武帝的时候,有个人叫暴利长,就移民在河西实边。暴利长牧马的地方,

---

[1] 原载《芳草》2013 年第 6 期。
[2] 刘玫华,笔名刘梅花。中国作家协会会员,武威市作协副主席。第二届甘肃儿童文学八骏。近年在《芳草》《散文》《读者》《山东文学》《红豆》《散文百家》等 40 余家文学刊物发表大量散文作品。多家报刊有专栏散文刊出。部分作品被转载,并入选多种选本、中考试卷。曾获第七届冰心散文奖、全国孙犁散文奖、首届三毛散文奖、首届丝路散文奖、全国运河散文奖、甘肃黄河文学奖等多个奖项。著有长篇小说《西凉草木深》、散文集《阳光梅花》《草庐听雪》《草木禅心》《愿你手中有花,心中有梦》。

学者们历来争执不下,有人认为在敦煌,有人认为在吾乡武威郡。不过,牧马武威郡的可能性是最大的。因为当时的军事重地设在武威郡,而不是敦煌。敦煌比武威荒凉多了,是迟一些才屯田的。

吾乡有一种青土,叫青胶泥。这种土坚硬如铁,黏性极好。乡村的房子,都是土木结构,遇见雨季,房顶就要漏雨了。所以,家家户户都去山里撬青胶泥,撬回来,碾碎,稀泥覆盖在屋顶上。这样的屋顶,百年都不漏雨,跟水泥一样坚硬。

暴利长种田牧马的空闲,大约是喜欢做些泥塑的,据说他还养了几只猴子,捏了猴子泥像挂在马厩墙上。猴子用以避邪,去瘟病,守护马群。而青胶泥,拿来做雕塑是最好不过了。

他发现了一群野马,常常来水边饮水。有一匹野马,体态高大俊美,昂首一声嘶鸣,余音百里。他喜欢好马,喜欢得要命。但野马的警惕性很高,稍有风吹草动,就风一样刮走了,影子都寻不见。

匈奴人说,汉人多食谷粟,少躁烈而多智慧。不知道暴利长喜欢吃肉还是吃素食,总之,他有足够多的智慧。暴利长就用青胶泥雕塑成自己的像,穿了衣服,手持套马绳,立在湖边。我怎么知道是青胶泥?因为古时候河西多雨,一般的泥塑像,一场雨就塌掉了。只有青胶泥,一接雨水,越加坚固。塑像不在湖边杵几个月,野马怎么上当哩。

野马群乍一看有人立在水边,立刻惊恐而逃。暴利长打发猴子们去塑像边玩耍。野马非常有灵性,它们远远试探后,觉得那个塑像很呆滞,无论猴子怎么戏耍,都不动弹,就又回来饮水。日子久了,塑像一直呆立在湖岸,野马群毫不在意,一点也不警惕了。

有一天,暴利长抹了泥巴,悄悄拿自己替换了塑像。野马群如期而至,那匹最漂亮的野马靠近暴利长时,他一伸手就套住了它。真是手到擒来。

我想暴利长肯定是个大力气的人,不然,跟一匹野马较劲儿,也不是件容易的事情。不过,他的职业是牧马人,降伏烈马,自然也是有诀窍的。

这匹野马,来自大宛的深山之中,奔腾如飞,是野马群里的首领。羊群里有头羊，狼群里有狼王，野马群自然也是一样的。

大宛国有一种紫色母马，相貌俊美之极，野马很喜欢。每当紫色骏马长嘶于高山下的时候，野马就循声而来。它们生的马驹，叫汗血宝马。肩上出汗时殷红如血，肋如插翅，行走风驰电掣，惊为天马。能与天马相比的，只有乌孙国的"西极"，至于匈奴的那些马，是无法与之相比的。

这是汉武帝日思夜想的天马——健壮，清俊，威风，霸气，齿尖利，枣骝色的鬃毛闪着金子一样的光泽，气质非凡。它引颈长嘶，从容，洒脱，桀骜不驯，大有腾云驾雾之态。

有人说，暴利长将野马献给汉武帝，是为了讨得皇帝的欢心，邀功求赦，便玄乎地说，这是天马。

野马从云雾缭绕的高山之巅飞驰而来，四蹄生风，踩云踏雾，不是天马是什么？暴利长深谙养马之道，他在河西边塞之地，自然知道匈奴人的铁骑多么厉害。百姓的苦，百姓自知。若想让汉朝的骑兵战斗力大增，只有更好的骏马来替换劣马。他献给汉武帝的，不是天马，是一个百姓的良心。

汉武帝狂喜，对天长吟：……天马徕，从四极，涉流沙，九夷服。天马徕，出泉水，虎脊两，化若鬼。天马徕，历无草，径千里，循东道……

这匹天马，成了汉武帝的坐骑，四蹄轻点，鬃毛生风。汉武帝喜欢天马喜欢得发疯，有人就为他铸造了一尊铜天马放在大殿门口。河西有一座寺，是北凉沮渠蒙逊年间修建的，叫马蹄寺。据说天马回乡之时，在悬崖上留下一只蹄印儿。

汉武帝立志要撵走匈奴。他命人持重金大宛乌孙求马，使臣被杀，不得。又想尽办法，仍然无法得到很多宝马。最后，他攻打大宛乌孙，只为天马，终于如愿。大量汗血宝马进入中原，汉朝骑兵战斗力猛增。两军对垒，匈奴的马一看见汗血宝马，立刻腿子发软，浑身打战，趔趄而退。匈奴大败而去。

其实，大宛紫骅马不是奔跑的，它是走马，走的是对侧步。走势平稳，不颠簸，换蹄频率高，疾走如飞。中原的马，是奔马，奔跑起来前蹄举落的幅度大，非常颠簸，不容易保持平衡，不要说骑在马上打仗，单单是驾驭就很费劲了。但天马不是这样的，因为它的胸部宽阔，腿刚劲有力，速度平快，兵士在马背上不颠簸，可以从容持刀作战。

天马和普通马的区别，在于走势。你仔细看过武威出土的"铜铸天马"吗？它的四蹄错落有致，体态匀称纤长，四肢强健有力，步履稳健，走的步子是独特的对侧步。对侧步，关键是平稳，匀快。同侧两个蹄子一齐进退，两侧交替，这样的走法称为对侧步。它是走马，不是奔马。

除了天马，天底下的马，走得都是交叉步，就是同侧的两只蹄子相反进退，前两个蹄子和后两个蹄子轮番起落，步法不同，叫交叉步。牛呀，骡子呀，羊呀，也走这种交叉的步子。你常常看到的奔马图，就是骏马扬起前面的两只蹄子，半空悬立，一声长嘶。这是奔马，跑马。跑马的迸发力，常常需要加鞭。但走马的耐力非常好，有灵性，无须加鞭自奋蹄。它耳小而灵敏，明眸大眼，性子烈，只认主人。战场上匈奴人很难抢走。就算抢走，它会自己跑回来。

有人说，现在还有走马吗？有哩，怎么没有。我们天祝的岔口驿走马，就是天马的后代，走的是对侧步。我们的方言说，错错步。每年赛马会，赛的是走马和跑马。一匹好走马，价格昂贵。外国也有走马，但那是马驹时绑着腿训练出来的，不正宗。我们天祝的走马，马驹落地，走的第一步，就能使两侧的两腿同时举步前行，走上一辈子，都是对侧步，不骄傲也不行啊。那个步子，才叫优雅哩。

汉武帝撵走了匈奴，在河西大规模移民屯田，养马守边。河西地域辽远水源充足，又种植了大量的苜蓿饲马。尤其是武威，山林茂盛，草原广阔，养马是最最好的。自古好马产武威，武威宝马风靡天下。

天祝人是不吃马肉的，这个习俗由来已久。汉朝的骏马，在屯田守边的日子里极为重要，马死了，自然不能吃，好好地埋了。阔绰的人家，用铜铸造马生前的模样殉葬。穷人家，也要用青胶泥捏一个泥骏马陪葬。也有大户人家的户主去世了，用铜铸造了成套的驾车马匹殉葬的。武威雷台出土的铜骏马，是天马最传神的形象。武威人说，暴利长牧马的地方，就在武威的雷台湖边。

还有一个人，叫金日䃅，胡人，养马养得非常好。他本来是匈奴休屠王太子，因为被汉武帝打败了嘛，就跟着汉武帝回到长安养马。他养马，一心一意，每一匹宝马都喂得体肥膘壮，汉武帝很是喜欢他。后来，不喂马，做官了。做了官，依然喜欢马，看见马就神情欢愉，掐一把苜蓿喂到马嘴里，抱着马脖子不松手。

我想，马和人，也是讲究缘分的。马的精神和人的精神气儿是统一的，汉武帝，暴利长，金日磾，他们那么疯狂地爱着天马，那么懂天马的心思，真是让人感叹。

……天马徕，从四极，涉流沙，九夷服。天马徕，出泉水，虎脊两，化若鬼。天马徕，历无草，径千里，循东道……

二、胡天八月已飞雪

汉武帝的使臣一路西走，到大宛买马。结果，胡人彪悍，拿了钱，杀了汉使，一匹马也没有给。汉武帝大怒。

李广利被封为大将军，领着步骑几千人，骑着高头大马去西域攻打大宛，抢些宝马回来。事实证明，李广利是个夯货，打仗不行。就算他的妹妹是汉武帝的宠妃，也不能掩饰他的败仗。回到朝廷是不敢的，他只能躲在敦煌观望。

他妹妹李夫人，有歌为赞："北方有佳人，绝世而独立，一顾倾人城，再顾倾人国。宁不知倾城与倾国，佳人难再得。"

再后来，汉武帝增派了十万大军，其中骑兵三万，还有浩浩荡荡的补给军资，差不多要20万人马。大宛城下，人山人海，人嘶马叫，胡人害怕，就投降了。这次征战，汉武帝如愿得到天马。

又过了几年，匈奴犯边，汉武帝对李广利说，你再去，把匈奴撵走，不要让朕心烦。人是有天分的，文臣武将，各有天赋。卫青，霍去病，带兵打仗，战无不胜。

但李广利这厮实在没有一点灵气，又笨又拙。汉人打仗，要讲究战略战术。

可是，他哪会战术啊，和胡人一通乱打，又打不过，到处吃败仗，被匈奴追得乱窜。他投降匈奴了，还娶了单于的女儿。

再后来，有个人叫卫律，本来是胡人，在汉朝做官，又投降了匈奴，也娶了单于女儿。他不喜欢李广利，就借刀杀人，灭了李广利。

汉武帝眼睛里不揉一粒沙子，忠臣奸臣分明得很。谁变节了，叛敌了，必然受到唾弃。但是，汉武帝在位时期还有一个人也变节投匈奴了，这个人是李陵。

李陵自己，也深陷在矛盾痛苦中。他跟李广利，可不是一路人，他是有天赋的武将，只不过遇人不淑罢了。

当时李广利征伐匈奴，李陵在酒泉张掖一带驻守，只有5000步兵，没有马匹，射箭，操练。没有马的军队就先天不足，你跟人家匈奴的铁骑硬拼，怎么能打得过哩。

李广利和匈奴胡乱厮杀，李陵就领着5000步兵，直捣单于老巢。匈奴的八万铁骑去阻止李陵，相遇在深山里。李陵是大汉飞将军李广的后代，兵法家传，箭射得好。他和士兵射杀匈奴骑兵无数，按照计谋，且战且退，要把单于引到汉匈边界的包围圈。

但是，援军没有到，四野空旷无人。李广利和李陵不和，没有派人去接应。李陵寡不敌众，几乎全军覆没。那时候，李陵还很年轻，壮志未酬，就暂且投了匈奴。匈奴人最害怕的人是飞将军李广。李广余威尚存，单于一看李陵投降了自己，就赶紧把女儿嫁给他。

司马迁说，李陵是假投降，不是真的，他在寻找机会。

第二年，汉武帝派路博德出征匈奴，公孙敖也跟着，要他们联络李陵里应外合，打败匈奴回朝。但是，公孙敖和李广利关系好，能力也近似。他无功而返之后，对汉武帝说，听说李陵在帮匈奴练兵呢，我不能接他回来。汉武帝大怒，灭了李陵一家。

李陵闻听此讯息，伏地大哭，痛彻心肝。他真的没有帮匈奴练兵呀，也一直想回到汉朝呀。可是，小人背后使坏，使他痛失家人。从此后，孤苦伶仃，再无归路。当时，苏武还在荒野里放羊，不肯降服匈奴。单于派李陵去劝说苏武。胡地相见，两人肯定是抱头痛哭一场的。命运啊，怎么这样无情。

人活一世，草木一秋，李陵继续着自己惨淡的人生，躲在很远的草原深处，不见人。而苏武却放牧着他的气节。李陵和苏武感情深厚，他劝说苏武，大约也是觉得苏武太悲苦。苏武不肯降，他一生的眼泪，都留在胡地，只为了回到汉朝——哪怕归期遥遥。

苏武，这个倔强的汉人，在荒野里放牧的不是羊，是他的一身硬骨头。若是降了匈奴，胡人骄横，就算鲜衣怒马，也遮掩不了俘虏的身份。回到生我的故土，就算清贫，我也是洒脱的主人，我也是顶天立地的，人格上精神上是独立自在的。依附胡人，算什么本事？

汉昭帝即位后，派人去匈奴索要苏武，强大的汉朝，索要的不是苏武，是一个民族的气节。匈奴只一味地顾左右而言他。

大汉和匈奴相峙日久，较劲的不是仁慈和信誉，而是实力。汉朝给匈奴说多少好话都是徒劳，国富兵强才是硬道理。汉皇帝一发怒，大兵压境，匈奴自知无法抗衡只得屈服。

苏武要回去了，19年啊，出使匈奴时风华正茂，回朝时已经白发如雪了。李陵眼泪长流，最后为老朋友吟了一首：径万里兮度沙幕，为君将兮奋匈奴。路穷绝兮矢刃摧，士众灭兮名已隤。老母已死，虽欲报恩将安归？

走过万里行程啊穿过了沙漠荒野，为君王带兵啊奋战匈奴。归路断绝啊刀箭毁坏，兵士们全部死亡啊我的名声已败坏。老母已死，虽想报恩何处归？

胡天玄冰之地，李陵的心碎了一地，疼得万箭穿心。我的故乡啊，此生再也不能回去了。他的心里，始终堵着块垒不能消散，无法消散。他只能把剩下的日子扬在风里。凉秋九月，塞外草衰。夜不能寐，侧耳远听，胡笳互动，牧马悲鸣，吟啸成群，边声四起。晨坐听之，不觉泪下。嗟乎子卿！陵独何心，能不悲哉！

心不甘，心不甘。多少苦楚，独自咽下。疼到深处，孤单疗伤。亲人啊，故乡啊！

每读到此处，我的眼泪就流成两行。汉人重根，可是，家是回不去的家了，朋友要相隔天涯，此生再也不相见了。凄惶，心碎成粉齑。

听古筝《苏武牧羊》曲，那么忧伤。总觉得，那凄悲的韵律里面，还有穿胡服的李陵——他的眼泪，慢慢蹚过茫茫荒漠胡地，孤寂，辛酸。

三、乡野流寓，葛衣翁

流落他乡居住的人，就叫流寓。

葛衣翁就是一个。这个故事记载于《五凉志》，明朝的故事。

说，葛衣翁，不知何许人也，身穿葛衣，披发垢面，在金城乞食，极其苦寒。金城就是兰州。葛衣自然是很单薄的衣裳，不能御寒。兰州的冬天，那可是冷得够呛。总之，这个人非常可怜。

后来，他一路乞讨，流落到河西平番"佣于鲁家"。平番是现在的永登县。这个鲁家，大约是本地的大户人家，有钱雇佣。

河西的乞丐不是葛衣翁一个人，所以史记里是不会留意的。但偏偏就记下他了。为什么呢？因为这是一个来历不明，且非常奇怪的人。

葛衣翁到了鲁家，日子慢慢好一点了，有了羊皮袄。但是，他的举动很奇怪：渐得值，买羊裘，必覆其故葛，破缕缕不肯弃。

葛衣几乎穿成破索索了，还不肯丢弃。羊皮袄虽然暖和，但不如葛衣有感情，不能丢，不忍丢。

蹊跷的事情还在后面呢：作苦自吟，或夜哭。

鲁家的人常常听见他在夜里喃喃自语，然后哭号，非常凄惨。别人问，你叫什么名字？他说，葛衣翁是也。又问，你从哪里来？他低头沉默不语。

这样一个人，自然不是普通的乞丐。但是，没有人知道他的底细。

后来，明朝的永乐年间，一小撮蒙古人骚扰河西，朝中宋将军出兵河西，路过平番县的鲁家,和葛衣翁不期而遇。宋将军居然认识葛衣翁,想和他说话,但葛衣翁却不说,躲避到南山去了。别人问京朝来人,这个葛衣翁,到底是谁呀?都有什么来头啊?来人也不回答。

过了几日,等京朝来人走了,葛衣翁才从南山回来。后来,就病了,他答谢主人的收留之后,就说:"我死,有西北大风起,火我,骨灰扬之,勿埋我骨。"

他真的死了,鲁家就依着他的遗言照办了。

河西历来是土葬,没有火葬。大家都愈发觉得这个人奇怪。

《五凉志》最后记了一笔说:盖建文之遗臣也。

大概是建文帝的遗臣?读到这里,总有些心不甘。我不知道这寥寥数语的背后,是一个什么样的故事。但无论什么故事,都足以让人凄惶。葛衣翁,到底是什么人?

于是查资料,就查到一个关键的词:"靖难之役"。有了这个词,葛衣翁的故事才清晰起来,完整起来。晚上睡不着,慢慢梳理这个故事的脉络。

明太祖死后,建文帝即位。藩王们手握兵权,势力强大,建文帝决定削藩。坐镇北平的燕王朱棣起兵反抗,挥师南下,史称"靖难之役"。

建文帝失利后,在宫里放了一把大火,就失踪了,历史上一直是个谜。燕王朱棣做了皇帝之后,一直在寻找他。据说,郑和下西洋也是为了寻找建文帝。

另一本河西地方志说,葛衣翁就是这个时候,随着建文帝出逃的。葛衣翁真实的姓名叫赵天泰,陕西三原人,是明朝的翰林院编修,一个地道的文人。

建文帝出逃时,最贴身的近臣九人,是杨应征、叶希贤、程济、冯榷、郭节、宋和、赵天泰、朱景先、王之臣。一路奔逃,兵荒马乱中又失散了几个,被人们指认出来。程济、郭节、宋和、赵天泰及失踪皇帝,在史书上不知所终。

民间传说,他们都出家做了和尚,隐居甘肃的某个深山里。

但赵天泰没有做成和尚,逃亡途中失散了。葛衣翁流落到金城,披葛衣乞讨为生。建文帝去了哪里?他身穿的葛衣,也许是君臣离散之时,约定的一个信物。朱允炆这个人不暴虐,很仁厚。所以,赵天泰的葛衣哪怕破成索索掉掉,依然不能更换。若是他日君臣相见，葛衣为凭啊。

我想，他大约是知道建文帝的下落。他在河西，佣于鲁家，彻夜哀号，是一种不能相见的彻骨悲伤。

"行乞金城哭未休，河西还是葛衣游；莫愁缕缕不堪著，六月君王尚敞裘。"读来，心里一酸。这是一个书生的气节和哀愁。

宋将军回去之后，一定会把葛衣翁还活着的消息传给朱棣。齐泰、黄子澄、景清等人已经被整族整族地杀掉了，有"读书种子"之谓的方孝孺，九族全诛，这还没完，十族被灭。他区区一个赵天泰，何足挂齿。

葛衣翁交代了后事，答谢了鲁家，从容死去，连尸骨也不留。建文帝在哪里，谁也不知道了。不出卖，不背叛，气节不改，这是一个文人的浩然正气，一个铁骨铮铮的汉子。

葛衣翁，一个流落到我们河西的文人，用他的气节，载于五凉的史册，尽管没有姓名。人们都记住了一个文人，在贫寒里坚守的骨气，坚守的一缕人间真情。康熙四十四年（1705年），河西监收厅金人望为之建祠堂，和御史包公合祀，名曰"二贤祠"。

河西人尊称他为葛衣先生。建文帝在哪里并不重要，朱棣是魔鬼还是天使也不重要。重要的是，葛衣先生一个文人的品德之贤。一声先生，多少敬慕。

四、包节

和葛衣先生合祀为"二贤祠"的包公，名字叫包节，字元达，号蒙泉，江南华亭人。他留名地方志的原因很简单，流落到了河西，是个善良正义的文人，两袖清风，值得百姓敬重。

包公是个单亲家庭的孩子，年幼丧父，由母亲杨氏一手拉扯长大，教读甚为严厉。嘉靖十一年进士，后为御史，湖广为官。

做官后，为官清廉，脾性刚直，奉养母亲，兢兢业业做事。嘉靖二十三年（1544年），任御史，曾劾兵部尚书张瓚纳贿。后来，包公出巡湖广，遇见显陵守备中官廖斌。

小人具备的劣根性，廖斌都有。阴险，毒辣，骄横无礼，欺压百姓，搜刮民脂民膏。百姓们听见朝廷来人，就纷纷状告廖斌，说他庇护奸豪周章等人，罗列罪状无数。

包公查实后，先斩了周章，打算下一步收拾廖斌。可是，廖斌之所以敢胡作非为，是有人给他撑腰哩。他立即上书朝廷，诬陷包节不先谒皇陵为大不敬。明世宗大怒，将包节发配河西庄浪卫。

包公的结局如此凄惨，是因为小人给他编造的罪名。明世宗朱厚熜不是太子继位，是外藩继承皇位。他很在乎礼仪名分的事情，礼仪之争是他上任后的第一件事，和杨廷和等朝臣在议父兴献王尊号的问题上发生争论，史称"大礼议"之争。

可见，廖斌是知道皇帝的心思的。他告状说包节不守礼仪，是大不敬。所以，明世宗大怒。

包节收拾东西，独自来河西。边塞之地庄浪卫，满目苍凉，荒山连绵，大风吹着黄沙飞扬，他非常想念母亲。母亲老了，非但不能服侍，还要为自己担心。孤身在异乡，一身抱负不能施展，想做的事情做不成，包公的抑郁可想而知。

后来，他的母、弟相继去世了，可怜他连回去看一眼都不能。包节悲痛不已，昼夜啼哭。亲人都走了，丢下他一个人，这光阴，已经寒凉之极。他悲伤过度，不久病卒。

地方志里还提了一笔，他著有《湟中稿》，辑有《苑诗类选》30卷，《包侍御集》六卷及《陕西行都司志》《四库总目》并传于世。

读到这里，读到的是一个文人的善良和悲悯。

我们总是说，历史会记住他的。每每这样说的时候，是多么的苍白无力和悲伤。冷暖自知，他的清寒，他的屈辱，他的悲愤，他的壮志未酬，不是这样一句话所能弥补的。

历史只记住了他的一丝温暖，而他自己，带走了光阴给予的累累伤痕。如果有来生，他愿意只为一缕清风，吹过河西的荒地。

五、柔然

一开始，我还不知道柔然人。

后来读地方志的时候，才发现还有这么一个部落。那时候，北魏拓跋焘不远千里而来，率军攻打姑臧城。姑臧就是武威。守城的是北凉王沮渠牧犍，就向柔然求救。结果，还没等来柔然人，拓跋焘就攻下了姑臧。

再后来，沮渠牧犍的弟弟沮渠无讳因不敌北魏，便一直西逃，到了高昌。过了两年，柔然人攻占了高昌，北凉灭亡。

读到这里，才知道有这么一个部落。读书最最有意思的事情是，你读着读着，正在大路上走，突然就发现一条岔路，花乱开，风随着意思吹。便丢下北凉，顺着这个岔路去看柔然。

柔然人生活在漠北。北魏拓跋焘很阴险，说柔然人没什么智慧，打仗总是吃败仗，跟虫子也没什么两样。于是，北魏人就把柔然人叫"蠕蠕"。打了败仗的柔然，自然要拿很多牛羊皮货给拓跋焘。

匈奴虽然被汉朝皇帝称为奴，但还包含在人类里。而这拓跋焘，直接把柔然人称作虫子，真是悲惨。

实际上，北魏拓跋焘和柔然同祖源，是鲜卑人和匈奴人融合后的部族。拓跋焘荫护着自己的部落，恣意欺凌邻居们。把邻居们的财富，都转移到自己的囊中。他不说掠夺，只说，蠕蠕们没有脑子，虫子一样。

他们都穿着毛裘、皮裤褶，不停地打仗，南凉，北凉，北魏，柔然，卑禾，乌啼……

他们也不停地和亲，我家的公主嫁给你家的王，你家的公主也得嫁给我家的可汗……

最让人惊讶的，是柔然人的婚姻习俗。

柔然强盛时期，东魏王高欢想和柔然和亲，就为世子高澄求婚。柔然可汗阿那瑰说，高王自娶则可。他是怎么想的呢？放着同是适婚年龄的世子不嫁，却把女儿嫁给这么一个老翁。

柔然公主是个生性倔强的女孩儿，一辈子不说汉话，只说柔然话。她肯定不喜欢高王这个老翁，只喜欢打猎射箭。据说她射箭射得好，天上正飞的乌鸦都能被她一箭射下来。不知道能不能射下麻雀。

后来，高欢去世，高澄继位。按照柔然习俗，高澄继娶了公主，还生了小孩。

读柔然，都是些历史老把戏，打来杀去，攻城抢牛羊。只不过，胡人打仗，都不怎么用计谋，两下里大喊几声，就开始厮杀。因为伎俩用得少，所以被北魏拓跋焘叫作"蠕蠕"。

读了许多，别的都忘了，只记住了这个气得翻着白眼仁的公主，她是那么的沉闷，一句话也不想多说。

他们都叫她"蠕蠕公主"。一个女人的命运，幸与不幸，都成为历史。只是我读到她的时候，心里有点疼。那疼，隐隐的，不锐，像怜悯。

六、车师

有个故事说，很久之前，两个西域王，鄯善国王和车师国王，他俩结伴去中原朝觐汉皇帝。返回时，一路颠簸劳累，都病倒滞留在姑臧城里。

有个算命算得很好的人预言说，一个国王能回去，一个就回不去了。大家都不信。一个月后，车师国王病好了，顺利回西域去了。鄯善王却一病不起。后来，鄯善王的病没有好起来，无常了。这个算命先生就得到了重用。

回去的车师国王，就牢牢守着他的一座土城。据说，车师城很奇怪，不是修建出来的，而是从地上挖出来的一座城堡。车师在西域嘛，不下雨，天气总是旱，挖的土城结实得很。

匈奴和汉朝要想打通西域，都要经过车师。汉朝不断派来使臣，而匈奴又虎视眈眈，所以车师城要费尽心思挖坚固才行。车师人在地面凿洞为室，不留窗户。

城内的街道也是挖出来的，城墙也是挖的，减地留墙，也算是创举。一座城，是严严实实的军事堡垒。

夹在汉朝和匈奴之间的车师，充满了警惕。不过，无论多么戒备，匈奴还是忍不住先打来了。汉朝很着急，匈奴得了车师，等于截断了汉朝走西域的路。于是，征战是不可避免的。中原王朝与匈奴在城下多次交锋，争夺激烈。

匈奴和汉朝打仗，车师就是墙头草，哪边风大哪边倒。历史的记载很冰冷，只记载一次次的厮杀和胜负。至于百姓的疾苦，伤痛，从来都是不提及的。

可怜的车师，在风雨里努力保全自己的部落，但是，这是多么艰难的保全啊，不惜背信弃义，不惜被人嘲笑。身在低处，实在无法持有尊严和正义。

我总是想那座奇妙的土城堡。他们挖出很宽阔的城墙，街道，房屋。如果没有战火，街头巷尾，该是怎样诗意的光阴啊。也总是想，我的朋友姓车，他们村都是车姓人家，会不会就是车师人的后裔啊？

七、乌孙公主

吾家嫁我兮天一方，远托异国兮乌孙王。穹庐为室兮旃为墙，以肉为食兮酪为浆。居常土思兮心内伤，愿为黄鹄兮归故乡。

汉朝的公主，遥遥乌孙，马嘶风劲。嫁到了胡地，想回故乡，可就难了。乌孙公主刘细君自然是知道这个道理的，可是，想家是一件忍不住的事情啊，走路想，吃饭想，做梦也想。

和亲这件事，估计是汉人先发明的。汉人一和亲，胡人立刻也学会了，和亲和得比汉人还熟练。汉人打仗，用了一点兵法，胡人才明白，打仗也可以用阴谋诡计。于是，他们的诡计比汉人还要多。这就是一种效应吧。

老朽的乌孙王昆莫猎骄靡去世了，细君公主给汉武帝传书说，我想回到家乡啊，一刻也不想留在胡地了。住帐篷，食肉酪，听不懂胡人的话，真是凄凉。孤单也就罢了，还有他们的风俗，怎么可以忍受？

胡人的习俗是新王要继承旧王的所有妻妾，也就是说，细君公主要改嫁给猎骄靡的孙子岑陬。这可真是悲惨的事情。胡人的审美观念，是以健为美。女人要高大，柔美，丰胸肥臀才是美。汉人的公主，都娇小，赢弱，不堪一拥。可是，胡人还是要娶汉人女子的，因为汉公主受到的教育是良好的，有智慧，生养的孩子亦会聪明绝顶。

汉武帝回信给细君公主说，你安心在胡地吧，接受他们的风俗，我年年会派使臣来看望你。我们要联合乌孙共击匈奴的，你在乌孙，我心里踏实。

大概，匈奴人也有这种想法，就把匈奴公主也送给乌孙王。悲伤的细君别无选择，成为岑陬的妻子。汉朝，汉朝，梦思魂牵的家乡啊。

汉武帝征服匈奴的梦想里，浸透了一个女孩儿哀伤的泪水。大雁天天南飞，云中寄锦书，胡地不闻乡音。这辈子，再也回不到故乡了。陌上花开，桑麻人家，汉朝的衣裙，汉朝的味道，再也无法相见了。

隔着几千年的时光，能听见一个女孩儿一滴泪珠的滴落，和一声哀怨的叹息。

八、西夏的火蒺藜

西夏，是宋人对党项人的称呼。他们称自己，则为大夏。党项人和邻居们常年打仗，宋朝吃过大亏。他们还和金朝打，也自相残杀，最后被蒙古人灭掉。

凉州出土了很多党项人的兵器，火蒺藜你可能没有见过。

西夏的火蒺藜，是瓷的，不是铁的。那时候，凉州是西夏的辅都，大量烧制瓷器，顺便就烧制了火蒺藜。

还有一种兵器，类似火蒺藜，不过样子很像狼牙棒，大很多，也是瓷的，长满了刺，大约有小一点的西瓜大，手雷一样。它更像个愤怒的刺猬，锋芒鼓胀，还有把儿。

西夏缺铁，不缺土，所以瓷兵器烧了一窑又一窑。

凉州出土的西夏瓷火蒺藜，一枚为黑釉的，不过残破了。孙寿龄老人成功地将它复制出来，跟原来的一模一样。另一枚是完整的，绿釉，瓷刺尖利，闪着寒光。

凉州还出土了西夏的火炮。铜的，铸造有些粗糙，前膛，药室和尾銎，銎内还遗存火药和铁弹丸。这个火炮应该是使用过的。西夏李德明倾力向河西走廊发展，南击吐蕃，西攻回鹘，拿河西当作老巢。

党项人不仅创造了文字，还热衷于各种武器。他们一边印刷大量的佛经，修建寺院，传播佛教；一边制作各种武器，和邻居们打仗。

火蒺藜是空心的，填满炸药，那些咋咋呼呼的东西，相当于炸弹，杀伤力非常大。火蒺藜和瓷狼牙棒浑身的这些刺儿，分散了着力点，掉在地上并不破碎。炸药爆炸后，这些刺的杀伤力可是巨大的。

我的印象里，西夏人应该是擅长刀枪弓箭，炸药是汉人的事情。谁知道西夏人居然也这么嗜好炸药，而且把火蒺藜设计得如此威力无比。

这个火蒺藜，应该也可以当地雷用吧？西夏人拿着它是怎么打仗的呢？西夏的史记里一定是写清楚的，只不过，大量的西夏资料被外国人盗走了，我们找不到。

凉州自古就是战略要地，党项人自然是深知的。他们以凉州为辅郡，历时200多年，在凉州烧瓷器，种粮食，牧马……

西河产骆驼。西夏人组建了一支骆驼队，叫泼喜军。其实骆驼也不是很多，几百匹。但这是一种强悍的骑射兵种，骆驼背上载着旋风炮，抛射拳头大小的石头，威力十足。河西出土文字的残片里，断断续续记载着一场场征战的痕迹。

大约，党项人是用火蒺藜抵抗蒙古人的。成吉思汗灭西夏，惨烈的战场在河西的沙洲，肃州，甘州。甘州城是成吉思汗亲自攻陷的，因为抵抗非常顽强，火炮火蒺藜交替使用，蒙古人攻不到城下。但是，围城持久，火药用光之后，就被攻陷，然后被屠城。凉州守将斡扎箦投降了，凉州是西夏的辅都，寺庙林立，人口稠密，粮食满仓。若是被屠城，太惨了。

西夏人的骑兵叫"铁鹞子"，也是非常厉害的。还有步兵，叫"步跋子"，翻山越岭，健步如飞。西夏军作战，重甲骑兵铁鹞子为前军，突击敌阵。步跋子跟后面。铁骑突阵，阵乱则步跋子冲击。打埋伏仗的时候，步跋子藏在路边，用钩索绞勾对方的战马，铁鹞子随后杀来，配合得很默契。所以，西夏也鼎盛过。

后来，漠北的成吉思汗实崛起，拆散金夏同盟。等西夏和金朝相互残杀得差不多了，他收拾残局。西夏内部也多次发生弑君、内乱之事，慢慢趋于衰败崩溃。最后亡于蒙古。

顺着河西走廊行走，沿途是古长城，烽燧，古城堡，寺庙，还有很多古战场，都是光阴里遗留下来的印痕，苍凉而悲壮。

戈壁滩里，随便踢一脚，说不定就会踢出一个生锈的箭镞。随便挖几尺，就会挖出残片断瓦。刮着大风的时候，古战场上马嘶人喊的声音循风而来。那口音，有胡话，也有汉话。一片旷野里，细细看，黄沙起伏，是一个废弃的城堡的轮廓，延绵盘桓。一场杀戮，一个城池就消失了，在沙漠里留下一点根痕。

西夏研究所里，有复古的火蒺藜，瓷手雷。我摸了摸，凉凉的，冰冰的，寒意渗进骨头里。

九、黑水城

成吉思汗围攻黑水城的时候，整个西夏已经摇摇欲坠了。山雨欲来风满楼，西夏的气数，快要尽了。

西夏的君王们为了王位自相残杀，后宫里尔虞我诈，阴谋阳谋，使尽手段，朝臣们像海绵一样吸榨民脂民膏，百姓饿着肚子放羊种田。泼喜军和铁鹞子都去攻打金朝，抢人家的财物，把自己的欢乐踩在别人的苦难之上。只留下步跋子，看守一个千疮百孔的王朝。

成吉思汗从漠北打马而来，他轻轻一笑，西夏，像一截朽木一样，已经无法抵御他的进攻了。

黑水城，是党项语命名的。党项人叫黑水为额济纳，黑水城就是额济纳城。这个远在沙漠里的城，是他们的命根子。城内的寺院里，僧人和信徒正在印制佛经，各种作坊叮叮当当忙着干活儿，百姓挑着筐抱着娃儿，从街上走过，兵士正在操练，一派繁荣昌盛的景象。可是，成吉思汗来了，这一切都将会毁灭。

更重要的是，黑水城里，珍藏着整个西夏的文化。西夏文、汉文、梵文、回鹘文、蒙古文、波斯文等书籍和经卷，雕塑，绘画……件件都是无价之宝。西夏与成吉思汗开战的时候，把很多珍贵的文史财宝都转移到了黑水城。大约，他们做了最坏的打算，万一丢失王都，可以退回河西，河西是党项人的大本营。而黑水城，是他们的老巢。

成吉思汗围住了黑水城，他要给西夏背后一刀。

这是个惨烈的故事：蒙古人断了黑水城的水路，而且，截断了地下水——他们一定是通晓水利的。没有水，一城人自然是活不下去。党项人在城里拼命掘井，眼见水渗出了，却又很快干枯，反复如此，一直掘到80丈。那生命的水，始终涌不出来。地下水的水眼，被围城的人堵死了。

援军是等不来的。城外的人喊话说，你们还是投降吧，王孙贵族们牢牢守在中兴府，保全自己，哪里有力气来给你解围。绝望的黑水城统军黑将军，拒绝投降。他把全城的金银财宝，文史资料，珍贵的书画雕塑，都投到干枯的井里。最后，把自己的妻女也投进去，说，你们是主人，守着吧，这是整个大夏国！我要和兵士们突围，若生，是天佑。若死，命该如此。

士兵连夜凿通北部城墙，率城内尽数兵马冲出，杀出了一条血路，但最终寡不敌众，全军覆没了。这一天，黑水城的树木，都枯死了，顺着黑将军突围出逃的方向倒地而伏。树木也会流泪的。

这些珍贵的宝贝，成吉思汗的确没有找到。也许他根本就没有寻找，黑水城是他的了，再多的宝贝，都是他的。找与不找，都在城里。

悲哀的是，几百年之后，宝贝被俄国人科兹洛夫和英国人斯坦因找到了。这两个盗贼，在黑水城佛塔遗址，民居，寺庙到处深掘，搬运。大批西夏文献，佛塑、麻布和绢质佛画、金银、各种器皿、饰物、日用器具、佛事用品以及波斯文残卷、西夏文抄本残卷……没有一样幸免。

每当读到这些罗列的宝贝，我的心里总是抑制不住的悲愤，很想怒吼一声。盗贼们能拿走的，都拿走了。拿不走的，就地毁坏。那一地碎片，是西夏一地的残断光阴。那些珍贵的文物，涉及了众多领域，军事，法典，医学，占卜，民俗……承载着整个西夏的历史。珍贵的文物离开故土，流落他乡。黑将军在天有灵，也该哭泣的。可是，这个世界，眼泪是没有用的。

成吉思汗深谙此理，所以，他的强大，足以震慑一切。他知道眼泪没有用，说好话没有用，进献财宝也没有用，实力才是真本事。他跺一跺脚，大地都要轻微震颤一下。这是成吉思汗的王者霸气。

十、西夏艳后没藏氏

壁画上的西夏女人，高挑，丰腴，大脸盘，明眸大眼。她们都不瘦，但非常美，非常妖艳。真正的美，是健壮之美，不是病态美。最美的西夏女人，应该是没藏氏了。

那时候，她还是西夏大臣野利遇乞的女人呢。她骑在一匹白马上，迎风回眸，就看见了英姿飒飒的西夏王。王白色的战袍在风里扑闪，眼神也在扑朔迷离。李元昊从此心神不宁，他说，牡丹花一样的美人啊，得不到你，我活着有什么意思？

西夏王，真的很凶残，不要以为他多么柔情。他的刀剑上闪着寒光，一个野利遇乞算什么呢。他多么喜欢没藏氏啊，想一想都要发疯。李元昊拔剑出鞘，寒气三尺，咄咄逼人。

李元昊如愿得到了党项美人没藏氏。妖娆的美人，环绕着玛瑙一样的光泽，该是怎样的勾魂摄魄啊。她让一个脾性暴虐的男人乖顺得孩子一样。火炉上的铜壶里，一壶清水正在沸腾着翻滚着，像一朵透明的牡丹，开得轰轰烈烈，恣意妄为。

没藏氏，这个优雅的女人，妩媚一笑，亲手沏茶，递给她的王。王是断然无力抵御那低眉的一瞬的。这样风情的女人，就是让男人来怜惜的。王肯定是这么想的。

王不能把她留在宫里，因为皇后不高兴。美人出家了，在寺院里独对青灯。好像，也不是寂寞的，王频频驾临寺院，与美人在戒坛寺秘密幽会。情爱是无法阻挡的事情，尤其是王，他是疯狂决绝的一个人。

贺兰山的秋天，麋鹿正肥，野羊成群结队。王的烈马嘶鸣，美人拉弓追射。胡人喜好打猎，不然，浑身的力气可就闲着呢。青草尖已经泛黄，大野里清风花香。王笑着，心满意足，摘去她发髻的一粒苍耳，还有衣襟上压碎的一瓣花瓣。这花瓣，是秋藏着的一枚胭脂红的小笺，在冬天来临之前苦苦挣扎。最后一朵花了，一个西夏侍女叹息一声，穿上羊皮坎肩。

彪悍的西夏王总是一身白色的袍衫，头戴黑冠，身佩弓矢，骑在白色的烈马上，招摇过街。随从骑兵几百人，铁蹄咔咔踩在路面上，浩浩荡荡。

青色伞盖下，端坐风光无限的没藏氏。全城的百姓脖子扭成麻花，争相观看美人。这时候的没藏氏，已经成了没藏皇后。而野利皇后，被废为庶人。

美人，总是多心机。从情人到皇后，她似乎是不怎么费力就达到了。

直到几年后她在贺兰山被刺杀的时候，还是那样酣畅自如，那样豪放华丽。她喜欢打猎，喜欢热闹张扬的排场，马嘶人喧哗。结果，在灯火通明的打猎归来途中，香消玉殒了，她还未来得及忧伤呢，还沉溺在奢侈的梦里没有醒来呢。

早在几年前，她的儿子还不满周岁的时候，西夏王李元昊，被他的儿子宁令哥刺杀了。李元昊疑心甚重，一辈子杀人无数，剑下白骨累累，连自己的女人也不放过。史书中记载，九个妻妾都被弑，只剩下个没藏皇后。

大约，没藏皇后美得邪乎，他还未来得及厌倦。大约，他们相处的时间也不算长，从情人这个角度来看，有些冒险的快乐。费心得来的，总要珍惜一些。

那一年，没藏皇后看着怀里的婴儿，刚满周岁，有些悲戚。她说，大雪要来了吗？侍女却低低地说，你看，那儿还有一朵白菊花呢。青石头的台阶下，真的还有一朵小白菊，开得很憔悴。秋已经衰老，鬓发间别着一朵惨然的花儿，兀自挣扎。西夏吐出一口惨白的痰，跺跺脚，冬天要来了。

第二天，果然是清霜一地。房屋裹着一身清冷，她裹着重重巫气。一块牛骨头，刻着党项人的誓言和愿望，被手摸得有了包浆。她相信，这是有祖先血脉的东西，拿它来占卜，可以预言未知。忧伤，颓迷，是福是祸，不是她自己可以主宰的啊。

可是，她的忧伤，也是短暂的，随即就被硕大的喜悦代替了。她有个好哥哥撑腰，让她的儿子继位做了王。没藏美人可以垂帘听政了。整个西夏，在她的手掌里盈盈一握。她扑哧一声笑了。可惜，没有笑到最后。

这是看到的一段资料，简约地概括了没藏美人的一生：1047年没藏氏生子李谅祚。1048年，李元昊被杀。其子以一岁幼龄继位，西夏的大权掌握在没藏氏和其兄弟没藏讹庞的手里。1056年，没藏氏和多吃己在贺兰山打猎归来的途中，李守贵派人半路截杀，没藏氏逝。

他们说，多吃己和李守贵都是没藏皇后的情人。不过，谁知道呢。多吃己是武将，曾是李元昊的贴身侍卫，历经沙场的勇士。李守贵一介书生，领着几十个兵就敢行刺？

有人认为没藏皇后是被自己的亲哥哥没藏讹庞杀死的。因为没藏皇后十月被杀，十一月，没藏讹庞便把自己的女儿，小没藏氏嫁给年幼的皇帝李谅祚，册为皇后。西夏，紧紧攥在没藏讹庞的手心里了。

没藏讹庞也曾显赫一时，他随便一跺脚，一朝臣子就趔趄一下。不过，西夏最后还是被成吉思汗灭了。

我有个朋友，姓梅，体态高大，高鼻梁，大眼睛，鬈发，有一股子热烈劲儿。夏天穿了长裙，脚步轻盈。有时也开玩笑，说她真是劲健啊。她笑，睫毛一闪一闪。

梅姐家族是没藏氏的后裔。西夏灭亡后，没藏家族的一部分人逃到了青海，后来蒙古人继续追杀，他们又西逃，逃进青海的深山老林里，躲在世外过着光阴。

姓氏为梅，也是近百年的事情。没藏和梅，在她们的方言里是读音是一样的。胡人的发音，本来就很含糊。比如有个朋友，户口本上写柔措，她的口音念出来，也像若措，热措。

有时候，我远远看见梅姐从街上走过，裙角飘摇，长发飘飘，就会想起那个美丽的西夏女人没藏氏来。她们，都有一种力量的美。

十一、古浪清凉寺

这是个民间传说，只不过跟西夏有点关系而已。

我的老家古浪，有个童谣：

喜鹊喜鹊喳喳喳，门上来了个姑妈妈。姑妈姑妈你坐下，我给你说个唠叨话：昔日有个清凉寺，沙弥和尚把武习。那一年，那一日，乌云遮日妖魔出，杀了和尚烧了寺，灰堆里长出一棵树，夜长杆，日长叶，十年枝叶冒墙过。长城长，烽墩高，来了一只鹁鸪鸟，白日蹲树枝，夜里叫咕咕，咕咕咕，咕咕咕，金银财宝等着哩！谁能修起清凉寺，给他九井八涝池，落落墩底下取钥匙……童谣唱了几百年，清凉寺地下的财宝，却从没找到过。

清凉寺建在古浪的土门，是佛祖福地。西夏人是从河西发达的，而且信奉佛教，清凉寺自然也是他们重要的寺院。

清凉寺香火鼎盛，僧人众多。西夏昌盛的时候，组建了"铁脚僧"，几百僧人念佛，习武，守护着家园。盗贼不来，豺狼远避。

这一年，黑水城，沙州，瓜州，肃州，甘州，凉州，相继被元朝兵攻下，大军逼近古浪。蒙古多骑兵，大道上黄尘遮天，人喊马嘶。土门附近，都是旷野沙漠，没有深山老林可以躲避，百姓就遭殃了。

据说元军袭来的前一月，有个老道出现在土门城里，干枯得鸡爪子似的手里托着一个桃子，一路走，一路喊：桃好，手不好……百姓都懵懂，不能参透禅机。老道喊了几天，没有人理睬，叹息着走了。

元朝兵杀来，百姓才知道老道叫喊的意思——逃好，守不好。不过，已经迟了。大兵压过来，天上却刮起漫天黄风，天昏地暗。无路可逃的百姓都涌进清凉寺。

清凉寺被围，铁脚僧持棍护寺，两下里相持。元军依旧使出老伎俩，断粮断水。为了节省时间，元军把村子里的柴禾运来，放火烧，让烟熏，放箭射。

几百僧人只好弃寺突围。一场恶战之后，百姓逃出来了，寺院成了一堆灰土，僧人全部战死。元朝军马不停蹄走了，留下一地伤痕。

三年后，在寺院废墟上长出了一棵小柏树，见风流泪。村民说，僧魂附柏，清凉寺不灭。每逢初一十五，村人都要来焚香，怀念古寺和僧侣。

后来，柏树长大了，树上飞来一只鹁鸪鸟儿。它子夜鸣叫：咕咕咕，咕咕咕，谁能修起清凉寺，给他九井八涝池，罗罗墩下取钥匙……能参透禅机的人，得有佛性。可是，鸟儿鸣叫了好多年，都找不到这样一个有缘的人。它失望了。

有一天，鸟儿决定要走了。罗罗墩下的财门打开，99辆马车出来，金人，金马，载满金银，一路西走了。

车队在月光下浩浩荡荡地行走，穿过麦田的时候，遇见浇水的老农。老汉子很生气，说，你们碾压了我的庄稼。一队人马，不理睬他，继续走路，一声不吭。

老汉子抱住车辕，抢了一个遒桩子。车队却扬长而去，隐约，听见有人说，我们要去党家庄子。次日，才发现这个遒桩子是紫金的。

党家庄子在哪儿？谁也不知道。西夏亡后，党项人隐姓埋名，四处流离。河西的党项人，为了记住身世，都把自己的姓氏改为姓党。

十二、褐衫，毛毡，羊皮大氅

守边屯田的古凉州人，主要穿什么呢？粗布肯定也是穿的，皮裘也是穿的，但凉州人还穿一种衣服，叫褐衫。有一首古老的童谣：

东面个东来东面个东，东面个来了个孙悟空。我怎么知道是孙悟空？一个跟斗他无踪影。

南面个南来南面个南，南面个来了个老西番。我怎么知道是老西番？牛毛褐衫身上穿。

西面个西来西面个西，西面个来了个昴日鸡。我怎么知道是昴日鸡？骑的猫儿赶的猪……

古凉州人出门，身上披个牛毛褐衫，防寒，防潮。走累了，褐衫铺在地上当毯子休息。若是骑马，将牛毛褐衫搭在马鞍子上，当坐垫。

牛毛粗糙一点，纺成毛线，织成褐衫，口袋，褡裢。羊毛细些，柔韧度也好，就纺线，织成袜子、帽子、坎肩、靴子。还有驼毛，也是纺线织衫的。最早的骆驼，是胡人驯服的野骆驼，汉人不喜欢这种丑陋的家伙，叫声也难听。不过它的毛的确比牛毛要柔软很多，织成的褐衫也柔软，不像牛毛褐衫，硬橛橛的。

牛毛羊毛驼毛，都要在清水里洗过，一边晒，一边用柳条儿捶打，弹拨得毛虚浮起来，不瓷实才好。

乡村人家，纺线都在晚上。虽然忙了一天了，但不纺线穿什么呢，还得接着忙。一盏油灯，也许是清油灯，也许是羊油灯，灯花"噗"地爆一下，女主人拔了簪子轻轻挑拨，那光线，就倏然亮起来。

也有纺车。但最多的，就是纺坠。一根木棍，打磨光滑，下端坠一个砣，上端凿一个豁口。穷人家没有像样子的砣，就在木棍下端戳一个白萝卜当作砣。一个萝卜捻得蔫掉了，再换一个就是了。

凉州出土的纺坠，线砣是石头的，打磨得精致细发，看着都好。

牛毛羊毛撕均匀了，捻动纺坠，一缕缕毛线就拧紧了，缠绕在线杆子上，越缠越厚，等缠够一锭，取下来，再捻一锭。两锭捻成了，两股线合在一起捻，叫合股线。捻好的合股线，还要用一块破布慢慢捋过去，刺啦刺啦，把毛线打磨得光滑顺溜才可以织衫。

穷人只能织衫，有毛褐衫穿就很满足了，最多，再织一两条毛褐单子，当作被子盖。富人事情多，就织毯子，织口袋，织褡裢。奢侈的人家，还要织帐篷哩。

若是有多余的羊毛，就擀一条毡。洗好晒干的羊毛，弹蓬松了，洒上滚烫的开水，反复挤压，擀瓷实。一条好毛毡，可以铺几辈子。乡村人家，没有布单，炕上就一条白毡，两条毛褐被子，就是全部的家当了。

还有一种衣服，叫毡衣。就是羊毛擀毡的时候，直接擀成披风的样子，成为衣裳。毡衣不沾雨，多大的雨都湿不透。也防潮，铺在泥汤水的地面，酣然大睡。

一张百年前我老家的照片：一个高个子男人牵马而行，披着毛褐衫，穿着毡靴，没有戴帽子，冻得脖子缩着。马背上驮着半口袋粮食，口袋是牛毛口袋，经纬线密密的。

那个拍照片的外国人，不经意留下了百年前，河西日子里最寻常的一天。

至于毛被子，毛褥子，那是阔人家的事情。古凉州虽在边陲之地，可是京城里有的东西，凉州的富人都有。京城里没有的东西，凉州也有。比如羊皮大氅。

古时的皮匠很忙，凉州多牛羊，皮子就多。靠山吃山，靠牛羊，就吃牛羊。当然，大氅只能用羊皮，牛皮不行。

皮匠要把皮子泡在大缸里，熟。草木灰水里泡几天，捞出来，铺在地上，毛朝下，用铲刀刮皮板。刮一通，再熟，泡在芒硝水里。泡几天，熟好了，再捞出来，反复揉。这个揉皮子的过程，非常费力。我以为，天底下的手艺人，皮匠是最辛苦的，鞣制一张皮子，不知要花费多少力气和耐心哩。还有皮子的味道，真是难以忍受。而最好的手艺，大约是厨子了，一边吃，一边炒。

鞣制好的羊皮，柔软，皮毛漂亮。有的皮匠，也是会缝皮衣的。百姓人家嘛，就把皮子缝好，做成衣裳就行了，叫皮裀。白板的面子，毛朝里，非常暖和。皮裀也不能太长，不然干活不利索，顶多到膝盖处。

而贵族的皮大氅就很讲究了，要有专门的裁缝，衣裳很长，可以遮住脚面。还要一色儿的白羊皮，最好是羔子皮。不能白板穿出去，还要挂上布面子。黑色的，皂色的，都是最好的颜色。

凉州贵族们骑在马上，大氅是敞开的，露出羊毛的雪白来。大氅的面子是青的，黑的，庄严肃穆。仆人牵着马，后面跟着肥硕的狗，最好还有鹰，才威风哩。壁画上可以看到这样的场景，羊皮大氅的确让男人有一种风度和气势。

我想，凉州的那些王们，沮渠蒙逊，秃发乌孤，都穿着这样的羊皮大氅吧？他们在河西打来打去，抢来夺去，最后给他们温暖的，也只剩下一件羊皮大氅了吧？

十三、甘州的石头

昆仑藏玉，甘州亦藏玉。甘州的玉，也叫祁连玉，以墨玉闻名。

自秦汉起，甘州玉就是葡萄美酒的夜光杯，就是贵族腰间的玉佩，就是女子手腕的玉镯。多少光阴过来了，甘州玉，陪着时光数星星。

匈奴，西凉，西夏……王公贵族，都离不开甘州玉。碗是玉的，簪子是玉的，佛像是玉的，酒杯也是玉的……

在甘州地面行走，动不动就看见几块巨大的墨玉，杵在公园，杵在庭院，傲然的样子。心里暗暗叹息，甘州真是阔绰！

路过一个地方，朋友指着比我还高的一块墨玉说，你看，这可真是块好石头！那颜色，清凉，柔润，淡淡一抹墨色，美得心里蓦然一惊。暗想，这样的玉，雕琢成镯子，戴在手腕上，一走，仓啷仓啷响着，声音也清凉凉的，多么好！

很大很大的墨玉石，像一堵墙一样，横在水边，背景是一望无际苍黄的芦苇荡，暗暗的，有一种浩浩气势，藏着一种难以言表的清美。摸上去，石头凉凉的，滑滑的。石之美者即为玉，而这块墨玉，美得霸气，有石头王的气象了。

祁连墨玉古来有名。葡萄美酒夜光杯，匈奴人就是拿着墨玉的酒斛喝酒的吧？喝醉了还要戴着墨玉的镯子弹琵琶跳胡腾舞吧？西夏王的大殿里，几只墨玉的碗，注满了月光，闪着银子一样的光芒吧？

甘州的石头，总是这样细润地可着人的心思，怎么看，都好。若是那金丝墨玉，雕琢了砚台，研开墨汁，该是怎样的清雅啊！

至于透着一点翠绿的墨玉，雕成了一只茶碗，透着几分碧绿的光泽，细细看，简直奢侈至极。这样的茶碗里，喝什么茶都风雅到诗经里去了，细细啜饮的，不是茶，是古风。

最喜欢墨玉的镯子。莹润，清澈，风雅，暗暗沁入一种墨香，透着一丝儿绿光。璞玉浑金，看一眼，忍不住惊讶。也深沉，也惊艳，也风情。

美人如玉，就一定要像墨玉，深沉而收敛，有一份儿说不来的古韵和内涵，多么好。也是一份儿修炼已久的美德，凝练，清纯，是汉朝的字，唐朝的诗，宋朝的词。

男人亦可如玉，只如墨玉。这墨玉，浑厚，大气，诚心实意。飞扬的，是神采。亦是朴拙，稳重的，找不到轻的浮的东西。怎么看，都扎扎实实，都是可靠敦实。

没有雕琢的墨玉呢，也别有情致，很风雅。就那么放在书案上，读书累了，看一眼都好啊。玉是有心情的石头，也说缘分，只可遇，不可求。你看，墨色的底子，几脉白纹，树枝一样，枝丫盛开，清幽，安静。置于书案，映衬得每一粒方块汉字，都有了光泽，幽幽淡淡，有了书香气，有了文脉。

有一块墨玉，底子是掺了一点绿的墨色，不张扬，低调的浑厚，却天然地浮现着一只白狐，白得晶莹纯洁，神态妩媚。天，真是美得有了巫气。它的主人，一定是前世千万次的回眸，换来今生的邂逅。

一串玲珑剔透的墨玉念珠，乌漆，清凉，恬然。从手心里滑过，阿弥陀佛！

墨玉乃石之珍品。我的朋友说，玉要常常戴，玉认人，养生。我知道，每一块玉，都包含了一个人的心情呢，淡定，从容。玉是石头，但这石头，却渗进了一个人的神气。

　　墨玉，墨玉。乌云片、淡墨光、金丝须、美人鬓……每一个名字，都是温馨的美。我总以为，墨玉是文脉冉冉的，是文人的风骨，骨髓里沉淀了文字的清美。

　　中医说，正气内存，邪不可干。这样的一块墨玉，该是文人内心操守的一种正气和心境。美，而不妖娆。清，而不淡。正，而博大宽广。

寄居

陈蔚文[1]

"这是最最遥远的路程，来到最接近你的地方……你我需遍叩每扇远方的门，才能找到自己的门，自己的人……"

台湾民谣之父胡德夫首张个人专辑《匆匆》里的一首作品《最最遥远的路》。

一

它常在夜半响起，毫无预兆，咯吱一声或连续几下，木头或其他材质来自内部的断裂声，但它扛住了，呻吟几声，归于静默。

多在岑寂晚上，它咬了许久的牙，终于顶不住，在很黑的时分喊出来，顺带抻展下腰身。

上半夜呼喊的也许是书柜铰链，朝北的屋子让它有了风湿迹象；下半夜呻吟的兴许是衣橱里铝质挂衣杆，它日夜承重，扛着四季衣物，一刻不得松懈，终于在某个节点，它的内部感到了撕扯——像一枚骨刺骤然发作。它没有因此坍塌，

---

[1] 陈蔚文，女，1974年7月生。作品见于《人民文学》《十月》《大家》《钟山》等刊，获第三届"人民文学散文新人奖""谷雨文学奖"等。出版小说集《雨水正白》、随笔集《见字如晤》《未有期》《叠印》等十本。

像再疼的骨刺也不足以毙命，但它正无可避免地衰竭下去。物理学上，它被命名为"金属疲劳"。指在金属内部的应力集中区或微小缺陷处，因负重带来的压力越来越大，直至有天戛然毁坏的现象。

肉体的承重点在哪？与金属疲劳一样，时间带给人的改变也可能发生于一个率先点：某根掌管睡眠的神经，一颗松动的牙，第N节脊椎骨，或更隐秘的某个细胞壁。

母亲腿上出现些小白斑，去医院看，怕是"白癜风"或其他免疫系统类病。医生轻松告诉她，没事！老年性白斑，皮肤老化的正常表现，"因局部多巴阳性的黑素细胞减少引起"。母亲放心了。

假如有天，我收到这诊断，会怎样？是释然于它只是种无关紧要的皮肤病，还是难堪于肉体从此烙上"衰老"印记？

母亲从不保养，非但不保养，她长于糟蹋自己。我很少见有比她更不爱拾掇自己的女人。尽管这样，形貌清瘦的她看去比实际年龄要年轻十岁左右，这是所有见过她的人的共识，可这回，这些白斑确凿地为她的老去定了性。

还有父亲，我曾以为他军人的孔武会长久不变！他的血液似全由高度白酒勾兑，一点即着，不，有时甚至自燃！现在，他看来还壮健，每顿必喝二三两，但父亲确切地老了，夜里他醒得越来越早。他性子仍急躁，燃点却明显降低，尤其与家中孩子在一块儿时，他的血液从酒精转成了雪碧。

有阵子，他和母亲的老房简装下，他撸袖给我们看，手臂青一块紫一块瘀斑，他说收拾房子时弄的，有时自己都不知磕碰到哪，忽然就淤了块。父亲想说明他皮肤不受力，还有他对此的不以为然。我查了下，和父亲肤质没关，是"老年性紫癜"：由于真皮小血管脆性增加，以致皮肤受到轻微碰撞就会发生皮下出血。

我没告诉父亲这搜索结果，因为说了父亲仍会不以为然。

比他更介意他和我母亲的老的，是我。

明知他们一天天老去，过人生甲子后更以加速度老去，但我总佯装糊涂，以便继续我的任性，好把人到中年的压力理所当然地转嫁些到他们肩头。现在装也没法装了，他们各自以一项"老年性"开头为命名的病明确昭告了他们正在衰老之途上越走越远。

二

住校那几年，学校每到周末晚放录像，记忆里最惊悚的是部香港恐怖片：片中新妇的单人照上，身后竟有死去的前妻身影！拍摄时分明风和日丽，近旁无人——衰老及死亡，是否也如那尾随暗影，在某一瞬突附于人身后？

"真正的生物界，不允许有老年的存在，只要一衰老，立刻就会被自然淘汰。大概只有人，基于道德，会有老年的存在。而且会老很久，从60岁到80岁，到更老……"作家朱天心在访谈中说。

没错，动物老了会很快被捕食者盯上猎杀。如老狼，食物匮乏的冬天，它很可能会被其他同类残食。鹰老了连山猫也对付不了，据说它面临衰亡时，会找个地方自杀或等死。

人类向来鼓励争寿，高龄可纳入美德。人的老从社会学意义上来说是光荣的。童年，我常见欢送退休人员的蓝卡车驶过，人们簇拥着那位退休者（其中曾有我外公），敲锣打鼓地送他回家，作为工作生涯的圆满收场。不知为何，我从没觉得卡车上的主人公光荣，我只觉尴尬，这个人，老到再不能工作了！只能待在家，一日日昏聩颟顸下去！那绾在身上的红绸，分明是老的宣告，而他竟要穿街过巷！

老而弥坚、老当益壮、老骥伏枥……这些为老年生活打气的成语像鼓励一场冬泳赛事。有多少老年可胜任这场冬泳？多少老年在这场冬泳中感受的不是昂扬斗志而是沁骨寒意？

老外婆86了，外公胃癌辞世时她才50余岁，独自在城市过了近30年。儿女成群于她的"独自"却基本无助。她在哪个子女家待阵子都难免生出隙罅，这与她的耳背敏感不无关系，还有子女们不够充足的耐心。最后，她在三舅提供的一套一楼房子独居。子女中有几个定居外省，在本城的忙于工作家事，还能抽空去看她的，不过陪聊会儿天，吃顿饭。更多昼夜，她孑然一身。如有人傍黑去探，推门，她是昏暗的一部分。为省电，她待天黑透才开灯，"新闻联播"看完即睡。若白天去探，有时会在单元楼外，被一楼窗户后一张紧贴的荒凉的脸吓一跳！哦，是老外婆，她很少到院里来，似乎那会使她的孤独被公布，尤其院里其他有伴侣的老人的闲坐会令她的孤独越发暴露。她总不愿随我们去外头吃饭，她觉得自己的"老"不宜见人，包括常年有分泌物的眼睛（月子中顶着寒风过桥送货落下的病）和迟缓如盲人摸索的脚步——在她透支运转了86年的骨节里藏着多少锈！

"寿则多辱"。对老外婆来说，老是一个毋庸置疑的缺陷，像面孔的巨大粉瘤，像不便示人的残肢断面。她怕人嫌弃。

她在屋里是如何消化那夜以继日的孤独的，无人知晓。有时，她去子女家。走许多路，或坐公交。有次乘错车，到了一个很远的陌生地方，大日头下，也不知她如何兜转回的。多数时间，她去外头漫无目的地逛。有回父亲碰见她，下午两三点的街口，她立在那儿，惘然四顾，如迷路孩童。

周末倘有空，我中午去看她，提前电话，以免她即兴外出。听说我要去，她上午八九点即已把饭煮好！这天如有其他舅姨去，这顿午饭是热闹的，她屋里不多见的热闹，而我不忍想象我们走后屋内加倍的荒寂。

她和儿女间，有相互不能理解与沟通的隔绝。他们总因她过分节俭而生气叫嚷，在他们走后，她拔掉冰箱电源，端出藏匿的剩菜。她从不管什么食物保质期，那是贪生者才注重的。老外婆对食物的将就，在我看来，分明以损害身体为目的：锅里煮的总是些甜咸莫辨，成分可疑的食物。说到底，死，反过来成为生的寄托。在这终极寄托前，她对儿孙们永远有操不完的心，尽管这些操心在儿孙们看来毫无必要！她操心儿女身体、收入，操心在国外念书的20岁孙子的婚事（为此四处托人做媒），操心已婚的孙辈的生育问题（为啥还不赶紧生呢？！）及重孙辈们种种……哪家若有一点微澜她彻夜不眠，心忧如焚。

她是大脚，识字，会写毛笔字，她装了一肚子家族史，知道同乡汤显祖和《牡丹亭》以及许多庞杂偏方。她能饮，间或喝醉，儿女们闻讯前来料理残局，唯有讪默，面对养大八个儿女的老娘的一口悠长怨气无所作为——这无所作为，成因复杂，因为各异的性情，也因"八"这复数带给一段亲缘关系的损耗。这一切，注定无解。只有这个鬓如霜雪的老人受着怆凉的侵蚀，一如咸涩海浪中的浮木。

九月的某个清晨，86岁的老外婆在病痛中结束孤惶，葬回故乡的外公坟旁。从此，外婆再也不会迷路了！再也不必孑然于街头四顾，不必在傍黑的窗后默望邻人家灯火……

"从秦汉时代的炼丹术到未来主义者雷·库尔兹维尔预言的用来修复器官的纳米技术，人们一直在设法使自己的肉身能活得更长久"，按现代科学家的计算，人人都有望活到120岁（至今长寿纪录是122岁），可实现者寥若晨星。

敲敲打打，补残修漏，和一名匠人手头忙活的一样，对孤俜寡匹的老人，除去肉体之艰，更有精神之苦。即使没有疾病挟持，多数人比本应有的可能寿限更快地感到了衰惫！

"新西兰没有冬天。它所有的树一直绿着，绿到后来很疲倦。"人呢，一直老着，老到后来很疲倦。人类许多事不由技术，而由这族群多数人的深层意志决定。在技术之外，人们更凭借经验与感受做出有关生存的重大抉择。

三

光洁的红苹果。果肉结实多汁，咬掉外面一层果肉后，苦味突袭。果核已病变！一条虫或某种病毒从它内部发动攻击。

也像一些外表饱满的肉身，因命运某种不可知的旨意，从内在开始损坏。

近期L一直在网上与我讨论她的病。32岁左右时她查出卵巢早衰（女性在40岁之前，由于卵巢内卵泡耗竭或医源性损伤等原因，导致卵巢功能衰竭的一种内分泌疾病），几年前我见她时，这个娇小玲珑的新婚女子还热衷户外运动，怎可能与"早衰"有牵扯？

衰老，并非是按人体流程表严格执行的"程序"。好比一部新车，可能某个开小差的重要零件突然提前故障，而这零件恰属核心，决定整车能否正常运行。

L已在广州看了好一阵子病，中西医并行，"看病看得快破产"。仅一种药（含鹿胎等成分）就每月上千元。她和先生都是工薪族，以薪养药，可想而知。折腾这么久，卵巢检查每况愈下，例假都要借助药物，生育越发遥远。

她一直抗拒激素治疗，担心副作用，但在拿到一次检查单后，她开始了人工激素治疗，三盒一疗程。别无他途。中药抽象而玄学，那绛黑汁液何时能生效，是个未知。她等不了！

几年前我们在上海遇见时所谈皆是轻松话题，如今所聊全有关症疾。

她搜集方子的那个论坛，帖子的"楼"已盖得老高，许多与她类似病况的女子把这儿当成浮上来透口气之地，因苦痛近似，大伙相互鼓劲儿，一旦有某位好孕，马上成为论坛里公共的太阳，人人都希望这辉煌的幸运有天也能泽及自己。

激素治疗效果也并不佳。她再次开始中医征程，依然劳而无功……

她转向运动。瑜伽、跳绳、跑步。再之后，"每天都在喝当归汤，貌似也没用，基本绝经了，真正是不可逆"，最近一次，她说，不想再治，求医太累！身体吃不消。我打了几句话都删了，哪句发送出去似都不宜，都不足以承对36岁的她所负的压力，都显得有局外者的轻飘。除了同患本身，谁又能真正劝慰另一个卡在命运罅隙却不知该如何使力的人？

四

一年一度的四月村庄。

随母亲回故乡途中，远方一处散落的墓群。墓群入口处的暗红拱门上书四字："奋发图强"。

以祭扫之名聚拢村庄，走访村庄里越来越少的亲戚，以及田头地间越来越多的碑文上的亲戚。

相隔一年，地间又添几块碑。其中一块主人生于1975年，死于去年六月一天，福建打工返乡途中的车祸。碑上刻着他俩孩子的名字：从文，从武。

向山上走，每个坡度都错落排列一行碑石，碑上可见"嘉庆""道光"一些苍茫年份。褪色碑下，野蔓丛生。同行的孩子雀跃其中，为炸响的鞭炮，为当作武器的树枝，为一切令他们兴奋的自然事物。

死亡与新生此消彼长。

一方面是事物不可挽回的圮毁，另一方面，时光在其他批次生命上如此簇新，强壮！像此时正嬉闹跑过墓冢边的孩子。

一拨新的松针落下，其下是苍黄，腐化为肥的旧松针。生与死，停滞与递进，腐烂与光大……在这个四月的乡村山野无痕融合。

清明之后，这些墓重归岑寂，直到下次祭扫。鞭炮与香火中，完成仪式的赓续。

另一个墓群。去年深秋的墨尔本黄昏，大巴正等红灯。透过右侧的车窗，突然发现马路旁前方竟是一座墓园！一位吸烟的黑衣中年女子在园内打电话，高挑，优雅，样子松弛得像立在自家客厅。

她来看望哪位逝去的亲朋呢？

更远处，是教堂褚黄的尖顶，鸟从近旁掠过。

暮色徐徐沉垂，透过车窗我拍下这一幕。镜头隔得远，照片笼着层朦胧的薄翳，那层薄翳，更近似人世的炊烟。死亡并不会将逝者驱逐出活着的人们的空间，他们在精神上仍保持着平行的交往。这处墓园，不是经验中鬼魂出没的孤零零之地，而温煦弥布，似一支大提琴曲在上空回荡……

五

从抽屉深处翻出几张照片，照片上的男子坐在遮阳伞下，白夹克，白皮鞋，样子倜傥，有几分早年发哥的风范。他和身旁一个系围裙的黑人侍者咧嘴笑着，旁边商店招牌上印着"TIPTOZE"。

这名男子是？好一会儿，想起他是一位朋友的朋友，驻南非工作几年，给了我几篇写当地风土的稿，为配图，他寄来这帧照片。

我也才想起，就在半年前我才见过他！某餐厅，结束外驻的他约我和那位朋友一起，席上的他——我已完全记不起那张照片，虽才相隔六七年，他已无法唤起我对那张照片上白衣男子的记忆。眼前的他眼睛略肿，肚腹微腆，言谈里吐露世故的疲倦……和照片上那个眼角上扬，像随时会笑着弹起来请女伴跳支舞的男子判若两人！

再后来，听说他身体出了状况，朋友没细说，但似状况不轻。

我从此不再问他消息，潜在的不安像不能触碰的地下陶物，一见光便要化作齑粉！不问，才可保全一个人的生讯。

2013年2月的一晚，天将雪，路过家近旁服装店，进去看了下。好一阵没来，换了店员，顺口问起之前的女店员。新店员含糊其词，"走了"，当然走了，不然她怎么会顶替在此？

新店员犹豫了会儿，补了句，"不在了"。我吃了一惊！突然从她奇怪的神情里明白"走了"之意。

一直记得她坐在店里绣十字绣的样子。她不漂亮，只是看着沉静自若，每回我路过那家店，往里一瞥，她总在低头绣十字绣，繁复的吉祥字样，让人觉得，不管是"平安"或"如意"都那么千针万线地难以抵达！

她是个勤勉的店员，关门很晚，即使天不好的冬天。她和我谈论她上小学五年级的儿子，腌萝卜的做法（她带饭），她不怎么吃荤，包括石鸡青蛙什么，说看着畏怯。这点和我儿子乎乎一样，乎乎甚至不怎么吃鱼。看过钓鱼后，他为自己不吃鱼找到依据：觉得鱼垂死之状可怜……不怎么吃荤这点使我对她有了格外的印象。总有些人，譬如她、乎乎，天生有对另种生命的禁忌，让他们更具有温和的植物性。

对她"走了"的病因，现任店员含糊其词，似乎再提及很晦气，她神情隐含着些惊恐：她顶替了一个死者的职位！

出了门，前面小杂货店里有几位老妪围坐，在吟唱一种奇怪曲调。山歌？好像不是……

六

传来唢呐钹镲声，城市里这声响越来越少。在"树文明新风"的倡导及城市居民集体自觉意识中，它近乎绝迹，不过隔阵儿仍会响起一次，是执意以此方式向逝者表达哀思的家属请的乐队。

金属刮擦出的扁阔的嘹亮直抵云霄，探窗一看，不是出殡，是在办喜事！乐队奏的虽是喜乐，但在向来的条件反射中，它们在城市的声响必伴随凄伤，伴随麻衣白幡，蜿蜒地穿街过巷。即使酷暑，空气中回旋离丧的阴凉。

现在，它们为喜事而奏响，恍兮有错位感，又或突然置身乡村。在我二手的乡村经验里，喜与丧都少不了民乐器的传递。若是喜事，唢呐钹镲鼓吹出百鸟朝凤的欢庆；若是丧，一柄唢呐吹出月下悲河柴扉凝霜。

民乐器就在这两种情绪中游刃有余地转换。婚丧嫁娶，辞旧迎新，乡村人生命运轨迹的紧要关头必伴随它们。

而城市，喜与丧的标志性音乐基本是瓦格纳的《婚礼进行曲》与主旋律哀乐（据说由流传晋陕一带的民曲改编）。音律，像其他附着含义的符号，对世间事物归类定性：婚礼——欢快的，丧事——悲怆的。

但此刻窗外这支乐队（平日他们接的肯定多是丧乐活儿）有些把人搞蒙了！该切换到哪种情绪，受何种情绪的感染？欢乐？不，若只闻其声，乐队的吹打声固执地把人拖向白色回忆。乐手们的技艺平平，经由他们发出的乐声与在吹打生涯中为丧事奏响的旋律一脉相承。那么，沉郁？不，数辆婚车表明一对新人正喜结连理。

前年圣诞，在东京一间咖啡馆外见到若干白花圈，吃了一惊！与听到窗外的唢呐吹打声一样，惯性的条件反射是——里面在办丧事？却原来，白花圈在日本犹如圣诞树之类，表示祝福。那些精整的白花圈表述着另一层含义，多年来对"白花圈"的认知也在这瞬刻改变——

白色：冰冷的，悲戚的，消失的，深埋的。

在这个东京傍晚，白色也可以是——安谧的，优美的，祥静的。

在某种意义上，死是生的可逆性。

"花圈"这词语通向的道路发生了分岔。当那层向来的雾翳去除，它有了其他可能，不一定只象征阴冷的开放，它也可归入曙光、微风与落日圆满的阵列。

七

十几年没见她，我的邻居，她让人想起"银光灿亮的一瞬"。她经过之处，比如楼道总会留下股特殊气息，香水，或让人遐想的属于漂亮女人特有的味道。她那时大概三十几，常和朋友玩至夜深才回，门卫夫妇抱怨过几次，说是开锁声扰了他们睡觉。还有次暴雨夜她没带钥匙，门卫替开的。事后门卫气呼呼地说，"为啥不打个电话叫老公下来开呢！"。这句话揭示了她和丈夫的关系：他们不睦是公开的秘密，夹缠着外遇之类。有次她摔门而去，穿着高跟鞋的她冲下楼道，让人担心她随时会崴了脚！

中途我离开了若干年，当从外省回来听说她和丈夫闹到分居，搬出去了。此后一直没遇过她，她丈夫倒是常见，保持着多年前的发福，拎公文包，熊一般威严地下楼。

再遇上是酷暑的中午。起初我没认出，她在前面抱着个婴儿，兴冲冲地逗孩子。这院里总在添新生儿，没什么让人特别注意的。

突然发觉是她时，我惊骇了，是的，不止是惊讶！当她偏过脸，我认出了她，一刹晃过《天龙八部》中阿朱以易容术扮作老夫人戏弄鸠摩智一幕——比起十几年前，她凋败了许多。

那个婴孩，是她儿子的。她当奶奶了。她儿子当初读寄宿学校，很少见到。印象中是个高瘦男孩，承袭了她的骨骼。

她的脸，凋败得让人失落。只许英雄白头，不许美人迟暮的失落。

她坐在过道口小凳上，怀抱孩子，哼着曲儿。昔日醒目的漂亮荡然无存，她看上去溢满温情，平凡的人融入平凡空气的温情。

我走过去，她头都未抬，现在只有怀中这垫着口水巾的小生命，才能牵动她。

然后有次——她拎了兜菜，急匆匆上楼，三步并作两步，大概怕丈夫在家看不好孩子。她穿得家常，身上再没当年的香水味。开了门，她丈夫接过菜，像一对安度晚年的老夫妻那样。门关上了。我接着上楼。楼道安静。

……

越衰老，就越是回到了真样子，所有的诱惑都消失了，就安详了。悲痛，终于凝成了蜜。

杨键的诗也是献给她的吗？这蜜由多少酸涩与激烈酿成，欲望的脉息终于式微，浮躁的嚣音远去……她重归这个家，多了新的身份。或者说，新的身份使她回归了这个家。

老，犹如蝉蜕，从黑色十字形裂口中挣进而出，旧壳留在原地，新的那一具去向人生的另一个层域：那不再纠结皮相，实质越来越集中的所在。

人生的秋终于来了。安平静止，人去向了他的最深处。这身皮囊，人置身其中，同时身处其外。也许从这阶段，人与天命才真正合一，从"一朝风月"去向了"万古长空"。

再无什么可遮掩，所有玄机水落石出。

八

对桌姑娘放了一上午歌曲，我请求她别放了。

"那你想听谁的？"她边问，边关掉了歌。我想说，什么都别放，寂静比任何音乐都美。在这一刻。

喧嚣之后的静，就像渴极时的一杯水。

此刻的静，几乎让人期待必将到来的那场更寂静，像期待一场童年的雪。

乡村的游戏谱[1]

宋长征[2]

一、桃符，行走在木头里的钟馗

桃木剑：桃木剑是钟馗的咒语，唵嘛呢叭咪吽，谁懂？我也不懂，大概世间的小鬼能听懂。人在明处，鬼在暗处，防不胜防，只能寄托于一柄桃木剑，剑挑人间污秽事，棒打骇人骷髅头。人间与鬼界，不会太远，别的寄望不上，不妨交给钟大爷，妖精小鬼一拿一个准。

小时候过年，我比较讨厌炮仗，母亲去赶集，买一挂长的，叫鞭，买一些各自为政的，才叫炮仗。鞭燃放起来声音有点劈，没那么刺耳；炮仗点一个震耳欲聋，我用一根长长的烧火棍，点燃，丢下就跑。我说为什么过年放炮仗，刺耳不说，还吓人。抱怨完依旧穿入茫茫的夜色，去捡拾谁家的哑炮。

母亲说放炮仗是为了吓唬小鬼，过年了，大鬼小鬼赶着往家跑，希望也能和村庄里的人一起难忘今宵。我提出质疑，我们家什么也没有，一座房屋四个旮旯，小鬼来了图稀个啥呢？母亲不乐意，扬起巴掌说，大过年的不能老鬼呀鬼的，怕

---

[1] 原发于《山东文学》2016 年第 4 期；《散文选刊》2016 年第 7 期选载。
[2] 宋长征，理发师。中国作协会员，山东省签约作家。素描乡村物事，勾勒民间冷暖，感触大地心音，聆听天籁私语。著有乡土散文集《住进一粒粮食》《乡间游戏》。获山东省第三届泰山文学奖。

真是招来什么獠牙厉鬼，然后取一支桃木剑给我带在脖子上。

桃木剑也叫桃符，老祖母曾经在秋夜的满天星光下给我讲过一个故事。老祖母抿抿嘴，把我揽在怀里，就打开了一个有关鬼蜮的世界。很久以前有座山，山上有一株覆盖3000里的大桃树。说到这里，我"哇呀"叫出声来，那是不是有很多桃子，随便折下一根树枝都能填饱肚子。老祖母看我眼里放光，说就知道我又嘴馋。接着讲，桃树上有一只金色的大公鸡，每当清晨啼鸣时，夜晚出去游荡的鬼魂必须要赶回鬼域。鬼域的大门坐落在桃树的东北角，门旁站了两个神人，一个叫神荼，一个叫郁垒，若是鬼魂在夜间做了伤天害理的事情，神荼和郁垒就会将他逮捕，用苇芒做成的绳子捆起来，喂老虎。后来呀，人们为了吓退捣蛋的小鬼，就用桃木刻成两位神人的模样，辟邪去灾。再后来图省事，拿一块桃木板刻上神荼、郁垒的名字，也能达到鬼灾趋防的效果。

我手心里攥着桃木剑沉沉睡去，恍惚中听见老祖母叹了一声气——说鬼娃子啥时候才能长大。而后，睡梦中传来嘀哩的蟋蟀叫声。

在我印象中，好像从来没有怕鬼的经历，甚至幻想某一天，能与鬼魂邂逅。大鬼领着小鬼，男鬼带着女鬼，老鬼走在最前头，他们翻越山岗，蹚过村前的小河，在村庄的旁边，另建一座村庄，日子和我们村里的日子一样，就是昼夜颠倒。夜晚，一个村庄熄灭灯火，安睡。另一座村庄醒来，过着平普的生活，两下互不相扰，井水不犯河水。

但钟馗自有一套捉鬼宝典，什么鬼是好鬼，即使在阴间也能与人为善，什么鬼是坏鬼，因争名逐利化身为鬼，但仍然不能改变其贪婪作恶的本性，钟大馗——登记在案。

桃木制鬼，由来已久，《淮南子·诠言》说："羿死于桃棓（通棒）。"东汉许慎注："棓，大杖，以桃木为之，以击杀羿，由是以来鬼畏桃也。"是说后羿因为善射做了万鬼的首领，但是还是不能抵挡桃木做成的大棒子，一棒槌就能把后羿杀死，既然如此，天下所有的鬼魂也便领教了桃木的厉害，每见老祖母给我做成的桃符，必后退三舍。

桃符，钟馗，一个是草木，一个是神灵，无意间竟触类旁通，成了村庄的守护者。一起守护乡村的还有我们村的半仙爷，半仙爷早年家在关外，20世纪80年代为了分到一份土地回到村里，住在大队的牛屋里。每逢小儿夜哭，家里的大人就说去喊半仙爷。半仙爷到，摸摸小儿的额头，似乎就掌握了鬼魂的大致情况，嘴里念念叨叨，拿来一张黄表纸，以手指在纸上戳戳划划，点燃，取其灰烬，叠放进纸包，嘱咐：放在小儿枕下。最后，依旧是一支刻制精巧的桃木剑，用红绳拴系，可套在小儿的脖子上，自此可保无虞。

我非有神论者，但也不能不承认半仙爷的功德。遑论其他，单是可止小儿夜哭一事就让人百思不得其解。

千门万户曈曈日，总把新桃换旧符。钟馗藏身于一块小小的桃木中，大声喝道：小鬼哪里逃！村庄便又一次走进寂静平和的睡梦之中。

二、风语者

风车：风要说话，翻山过河，或低语，或悲号，或以头抢地，欲掘地三尺。风车转转，有四两拨千斤之功。风车最大的弊病就是不善奔跑，以至于造就平民英雄堂吉诃德伟大的一生。同样，乡野小儿亦有梦，临风而立，怀揣丝丝扣扣暮野之风，不到最后怎见分晓？

风从村庄里走过，携来庄稼的密语，风的本身具有某种神秘主义的特征，所以从来不和急剧的、奔跑的事物攀谈。树是静止的，在沉默中与节气对抗，渐渐适应了人世冷暖，春来吐绿，秋来落叶飘零。我有时会把自己想象成一个可有可无的静物，就像小时候坐在长长的河堤上，看风吹动森森的杞柳丛。

风从天上过，风从河道里爬上来，风从杞柳的腋窝里挤过来，就成了瘦瘦弱弱的一缕。被我拈在手中的一缕风，摇晃着虚无的尾巴，它要去哪里？它来自何方？它每日絮絮叨叨究竟在说些什么，最终会成为我穷尽一生的研究课题。

我想我是一个天生的风语者，在只看见村庄这个小小群落的基础上，试图用风的视角来看待外部世界。这没有什么不恰当，风走过一个地方就有一个地方的气息，风所携带的事物无非是那些见怪不怪的个体表征。风所留下的，当然是摈弃浮华之后的沙尘，翻开泛黄的旧时记忆，彰显出自然万物的清晰纹理。

没有玩具的童年，我只能一个人坐在低矮的院落里冥想，从一个放置锈迹斑驳的犁铧的角落，到另一个结满蛛网的墙角，寻找属于自己的小小快乐。风车，我能制作的就是用一张四四方方的纸片，裁剪成对称的三角，折叠，从扫帚上折下一根竹签，安插在秫秸的顶端。如此，就能在无形的风中奔跑，风车旋转。

邓云乡在《鲁迅与北京风土》里所写的风车，同样来源于民间制造，用秸秆扎成"日"字，"田"字，"品"字形的架子，用秸秆篾片圈成三四寸的圆圈，中间做一细轴，用白莲纸染上鲜艳的红绿，把圈和轴粘成一个风轮。再用胶泥制作成铜圆大小的鼓框，用两层麻纸裱在一起做鼓皮，制成小鼓。而后把风轮，小鼓装在架子上，后面绞一小棍，风轮动，带动小棍击鼓发声。如此，风轮不断旋转，小鼓便不断咚咚作响，赚足了孩童眼馋的目光。

我在奔跑的途中会停下，感受虚无的风，想象原本静止的风车为何旋转不停。这就像一个人漫长的一生，人是静止的，除了很难察觉的生长，在一座沉默的老屋中沉睡，在草木丰茂的田野上伫立，在面对苦难时凝神，在漫漫长夜中独语。而实际的情况是，人从来没有停下追逐的脚步，追逐缥缈的爱情，追逐梦中的奢华，追逐纸醉金迷之后的失落与空荡，追逐不可名状的追逐。这是一个有关追逐与静止的悖论，天有大美而不言，谁又能真正体悟到个中真谛？

堂吉诃德的风车是一个迎风站立在荒野的巨人，起码在理想主义者的眼中，每一个有形的无形的事物都有它自己的属性。我在手执一只纸风车奔跑的途中不知能遇见什么，别人不解的眼神？赶路者不屑的一瞥？或者猛然间从某个角落里钻出来的傻二，伸出脏兮兮的那双手，嘿嘿——风车，我要，风车——转转。我把制作粗糙的风车递给傻二，傻傻的笑声和一阵风一起奔跑，目的，和我们一样——通向或远或近的死亡。

从生到死是一个未知的距离，像一个简单的方程式，只看你如何求证，拆解。堂吉诃德的不朽，在于对骑士文学的痴迷，这个瘦削的、面带愁容的小贵族，骑上一匹瘦弱的老马，找了一柄生锈的长矛，带着破洞的头盔，说，我要去当游侠，为人民打抱不平，扶弱济贫。他雇了附近的农民做侍从，又把邻村的一个挤奶姑娘想象成主人，于是以一个未受封号的骑士身份开始了他漫无边际幻想的冒险之旅。

文学的孤独就在于会使一个孤独的人更加孤独，面对卷帙浩繁的经典，会天真地想到我也可能，也可能像一些大师那样写出流传千古的诗篇，以供后人叹服，瞻仰。这是理想主义的最高目的，用不停的书写代替有形的脚步。在一个研讨会上，一个小地方的作协主席说到一个 20 世纪 80 年代的文学爱好者，接到北京来函，说是一个全国规模的文学研讨会，他是获奖者之一，参会的前提就是要交数额不菲的会费。他卖了家中唯一的耕牛，不顾妻子的劝阻，就踏上了去北京的文学之路。回家，妻子带着孩子已经远走，徒留一座空荡荡的院落。

所有的人都在笑，我没笑。我知道其实有很多人像我一样，在乡间，在城市的某个角落，做着一件极为神圣却又极其冒险的事情。多年来养成的习惯，我会在劳作的间隙读书，写一些有关乡村的文字，看得开，有人会说那对文学是不尊重的，起码态度不够认真。试问，如果换成是你，一边是繁重的生活，一边是虚无的、可能无果的写作，除了看得开还有什么更好的方式么？

无形的风依旧在推动巨大的风车旋转，我们可敬可爱的受封的骑士堂吉诃德，又一次冲到风车面前。

风车说，来吧，让你的长矛更锋利，更准确一些，刺中我的心脏，刺瞎我的双眼，甚至把我打成残废，无论再大的风也不能让我再次复活。

风说，来吧，作为一个神话的始作俑者，即便不能逃脱被挑战、被诅咒的命运，宁愿伏在你的面前受死；或者说，当你足够强大之后，丢弃了所谓的封号，换上一匹俊美的坐骑，拥有世间最为坚固的铠甲，我会成为你最为忠实的仆人，浪迹天涯。

在一个信仰缺失的时代，我从风中走来，又无数次陷入风的围困。童年那只旋转的纸风车消失之后，很长一段时间，我在没有方向的旷野奔跑。我希望能听懂世间的风语，就像面对挚爱的亲人或者情人，走下去，无论旋转或者静止。只有风知道。

三、骑一头蟋蟀锦衣夜行

斗蟋蟀：蟋蟀相斗，原为人作孽，此君视力极差，鸡毛拨弄之，以为对方挑衅，遂起而攻之，岂知为他人挑拨离间。世人皆眼明，而心不一定亮堂，极尽挑拨之能事。蟋蟀有知，故借贾似道之手，倾覆江山；故借蒲松龄之笔，诉尽人世悲情。而人知乎？耳听秋虫唧唧，眼前皆是黄白之货——货通祸，玩物丧己也。

蟋蟀是卑微的歌者，你很难在钢筋水泥的丛林听见蟋蟀的歌唱，城市是傲娇者的天堂，只有在乡村，蟋蟀才肯抽出纤细的弓弦。背景是空旷的田野，清澈的月光是上帝设置的灯光，树叶是幕后的天使在合唱，拉开夜之帷幕，熟悉的乡村小夜曲开始奏响。

我太熟悉这样轻柔的旋律，谷物的香甜在村庄弥漫，婴孩在睡梦中露出天真的笑容，一只狗尚未因为白昼的追逐而疲倦，深深陷入这美妙的旋律。也许，这样的夜色只有一次，即便只有一次也因为秋虫的歌唱而缱绻。也许，这样的场景已经持续了千年，只是我们在今日的月光下才静下心来，听蟋蟀弹奏月光的琴弦。

促织鸣，懒妇惊，说的是一种乡村状态，如果到了蟋蟀歌唱的节气，一个村庄里的妇人还未给丈夫和孩子预备御寒的衣物，那么她会羞愧，会心生慌乱，赶紧趁着明亮的月光，纺纱织布，缝补衣物。这是民谚的一种暖，以虫为名，提醒季节的变迁。周作人的《知堂随笔》说的也是这个意思："因了秋虫的鸣声引起来的感想，第一就是秋天来了，仿佛是一种警告。蟋蟀虽是斗虫，可是它独自深夜微吟时实在很有点悲哀，所以对于听的人多发生类似的感觉。"

我亦有这样的感觉，每逢入秋，就觉得时间一下子短了、少了起来，白日里尚未做多少事情，夕阳就挂在了树梢。接下来是冷风吹，接下来是秋雨绵绵，接下来是雪花飘，好像一年的时光就这么恍惚一下过完，让人不免悲叹。

《聊斋志异》中的促织，说的是人世寒凉，起因是一个叫贾似道的家伙。宋理宗时，丞相贾似道十分喜爱斗蟋蟀，故将其位于杭州西湖葛岭的住所命名为"斗闲堂"。以他对蟋蟀的了解，撰写了《促织经》。这不得不说是一次旷古未闻的发明，一个丞相不研究如何治理国家，处理内忧外患，却以虫之名进行了另外一个行业的探索，到最后只留下"朝中无宰相，湖上有平章"的嘲讽。

接着说促织，为满足宫中斗蟋蟀之乐而"岁征民间"的任务摊派到了一个叫成名的人身上，成名不过是一个被里胥陷害的里正，面对征促织，即不敢敛户口，又不敢无所赔偿，形势所逼，只能自行捕捉。无所得，只有"转侧床头，惟思自尽"。作家毕飞宇在南京大学的一次小说课上说，"《促织》是一部伟大的史诗，作者所呈现出来的艺术才华足以和写《离骚》的屈原、写'三吏'的杜甫、写《红楼梦》的曹雪芹相比肩。我愿意发誓，我这样说是冷静而克制的。"不是没有来由，《促织》一文按事物发展的自然顺序记叙，情节曲折多变，故事完整。

故事的第四部分（第5至第7段）发展到了高潮，成名得虫，因儿子的一时疏忽丢失虫子，然后再得异虫。此时的成子已停止呼吸化身为虫，"忽闻门外虫鸣，惊起觇视，虫宛然尚在。喜而捕之，一鸣辄跃去，行且速。覆之以掌，虚若无物；手裁举，则又超忽而跃。急趋之，折过墙隅，迷其所在。徘徊四顾，见虫伏壁上。审谛之，短小，黑赤色，顿非前物"。

我小时就喜欢蟋蟀的歌唱，坐在门前的石礅上，听缥缈的夜色中传来轻柔的鸣唱，小心翼翼地走到叫声所在的地方，忽而又在别处响起。再次走近，却又在另一个地方逍遥起来。由此，我断定蟋蟀是用灵魂在歌唱，小小的身体能发出一种飘忽的声音，游走在乡村的夜色里。到底是没亲眼见过斗蟋蟀，我也不愿看见同类厮杀的场景。不知何时起人们喜欢上了斗鸡，斗牛，斗羊，斗蟋蟀，如此的发明不胜枚举。但大多数都是源自旧时的宫廷，《开元天宝遗事》载：每至秋时，宫中妃妾辈，皆以小金笼捉蟋蟀，闭于笼中，置之枕函畔，夜听其声。

《促织》一文以成名入宫献促织得厚赏而巨富，成子复苏后言身化促织而结束，得到了喜剧形式的大圆满。而我却很久不能从它曲折离奇的情节中走出来。

我所看见的蟋蟀，抛却被作为玩物的身份，应该是天籁中的音符之一，流淌的月光下，从《诗经·蟋蟀》中弹跳而出，落在安静的书桌上。"蟋蟀在堂，岁聿其莫。今我不乐，日月其除。无已大康，职思其居。好乐无荒，良士瞿瞿。"在苦行与享乐之间应该还有一条道路，就是要有作为人的起码的忧患意识。

那么，我起情愿骑一头蟋蟀锦衣夜行，走过多情的人间。

四、与木偶作别的晚上

木偶戏：一人，一帷幕布，一锣，一镲，几具木偶，大戏开场。木偶受制于人，哭笑由人，皆无内心真实表达。游戏耳。人则不可傀儡，受纵于幕后黑手，跳踉前行，终不得人生要义。输赢勿论，遵从自由心性，死无憾矣。

那时的天是透明的，即便是夜晚，星星也像被擦拭一新后，点缀在夜空，一弯新月升起，挂在村口的老槐树上。分不清季节，其实记忆中的童年只剩下一个大致的轮廓，我需要一笔一笔用心勾勒，才能找到清晰的线索。

演木偶戏的老人，撩起青色的长袍大褂，钻进预先架设好的长方形帷幕里。我比较好奇，但又胆怯，只能幻想老人操作木偶的情节。不需要坐下，一场木偶戏便是一段精彩的人世轮回，需要用心去演。

有鼓声，有锣声，甚至有牧童的竹笛，看见一头犄角弯弯的水牛走上幕前，牛身上的牧童竹笛横吹，夜风吹拂摇曳的柳枝，竟如一脚踏入江南的春天。如此简单的画面叫假演，假演完毕请木偶戏的人家往往要站在旁边说上几句，说是添了新丁，大家同喜，说是殁了老人，松柏长青，驾鹤西游。总之，我们在贫瘠的日子里也能找到快乐的理由，借几个活灵活现的木偶，为简朴的村庄代言。

一阵催声鼓，一顿铜锣响，村庄里的男女老幼齐聚在大槐树下，看一场偶戏正式开场。张生夜会崔莺莺，墙下是粉红佳人，墙外是落魄书生，一架木梯摇摇晃晃，搭起了爱情之桥。这时多嘴的女人一般会伸出手指，说大闺女家家的真不知害臊，其实心里却想着少女时节的春情萌动，一片高粱地，一个麦草垛，完成从少女到女人的最初仪式。

我记忆颇深的是李逵打虎，相较于武松打虎更为惨烈，更让人肝肠寸断。背负母亲走了一路，李逵去为母打水，年迈的李逵娘站在草木葱茏的山岗上，焦急等待，这时寂静的山林刮起一阵风，云生从龙，风生从虎，从对面的山林中钻出一只吊睛白额老虎，直扑向守望儿子归来的李逵娘。饿了一天的虎，饥不择食，一口将李逵娘吞下。李逵听见风声归来，暴喊了一声娘，和老虎撕扯。撕扯的过程是惨烈的，我能看见眦眦欲裂的李逵眼中流下的泪水，我能听见骨骼里的声响，人世最大的痛苦，莫过于失去朝夕相伴的亲人。

后来看《水浒传》，才知道木偶老人对李逵打虎进行了改编，"话说李逵将水取来，到得松树边石头上，却不见了娘，只有朴刀插在那里。李逵心头一惊，忙连声叫唤，却无人回应。李逵顿时心慌，忙丢了香炉提上朴刀四处查看，只见不远处的草地上有团团血迹。李逵见了，就趁着那血迹寻去，寻到一处大洞口，只见两个小虎儿在那里啃一条人腿。却不是老娘的尸身是什么？"

可见艺术改编一法因视角不同会产生不同的艺术效果，只是虎口夺娘太让人受虐，致使我很长一段时间从梦中醒来，紧紧抱住母亲，害怕某一天到来的生离死别。

木偶戏的起源可谓悠久，源于汉，兴于唐，在我们大踏步走向新世纪时几乎销声匿迹。我不知道，这是木偶的悲哀，还是人类的悲哀，千年陪伴，一个个木偶在浓密的夜色中转身，回到一个孤独的所在。

郑板桥是一位奇人，在我们山东范县当过县长，我在19岁那年喝过两口以板桥宴命名的白酒，辛辣，火热，狼奔豕突般在一座北方小城的夜色中流窜。后来又读到郑县长的一首诗："笑尔胸中无一物，本来朽木制为身。衣冠也学诗文辈，面貌能惊市井人。"恍然发觉木偶的另一层身份——傀儡。

"傀儡"一词是指不能自主，受人操纵的人或组织，也是木偶的源起。一个不能以真人示面的人是悲哀的，一个只做傀儡的一生是失败的人生。金钱，权力……是一根根无形的绳子，在操纵行走坐卧，所谓的悲伤与快乐，也是背景里的发声，不能勾连个人的神经。

任半塘在《唐戏弄》中说：傀儡戏中，专以人生为主题，以老人为主角，散场之后，致使观众兴此生与一世之感，其有故事、有情节，有相当效果，不仅作龙钟踊踏，以博浅笑而已。可见偶戏其教化功能的一斑。

但木偶无罪，亦无知，一阵散场锣响，星星还是星星，月亮依旧悬挂在草叶间的露珠之上。所谓"志于道，据于德，依于仁，游于艺"。我只不过和一个远年的木偶作别，惺惺相惜，从此依附于个人的灵魂，再不做傀儡之戏。

五、一根绳子的时间简史

翻花绳：两人，一绳圈，交互翻之，有双十字，手绢，面条，牛槽，酒盅，小媳妇开门诸形。吾性蠢笨，至牛槽而不能喝完交杯酒，喊小媳妇开门，乃为憾事。《聊斋志异》交线之戏，封生聪颖，所以交线之后鸳鸯交颈而眠，是为梅女心机，翻案指日可待矣。

上古无文字，结绳以记之。说的是上古时代，人类尚未发明文字之前，如果有了重要事情就在一根绳子上做结，以免遗忘。风吹山野，月光落在门楣上，一根简单辫结的棕绳在夜色中飘荡，那是时间排列的秩序，哪一个绳结关乎渔猎和谷物，哪一个绳结关乎爱情，哪一个绳结又代表着对先祖的祭奠，无不了然于胸。

我对绳结的深刻印象，来自年轻时曾去渤海湾的一艘渔船上做工，那时懵懵懂懂，以为日夜与大海相伴是一件多么浪漫的事情。事情的发展往往出乎意料，在经历了一天一夜的风平浪静之后，大海终于露出陌生而狰狞的一面，晕船，一口一口吐出苦苦的胆汁，有世界末日来临的绝望。

接下来的时间，就是学习如何拴系绳结。平结，左搭右，右搭左，用于拴系下网的浮标，细细的绳子一端是漂浮的竹竿，上面飘着一面小小的旗子。猪蹄扣，用于连接渔网与渔网之间的缆绳，在海底形成一面长长的网阵，以捕获命运多舛的鱼族子孙。另有渔人结，将一硬一软的两条绳子连接在一起，多用于拔锚起网。

小时候，老祖母教我翻花绳，凉月满天，促织在墙缝中叫个不停，老祖母从针线笸箩取出一根纳鞋底的棉绳，两端系在一起，形成绳套。老祖母结成双十字，我用笨拙的手指挑成手绢的形状，接下来是面条，牛槽，酒盅，老祖母念念叨叨，一条普通的绳子好像能翻出世间万物。翻到最后一个的时候，我打了一个长长的哈欠，被老祖母刮了一下鼻子，说，小媳妇开门喽，快让我们家小小进去睡觉。

在简洁的乡村，一根细细的棉绳是我们从无形的时间中裁下的一截，可以缝补衣服，为我们遮挡风寒，可以做成舒适的千层底，从村庄走向更远的世界。也可以乘坐在光阴的渡船上，人与人面对，手与手交互往来，翻挑出时间的具象，以面对空旷的田野与虚无的时空。所以，你若是问及六七十年代的人，知道翻花绳吗？那人准会说，喊，小儿科，小把戏，不信就试试谁翻的花样多。

我所知道的样式大概也就那么几种，老祖母在驾鹤西归时紧紧攥住我尚且稚嫩的小手，笑着。那意思好像明天还会醒来，和我坐在凉月满天的院子里，翻花绳。一面唠叨：双十字，手绢，面条，牛槽，酒盅，小媳妇开门吧。

我终是没在老祖母在世时娶上媳妇，但她一定在天上看着，看我一个人在村子里摇摇晃晃长大，看我成家立业。甚至，在某天夜深人静的时候，从门外悄悄走过，然后化作一缕缥缈的风，被写进虚无的时间简史。

六、胶片是一首泛黄的诗

老电影：老电影的好，在于放映机发出的声音，嘶嘶哑哑，好像时间永无尽头。有一次看露天电影，散场，一个人独睡于场地中间，爬起，顺着沟边的树，小河里的水声找到家。当夜做了一场噩梦，梦见身陷炮火之中，手榴弹，炮弹齐发，"向我开炮"的豪言壮语终未喊出，被尿憋醒。

我走在逼仄的乡间小道上，月光白白的，洒落在玉米的枯茎上，没有人肯与我同行，耳边只能听见蟋蟀的叫声，纤细，一如月光在天地间扯起单薄的琴弦。我记得那天我发了烧，在低矮的老屋里嘴唇干渴着醒来，我喊：娘，渴。母亲端了一碗水放在桌子上，一转身不知去向了谁家。做梦，梦中是一团一团挤压过来的云团，足以让人窒息。天光逐渐暗了下来，木格窗棂外传来喇叭声，说是李家庄有电影。我想起来，我想让在院子里敲着盆子喂猪的三姐带上我，一起去看电影，三姐并不情愿地说了一声什么，转眼间陷入更大的空寂。

我不会忘记童年的很多片段，一旦静下来，脑子就像一架简陋的放映机，忽略攒动的人头、情人间的低语，忽略露天电影场周围高大的杨树，忽略谁家孩子哭喊着想要钻出拥挤的人群，只剩下放映机匀速平稳的转动声，像时间流逝的声音。我无意探究电影的发展史，就像一个生活在村庄多年的人，不会条清缕析去分辨食物的营养，维生素，卡路里，这些都不重要，重要的是如何填饱肚皮。

电影该是村庄的启蒙。年少时的乡村，也只有电影能让我们听见不同的声音，看见一些新奇的场景与面孔，如果让我细数的话，我能清晰记起的有几十部，现在说来，未免有点老掉牙的感觉，还是作罢。电影放映前，放电影的村子会在高音喇叭上一遍一遍播报，讯息得以瞬间传达。人们奔走相告——早吃饭，去看电影呀。更多的是年轻人，女孩和女孩一起，男孩和男孩同道，如此，才会在电影之外发生一些难以预料的骚乱。

年代再早一些的拉洋片，大约是电影的雏形。使用的道具为四周安装有镜头的木箱，箱内有准备好的数张图片，灯具照明。表演者在箱外拉动拉绳，图片在箱内移动。观者便可通过木箱上的镜孔看到图片上完整的故事，《夸美人》《大花鞋》《水泊梁山》。有一年在河北，民间艺术展演，一位老艺人收拾好一套100多年的拉洋片道具，现场表演《渔樵耕读》。

老者的念白京腔京韵，一听就曾在皇城根下混过。"渔"是渔夫，东汉的严子陵，说是汉光武帝刘秀的同窗，颇得刘秀赏识，刘秀当了皇帝多次请他做官，都被严子陵拒绝。一生不仕，隐于桐庐，垂钓终老。"樵"是朱买臣，出身贫寒，卖柴为生，大略与我现在剃头的光景相仿。坏就坏在朱买臣和我一样酷爱读书，以至于后来媳妇不堪其贫穷跟人跑了。这是一个经典的穷书生遇得贵人推荐而成汉武帝的中大夫、文学侍臣，鱼跃龙门。"耕"指的是舜躬耕于历山，教导民众。"读"说的是苏秦，每天读书到深夜，困了就用母亲纳鞋底的锥子刺一下大腿，而后博得功名。

我本来不太喜欢说教的东西，但忽然发现文学的旨意无非是鞭挞黑暗，书写光明，甚至在佶屈聱牙的解构中辨析善美与罪恶。这很让人沮丧，以至在我书写的过程中常常会诘问自己，写作的价值到底在哪里，如何才能通向一条更加深邃的通道。而现在，我不能偏离太远，在对一种朴素的乡村游戏剖解时陷入文学的迷途。

刀子是我要好的朋友，执拗地将父亲从部队带来的钢丝绳裁断，做成一件杀伤力极强的防御武器，系在腰间。梁子是上次在高庄看电影时结下的，西洼村的刘二用一根麻糖取得立春的好感，有人看见立春在月光下跟着刘二钻了麦草垛，回来时发间还有细细的麦草。立春是刀子的妹妹。

我能理解刀子所感受到的屈辱，那种对不洁的片面仇恨在瞬间刻印在乡村少年的内心。但我不能理解为什么男人一定要追逐女人，女人为什么离不开男人。后来上了初中，刀子神秘地从书包里摸出一个东西，说给你看，但一定不要说出去。眉眼之间仿佛在做一个见不得人的勾当。我感到了事情的严重性，从那一刻起，告别童年。

乡村少年的天真，在于生活在蓬勃的草木间，没有人告诉你如何面对旺盛的成长，也没有人刻意启蒙有关人体的密语。所以很多时候我们只能在大地上奔跑，追逐莫名的远方，汗水淋漓，笑意淋漓，野性淋漓，殊不知体内的另一个自己正在开枝散叶，终有一天突破坚硬的冻土，雨后春笋。

七、晚风拂，柳笛声残

响器：人要发声，借助于器物，此为响器。有管者，腔者，喇叭口者，更有西洋诸器。吾村响器，自柳笛始，泥口哨，到远古之埙，皆就地取材，哩哩哇哇，起伏于桑间濮上。迎亲曲，明媚高亢，吹的是《百鸟朝凤》；哀悼时，唢呐悲泣，一曲《大悲调》肝肠寸断。

在我的记忆里，春天从清明开始。头天晚上，父亲领着我去上坟。所谓的坟已经没有了坟头，只有一片凄凄的荒草。父亲点燃一卷黄表纸，嘴里念叨着思念亲人的话语，大略是既然走了，到那边就别不舍得花钱，没有了我们会准时送来，人在，香火在，肯定不会忘了祖先。回去的路上，父亲忘不了嘱咐我折些柳枝，"清明不插柳，死了变成流浪狗；端午不戴艾，死了变成老鳖盖"。有谁愿意变成流浪狗和老鳖盖呢，薄薄的暮色中，我一闪身爬上一株歪柳树。

柳笛，用三月的新柳制成。此时的树的汁液刚刚苏醒，从深埋的地下往上输送营养与水分。所以，皮与骨形成一个很容易剥离的润滑层，最适合拧柳笛。柳笛所需是一根光滑的枝条，没有芽结，"邦邦——呕吃"就像一句灵验的咒语，用光滑的柳骨，敲一下拧好的柳管，尽力丢到最远处，一直到现在，我也没有弄懂此番动作的含义。

枯燥的日子大概需要一些律动的音符点染，我喜欢百无聊赖吹奏一支柳笛，在村庄里乱窜。这是极具诱惑的声音，每当听到一支柳笛响起，很多只柳笛都在暮色中响起，尖利的，高过屋檐，直奔星星的方向飞去。舒缓地，像村前小河里的水，缓缓东逝去。低沉的，像一头折返回家的耕牛，一声长长的哞鸣，宣告耕种的节气开始。还有清脆的，大多是细腻的女孩子鼓捣出来的声响，柳骨与柳管，抽动间发出嘀哩的和声，脆瓜裂豆，鸟鸣啁啾。

还有一种泥口哨，形式仿佛一只鸟，需要在货郎李的木牛车上买到，二分钱，便可换来更为清澈嘹亮的声音。我对声音的敏感，来自草木生长的田野，喜鹊的吟咏，麻雀的啼唱，高亢的蝉鸣，跌宕的蛙鸣，蟋蟀那拖了一根长线的弹拨，都会引起思维的共鸣。这是我们共同的家园，除了歌唱还有更好的表达方式吗？

埙的起源可谓悠久，漫长的农耕文明开始，田野上有了劳作的身影，男耕女织。最初的可能大概是有人为了捕猎鸟兽，为了模仿鸟兽的声音，用泥土做成简单的口哨。随着时间的更迭与进步，演化为单纯的乐器，并逐渐增加音孔，发展成可以吹奏曲调的旋律乐器。最早的陶埙是在河姆渡遗址发现的，呈椭圆形，只有吹孔，无音孔，距今约 7000 年。

一只 7000 年的陶埙，在泥土中深埋，深埋的还有那近似混沌的远古的声音。听埙，需要冥坐于烟青色的黄昏，云雨将至未至，夜风将来未来，一声轻唤，田野上的花儿就开了，村庄里的树就绿了，风霜止步，沧桑似一个巨大的身影，在近乎悲凉的声音中缓缓移动。我听见过一种不知名的鸟叫，呜——呜——在田野上传出很远，空旷，悠长，一瞬间打开周身的毛孔，刹那与天地融合。

每个人的来历都是一个难解的谜，你不知道自己的前生是一棵树，还是一株草，甚至是一只在大地上奔跑的兽。一段路，你会停下来，贴着泥土倾听，远处有大河涌动的声音，近处有指针嘀嗒的声响，你甚至听见身体里的涓流，就像周而复始的节气，绿了，黄了，生了，枯了，就这样草木般从春到秋。

所有自然发出的声音，都与情感和血脉连通，所有的声音都有自己表达的方式，所有的表达都暗合悲欢。

吹响器是一种笼统的表达，在平原不是嫁娶就是吹奏死亡。嘀嘀嗒嗒的唢呐在吹，是红色的，是漫天朝霞，是奔走相告，是百鸟朝凤，是鸾凤和鸣。众人散去的灯光之下，红晕尚在，心头乱撞的小鹿还在。——那个人是母亲，从少女的羞涩中蜕变成村庄里的女人。从此，家渐渐有了雏形。从此，你的悲喜哀乐将与她血脉相通。

死亡降临的时候，没有任何征兆，就像一株秋天的小草，在老河滩上过完悲欢交集的一生。村庄里的死，是喊出来的，是哭出来的，是唢呐与笙箫合奏出来的。一大清早，响器班子搭起一架简易木棚，有男有女，吊唁的人刚到门口，凄凉的音乐响起。依然是唢呐，在乡村，唢呐的声音高过田野树木房屋，直上云霄。仿佛那高亢凌厉的声音就是一位无形的引灵人。该走了，该交代的交代给儿女，该放下的都搁置在这片沉默的土地，该走的路不会很远，一声啼哭，一声喊，一声唢呐，一声唤，就站在了村庄之外。

晚风拂，柳笛声残，夕阳天外天。每年的清明，柳树还会生长鹅黄的枝条，每天还会有儿童在屋檐下吹奏柳笛。生，或者死，有欢快或悲伤的音符响起，就不孤单。

西域何处[1]

杨逍[2]

一、孤独的姿态

但凡说起西域,人们就会想起草泽大漠、长河落日、戈壁风尘等令人敬畏且手足无措的自然灾难,因而西域在国人几千年的文化中,越来越被神秘化、妖魔化,甚至最初的西域三十六国,也变成了异邦、夷狄之众,想想就令人不安——他们注定是要与大汉文化,中原文明相对峙、相攻击的。所以,通往西域的路,便自然成为一条千百年来人们心理上的不归路,每一个欲与天公试比高的挑战性人物的出现,势必都带有悲凉悲壮的英雄色彩,他们一开始,就给自己的内心注满了孤独和舍生取义的忠义人格。

当然,所谓的忠义人格,往往包含着被逼无奈或是瞬间冲动,但更多的时候,应该还是文化沉淀的结果,是一个民族,一个社会历经磨难之后的追求和固守,是以金戈铁马为名,为万民谋福的带有激励性质的创新,同时,这也是国人最易接受的英雄型号。也正因为这样,这类英雄往往容易被民间不识真相的人口

---

[1] 本文发表于《红豆》2016 年第 8 期,曾获得第二届红豆文学奖优秀奖。
[2] 杨逍,本名杨来江,生于 1981 年,甘肃天水张家川人。中国作协会员,发表作品 100 余万字,作品多被选载并入许多重要选本,获得首届山东文学奖、甘肃黄河文学奖、滇池文学奖、红豆文学奖、麦积山文艺奖等多种奖项。主要作品有小说集《天黑请回家》,诗集《二十八季》等。

耳相传，按照他们个人的喜好进行宏观改造，历史的真相便逐步脱离最初的模样，乃至最终出现夸张的底层叙述结构，而真相事实，则只能停留在成堆的史料里被淹没，除非是热衷于研究的文人雅士才能得以分辨，但这种分辨在几千年后就有了高处不胜寒的薄凉——很少有人愿意接受逼近历史真相的那种并不惊险的故事内核。

影响最大的人应该是大唐高僧玄奘了。一部无与伦比的《西游记》使得这个原本默默无闻众的佛家弟子成神成仙，万众瞩目。这不但是文学的力量，也是底层民众的渴望，归结起来，还是中国文明必然需要的一个英雄标杆。这个标杆树立起来，就把国人一直向西的勇敢意志构筑在一个无可超越的顶峰，但也从另一个角度佐证了西域并不那么空远，并不那么艰险——与玄奘比起来，通往西域的路途终究是平坦了许多。

公元629年，接近而立之年的河南偃师人陈祎，因自幼遁入佛门，又少小聪慧，年纪轻轻便能以德礼服人，受大唐达官显贵的敬重和膜拜，至于唐朝皇帝李世民是否真的认他做了御弟，并不重要，但我们能够想象到的是，在佛教备受推崇的彼时，李世民与这个少时得道的高僧之间一定有着非同常人的联系和相互欣赏，不然就不会有太宗两度劝其弃道辅政的渴求，也不会因为爱惜他而拒绝他西行求法。这个法号为玄奘的年轻高僧，起码具备了比别人优越的四个条件，作为他西行路上获得成功的筹码。首先是年富力强，加之多年的修行，使他有强健的体魄，才有了走完五万里的信心；其次便是他有一颗孤独的心，一个如此年轻便找不到对手的高手，注定要向更远更高的天空跋涉，这是每一个高手的精神需求，是他们的本能；再次，作为大唐皇帝器重的人才，纵然是"冒越宪章，私往天竺"，也不会被朝廷治罪，因而大唐的政府对他的私行还是睁一只眼闭一只眼，甚至不排除各地官员以礼相待的尊贵局面，即使玄奘以僧人的素朴不愿接受朝廷的援助，所到的寺院，也不能让这位高僧受苦受累，白马干粮一定是备足了的；最后，以当时大唐国力的昌盛，周边诸个小国也绝不敢轻易为难一个从大唐出来的高僧，况且，那时候，有道高僧处处受人敬仰。如此说来，玄奘所受的苦便要大打折扣了，并不是小说中描述的九九八十一难。他一路西行，受苦受难肯定在所难免，但他是带着大唐万万信众的顶礼膜拜一路西去的，当他在遭受自然灾难的时候，他的内心一定是幸福自足的，他内心承载的责任感一定超越了肉体上的苦难。

与三国时第一个向西取经的朱士行相比，玄奘幸运得多了。公元250年，印度律学沙门昙河迦罗到洛阳译经，在白马寺设戒坛，朱士行首先登坛受戒，成为中国历史上第一位汉族僧人，受戒后，朱士行刻苦钻研《小品般若经》，但由于受翻译影响，他在领会的时候总觉得不大通透，他听说西域有完备的《大品经》，就决心远行去寻找原本。曹魏甘露五年（公元260年），57岁的朱士行孤身一人从长安出发，在没有向导和任何保护的情况下，穿越大漠戈壁到了于阗国，得到《大品经》梵本，他在那里抄写，12年后，派弟子将抄写的经本送回洛阳，79岁时圆寂在于阗。朱士行的西行之路，开创了中原僧人西行取经求法的先河，对后世的僧人影响极大，他坚忍不拔的意志和虔诚的宗教意识启发了后人，也为玄奘西行提供了可行性经验。

同时，玄奘还比东晋安帝时的高僧法显幸运得多。公元399年，65岁的法显，亦是孤身一人从长安出发，经西域，翻越了葱岭（今帕米尔高原）到达天竺，是中国历史上第一位西行海外取经求法的僧人，将朱士行的西行路线延伸了数千里，他游历了20多个国家，收集了大批梵文经典，前后历时14年，于义熙九年（公元413年）归国，法显将佛教文化引入中国，对中国历史、文化影响深远。这本不是一个60多岁的老人必须要做的事，但法显却做得轰轰烈烈，义无反顾，更重要的是，他成功了，战胜了自然灾难，他的坚毅，令人振奋。

所以，在忠义的支撑下，对玄奘而言，西域便显得不再那么可怕，亦并非遥不可及了。不论是朱士行，还是法显，尽管他们是开拓性的人物，可他们在国人心目中的地位始终超越不了玄奘，这当然也与玄奘在传道、译经方面的成就大有关联，也与文学作品对他的渲染密不可分，但更多的还是文化积淀的运气——他逢时而生，在前人的经验基础上，完成了对忠诚的最佳诠释。

那个站在最高处的人只能是一个，那就是玄奘。

然而，毋庸置疑，这些佛家的精英们所秉持的忠义人格，是停留在灵魂孤独的字眼上，他们所阐释的忠义，其实忠诚的内容更多一些，而这种忠诚也几乎都是忠于他们本身的精神世界，这也是信仰的力量，是大善和大爱的力量。但不可否认，这些伟大的行者，以无比坚毅的生命形式和珍贵壮观的文化姿态，完成了中西方文明的多次撞击融合，并在历史的长河中永远闪闪发光。

二、君子张骞

对于忠义人格的诠释，不同时代的文化氛围所偏向的重点并不一样，这与时代对英雄人物的需求有关，也与一个社会、一个民族、一个地域的民众素质有关。像玄奘那样的忠于自己信仰的英雄人物，注重的是精神主体。而偏重于义字当头的忠义人格，则更多的是社会环境赋予他们的力量，往往偏向于舍生取义这一个层面，这一类英雄是在特定的历史语境中产生的，有时候，舍生取义并不一定正确，或许仅仅是一时冲动。当然，历史传承下来的英雄人物也是符合了民众的崇拜口味，其勇敢的人格在民众心目中一旦形成，就再难改变，比如关羽、张骞等。

而在通往西域的路上，张骞无疑是代表性的人物，也是这类偏向于义字的忠义人格的核心人物。他的西行之路则更加艰辛，更加勇敢。

公元前139年，大汉朝最为英明的君主刘彻为了击垮匈奴，彻底统一北方，鉴于匈奴的强大和狡猾等诸多原因，他便产生了一个在当时大胆而又似乎不切实际的想法：派一个人去西域，联合匈奴以西的另一个游牧民族月氏国夹击匈奴。刘彻的这个想法自然是好的，他是从一个被赐了汉名的匈奴降将赵信口中得知匈奴杀了月氏国王，并将头颅割下来当作酒器，而月氏国上下为了报仇，早已蓄积了举国的力量来对付匈奴。这件事，在当时看来，仅仅是个传言，并不切实可信，况且此话出自一个匈奴降将口中，是否有诈便不得不令人斟酌一二，然而，果断神武的汉武大帝刘彻，却做了一个决定：招募100余人的敢死队，横穿匈奴地盘，去寻找未知的月氏国，前来夹击匈奴。

也许，汉武帝在做了这个决定之后，他就后悔了。或者他仅仅是有了这个设想，可他说出来的话，手下立刻就有人迎合了，为了弘扬武帝的英明，臣民们一味歌颂，这样就把刘彻搁置在一个骑虎难下的境地，这种时候，对于威严的帝王而言，即使明白要将一些人送出去自生自灭，他也不能反悔，他只能将错就错，大义凛然地号召有胆有识的勇士穿越草泽大漠去寻找月氏国。

于是，张骞成了丝绸之路上人尽皆知的勇士。

三、灾难与英雄

灾难往往是成就英雄的机会。

张骞，这个接近而立之年的郎官，一无战功，二无才情，三无钱财，除了站岗放哨之外，别无他用。纵然有满腔热情，想为国出力，报效朝廷，可朝廷根本就想不起他。在泱泱大汉朝，像张骞一样的郎官何其多！很多人都是做了一辈子郎官而终老一生。

好在张骞并不因此而愤世嫉俗，自暴自弃，相反却在无尽的憋屈中伺机而动。张骞应该能够看出来，出使西域，寻找月氏国是前途未卜的危险之行，但他也明白，正因为危险，才是有利可图的机遇，所以，他挺身而出。张骞揭了皇榜，汉武帝刘彻大喜：首先，张骞是皇室里的侍卫，也算是出自朝廷，总比那些江湖流寇要有威信和可靠得多；其次，张骞敢于站出来，勇气可嘉；再次，张骞为郎官多年，最起码懂得皇家的礼仪，若是代表大汉的使节出使西域，也能服众，不至于闹出笑话。

刘彻大胆地给张骞委以重任，让他以大汉使节的身份（大概属于商贸代表团的团长）出使西域，而至此，张骞各方面的待遇并未提升，他的官级仍然是郎官，只是多了一个代表整个大汉的头衔而已。但正是这个头衔让张骞有了与众不同的自豪感。为了让这支西行的队伍功能最大化,刘彻还让张骞挑选了能兵强将,协助他西去,这里面到底有没有监视张骞的目的,我们不得而知,但这无疑是一支劲旅,一支张骞毫无把握控制的队伍。

身为郎官多年的张骞,对贸易之事自然知之甚少;再者,张骞并未参与过朝廷的核心朝议,他对大汉与匈奴两家的暗中对抗也并不熟知,在军情瞬息万变的时候,他完全是一头雾水。同时,身份低微的张骞,领着一群能耐远远超过他的手下,出征远方,而且大家都心里犯着嘀咕——所谓将在外,君命有所不受。那么张骞又有何能耐把这一群人带出去,又带回来呢?

但张骞终究还是做过一些课外工夫的,不然也不会愚蠢、大胆到如此的地步。大概张骞恶补出来的知识,汉武帝刘彻也不知道底细。这就要说到一个叫甘父的匈奴人。甘父原本是堂邑县人家的奴隶,早早地与张骞相识,后收为门人,张骞从他那儿了解到了有关匈奴的一些风土人情和疆域军情,跟他学习匈奴语言,了解匈奴境内的地形等,也就是说,张骞对西域形成的基础认识,都是向甘父学来的,而且,他也误把匈奴看成了整个西域,觉得西域诸国,无非是与匈奴相似的游牧民族。但很显然,作为俘虏被抓获后充当汉人奴隶的甘父,毕竟只是一名小小的匈奴士兵,他所知道的匈奴,仅仅停留在普通的基础层面,况且匈奴经历数次内乱,换了新主,早已是物是人非。所以,张骞对于西域认识方面的自信,具有一定的盲从、自大、无畏等诸多不利因素。

尽管这样,相比于大汉朝的其他人,张骞对于西域的认识也算是高人一筹了,因而,在这方面他占了先机,并以此取得了刘彻的信任。

在这条茫茫征途中,张骞的确心存侥幸。

而事实上,早在公元前 10 世纪,西周的周穆王有一天突发奇想,打算西游,想去看看西边那些国家和民族是怎么生活的。于是,他从西安出发,向西长途跋涉,到达了今天中亚的吉尔吉斯斯坦。周天子一行浩浩荡荡,走走停停,游山玩水,所到之处,尽显大国威仪,百姓无不夹道欢迎。同时他们也带了许多珍贵的丝绸,比如帛、贝带、朱、锦、组、珠丹、朱丹等,这一类东西,在大周,除了周天子、诸侯等王公大臣能享用以外，一般人连见都见不到，但周穆王大度，为了展示周朝的富饶和先进，他所到之处，就将丝织品在内的礼品馈赠给了沿途国家的主人。但凡略有抵触的国家，周天子就派人将代表吉祥的白帛奉上，表示"化干戈为玉帛"，然后两家交好。周穆王边走，边有随行的记事官将其行踪和路线记录下来，因而就成了此后"丝绸之路"的前身。后来，就有各路商人，沿着周穆王走过的路线，在西域和中原之间进行贸易。

800年后，汉使张骞顺着周穆王开辟出来的这条路一路西行。

这正是张骞的失误，他觉得前面有路，只管走就好了。即使有匈奴隔阻，只要能悄无声息地躲开匈奴眼线，纵然多走路，多受累，穿过匈奴草原，西域诸国就一定能到，月氏国也就在眼前。但张骞不知道，匈奴既然割断了丝绸之路，就有把握控制这条路。他们不会放过任何人，更何况是100余人的大队伍。

所以，张骞西行，本身就是一场灾难，而他要在灾难上成就英雄事，何其难哉！

四、绝望抑或悲壮

但在灾难面前，即使是英雄也会有绝望的时候。

汉武帝建元二年（公元前139年），体魄健壮、性格开朗、富有开拓和冒险精神的张骞，率领100多人驮马的物资，以匈奴人甘父为副使和向导，浩浩荡荡地从长安出发。前面是草泽大漠，后面是大汉万万百姓的期待，张骞向东而望，三叩九拜，以大义凛然的忠义，含泪与大汉朝告别，至此，中国历史上远涉西域的第一个以"义"字当头的英雄人物出发了。

同样，我们可以想象得到，张骞从长安出发，到陇县，至固关，这一路是平坦的。张骞身为大汉使节，所到之处，自有朝廷官员一路相接，照应有加。但出固关，登陇首，入关山，便有了麻烦。

关山，古称陇山，又曰陇坻、陇坂、陇首。陇山有道，称陇坻大坂道，俗称陇山道。《太平御览·地部十五·陇山条》载："天水有大坂，名陇山……其坂九回，上者七日乃越。"自周秦至汉以来，关陇古道一直是丝绸之路的必经之地，尽管自秦以来就有沿途"五里一燧，十里一墩，三十里一堡，百里一寨"的交通便利，但因匈奴强大，不断骚扰大汉边境，西去的丝绸之路便在近百年间日渐荒芜。这就为"上者七日乃越"又增添了一层难度。再加之，自古就有登关山之巅，可东望800里秦川；去关山以西，即是大漠边陲的心理障碍，张骞一行就在关山以及关山以西的陇西一带，吃了苦头。

今日的甘肃省张家川回族自治县是关山之西的第一个必经之地。这里曾经是秦人首领大骆的次子非子为周王室养马之地，后来被周孝王赐给非子，设秦邑，立秦亭。后来秦人东迁，崛起后，建立秦国，秦邑遂成中原大后方。汉朝初年，匈奴几次直逼长安，而活动在古陇西郡一带的游牧民族古羌人，在汉朝与匈奴之间摇摆了数十年之后终于下定决心随匈奴而去，他们成了匈奴的附庸，一面受其欺凌，一面听其号令，狐假虎威，对陇西一带不断骚扰，而大汉朝彼时国弱民贫，首尾难顾，陇西驻守力量薄弱，渐次撤退，至汉武帝时，陇西一带多为羌人占领，秦邑战火连年，人烟稀少，又因地形复杂，密林丛生，常有贼匪出没霸占山头，古丝绸之路便在出固关（关山东侧，今陕西陇县境内）后，废弃荒芜。这样一来，张骞一行的灾难，就从关山开始了。

翻越关山之后的第一个停留点，必然在所谓的"百里一寨"的"弓门寨"（关山西侧，今甘肃张家川）上。弓门寨曾为秦人上邽县旧址，后来因被羌人侵扰，搬迁至今甘肃清水县。弓门寨具有军事和行政一体的功用，与亭的能力一样，仅仅是级别低了一等。寨内有白起堡，为秦将白起驻兵所在，弓门寨便是其命人修筑来抵御敌军的军事用地。汉初的几十年，皇帝们都急着休养生息，防御匈奴，国家的体制大都沿袭了秦时的建制，一直到了汉武帝元鼎二年（公元前115年）才在秦邑始置陇县。

可以想象，当张骞站在白起堡的最高处，打眼西望苍翠的群山林海，他的内心定然是波澜起伏，恍惚而悲凉的。但这时候，他的忠义人格还在赋予他力量，他的内心有了变化，已经转变成了不负皇恩、不负黎民苍生的忠义姿态，他的英雄气势此时才慢慢滋生出来。张骞坚定了信念：要向西，要找到月氏国。他清醒地认识到，他代表的不再是他，也不再是一个小小的郎官，而是代表了整个大汉。这种个人英雄主义的自豪情结同样给了张骞无穷的力量。

然而，西行之路越走越令人沮丧——那条周穆王走过的路、无数商贾走过的路、军人隐士走过的路，都早已湮没在历史的尘烟中了，虽然只有短短的几十年，可就是这几十年，已经是荒草萋萋，枯木横亘，前人的足迹被战争凌乱了，那条走了数百年的丝绸之路在关山之西中断了。

这时就可以看出，张骞西行比玄奘、法显等人所受的苦多了不知道几十倍。"凿空"成了一个必须的事实：伐木开路，遇水搭桥，一面与敌军斡旋，一面疾疾赶路。他的身后还有100余匹驮马的物资，一行甚重，举步维艰。可以证明，张骞所走的是一条崭新的丝绸之路——他不得不摒弃前人的路线，不得不绕开官道而深入丛林沟壑，在无地图，无向导的处境下，仅这一条就令人肃然起敬了。

与打通地理上的西行之路并存的问题就是打通政治上的封锁，而这才是张骞面临的最大考验和磨难，且不说周旋于陇西一带的土匪流氓，以及归附于匈奴之流对他们的骚扰，仅仅一个强大的匈奴，便是无法逾越的鸿沟，这是出使西域，或者远赴印度的任何行者都无法料想到的苦难。或者说后来的班固等人经历了，但都不及张骞壮烈和艰难。

这时的张骞，唯有忠义的信念支撑着他，不然，他心中渐次升起的绝望就能将他击垮！

五、信仰的力量

张骞之所以成为张骞，正是他的不纯粹成就了他。

张骞最初没有预料到西行之路的艰险程度，他琢磨了无数次的苦难在现实面前仅仅是有着浪漫主义色彩的虚像。而事实是，他不但要在地理意义和政治意义上双重凿空，还要率领着100余人的队伍风餐露宿，昼行夜伏，负责他们的衣食住行，柴米油盐等，这对于毫无领导经验的郎官张骞来说，无疑是焦头烂额的状况，所以，我们往往会心存疑虑：张骞用什么来统领他的部下心甘情愿地与他同生共死呢？

这时候，我们不得不再一次提起中国历史上伟大的君王汉武大帝刘彻，这位西汉历史上的第七位天子——汉高帝刘邦的重孙子、汉文帝刘恒的孙子、汉景帝刘启的第十子，七岁被册立为皇太子，16岁登基，在位54年，其间击溃匈奴、征服朝鲜、首创年号、开拓汉朝最大版图，铸就了巍巍霸业。雄心勃勃的少年天子刘彻初即位后，便大行改革，一改文景时代一切因任自然、因循守旧、无所作为的道家施政方针，面朝天下招募人才，其中就有广川（今河北枣强）人董仲舒应试，这位西汉哲学家、文经学大师向刘彻建言"天人三策"。刘彻听其言，遂罢黜百家，独尊儒术。

且不论董仲舒的言论是否合时宜，合人性，但在刘彻时期，国力富足，人民生活基本安逸的情况下，统一民众的思想实在是一件不得了的大事。因而刘彻便把淹没了百余年的儒家文化重新抬升到了国策的地位，然后昭告天下，唯有儒家学说才是天下王道。刘彻的做法虽然遭到了一些守旧派的反对，尤其是以窦太后为主流的道家学说的反对，但刘彻仍然践其言，逐个击垮了反对派，稳固了皇权根基。

很明显，刘彻做了一件与信仰有关的大事。他潜移默化地将国人的精神力量聚集起来，形成合力，这种合力远比一支精锐之师的力量强大得多。而张骞也是在这种独尊儒术思想的影响下从大汉朝走出来的，因而，当他在绝望的时候，以本能的忠义品质支撑着自己的同时，他已经把出使西域这项看似无法完成的重任与信仰联系在一起了，与国家的命运和百姓的安乐联系在一起了。他最初的个人情怀和私欲也渐渐被信仰折服了，显得渺小，乃至渐次退出他的意识。

至此，张骞真正纯粹了。

2014年，因为正在写一部电视剧《关山魂》的原因，又因为剧情与张骞有关，涉及西汉文化和丝绸之路，我有幸沿着丝绸之路的方向西行了一次。这是我第一次以文学考察的名义出行，也是至今对我而言最为辛苦的一次旅行。当然，这次西行因经费尴尬，干扰较大等一系列条件的限制，最终有点急功近利的慌乱和克服牵绊后的惴惴不安，尽管这样，这场历时一月有余的行程，使我的身心有了一次空前的洗礼，有些震撼是巨大的。河西一带的广袤天地中，城与城的间隔太大，即使车子在高速上疾驰，也要三五个小时才能从一点绿洲看到另一点绿洲，而城市就躲在人造的绿洲里耀眼灼目，有几回，当我在茫茫戈壁中突然看到城市的时候，心里总会涌起一团暖流，令人激动而又愧于言说，我就想，若是一觉醒来，总能看到城市村落，而不是飞沙走石，该有多幸运。但更多的时候，人都是不幸的，就像我坐在车子上，目光随着一眼望不到头的戈壁急急掠过，但我总会产生一种缓慢的幻觉，总觉得车子停在原地打转，或者是行驶的感觉不那么真切，一种极度荒凉的感觉便随着车子的深入前进而越来越强烈，我不禁一遍遍地问自己：他们走进戈壁的时候，会不会绝望？而他们又是如何克服绝望的呢？

这就是信仰的力量。

张骞的信仰就是完成刘彻的重托。他是把信仰建立在"义"字的基础上，因而就显得厚重了许多。

六、仰望西域

张骞最终还是征服了诸多不利因素，走进了匈奴。

他把自己的队伍隐藏起来，绕开匈奴的眼线和军队。他们小心伪装，秘密而行数月，深入匈奴腹地，但由于地形复杂，又无向导，只好向匈奴的牧民打探月氏国的消息，但张骞对匈奴牧民缺乏防范意识，殊不知，他们早已经引起了牧民的怀疑。而匈奴牧民，不同于汉朝百姓，他们的组织十分严密，看似疏散放牧，相隔较远，但实际上，他们有十长，百长，千长，裨小王，相，都尉，当户，县渠等诸多级别的配置，一级一级，管理相当严格，几乎是全民皆兵，牧民们更多的时候，充当了军队眼线的角色，他们警惕性高，对从汉朝秘密而来的这支大队伍早已逐级上报了。

张骞理所当然地被俘虏了。

当张骞和他的部下100余人被押解到匈奴单于面前的时候，应该是张骞最为绝望的时候。他是首领，大单于岂能容他。横竖是个死，还不如死得轰轰烈烈，死出大汉朝英雄的气概来。虽不能完成刘彻的重托，但也不能丢了大汉的颜面。所以，张骞便在大单于面前，放出狠话来。当匈奴单于质问他："月氏在吾北，汉何以得往使？吾欲使越，汉肯听我乎？"这时的张骞，心里想的，便是舍生取义！他振振有词地回应匈奴单于，如果你们也是怀着友好的意图，去做生意，那我们的天子定然也会以礼相待。这是狡辩，却不无道理。

当然，张骞大放厥词视死如归的原因，也许还与他对刘彻的了解有关。张骞不希望他臣服于匈奴之后，他的九族惨遭牵连。刘彻从来就是一个多疑的人，尽管手法高明，但仍然难掩真性，张骞应该早早就看透了这一点。刘彻继位没几年，待手握政权的奶奶窦太后去世之后，他便开始排除异己，首先假借他的母亲王太后、舅舅田蚡之手，将窦氏一族中权势和威望最为显赫的魏其侯窦婴铲除，他表面上声泪俱下,但心里的算盘还是明了的,他知道尽管其母亲和舅舅违法乱纪,但这两个人对他而言终无大害,他们之间是皮与毛的关系,但窦婴就不同了,他不但大肆笼络门客,还珍藏着景帝刘启临终之时的免罪诏书,这样的人,总让皇位还不太稳固的刘彻心生不安。而铲除了窦婴,便能给仗着窦太后的势作威作福多年的窦氏一族侯爷们一个警示,一箭双雕的把戏,刘彻演绎得至真至诚,毫无破绽。另一个被刘彻怀疑的人便是李广,在刘彻眼中,李广就是一个狂妄无知的武夫,借着在匈奴军队中有点小名气,就骄横跋扈,而刘彻认为,李广无大的战功,那些小名气,只是一时运气好而已,或者是李广耍了多年的小聪明而已,并不是真本事,所以,在李广被匈奴兵士俘虏,设法逃回来后,刘彻便不信他了,这是李广一生难以封侯的主要原因之一。

张骞的做法无疑是正确的。在张骞多年之后的李陵(李广之孙)事件,就是判定刘彻多疑心性的最有力证据。汉武帝天汉二年(公元前99年),匈奴再犯边界,而此时卫青、霍去病均已离世,大汉朝中再无能兵强将,年少勇猛的李陵便脱颖而出,一枝独秀,他在武帝面前立下军令状,不退匈奴誓不还朝,年轻气盛的李陵,在已取得的辉煌战绩面前,盲目自大,率5000步兵迎击匈奴,初战告捷,但李陵不顾兵家大忌,驱敌千里,孤军深入,后与八万匈奴铁骑会战于浚稽山,相持十日,部下十之八九已战死,至李陵被俘时,仅剩400余人。投降后,正如司马迁在《报任安书》中所言:"身虽陷败彼,彼观其意,且欲得其当而报汉。"因对李陵的直言辩护,司马迁也遭受牵连,被处宫刑。且不论李陵是否真的是假装投降,然后伺机再返回汉朝,但雄才大略的武帝,根本就不给他重返家园的机会,只是闻听"李少卿教匈奴为兵",就处死了李陵九族,使得飞将军李广在死后不多的时日里,惨遭灭门,逼得李陵没有退路,只得终老于匈奴,而真正的李少卿却是早早投降匈奴的李绪,实在是令人扼腕叹息。

后来在刘彻暮年之时,发生的令人震惊的"巫蛊案",也是刘彻多疑性格的一个体现。武帝征和二年(公元前91年),丞相公孙贺之子公孙敬声被人告发以巫术诅咒皇帝,刘彻勃然大怒,遂将公孙贺父子处死,其中皇室诸邑公主、阳石公主、卫青之子长平侯卫伉等一干人等遭受牵连，为了清除余党，刘彻命宠臣江充查办巫蛊案，而江充与太子刘据（卫青姐姐卫子夫之子）不和，便与案道侯韩说、宦官苏文等人设计陷害太子，事先准备好桐木人埋于太子府后花园，随后便将太子府掘地三尺，从中搜出桐木人，太子无法辩驳，只好派人假冒使者抓捕江充等人，两下起了争端，韩说被太子使者杀死，无奈之下，太子向百官宣布江充谋反，杀了江充，但宦官苏文逃脱，向武帝揭发太子谋反，武帝大怒，派新任丞相刘屈氂率兵平乱。太子只好纠集军队与之激战，最后太子兵败逃离长安，皇后卫子夫自杀，太子在逃亡中最终也上吊自杀。武帝后来虽然查明了真相，处死了江充、苏文等人，但他因多疑而失去皇后和爱子的事实业已无法挽回，悲哀至极。

可幸运的是，当张骞冲着匈奴单于伊稚斜不卑不亢、视死如归的时候，这位与张骞年龄相仿的大单于，竟然心生怜悯，被他的大义凛然所感动，他决定留下张骞，为他所用。于是，他心存善念，吩咐下去，不要为难张骞，要不惜一切手段争取张骞归顺，甚至给他赐予匈奴女子为妻，为他生儿育女，伊稚斜坚信，张骞迟早有绝望的那一天。

他要像熬鹰一样熬着张骞。

正是因为匈奴单于的宽容、忍让和耐心，才使张骞看到了活着的希望，在说客三番五次地轮番轰炸下，张骞不得不低了低头，他看准了自己在大单于心中的分量，因而他服软了，但却不表明立场，不说降，也不说不降。

当然，张骞能含糊其词地拖延时日，还有另外两个重要方面：一是前去和亲的汉朝公主，是匈奴单于的阏氏，相当于汉朝皇帝的皇后，虽说是战争的产物，但依照匈奴人的规则，阏氏是一直要服侍大单于的，也就是说上一届军臣单于的阏氏，在军臣单于死后，要继续做下一个大单于伊稚斜的大阏氏，如此相传下来，阏氏也算是有些威望了，因而，她对张骞的庇护亦是自然的。二是匈奴伊稚斜大单于为了拖住张骞，许配匈奴女人给他，但为了彰显自己对张骞的尊重和抬升张骞在匈奴的地位，他许配给张骞的并不是普通的牧民女子，而是赐了公主封号的都尉之女。这样的女子，在与张骞生活了几年之后，对张骞也起了保护作用。

所以，张骞以自己的方式在匈奴之地生活了下来。他的绝望因而也开始有了希望，他渐渐假装把自己融入匈奴人中，并策反了原本来监视和劝说自己的匈奴妻子。他心中举着忠义，一面向东方跪拜，一面向西域仰望。

七、河西人家

十年生死两茫茫。

张骞与他的部下被匈奴监禁，匈奴一面软化拉拢他们，一面令其做苦力遭受折磨，我们难以想象，张骞在这十年中所受的心理压力，但他始终不辱君命，持汉节而不失，终于在武帝元光六年（公元前129年）趁匈奴人不备，带着妻儿和几名亲信逃出了匈奴王庭。

这是一次危险而幸运的逃亡。

这一年，汉朝与匈奴的关系发生了逆转，卫青挫败匈奴骑兵，汉朝已经完成了由军事防御到军事进攻的重大转变。因而，对刘彻而言，张骞与他带走的100余名战士已然失去了战略部署上的意义；对于当年送张骞一行出发的人来说，张骞已是"千里孤坟，无处话凄凉"，又或者是"纵使相逢应不识，尘满面，鬓如霜"。的悲凉意味，所以，张骞在与不在，对刘彻已经不重要了。而对于伊稚斜大单于而言，十年都不能驯化一个顽固的俘虏，他的耐心也该是有限的，他不是不杀张骞，而是多年之后，张骞已经消失在他的视野之外了，作为一个万众之上、自诩为昆仑神之子的大单于，他又有何意义来和一个俘虏纠缠呢？因而，张骞被大汉王朝和匈奴王庭的统治者遗忘了。

但如果是这样，一个没用的人，归心不改，企图逃亡，一旦被捕，就是必杀。

然而，正是匈奴单于的遗忘，才使张骞有了机会。当然，十年的时间里，张骞与他的亲信足以做好准备。张骞在匈奴妻子的帮助下，学会了匈奴语言，穿着胡服生活，熟悉了匈奴人的一切风俗习惯，并且掌握了匈奴的军事分布以及匈奴境内的详细地形，尤其是探知了通往西域的路线和躲开匈奴眼线的方法。同时，张骞与手下亲信做了极为周密的策划，他毅然舍弃了大部分随从，这与他们被迫分散，难以聚集有关，但张骞并不是背信弃义之人，他是带着"义"字出发的，就一定会为"义"而舍身成仁。所以，张骞没有惊动那些为他忠心耿耿的手下，他不想让他们跟着他送死。

张骞在妻子的掩护和亲信的协助下，于某个难得一遇的好天气里，顺利地穿过了匈奴人的控制区，在几个昼夜的奔波之后，一行人取道车师国（今新疆吐鲁番盆地），进入焉耆，接着沿塔里木河西行，经龟兹国（今新疆库车东）、疏勒国（今新疆喀什）等地，翻越葱岭，到达大宛（今费尔干纳盆地）。他们受到了大宛国王的热烈欢迎，并且看到了汗血宝马。大宛国王派人做向导，帮助张骞等人到达了月氏人所在地——妫水流域（乌浒水）的康居（今巴尔喀什湖和咸海之间），这里，距长安已是万里之遥。

张骞终于抵达了西域，见到了月氏国的女国王。然而月氏国因为多年前举国西迁，征服了当地土著，占据了他们的土地，民众生活安乐，月氏人无意联合汉朝来对付匈奴。

遥不知，张骞此时到底是喜是悲？

2000多年后的今天，我沿着张骞的足迹一路西循而去，也是被张骞的忠义气节紧紧牵引着：若是张骞并没有在匈奴拘留十年，那他真正能给后人留下什么？正是这历经磨难的十年，才使他这个不起眼的小人物——这颗汉武帝刘彻手中随意摆布一番的棋子华丽转身，成就了不可复制的英雄气节，也因此，让中西方文化因为张骞而有了划时代的交流和融合。

不知从何时起，越来越多的人开始喜欢上了丝绸古道，流行穿越河西走廊的"冒险"之行。太多的人都想着"穿越"和"梦回"。因而河西一带又渐渐被国人关注起来，打造旅游城市的文化标签也在这一带炙手可热。

当然，敦煌莫高窟这个名片太过耀眼，像招魂的幡儿一样，令游人趋之若鹜。但张骞并未曾到过敦煌，他是沿着秦长城一路西去，踏上嘉峪关的悬壁长城，翻越黑山而出了匈奴境地。我曾站在长城的最顶端，遥望茫茫戈壁，对张骞顶礼膜拜。

或因此，我也停止了西行，很多人为我没能到达敦煌而遗憾，但我想，敦煌应该是张骞之外的另一条路，去是一定要去的，但不是现在。

苏东坡：从阳羡到儋耳

赵荔红[1]

一

2009年3月31日11点多，我站在江苏宜兴丁蜀镇东坡书院门前。

宜兴，秦至西晋，皆称阳羡。如今属无锡市管辖。丁蜀镇有"陶都"之誉。从镇中心顺紫砂路直行，家家户户以陶为业，伏身埋首搬运的，幻影般旋转泥坯的，炉火灼烫烧炼的，浸白了双手水洗打磨的——到处是勤劳忙碌的身影，呼吸里尽是烟火气。路边堆叠着大大小小粗制的陶盆陶罐，橱窗内摆放着做工精良待价而沽的紫砂壶。紫砂路尽头是东坡路，过红阳桥，再顺东坡路走数百米，就是东坡书院。站在桥上，远望一座小山包，坡度平缓，绕山而走的是蠡河，水天淡灰，河面平宁静寂，一小片金黄油菜亮在迷蒙烟色中，矮矮房舍倒影水墨般洇漫，一条小货船低低压着舷舱，剪破水面，无声地由远而近……小山包原名獨山，当年苏东坡到此，登临一望，忽然思念四川眉山故乡，叹道："此山似蜀。"后人便将獨字去犬旁，更名蜀山。

---

[1] 赵荔红，现居上海。中国作家协会会员。现任上海人民出版社编辑室主任、副编审。曾任《西部》杂志"跨文体"特约主持（2009—2014年）。为上海文艺出版社"诗经典·译丛"丛书总策划。作品发表于《十月》《花城》《世界文学》《天涯》《散文》等刊物、收入多种选本。著作有：《意思》《情未央》《幻声空色：赵荔红电影札记》《世界心灵》《回声与倒影》《最深刻的一文不名者》。

东坡书院坐落于蜀山南麓。白墙灰瓦，门楣上"东坡书院"四个墨字非常素朴。入门是个小庭院，道路修洁，泮池、石桥皆是新修，布置得疏朗有致。初春天气，薄薄寒意，前两日或有雨，泥土湿润，石罅间杂草回绿，竹丛下新笋突突冒出，有石板一副，就而小坐，闭目嗅闻青草树木香气……正发呆，两个男孩嬉笑着跑进书院，绕着庭院围墙追逐，皮野地在花树间跌跌撞撞，好半天，两人方笑喘着蹲坐地上；又不知看什么，齐齐凑着黑脑袋：蚂蚁？千足虫？不知名姓的草？石子的颜色？其中一个忽然发现我，扯扯同伴衣袖，被我发现秘密似的讪讪站起来，红扑扑，脏兮兮的脸蛋上挂着余笑，互相扯笑着往门外走，顺手揪了片茶花叶子含在嘴里，出了门，又探头回看我，透着好奇的清亮亮带笑的眼睛，——门外绽放出童音清脆的大笑。

原来书院正门右侧有一月洞门，一条小路通向蜀山。走不多远，即是从书院迁出新建的东坡小学。坐在庭院，隔墙就能听见琅琅清亮的诵书童音。想来这是东坡乐听的。那两个脸蛋红扑扑、眼神清亮的男孩定是东坡小学的学生。这些七八岁的童子，日日追逐着，嬉戏着，在蜀山上蹿下跳，过着恣肆、自在的童年生活。童年日子，若是拥有一条河（蠡河），一座小山（蜀山），更有树木、花草、泥土、昆虫，便是上天给那孩子最富裕最幸福的赐予了。大自然会将最初的好奇、神秘、热爱植入一个孩子心中，从一开始，他就拥有了纯良、敏感而诗性的质地。何况那孩子会走进书院，抚摸老东坡塑像，去读那些尚未全部认识的汉字，好奇于供奉的这个老头是个怎样的人；而他的老师每每读到东坡文字，也会说："喏，就是书院里那个老先生，他的文章写得多好啊！"还会见到如我一般慕念瞻仰之人，于是那孩子小小的心会升起一些景仰，有了敬畏，甚或开始阅读和喜爱诗歌。

过东坡小学，不多远，就登上蜀山山顶。北坡有松，松下荒地杂草，错落些金黄油菜；最高处是娘娘庙，香火颇旺。站在山顶（娘娘庙），如东坡一般四面一望，太湖平原，良田万顷，道路沟渠四通八达如毛细血管。庙边一条小路，可穿行翻越到蜀山南坡。南坡多竹，山势更加平缓，但山坳里杂树迷乱、粗藤密叶缠绕，又多坟茔，乱鸟瞎飞，便是白日独行，也觉得心慌。走到山脚，看见人家菜园子，一道道青绿喜人，这才放心下来。原来有一条小路通向南街，从南街可从左侧回转到东坡书院大门。这是一条明清古街：石板路，木板门，青灰屋瓦密如鳞片，依稀可见当年繁华，如今只剩些萧条的手工制陶作坊，祖居于此不肯搬迁的老人，地上沿墙堆放着泥版、陶罐陶瓶，一个蓝衣老头拉着一木板车陶罐出来，在狭窄逼仄的街道上左突右突、拐不过弯来。

诗人、散文家黑陶就出生在东坡路上的某间小屋，毕业于东坡小学，当时小学还没迁移出来，设在东坡书院里。他笔下的书院是如此富裕细致而充满生气：

"常绿的植物似乎正在进行秘密、盛大的狂欢，东坡书院内有了更为劲厚的气感。是的，气，一种由书院内漆黑的建筑部件、刻有汉字的古代石碑、泮池小桥、储藏的书籍、青砖甬道以及翁郁茂密植物所组成的精神性流体，在黛青的露天庭院以及砖木封闭的清洁空间内弥漫、劲拂。……雨水润过的、深绿树影里的书院，在由蜀山浓荫递送过来的黄昏渐浸下，格外凝重，古老中依然透射出亘古不衰的强大生命力（像那些花白圆实的柱础和巨大坚韧的墙石）。无数年代积累下的朗朗书声，并没有消逝，在此刻散去了学子的寂静书院里，沉浸的人，仍能听见空气里碎裂却清晰的丝缕童音。"（黑陶《雨意浸渗的岁暮故乡》）

过庭院，有一道黑木门，是书院原来的正门。敲半天门，踱出个身穿棉袄双手对插在袖管里的老头，怕被打搅似的耷拉着两腮，瞅我们几眼，回去翻找半天，寻来一沓门票撕下两张递给我们，嘟囔说到点就关门。进门一道大理石屏风，刻写有"蜀山东坡书院简介"：

"元丰七年，苏东坡在此买田筑室，拟终老阳羡，即东坡草堂，后又扩建为东坡别墅。元代在原址建起东坡祠堂。明弘治年间，工部侍郎、宜兴人沈晖重建，更名东坡书院，作为文人学士集会之所。清康熙、乾隆年间多次扩建、修缮，咸丰时焚毁，直至光绪八年，当地有二十四家望族羡念东坡，集资重建东坡书院，为宜兴东南八乡教养子弟之用，光绪三十二年，废除科举后，改名为东坡高等小学堂。以后一直是东坡小学所在地（按：'文革'时更名红阳小学）。1989年，东坡小学迁出。2002年，列为江苏省文物保护单位，同年，全面重修，恢复光绪年的七间四进规模，2003年扩建了碑廊。"

简介说苏东坡在此买田筑室于元丰七年（1084年），即被贬黄州之后。其实东坡在宜兴购买田产，时间更早。早在嘉祐、熙宁、元丰年间，东坡即多次到宜兴溪山一带游玩。熙宁七年（1074年）正月，他随同科进士宜兴人单锡游宜兴善卷祝陵村，捐了一条玉带给当地人造桥，还将外甥女嫁给单锡，后又托单锡在善卷黄墅村（今芙蓉村）买田约200亩；元丰二年（1079年）四月，他又托邵民瞻在靠近武进的滆湖边南新塘头村（当时称淹头村）买田100多亩，为了灌溉田庄还造了一个水闸，后人称为东坡闸。这些田产，应是托人照管，在他贬谪黄州前，均已置办好了的。宜兴属常州管辖，宋时常州是文人汇聚处，物质繁荣，气候温和。东坡动念定居江南，由来久矣。1079年，他在湖州太守任上，4月才买了田产，7月28日，"乌台诗案"发生。苏东坡是在湖州太守任上被直接抓捕入京。

"乌台诗案"肇因于北宋党争。始于仁宗朝，自庆历至元祐年间，直至北宋灭亡，党争不断激化，愈演愈烈。宋神宗为了稳固权力，剔除仁宗朝旧势，也为了拯救宋庭积弊，诸如边关松弛、军队庞大、官员腐败、财政空虚等，锐意推行新法，重用王安石、曾布、吕惠卿、李定等新党；仁宗老臣一律被视为保守派，熙宁年间罢黜了11位御史、3位谏官，告老退隐的有韩琦、张方平、范镇、赵忭、曾公亮、欧阳修等，司马光也闭门写《资治通鉴》去了。此时有号召力的旧党朝臣，尚有苏轼、苏辙二兄弟。于是，一向口不遮言、才高胆大、性情放任，"有蝇在口，不吐不快"的苏轼便成了新党的眼中钉。苏东坡任杭州通判期间，即献《上神宗皇帝万言书》，痛陈保留台谏、监察机构之必要，指出新法实施过程中出现的弊端；后又屡次上疏，均未蒙关注。"乃复作诗文，寓物托讽，庶几流传上达，感悟圣意。"（《乞郡札子》）这就引发了"乌台诗案"。

"乌台"即御史台。先是，监察御史何正臣弹劾苏轼在《湖州谢上表》中说"愚不识时，难以追陪新进。老不生事，或能牧养小民"是愚弄朝廷、诽谤新政、妄自尊大，应"大明赏诛、以示天下"；接着，御史舒亶列出苏轼有"四罪"——"怙恶，傲悖，讪上，鼓动流俗"，说其诗文被广为传诵就是"鼓动流俗"；御史中丞李定积极配合，搜检苏轼三卷诗稿，罗列出讥刺新法的诗句，道其包藏祸心。苏东坡被抓捕后，否认一应罪名，坦承诗歌中讥刺新法有三点：一是不满新法苛刻、为害百姓；二是认为集中地方财政到中央会导致地方贫窭；三是不满王安石改科举以经义取士替代诗赋取士。"乌台诗案"中苏轼有100多首诗受审查（包括与苏东坡往来唱和的朋友诗文）。此案牵连者达70多人，有25人直接受罚：除苏东坡坐狱被贬外，驸马王诜削除一切官爵，王巩发配西北，苏辙也贬任江西高安当个小酒监。

"乌台诗案"是北宋"文字狱"的标志性事件，因为：

其一，此前虽有仁宗朝"进奏院案"，从王益柔《傲歌》诗中捕风捉影，却未如"乌台诗案"酿成大案。老臣张方平上疏说：孔子删《诗经》，往往有讽喻、美颂时政之功用，当政者或从中获益，或能有所警戒，以诗刺政向来无罪，如今东坡却因诗获罪，这是违背儒家诗学传统的。

其二，"乌台诗案"后，北宋党争升级，恶性循环。无论新党旧党，都是通过攻击对方诗歌文牍罗织罪名，党同伐异。士大夫在相互攻讦中消耗力量、无暇顾及切实有效的民生政事；皇帝利用党争达到制衡目的，巩固了皇权，但恶劣的党争循环极大损害了北宋国力，加之外患不断、边关弛怠、地方空虚，终致王朝土崩瓦解。

其三，哪怕党争激烈，大臣多有被贬谪"自生自死"的，唯有苏轼直接从湖州太守任上被逮入狱；后来，徽宗朝有文士因文字被诛，虽不是高官，还是破了北宋"不杀文士"的祖训。但在北宋，士大夫阶层整体地位还是相当高的；明成祖杀大儒方孝孺十族（第十族是门生），后又有庭杖大臣的，至于清，士大夫死于文字狱者，不可胜数，岂非一朝不如一朝？

苏东坡在北宋，是以诗文坐监的头一个。他被囚禁四个月零二十天，元丰二年（1079年）十二月出狱，次年左迁黄州团练副史，自称"闭门却扫，收招魂魄"。这一年他寓居黄州定慧院时所作的《卜算子》，正是当时心境写照：

缺月挂疏桐，漏断人初静。谁见幽人独往来？缥缈孤鸿影。

惊起却回头，有恨无人省。拣尽寒枝不肯栖，寂寞沙洲冷。

深夜寂静，疏枝缺月，幽人独自，惊魂未定，满心忧患，对月伤怀，与影成双。全诗在一个冷，一个寂，内里又极孤高，仪态缥缈如仙人，即便无人问省，也"拣尽寒枝不肯栖"。

二

徘徊在宜兴东坡书院，空空荡荡的庭院、堂屋，黑木门梁，灰白光线下的雕饰阴影，铜门环的清冷闪光，石碑上东坡的温润疏朗手笔……一个人的精神魂魄转化为触手可及的质料，散落人间，年代久远地传递，你触抚到什么，就获得什么……呼吸其中气息，连同初春清寒一道吸进心肺，仿佛这样就能贴近他……

书院共有四进七个房间，依次为：飨堂、怀苏堂、讲堂，最后一进是空关的两层厢房。另有新扩建的碑廊。飨堂照壁前放一尊紫砂东坡立身塑像，长髯小帽，右手执毛笔、左手牵右袖、预备书写模样；照壁正面绘有书院全景及蜀山田地树木，反面是东坡行踪、年谱，左右联曰："玉女铜官溪山无恙七百年毓秀钟灵尽是东坡桃李，鹅湖鹿洞文字有缘六千里寻幽选胜依然西蜀峨嵋。"东坡说自己"万里家在峨嵋"，心念着眉山故土，却将此地当"蜀山"，欲在此终老。正中匾额乃光绪辛酉年间墨题："东坡买田处。"两侧白墙挂有紫砂雕版的东坡在阳羡故事图文。

这里说的"东坡买田处"，特指蜀山南麓田产，确是在东坡离开黄州后购买的。但苏东坡被贬黄州五年期间，原想就在黄州当农夫、度过余生的——

苏东坡很快从贬谪黄州之初的消沉、抑郁、惊疑不定中摆脱出来。在定慧院住了几个月后，家眷来了，又得鄂州太守朱寿昌帮助，就搬到黄冈县长江边上的临皋亭去。距长江边不到十步。《临皋亭记》中写:"东坡居士酒醉饭饱,倚于几上,白云左绕,青江右回,重门洞开,林峦岔人。当是时,若有所思而无所思,以受万物之备。惭愧!惭愧!"诗人不以为陋,反以为美,酒酣睡梦,不知身处何地,但见长江风帆上下,水空相接,一片茫苍。唯有一腔豁达胸襟、一双寻美眼睛,才能于艰难困顿处,体会万物周遭之美。

他为驸马王诜作的《宝绘堂记》中道:"君子可以寓意于物,而不可留意于物。寓意于物,虽微物足以为乐,虽尤物不足以为病。留意于物,虽微物足以为病,虽尤物不足以为荣。"同样是"物",若是寄放性情、感动内心于万物,且能不拘泥不执着,即使是渺小事物也能有所乐、有所爱、有所感,即使是最大物益,也不会为之迷惑挂碍;若是拘泥执着外物,碰到一点小事,即心心念之,寝食俱废,愁肠百结;一旦得意腾达,富贵荣耀也不能满足其贪欲。所以,对于身外之物,东坡要自己既"留意"又"无意",既感受之,又能超越之:"譬之烟云之过眼,百鸟之感耳,岂不欣然接之,然去不复念也。"

元丰三年(1080年),东坡从朋友马正卿那得十来亩地,打算自己耕种,贴补家用。田地在黄州城东一处山坡上,乃自号东坡居士;山坡有茅亭,亭下建房舍五间,称为雪堂。堂东有柳,掘井饮水,耕种水稻麦子,修植桑林菜圃果园。自青年时,东坡子由就商议,要寻个幽静去处,退隐乡间,不问朝事,兄弟联床夜话、吟诗作画。此时,苏东坡似乎真的一心一意做起农夫来了。他向农人学种植,自己造房子,还会烧菜、酿酒,经常往返于临皋亭、雪堂之间;又常与朋友漫游左近山水、每每饮酒大醉而归,这首《临江仙》写的就是这样的生活情景:

夜饮东坡醒复醉,归来仿佛三更,家童鼻息已雷鸣。敲门都不应,倚杖听江声。

长恨此身非我有,何时忘却营营!夜阑风静縠纹平。小舟从此逝,江海寄余生。

饮酒而醉，半夜从雪堂踏月回临皋，却吃了家童的闭门羹，只能倚着手杖听那江水滔滔，于人世苍茫、运命无常生出无限感慨。这首词气象清俊、疏朗、开阔，却无半分抑郁，甚至用语幽默。但是心如江水，即使夜阑风静水波平，也曾起波澜，"长恨此身非我有，何时忘却营营"，又感慨人的肉身不过是天地之委形，又何必拘泥于得失呢？传说这首词还惹了个笑话：黄州太守徐君猷平日多赠酒食，常与东坡饮酒唱和，还有一个任务是"盯"住东坡；那日黄太守读罢"小舟从此逝，江海寄余生"，吓坏了，以为东坡乘船逃走了，赶忙跑到东坡寓所探看，却见主人鼻息如雷、睡眠正酣呢。东坡对自己的处境，心知肚明，自嘲是被曹操借黄祖手杀死的"狂处士"祢衡。但他究竟豁达人，对于失去恩宠、被贬谪、被监控的现实状况，也怀着"吾心淡无累，遇境即安畅"的心境。

"乌台诗案"后，东坡自忖"开口得罪"，心想"从此改了吧""不复作诗文"。却积习难改，才出狱，即赋诗一首："平生文字为吾累，此去声名不厌低。塞上纵归他日马，城东不斗少年鸡。"将自己比作因祸得福的马，将迫害他的小人比作少年鸡。相传上面那首《临江仙》，传至帝都，还引起神宗的怀疑（据说神宗皇帝吃饭时若是停住了筷子，臣仆们就知道他在读东坡文字）。好在皇帝并未非真想杀了他，世人揣度皇帝心思，对于落难东坡，还算客气。赵翼《瓯北诗话》言："东坡才名，震爆一世。故所至倾动，士大夫即在谪籍中，犹皆慕与之交，而不敢相轻。"北宋士大夫多少存有独立性，朝局变化，尚不影响他们的倾慕之心。至于明清，受文字狱牵连者，世人避之唯恐不及，哪里还能如东坡，虽无法参与朝政，尚可饮酒赋诗、逍遥自在？（被贬海南后，东坡的日子就不那么好过了，下文详述）当时到雪堂见东坡的除了黄州大小官员外，还有画家米芾，世家公子隐士陈季常，诗僧参廖，乃至不知名姓的士人，农民，渔夫，僧道……东坡自云："吾上可陪玉皇大帝，下可陪卑田院乞儿。眼前见天下无一个不是好人。"无论贤与不肖、贫贱富贵，唯性情相投，东坡便乐于相交。历朝历代，从没有一个人如苏东坡，受到上及帝王卿相、下至愚夫愚妇的爱戴。

被贬黄州五年，东坡除了做农夫，与朋友饮酒唱和，还迷恋丹药瑜伽，思想出入儒、释、道，文风也为之一变。灾祸、忧患、思虑、感喟、体悟，历练了他，将他早年文字的外露锋芒收敛，祛除了诗文中"好骂露才"的瑕疵，成就了《前赤壁赋》《后赤壁赋》《记承天寺夜游》《水调歌头》《浪淘沙》等名篇。他是这样看待生命与时间的："盖将自其变者而观之，则天地曾不能以一瞬；自其不变者观之，则物与我皆无尽也。"天地万物，人及自然，都在变与不变、瞬间与永恒中转化；他是这样看待"外物"的："且夫天地之间，物各有主，苟非吾之所有，虽一毫而莫取。惟江上之清风，与山间之明月，耳得之而为声，目遇之而成色，取之无禁，用之不竭，是造物者之无尽藏也，而吾与子之所共适。"这与上文说的"寓意于物，而不可留意于物"思想一致；他是这样写景的："白露横江，水光接天。纵一苇之所如，凌万顷之茫然。"开阔、空灵、透明的水与月，从他坦荡胸襟中流泻出来。夜半到承天寺寻访张怀民，"庭下如积水空明，水中藻、荇交横，盖竹柏影也。何夜无月，何处无竹柏，但少闲人如吾两人者耳。"月、人、影，历历在目，读之感泣。

东坡原想就这样在黄州"寄余生"，他或能抒写心灵思想之自由，却无法左右身体与命途。元丰七年（1084年）三月，神宗皇帝亲拟诏书，将苏东坡贬所由黄州改为汝州（今天的临汝，离开封近）。这一举措让政敌深感不安，东坡自己也惊疑不定。四月，苏东坡启程奔赴新贬所，写了《别黄州》诗："病疮老马不任鞿，犹向君王得敝帷。"病弱老马已经不堪忍受马络头的束缚了，还是要向君王求得一幅帷幔、遮蔽身体。又作《满庭芳》词一首，留别雪堂邻里，第一句即是"归去来兮，吾归何处？"此时他已年近半百，接到君命，命如浮萍，飘转何方，老东坡内心一片茫然……

到底"身归何处"？东坡踌躇着。朋友佛印要他去扬州，范镇要他到许下、与己为邻，仪真太守想和他为伴，他的表妹一家在靖江，他自己还看中了丹徒的一片松林……最后，苏东坡听从了湖州太守藤元发建议，还是打算在太湖边上的宜兴安顿下来，这就购买了位于蜀山南麓的田产，也就是林语堂提到的。我猜他这样选择，是想将之前在宜兴置办的田产，集中管理。

他先将家眷安顿在仪真太守那，九月，独自下乡去看田庄。元丰七年（1084

年)十月二日,他这样写:"吾来阳羡,船入荆溪,意思豁然,如惬平生之欲。逝将归老,殆是前缘。王逸少云:我卒当以乐死,殆非虚言。吾性好种植,能手自接果木,尤好栽橘。阳羡在洞庭上,柑橘栽,至易得。当买一小园,种柑橘三百木。屈原作橘颂,吾园若成,当作一亭,名之曰'楚颂'。"这就是《楚颂帖》中所叙述的。如今在宜兴东坡书院,碑刻收藏有东坡手书三种,《楚颂帖》《阳羡帖》《迈往宜兴帖》,前两样是离开宜兴前写的,最后一封,是被贬海南后写。

买园种柑橘,建楚颂亭,后来没有实现。但苏东坡的确在蜀山南麓造了房子。传说在阳羡他原本是花了500缗买一幢房子,遇一妇人哭泣,说是不孝子卖掉祖屋,身无依靠,一打听,正是自己买的房子,东坡当即就将房契烧了,房子还给原主。这样,他就只能自己造房子住了。

同年十月十九日,他上疏,希望皇帝许可他住在常州(阳羡当时属常州管辖),尚未得到恩准,只得拖着二十几口家眷,往诏书指定的汝州去。元丰八年(1085年)三月五日,神宗皇帝驾崩,次日,苏东坡即接到圣旨,说可以在常州居住,就又携20多口人南下,五月,终于抵达阳羡。看来,东坡可以舒舒服服地安居阳羡,惬意平生了,他的确这样想,诗曰:"十年归梦寄西风,此去真为田舍翁。"《满庭芳》词(自题因"蒙恩放归阳羡"而作),更道出他归隐阳羡的极乐念想:"无何何处有,银潢尽处,天女停梭。问:何事人间,久戏风波?顾谓同来稚子:应烂汝腰下长柯!青衫破,群仙笑我,千缕挂烟蓑。"

但东坡并不能"惬平生之欲";"逝将归老,殆是前缘"也只是他的一厢情愿。到阳羡田庄不过十来天,他就接到了朝廷的新任命。顺着丁蜀镇东坡路向外走,离开阳羡,往帝都,奔赴朝命,他再没能踏上阳羡土地……从此十几年,仕途起伏,朝廷依然党同伐异,你方唱罢我登场,国事却日益衰微。东坡生命的最后三年,不是在富庶江南度过,而是在当时蛮荒瘴疠的琼州(海南);他没能买园种柑橘,也没能建成楚颂亭。离开阳羡之时,他给米芾的信这样写:"衰病之余,乃始入闹,忧畏而已。"忧疑、畏惧,这是面对仕途前景的黯淡心境……

……在宜兴东坡书院徘徊。飨堂与怀苏堂之间种有百年金桂银桂各一株,枝叶繁茂；讲堂后有东坡井，井边梅花未放，一株茶树，已然含苞矣。后园有柑橘若干、翠竹一丛，虽不成东坡想要的300棵柑橘，也是后人体贴"楚颂"之意吧。最后一进两层楼厢房，原是小学教室，如今空置着……我坐在井沿发呆，他趴在二楼窗户朝我招手……顺木楼梯一节节上去，木地板响动，如有回声，浮尘随脚步起落，那些蒙尘前事，都藏在一扇扇木门阴影中吧？是风声、门扇开合声，抑或是童子的诵书声？木窗生涩，不能尽开，半启着，我们一起探头前望……

三

宜兴东坡书院有一幅唐寅的《东坡先生笠屐图》碑刻，东坡坐着，双手提衣，面露微笑，头戴斗笠，脚穿木屐，整体线条流动；题字："东坡在儋耳，自喜无人识，往来野人家，谈笑便终日。一日忽遇雨，戴笠仍着屐，逶迤还到家，妻儿笑满室。歆哉古之人，光霁满胸臆。图形寄瞻仰，万世谁可及。吴郡唐寅画并题。"我后来到海南儋耳东坡书院，又看见一幅宋濂画的《坡仙笠屐图》拓刻，东坡也是戴斗笠着木屐，举动潇洒，神情幽默，题曰："东坡在儋耳，一日访黎子云，途中遇雨，从农家假笠屐着归。妇人小孩相随争笑，群犬争吠。坡曰：'笑所怪也，吠所怪也。'觉坡仙潇洒出尘之致。百世以下，犹可想见。"所叙细节更多，东坡姿态潇洒，神情毕现，妇人小孩相随，狗儿乱叫，小孩乱笑，历历可见。关于东坡戴笠着屐的画作，历代有许多，故事皆本于他贬谪海南儋耳之时，精神气息却令我想起他被贬黄州时写的一首《定风波》：

莫听穿林打叶声，何妨吟啸且徐行。竹杖芒鞋轻胜马。谁怕？一蓑烟雨任平生。

料峭春风吹酒醒，微冷。山头斜照却相迎。回首向来萧瑟处，归去，也无风雨也无晴。

词句清新喜人、俏皮潇洒。春寒也罢，风雨也罢，天晴也罢，诗人都能逍遥行走，不将祸福忧喜挂碍凝滞心中。便是一生风风雨雨，阴晴难定，他依然故我地吟啸、徐行。

苏东坡满心想着在阳羡安顿下来，与家人一起，做他的"田舍翁"；朝政忽变，神宗死，哲宗立，高太后掌权，司马光重返朝堂，苏东坡也结束五年贬谪生涯，起任为登州太守，全家欢欣鼓舞，唯独东坡对佛印说："如入蓬蒿藜藿之径。"离开阳羡，奔赴帝都，最后这十几年的时光，他将会在怎样的风中雨中穿行呢？接新皇诏令，他的心中，恐是滋味杂陈，一则以喜，一则以忧吧。

往后岁月，他先是一路高升：才到登州，又以礼部郎中召回帝都，二个月后又迁为中书舍人，连升三次，官阶从七级升到三级；元祐三年（1088年）任翰林学士知制诰，官二级，仅次于宰相。这时他51岁，之后，代皇帝拟写了800多道诏书，负责科举考试策题，兼侍读，做了小皇帝八年老师。他的两个朋友，吕公著、范纯仁都身居高位，弟弟子由直做到御史中丞。在朝野，他又是文学泰斗，苏门四学士天下皆知。

司马光重掌朝政后，旧党纷纷回朝，新党失势。新党内部其实早就分裂了，熙宁年间，吕惠卿等试图将王安石父子牵连进谋反案中，王安石辞去一切职务，吕惠卿把持朝政。元丰七年（1084年）七月，苏东坡抵达南京，虽政见不合，依然去看望这位赋闲的老朋友；儿子王雱之死令王安石心灰意懒，这位聪明、勤勉、性情古怪的拗相公，传说晚年常骑驴独行，喃喃自语，后抑郁而终，据说死前叫侄子将他写的70多本日记全数焚毁，幸亏侄子没有照办。司马光得知王安石病逝，说，他人并不坏，应当厚礼安葬。苏轼身为翰林学士，赠王安石太傅的诰书，出自他的手，有人认为，此文虽满篇褒词，却暗含讽刺。无论如何，老一代党争还仅仅是政见之争，对人品学问，还是有公正品评，到了下一辈，仅剩下权力或恩怨争斗，一点情面不留。元祐四年到七年间，旧党炮制"车盖亭诗案"，将蔡确贬谪新州、清除新党在朝势力。此后，司马光身边，便尽是围随附和之人，苏东坡生性不肯"随"，性情放达，说话不节制，不赞成司马光，对有成效的新法也一概摈弃，树立了不少新敌。

司马光死后，新旧党争暂告一段落。旧党内部，朔党、洛党、蜀党之争转为激烈。以程颐为首的洛党，与以苏东坡为首的蜀党之间，到底争个什么？后来朱熹以为是"敬"与"不敬"之争。朱熹看不惯苏东坡放任不羁的文人习性，说他平日只是"吟诗饮酒，戏谑度日"，以之为"不敬"。蜀党与洛党，对于科举考试，是采用诗赋取士还是经义取士，也争论不休。苏东坡认为只讲经义、徒尚空论，不如作诗赋、是实学。因为要能写出好诗好文，除了得有扎实经义功底外（苏东坡注释过《易》《论语》《尚书》），还要有生活实践，有情感生命的体验，游历山川江河，熟悉天文地理、民俗民风，对花鸟虫鱼、百汇万物都要了解，且通晓音韵格律，擅长书法丹青，具有良好的艺术教养和生活情致，只有对这些全面了解并能融会贯通，才可能作出一行或一篇好诗文出来。在苏东坡看来，一个优秀诗人，须经贵族化的全面教育。这与我们现代以为诗歌虚浮无用、理论策略（尤其是实证科学）才是扎实有效的观点实在不同。

所有这些争论，归根到底，就是权力问题，谁的人被举荐，哪一派就拥有更大的影响力。程颐身边围绕的多是北人，河洛一带尤多；苏东坡身边多是南人，川人为主；还有司马光门下、刘挚、梁焘等为首的朔党，王安石派残余，这些人，在瓜分、占有权力上，争来斗去。南宋施宿《东坡先生年谱》"元祐四年"条按语曰："元祐诸贤欲革弊而不思所以自善其法，欲去小人而不免于各自为党，愤嫉太深而无和平之气，攻讦已甚而乖调复之方，同异生于爱憎，可否成于好恶，朝廷之上，议论不一。"这是对元祐党人的批评，认为他们不管新法是否有成效，掌权后一概废除，又没能出台革除宋廷积弊的新措施，终日忙于党同伐异、意气相争，因爱憎纠缠琐碎细节，不顾朝政、不理民生实事。而皇帝呢、太后呢，自然乐见朝臣相争，从中制衡，任何一派独大都不利于他的控制。其结果，必定是极大地消耗各方力量，北宋的覆灭，与党派相争，关系莫大焉。

朔、洛两党联手攻击蜀党的高潮，是程颐门人朱光庭弹劾苏东坡的"策题案"。

元祐元年（1086年），诽谤苏东坡撰写的《师仁宗之忠厚，法神考之励精》暗含讥讽仁宗、神宗，说他"为臣不忠"；元祐二年（1087年），再次出现"策题之谤"，说苏东坡"亏损国体""习为轻浮，贪好权利""学术不正"。"乌台诗案"的发动者是新党，"策题案"则来自旧党阵营。两案皆空穴来风，险恶用心则是一样，皆为罗织罪名。幸亏哲宗年小，高太后不予理会。蜀党自也不甘示弱，反向攻击诋毁程颐。元祐六年（1091年），洛党终于又逮到一个机会，以为奇货可居，欲置东坡死地：在扬州时，东坡曾作诗《归宜兴留题竹西寺》，有"此生已觉都无事，今岁仍逢大有年""山寺归来闻好语，野花啼鸟亦欣然"句，诽谤者说，东坡被贬黄州，耿耿于怀，神宗皇帝一死，他就欢欣鼓舞，以为是"闻好语"，逢上"大有年"。"乌台诗案"犹在眼前，如此捕风捉影，怎不令人惊心？东坡自辩说，写此诗仅仅是要回宜兴归隐，由衷地喜悦欢欣，彼时神宗皇帝已驾崩两个月，不存在"闻好语"之说。经历两次"策题谤"后，帝都已令东坡心生厌倦，多次上疏请求外放："若上下相忌，身不自安，则危亡是忧，国何以报。"这是苏东坡对国事的精准分析。元祐四年（1089年），他到杭州任太守，后来，又回京做过两个月兵部尚书、十个月礼部尚书。但一个人的死，决定了他最后的命运。

元祐八年（1093年）高太后死，哲宗皇帝亲政，他对那帮唯太后命是从的元祐老臣，早就心怀不满，开始重用能满足他放纵享乐之心的新党章惇、蔡京、蔡卞等，熙丰新党吕惠卿、曾布等也重新得势。历史就是这般你方唱罢我登场。绍圣元年（1094年），章惇官拜相位，实行"绍述"，即继承和恢复神宗皇帝时的法度；炮制《神宗实录》案"同文馆案"，大兴文字狱，对元祐党人实行报复。他们效法元祐党人手段，清洗旧党的规模更大、更酷烈、更彻底：司马光已死，子孙依旧被剥夺官爵，财产悉数籍没；被流放、贬谪到岭南以外的元祐党人竟有830人，哲宗任由他们"自生自死"，毫无怜恤之情；到徽宗崇宁年间蔡京为相后，扩展到清除所有异己分子，三次刻石立碑、榜之朝堂，全面禁锢元祐党人，有309人遭终身废黜，同时禁毁"元祐学术"，波及子孙、弟子辈，迫害达到空前高潮。（令人啼笑皆非的是，到南宋，高宗提倡"吾最爱元祐"，凡列名"元祐奸党碑"的，

又觉得是相当荣耀的呢）

苏东坡当然遭遇迫害冲击的第一波。无论旧党在朝、新党在位，苏东坡总难逃被诽谤、被罪责之命运。这一轮，情势更凶猛。身居高位，一夜间就跌落下来。他第一个被贬到广东大庾岭以南。绍圣元年（1094年）四月，罢英州太守，半年中，又连续三次降官（与前面连升三次比对），不断调离，直到十二月接命安置广东惠州。在当时，贬谪岭南，已是凄惨，广东在当时更属蛮荒之地。好在东坡性情放达，到了惠州也能安心过日子。章惇等大概觉得苏东坡日子过得还是太舒服，三年后，再度将他贬到海南儋耳，为琼州别驾昌化军安置。

宜兴东坡书院有东坡手书《迈往宜兴帖》碑刻，记述了东坡与长子苏迈诀别、让长子二子带媳妇及全家回阳羡田庄安置之事。绍圣四年（1097年）六月，东坡与子由道别，只带小儿子苏过一起前往儋耳。想当初被贬黄州时，虽位低职闲，不得签书公事，却有当地官员馈赠酒食，朋友也常相探问，妻妾子孙犹在跟前；而此时，东坡已经60岁了，垂垂老矣，夫人已逝，小妾朝云已亡，两个儿子及媳妇又不能跟随，只小儿苏过一人陪伴，此中凄凉，难以尽言。《与王仲敏书》说："某垂老投荒，无复生还之望。昨与长子迈诀，已处置后事矣。今到海南，首当作棺，次当作墓，乃留手书与诸子，死则葬海外……生不契家，死不扶柩，此亦东坡之家风也。"

古谚云："鬼门关，十人去，九不还"，到海南要先经过鬼门关（在今广西北流），前路茫茫……东坡与子由分别渡海时，还笑道："岂所谓道不行，乘桴浮于海者也。"一派潇洒样子。可当他从澄迈登岸，抵达琼州，沿海岸而行，前往儋耳时，凄凉、郁闷、不平之气便在《儋耳山》中倾泻出来：

突兀隘虚空，他山总不如。
君看道旁石，尽是补天余。

四

去儋耳东坡书院很不便当。2011年2月，我们先从广西北海乘船渡琼州海峡到海口，转乘公车前往那大镇，再转三轮电动车（或摩托车）。这种电动车侧边加一个座位，顶上有塑料棚，三面围黄色塑料遮雨帷幔，右车把上竖一面写有"顺风车"三字的小绿旗。车夫多是女子，头上罩花布巾，戴尖斗笠，身穿橘黄风雨衣。那年冬天特别冷，连日下雨，风又极大，电动车一路颠簸奔驰，阴冷海风四面灌进，细雨斜侵，满面雨水，衣裳也湿透了，我们紧紧抓着衣领围巾，牙齿上下磕碰，全身都在发抖。雨稍稍停了，才看见电动车是行驶在田间小路，树木葱郁潮润，田畴光色明媚，极为开阔舒爽。

"顺风车"直开到东坡书院门前开阔地。下车时，手脚麻木、僵硬。书院离中和镇大概半里地。四围是已收割的稻田，背靠一条河，面向一个大池塘，塘中浮满水生葫芦……苏轼刚到海南，朝廷对他实行"三不"禁令：不得食官粮，不得住官舍，不得签书公事。军史张中关照，得以偷偷住在昌化军衙门。生活艰难，他写信给朋友，说自己过的是"食无肉，病无药，居无室，出无友，冬无炭，夏无寒泉"的日子。最难熬的是寂寞，当地多为土著，中原文化相当稀薄，读书人更少，虽说东坡性情旷达，所结交的，不分文士农夫军史，愚夫愚妇，小孩子老头儿，但可深谈交心的究竟太少了，且初来乍到，常常是"杜门默坐"，"父子相对如两苦行僧"。却有一户耕读人家，姓黎，苏东坡有时与张中到儋耳城南拜访黎子云兄弟。黎家旧屋即如今儋耳东坡书院所在。东坡《和陶田舍始春怀古二首》题记说黎家"居临大池，水竹幽茂"，正与我下车时所见的大池塘类似。

那东坡书院面池坐落，绛红泥墙，黛绿屋瓦，正门匾额"东坡书院"相当素朴，门前一株大树，叶落未发，秃撑着遒劲刚硬的枝丫。入正门，即见一座二层六角亭，书"载酒亭"三字；又见张需书红匾金字"鱼鸟亲人"，当出自东坡诗句"呼我钓其池，人鱼两忘反"。此亭居中建在一方泮池上，有桥渡接；亭桥栏杆，排放着一盆盆盛开的大红三角梅。泮池中红莲盛开，四面种植椰子树。新雨过后，有隐隐阳光，一切都清新得很。

过泮池即载酒堂。入门有民国时人题写的匾额"先生悦之"。联曰："生面重开更有客吟诗对此茂林修竹，芳踪如晤看执经问难依然沂水春风。"青地砖，深褐落地折合木门扇，居中木板照壁上红底墨色"载酒堂"三字，堂中陈设旧石碑刻。

当时苏东坡与黎子云等饮酒，谈及当地土人不通文理，座中人建议在黎家旧宅建屋讲学，东坡欣然同意，带头解衣醵钱，为之题名"载酒堂"，乃引《汉书·杨雄传》中"载酒问字"典故。后来，东坡又编订经书讲义，讲学教授子弟，当他重新听到朗诵诗文的清脆童音，心中喜悦，写下《迁居之夕闻邻舍儿诵书欣然而作》："儿声自圆美，谁家两青衿。""吾道无南北，安知不生今。"道既可在中原、江南，也可传播于海角天涯。苏东坡在儋耳三年时间里，努力传播学问文章，他的学生有黎子云兄弟、符林、王宵等当地人，还有特意从广东赶来拜师的姜良佐等。

这载酒堂始建于绍圣四年（1097年）十一月。元代重建时，将桄榔庵元代建的东坡祠中的苏公像移至此，并在堂后建大殿。明成化、万历年间重修，拓展了钦帅堂、载酒亭、钦帅泉。明清以来，学者在此设帐讲学，称"东坡书院"。清康熙年间重修，光绪年间又扩建了两边廊庑及上中四耳房、头门，整个书院格局这才算完备。"文革"时摧毁殆尽。1984年重修，基本格局沿袭明清的。

载酒堂与大殿之间，有光绪年间种的大树，一棵杧果树，一棵凤凰木，枝叶繁茂，遮蔽屋宇。两边回廊陈列字画题咏的碑刻：有东坡草书"斗酒纵观廿一史，炉香静对十三经"；有他的梅花图，一幅题绍圣年间佛寿日画的佛像；还有上文提及的宋濂画《坡仙笠屐图》……大殿门额"海外奇踪"，正堂题匾"鸿雪因缘"，殿内供奉三尊彩色泥塑，居中坐者，一手捻须、一手执书，即是老东坡，右边青绿衣立着的后生当是苏过，左边灰蓝衣坐者却不知是谁。殿后有钦帅泉，学子至此，总要买碗泉水喝，沾沾东坡的文气灵气。东坡后园，中间是钦帅堂，左为东坡纪念馆，馆外有新塑的东坡戴斗笠的立身雕像。后园疏朗阔大，小雨过后，草木潮润；再无别个游客，独我们二人，千里迢迢而来，瞻仰先生，俯首思之，遐想音容笑貌，徘徊不去……

中和镇西南隅，原来还有一个桄榔庵，乃是东坡故居所在地。苏东坡初到儋耳，张中将其安置在昌化军衙门，被前来视察的董必发现，将东坡赶出官衙，张中也丢了官。好在有数十乡亲及当地学子助力，在桄榔庵建成五间茅屋，聊以遮蔽风雨。屋成，老人高兴，摘叶书铭以记："且喜天壤间，一席即吾庐"，又作《新居》诗："结茅得兹地，翳翳村巷永。数朝风雨凉，畦菊发新颖。俯仰可卒岁，何必谋二顷。"茅屋应是建在桄榔林下，屋旁也有个大池塘，池中有莲花，《和陶拟古之八》写道："城南有荒池，琐细谁复采。幽姿小芙蕖，香色独未改。"苏东坡又仿陶渊明在桄榔林种菊花，菊花开时，邀请当地人做重九之会，写下《记海南菊》。他随身携带的只有陶渊明集和柳宗元诗文，前者隐居，后者被贬，东坡以此二人自勉。

但此时，苏东坡的处境是一生中最艰难的。被贬黄州时，尚有太守、朋友接济酒食，而此时的哲宗，对元祐党人毫无顾念，新党乘便作威作福，朋友也不便千里迢迢来探望。儋耳原本粮食短缺，当地人有顿顿吃红薯的，有时甚至吃老鼠和蝙蝠。老东坡求来一块地，自己耕种，"籴米买束薪，百物资之市。""晚途流落不堪言，海上春泥手自翻。"他的生活从精细一下子跌到"五日一见花猪肉"，为了节约粮食，甚至学习龟息法……寂寞穷困，青壮年都难以忍受，何况是个曾经富贵的垂暮老人？传说某日，东坡背个大瓢走在乡间路上，遇到一个70多岁老妇人对他说："内翰昔日富贵，一场春梦耳。"东坡深以为然，呼她为"春梦婆"。

我们没去桄榔庵，据说那里仅存旧址供人凭吊，主体建筑皆已毁坏。读资料得知，元代延祐六年（1319年）重建桄榔庵，重植桄榔林，有堂屋三间，有苏公像，并建有两廊庑供子弟们学习。明成化、清康熙年间皆重修，后又荒废。道光时再建，规模很大，时人李朴亭还在此结成"桄榔诗社"。光绪年间又修建，称为"桄榔书院"，清宣统二年（1910年）废科举后，改为"中和高初小学"。我读《桄椰庵历代诗选》，知道至少在 1962 年，主体建筑还在，因为这一年，邓拓、田汉、郭沫若都曾访问过桄榔庵及东坡书院，并留下文字。

邓拓《怀苏东坡》诗："曾谒眉山苏氏祠，也曾阳羡诵题诗，常州京口寻余迹，儋耳郊原抚庙碑。海角天涯身世感，朝云春梦死生知。千秋何幸留遗墨，画卷潇湘竹石奇。"

田汉诗《访东坡书院二首》，说自己是"冒雨来寻载酒堂"，"我来雨急瓦声古，绛鸟重鸣德不孤"用典出自东坡诗句："临池作虚堂，雨急瓦声新。"虽沧海桑田、人间变化，所谓"德不孤，必有邻"，田汉还是想要继承东坡之德风。

郭沫若的《儋耳行》，作于 1962 年 2 月。题记说他从海南北归时，"路经那大，因驱车往访，"亦想一睹《坡仙笠屐图》……

在儋耳三年，苏东坡留下许多故事：历代"笠屐图"以丰富的想象再现他戴斗笠着木屐、妇人小孩相随、狗儿乱叫、小孩乱笑的活泼情景，"总角黎家三四童，口吹葱叶送迎翁"便描写了孩子们对老东坡的喜爱；当地的饮水不洁净，易生病，苏东坡问卜城南，掘井而饮，至今还留有东坡井；当地人生病，习俗是只作祷告、不用医药，东坡写信给朋友求来大量药品或能做药的材料，亲手制药，医治百姓；难得吃到肉，当地人打了鹿，总会送给他；有一个老人，形容枯槁却精神灼灼，与老东坡言语不通，依靠手语也能交流，还送给他吉贝布御寒。东坡虽在逆境中，却不改达观风度，常携酒访友，大醉而归，一如黄州时，与老人漫游城西，赏月半夜方归。他刚到儋耳，曾叹息"窥户无一人""此中枯寂殆非人世"，三年过后，离开海南时，十数父老挑着酒食，到船边送他。朋友问他海南风土如何，他说那里"风土极善，人情不恶"。海南人情风土的确朴实自然，更重要是东坡的磊落胸怀、乐观通达的生命态度。

他的生命是积极的，具有极强的柔韧性。儋耳三年，如此艰难处境中，苏东坡除了编经书讲义、教授当地子弟、传播学问文章之外，他还写完《和陶诗》124 首（在广东惠州写了 109 首，最后 15 首在儋耳完成），完成了《东坡志林》，注释完《尚书》。在《与刘沔书》中，他说："轼平生以言语文字见知于世，亦以此取疾于人,得失相补,不如不作之安也。以此常欲焚弃笔砚为喑默人。而习气宿业未能尽去,亦谓随手云散乌没矣……"

初到海南,环视四周天水苍茫,一望无际,凄然伤怀,苏东坡悲叹道:"何时得出此岛也耶?"转念一想,"天地在积水中,九州在大瀛海中,中国在少海中,有生孰不在岛者……"整个中国就是大海中的一个岛屿,人的一生都是在一个大岛中度过,都只是沧海一粟,何必在乎居住于这里那里?又何必挂念一时一刻的荣辱曲折?这样一想,东坡心下坦然起来——在儋耳,他不过是待在一个大岛边的小岛上罢了。

五

和子由渑池怀旧

苏轼

人生到处知何似,应似飞鸿踏雪泥。

泥上偶然留指爪,鸿飞那复计东西。

老僧已死成新塔,坏壁无由见旧题。

往日崎岖还记否,路长人困蹇驴嘶。

这首《和子由渑池怀旧》作于仁宗嘉祐六年冬(1061年)。四年前,东坡与子由赴汴京应进士举,路过渑池,寄宿于老僧奉闲居舍,兄弟俩题诗寺墙;1061年再次来此,老僧已逝,旧题尚在。写这首诗时,苏东坡才24岁,诗中却充满苍凉空虚况味,似他一生运命之谶。人的一生,飘忽不定,生死荣辱,难以预测,偶然留下行迹,也不过是雪泥鸿爪,微薄渺茫得很。"泥上偶然留指爪,鸿飞那复计东西",东坡心无挂碍,飘缈有出尘之意。知道自己的渺小空虚,内心才会浩瀚广大。知道在天地宇宙,处于最低微,他才站在了最高处。即便是雪泥鸿爪,也让人追念，不能忘怀。何况其诗其人，光耀万丈，百代而下，如东坡者，能有几个？

苏东坡原想必定要葬身海南了，究竟不甘心，对儿子苏过说，我绝不为海外人。近日颇觉有还中州气象。于是洗砚索要纸张笔墨、焚香默祷道：果然如我所说，我默写平生作的八赋，当不脱误一字。一气呵成，写毕，果真一字不误，大喜道："吾归无疑矣。"是否灵验且不论，东坡盼望遇赦回中原的心情可以想见。元符三年（1100年）五月，他终于接到诰命，命其以琼州别驾官衔移廉州安置。至此，整整三年，他终于要告别海南，活着回到中原。他的内心是欢欣的，虽然已对儋耳的土地人民生了情分，有一首诗甚至写道："我本儋耳人，寄生西蜀州。"海南的三年艰苦生活，他轻描淡写，当作一生最奇绝的行旅："九死南荒吾不恨，兹游奇绝冠平生。"九死不能，时光已逝，内心究竟惆怅，回归途中，又写："残年饱饭东坡老，一壑能专万事灰。"东坡已老，万念俱灰之感，流溢纸上。

哲宗皇帝死时才24岁，弟弟徽宗即位。此前皇太后当政，这一短暂时期，元祐老人纷纷得到赦免。苏东坡渡海到雷州，又接诏书改去永州，路途中再接诰命，说可以随意居住了，他便启程北上，决意回常州。建中靖国元年（1101年）五月，苏东坡64岁，终于抵达南京。他不想再做官，只想回阳羡田庄养老，与在那里的孩子们团聚。但他还来不及回到他在阳羡的田庄，六月，即得了病。应是在回江南路途，病毒侵入感染。东坡希望能祛除病毒，医治好自己。六月十五日到达常州托朋友买的房子时，却已是缠绵床榻不能起身了。意识到自己将一病不起，他托付给朋友钱世雄三部书，《易》《论语》《尚书》的注释本，请钱世雄要妥善收藏，不要让人看见，说是30年后，会很受重视。难道苏东坡对身后事有所预言？元祐党人仅仅是获得短暂赦免，崇宁年间，蔡京等三次刻立"元祐奸党碑"，实行全面党锢，不但在世的元祐党人再遭迫害，还累及子孙，"元祐学术"也遭全面禁毁，波及诗文一概灭绝：司马光《资治通鉴》差点被烧毁，幸亏有神宗皇帝的序才得以保全；司马光、苏东坡、黄庭坚等的诗词文集全面禁毁，不得收藏、出版。直到30年后，南宋高宗说"吾最爱元祐"，苏东坡的文字才又印行，只言片语皆价值千金。

七月中旬，苏东坡迅速衰竭下去，方丈要他念些揭语，他笑："鸠摩罗什呢？他也死了，是不是？"七月二十八日，弥留之际，方丈又要他想想来生，他轻声说："西天也许有，空想来生，有什么用？"方丈还是要他想，他只说："勉强想就错了。"在他看来，是否有来生，并不重要，重要的在于今生，生死之事，应当顺乎自然。

东坡病逝于常州城内藤花旧馆。故居已毁。如今常州城内有个东坡园。我两次到那儿。园内最重要的是舣舟亭，据说东坡 11 次到常州，在古运河摆渡，数次将船系于此亭。原亭毁于清初，乾隆下江南时重建，并题字："玉局风流"，太平天国时又毁。如今这亭是 1954 年重修。园内还有洗砚池，藤条覆盖，紫色藤花开时，异香满园，传说东坡老人在此洗笔题诗。近年又扩建新园，过东坡渡口拱桥，有怀苏楼，康熙题字"坡仙遗范"，巨石上拓刻着东坡手书："大江之南兮，震泽之北，吾行四方而无归兮，誓见此焉止息，岂其土之不足食兮，将其人之难偶。有食无人之为病兮，吾何适不可。独徘徊而不去兮，眷此乡之多君子。熙宁七年三月，苏轼书。"东坡终在常州"止息"，大概是慕念此地"多君子"吧？常州的东坡书院，呈列有苏轼墨迹 40 品，入门一幅卷轴，为苏轼绍圣三年（1096 年）手书的"归去来兮辞"。

东坡去世前半月，写信给维琳方丈说："岭南万里不能死，而归宿田野，遂有不起之忧，岂非命也夫！然生死也细故尔，无足道者。"贬谪海南，过鬼门关没死，遇瘴疠之气没死，缺粮乏食没饿死，吃不洁净的水没病死，缺医少药也没死，自己耕作没有劳累死，茅屋漏雨不曾冻死，寂寞孤独没有忧愤死……恰恰是遇赦回到江南，小小的病毒感染，就让他死去了。他终于没能回到阳羡田庄，回到他梦想的"乌有之乡"，做他优游自在的"田舍翁"。但生死于他，不过是"细故"，如同草木枯荣，皆天道自然，无须挂碍于心。至于来生怎样，由他去，他不去想，"勉强想就错了"……

大黄的结局[1]

赵晏彪[2]

"妈，咱们养只猫吧？您看这猫多漂亮、多可爱呀。"儿子伯仁虽已是个大小伙子了，不知怎的就是喜欢猫。他知道自己的母亲也喜欢猫，却不知道母亲为何就是不让养，他已多次向母亲乞求了。无论他拿出多么可爱漂亮的猫咪美图来"诱惑"他母亲，妻子只是抱着喜欢、欣赏、好玩儿的态度，有时看到小猫萌萌的神态居然可以笑出眼泪来，可一旦说到养猫正题，妻子立刻神情严肃地吐出两个字：不行。

有些事情是无法解释的，儿子喜欢猫的程度已经到了无以复加的地步。在他的手机中、电脑里到处都是一些漂亮的、讨人喜欢的、摆着各种各样姿势的猫咪图片。每当他拿出这些猫咪的图片摆弄时，我心里总有一种说不出的滋味，我会常常想起大黄（大黄是母亲家养过的一只猫的名字），而深藏心底的一段影像也会突然跃出脑海：伯仁出生仅仅月余，正安静地睡在床上。而大黄一动不动地蹲坐在儿子的身旁，双眼聚精会神地盯着伯仁看，望着比儿子还要硕大的大黄，生怕它一不高兴给伯仁一爪子。这画面曾无数次把我从梦中惊醒，至今想起依然后怕不已。

---

[1] 发表于2015年第五期《青年文学》；《中华文学选刊》第7期转载。
[2] 赵晏彪，毕业于解放军艺术学院中文系。曾任《文化周刊》主编、《民族文学》副主编；现为辽宁文学院、中国文化译研网文学专委会专家、巴金文学院客座教授、中国化工作协副主席、中国少数民族作家学会秘书长。已出版长篇小说《中国创造》，散文集《真水无香》《真水亦香》，中篇小说集《北京往事》，报告文学集《雁过皇城根》，传记文学《汪海三十年》《译道与文化》等11部专著。

一

北京人有豢养小动物的习惯，无论是金朝、元朝还是清朝，他们在入主北京后，都给北京这座城市注入了他们的性格和习性。我自幼在奶奶家长大，因为奶奶家什么小动物都养过，像漂亮的火鸡、形态憨憨的鸭子、讨人喜欢的京巴狗、雪白雪白的兔子、一天叫个不停的蝈蝈儿……唯独没有养过猫。孩子的记忆大多是先入为主，记得我曾问过奶奶为什么不养猫，奶奶极其严肃地告诉说："猫是奸臣，狗是忠臣。"从那一刻起，猫的形象在我幼小的心灵里受到了排斥，不喜欢猫似乎是命中注定的。其实小时候哪懂什么忠臣奸臣，这不是我不喜欢猫的理由，说句真心话，不知为何我从心里害怕猫。

记得1962年的秋天，那年我5岁，我们后院的街坊马奶奶因病去世了，这是我记事后第一次见到死人。

奶奶家住在一个新型大四合院里，为何说是新型？它与一般意义上讲的四合院不同，整个院子分为前后两排、东西各一排房子，据说奶奶他们住的这个院子是当年一个马厩改建的。这院子分为前院和后院，前后院共有两排北房，大杂院里一共住着二十几户，百十口子人，不管家里人多人少，一律都是两间房。我们家住在前院东边的第一户，马奶奶家住在后院东边的第二户，站在奶奶家的床上，再把两个被子叠起来站上去，通过后窗户朝外望，可以清楚地看见马奶奶他们家那个茂盛的葡萄架。

爷爷告诉我说，我们这个四合院是个大杂院，因为北京城里的四合院有一进院两进院甚至三进院，唯独没有我们现在这样的四合院，其实这种大杂院是解放后房管局建的，为的是让更多的人家有房子住。这个大四合院非常好，也比较人性化，当时北京只有几百万户，土地也多得很，每家房子前面都有一块10平方米大小的空地，家家可以种种花草，养些小动物或是种些时令菜。马奶奶去世后，她老人家的尸体就停放在了她家的葡萄架下。

无论大人小孩少有不怕死人的，听说马奶奶去世了，还停放在自己家门口的葡萄架下，我们这些小孩子们都害怕起来，虽没有人说什么，但却都悄悄地在聚集到前院玩，没人敢去后院了。我也不敢去后院了，但又特别好奇，因为个子矮就把家里的被子垫起来，伏在后窗户上偷偷地往马奶奶家的葡萄架下看，生怕马奶奶活过来，但又希望马奶奶能够活过来。

到了晚上，马爷爷拿着花椒木做的拐杖坐在马奶奶身旁，马奶奶用一条白单子盖着。我觉得好奇问奶奶："人已经死了，难道说还会有人抢马奶奶？"奶奶小声地告诉我："不是怕别的，是害怕有野猫突然跑来，它要是从马奶奶的尸体上一过，尸体就会诈尸，猫有七条命呀，可吓人呢。"

"什么叫诈尸？"

"诈尸就是尸体猛然间坐起来，眼睛突然睁开，可吓人哪。"奶奶说着一把将我的头搂进怀里。

那一刻我害怕极了，害怕谁家不懂事的猫突然从马奶奶尸体上蹿过去。

猫，在我心里留下了可怕的影子。

随着年龄的增长，心也越来越坚强了，再见到猫就不那么怕了。然而1966年"文化大革命"的爆发，王爷爷家的那只大黑猫的死，让我再次感到了害怕。

那是个骄阳似火的傍晚，红红的晚霞映照着天际。我和弟弟正在家门口玩着，突然隔壁的院里传来了哭喊声、咆哮声和摔碎东西的声响。爷爷从大门外跑了回来，不容分说把我和弟弟推进家门，表情严肃地对我和弟弟说，不管外面发生什么事儿，千万别出屋。

爷爷的话还没有落地，一群红卫兵冲进了我们的院子。我们家是这个院子的第一家，爷爷奶奶在门口种着各种各样的花儿，这些人狂喊乱叫着，挥舞着手里的家伙乱砸一气……挨着我们家住的是王爷爷家，在砸他们家的花盆时，王爷爷拼命不让砸……就在这时，王爷爷家的那只大黑猫不知道从哪里蹿了出来，突然扑向了那打砸之人，由于措手不及，大黑猫将对方的脸抓伤了，后来猫没了，但那场景在我儿时的心灵深处留下了不可磨灭的记忆。"猫不是奸臣""猫比人还通人性",我被大黑英雄般的壮举感染了,我们一起陪同王爷爷厚葬了大黑,王爷爷居然哭了许多天,一直念念有词地说:"大黑比我儿子都孝顺呀……"

从此猫的形象在我心里翻了身,变了样。它英勇救主的那一扑,让我对猫充满了敬佩。

就在我对猫的态度发生了微妙的转变,既不害怕也不反感甚至有些喜欢的时候,1969年夏天发生的一件事,让我对猫由敬佩骤然变成了痛恨。

住在我们前院第三家的刘二叔,他30出头,喜欢养金鱼,在他家的小花园里有几个大鱼缸,还有几个小鱼盆。大鱼缸里养着都是狮子头系列,像金头黑白狮、红顶五花狮,非常名贵,在小鱼缸里都是新出生的小鱼和一般品种的金鱼。我和弟弟每天都要去刘二叔家看鱼,有时一看就是一个小时。我觉得鱼儿游水的样子特别好看,红红的尾巴随着鱼身摇摆飘动,不急不躁的,绿草红鱼,灰色的鱼缸底处铺了一层白色、黄色、红色和墨绿色的石头,在小小的鱼缸里形成了色彩斑斓的图画,任你的想象力飘荡。爷爷见我真心喜欢金鱼,特意为我买了一个小鱼缸,从刘二叔那里要了几条红金鱼养着玩儿。

每天在上学前,我都要看足了小金鱼,逗逗它们才肯走。放学回家后的第一件事,就是把鱼缸搬到院里的石桌上,让鱼儿晒晒太阳,呼吸呼吸新鲜空气,每天下午上最后一堂课时,心早就飞走了,盼望着快点放学,更盼着星期五,因为二叔嘱咐我说,鱼只能一周喂一次,喂勤了鱼就会撑死,二叔还特别强调了一句说,鱼跟人不一样,它不知道什么是饱。

养鱼成了我业余生活的主要部分,但是有一天后院张婶家的那只大花猫,让我感受到了什么叫心痛。

盼星星盼月亮好不容易盼到了星期五,放学后我一路狂奔地跑回家,一进家门把书包往桌上一扔,抱起鱼缸搬到外边的石桌上,准备拿鱼食喂鱼。这是我一周里最高兴的时刻,当我兴高采烈地从屋里拿着鱼食走出来的时候,眼前的那一幕让我万念俱灰,终生难忘。只见后院张婶家的那只大花猫,正用它的爪子在鱼缸里捞我的金鱼吃！我飞快地跑过去，鱼缸里的四条鱼已经被大花吃掉了两只，另外那两条鱼惊恐万状地在鱼缸里拼命地游着。我的眼泪一下子喷了出来，我拼命地哭，拿起一根木棍向大花追去。

"鱼已经被猫吃了，即使追回来了鱼也活不成了。"爷爷劝我说，"鱼死了可以再买，你要是打死了大花，怎么向张婶交代呢？是猫就吃鱼腥，你难道不懂这道理吗？"我被爷爷训斥着，可心里不服气地说道："猫应该抓耗子，不应该吃我的鱼。"

"现在的家猫都不抓耗子了，怕别人家的猫吃你的鱼有两个办法。一是看好你的鱼，二是别再养了。"

尽管刘二叔又给了我几条金鱼，不知道是由于惊吓，还是因为我心里有了阴影，很快我养的鱼一条接着一条死掉了。为这，我对猫增加了一层仇视。

二

在我的记忆里那一天非常值得纪念。当时我正和女朋友（现在的妻子）谈恋爱，我们两个家庭不是一个类型的，她的父亲是军人，我的父亲是厂长，妻子的父母希望她也找一个部队大院的子弟，门当户对。正当我们俩人关系有些微妙的时候，1985年10月的一天，母亲打来电话说，从二舅那里抱来一只小猫，你女朋友建平不是喜欢小猫吗，带她来家里玩玩吧。我心里暗自一喜，女友与我交往了这么长时间，还没有机会正式带她到我家来，这回有由头了。

果然，妻子一听来了精神，"小猫好看吗？几个月了？什么品种？"我笑笑说："这是秘密。"我当时想让她见见我父母认认家门，看小猫只是个借口，"你见了就知道了，特别漂亮。"

妻子笑着问："那今天咱们去你们家看猫行吗？"

因了猫，妻子第一次来我家，从此每周都要到我父母家，一是看望两位老人家，二是跟小猫玩。

父母如愿以偿地见到了未来的儿媳妇，但妻子对小猫的热情却令全家人惊目。她自从一看见那小猫就抱着不撒手，嘴里一直不停地念念叨叨："小猫咪，你怎么这么漂亮，你怎么长得那么好看呀？"

她的话，不是没有道理，这只小猫全身金黄，唯有四只小爪子和尾巴尖儿是纯白色，胖胖的小身体蜷缩在她的怀里，真是好可爱。看着在床上爬来爬去的小猫，建平提议要给小猫洗个澡，母亲积极响应，说有现成的热水，并吩咐我找出吹风机，给浴后的小猫吹干毛发。我本来就不喜欢猫，一听说要给猫洗澡，心里老大不高兴，但碍着面子，不耐烦地取来吹风机，打上热水。洗澡的过程并不顺利，没想到小猫怕水，瞪着惊恐的大眼睛不断挣扎，喵喵地一个劲儿地叫，两只爪子胡抓乱挠，建平的手被小猫抓伤了。我有点心疼，便打了小猫一巴掌，建平忙拦住，看了看母亲稍有不悦的脸说，"没事，一点点小挠痕而已。"又讨好母亲说："阿姨从哪儿找来的这小东西？"母亲立即把我打小猫的事丢到一边，眉飞色舞地讲起了小猫的来历。

原来这小猫是从舅舅家抱来的。二舅家住在清华大学校园西院，姥姥一家人都是清华大学的教职员工，分到的房子多数都是平房，母亲回娘家的时候，二舅告诉母亲，家里的大黄猫在大衣柜里生了一窝小猫，其中有一只特别漂亮，大家还给它起了个名字叫黄金背。母亲在娘家最为得宠，什么好吃的好玩的都紧着她先挑。就这样，姥姥一家人全都喜爱的黄金背被母亲理所当然地抱走了。

女友听后咯咯地笑道："阿姨，您真厉害。"

就这样，我心仪已久的女友被我家的黄金背彻底"征服"了。

自从黄金背来到我家，便得到了全家人的宠爱，每每吃饭的时候，它先蹲坐在一张椅子上等待开饭，我和弟弟实在看不下去，就去轰它："去，下去。"却往往遭到母亲和女友的维护。"干嘛轰我们呀，我们大黄多可爱呀、多听话呀……"

黄金背名字很好听，但叫着绕口，妻子说就叫大黄吧，好叫也好听。大黄尽管长得漂亮，也只不过是一只混血猫——家猫与流浪猫的种儿，与名贵的波斯猫、加菲猫、苏格兰折耳猫等名猫无法相比，颇具野性。当时父母住在北新桥九道弯一个院子里的平房，大黄因此和同院的猫伴们成了好朋友。半年后小黄金背长成一只漂亮的"帅小伙儿"，成为整条街母猫追逐的对象。春天闹猫的时候，黄金背天天往外跑，胖胖的身子渐渐消瘦，父亲心疼大黄，上班前特意蒸一饭盒米饭，拌上煮好的鱼，香香地和上一饭盆儿，给他摆在客厅，晚上下班回来，饭盆里的饭被吃得空空的。父亲特别高兴，怕大黄不够吃，第二天又多做了些，再加点鸡肝补充营养。可是第二天下班回来，发现饭盆仍然被吃得空空的。就在全家人都很纳闷的时候，我发现了这里的秘密。

那天我中午回家取东西，没想到碰到这样一个场景：大黄领着四五只母猫在家大吃大喝，最可气的是大黄一副受气包的样儿，它竟然呆呆地蹲在一旁看着母猫们大吃大喝，自己在旁边一个劲儿地舔嘴巴子。最后在所有的母猫都吃饱了以后，大黄才上前把饭盆里的残渣剩饭吃个干净。当晚我把这个秘密愤愤不平地告诉家人的时候，妻子听后哈哈大笑道："我们家的大黄还蛮绅士的嘛。"我从心里恨大黄，父亲从不吃鱼儿，怕腥味，但为了大黄天天买鱼做给它吃，大黄倒好，无私奉献，让谁知道了谁不生气呢？！父亲却是笑哈哈的，一点都不生气。他老人家并不计较，大黄是母亲抱来的，母亲也不说什么，妻子从心里喜欢大黄更不会说什么，只有我和弟弟气愤难平，但我们俩有"气"难发。若干年后，我从一本书里知道了大黄所为竟然是猫的一种天性，凡是公猫都让母猫先吃食（看来在动物界也有美德，公猫此举当宣扬），自己吃母猫剩下的东西。由于父亲的精心照顾，大黄顺利度过了它的第一个闹猫期。进入青春期的大黄异常淘气，不是扑人家的鸽子，就是叼人家的鱼，弄得父亲三天两头带着礼品上门赔礼道歉，父亲的脸都被大黄给丢尽了。父亲常常指着它的脑门数叨它："你再闯祸就不要你了，把你送走。"

不知是不是真的听懂了父亲的话，大黄慢慢地懂事了，不再闯祸了，它与父亲的感情亦是日渐增厚，每天晚上都睡在父亲的脚下。不管白天在房上晒太阳或者在什么地方玩耍，每到下午 4 点半，大黄准时回家。因为父亲 4 点半下班到家，只要听见父亲自行车的声响,大黄就会飞奔到院门口去迎接父亲,一见到父亲它就扑上前,又是舔又是抓父亲的裤子,那场景谁见了都会感到无比温暖可心。久而久之,街坊邻居都知道了,只要大黄往大门口飞奔,他们就会笑着说:"赵老师下班了。"

狗恋主人恋家我是知道的,但猫也恋主人是少有的。随着时间的推移,大黄不满足到院门口接父亲了,它居然跑出两站地,到北新桥去接父亲。从此,每天4点半,父亲骑在自行车上,大黄则蹲坐在自行车筐里,一人一猫悠然穿胡同而过,这在当时的九道弯儿胡同成了一景。

三

中国的汉语词汇相当的丰富,好景不长或许说的就是我们家的大黄。1989年春节刚过,儿子出生了,全家人在高兴的同时,又都担心,大黄会不会抓伤婴儿,它整天在外疯跑会不会不卫生,带来病菌?

要不要把大黄送走成为全家讨论的焦点。父亲摸着大黄说:"你们放心,我看着它,绝对不让它进到婴儿房里,不让它靠近婴儿。"我知道父亲舍不得大黄,但又不放心地指着大黄叮嘱道:"大黄,不许你进婴儿房,不许把细菌带进去,不许……"母亲一把将大黄抱到怀里说:"大黄,你快说我知道啦。"大黄像是听懂了似的,冲我喵喵叫了两声,除了我以外一家人都笑了。

有一天下班刚到家,妻子紧张兮兮地拉住我的胳膊说:"大黄趁我没在屋,居然跑到床上,蹲在伯仁身旁一动不动地盯着儿子看,可能婴儿身上充满了奶香味,吸引了它。我一进门吓了一大跳,又不敢大声呵斥大黄,怕它受了惊吓,反而伤了儿子。我只能轻轻地对它说,大黄,快出去。可大黄根本不理我,我急得都快哭了,它半天才伸了个懒腰,跳下床,大摇大摆地走了。"妻子的话,让我惊出了一身冷汗。当时婴儿房里没有人,大黄要是一不高兴给儿子一爪子,那后果不堪设想。

这天晚饭桌上的气氛十分凝重，妻子这回有些动摇了，今天的一幕让她后怕至极，母亲一向最疼大黄，但面对孙子与猫之间的选择，母亲果断地选择把大黄送走。只有父亲不愿意："不然把家门的猫洞封上，让大黄进不了屋，就不会出现今天这样的事情啦。"

"不怕一万就怕万一"，经过商量，最后全家人一致同意把大黄送回二舅家。于是"解铃还须系铃人"，母亲利用休息日把大黄装在提包里，只让它露个头，乘坐公交车送往二舅家。送走大黄的这一天，全家人并没感到轻松或者快乐，用妻子的话说："心里空落落的"，因为家里没有了大黄里里外外的溜达，缺少了它"喵喵"的叫声。妻子眼睛湿湿的对我说："大黄一走我心里特别不好受，咱们是不是心太狠了……"最难受的要数父亲了，平时只要父亲在家，大黄很少出门，总是跟父亲玩耍。凡是动物似乎都有一种本能：它知道谁喜欢它谁不喜欢它。大黄知道我和弟弟不喜欢它，所以我们俩一回家，大黄就识趣地绕着我们俩的脚下，跑到外边野去了。大黄送走了，父亲在家里进进出出的，像丢了魂似的，中午一个人喝起闷酒来，还自言自语地说："大黄不在，剩的吃的就得倒了……"我知道父亲心里不好受，他老人家对大黄一百一。

平素我是不喜欢猫的，尽管对大黄有些感情但我也没有觉得心里如何舍不得，反而心中窃喜——大黄终于被送走了。对它应该是很好的，不然总被我和弟弟呵斥。没有养过猫的人或许永远不知道，养猫不只是好玩么简单。你要给它买鱼，买鸡肝，花钱是小事，每当给猫煮饭时那个味道极其不好闻。我很佩服父亲，父亲从小在上海长大，由于吃海鲜太多的缘故，后来几乎不沾海鲜味了。父亲不但不吃海鲜，也从来不买，更不做海鲜，家里一做鱼虾什么的海产品，父亲就说腥气。我和妻子、母亲是最爱吃海鲜的，可碍于父亲不吃海鲜，我们都选择父亲出差不在家时做，要不然实在想吃鱼了，到外边吃一顿。可自从大黄到了我们家后，父亲像变了一个人似的，不但主动给大黄买鱼还做鱼给大黄，父亲居然不怕鱼腥味了。我问父亲："您不怕腥味了？"父亲笑笑说："大黄有人负责拿回来，有人负责陪着玩,可就是没有人负责给大黄做饭。怎么办,只好我做了。"父亲的形象在我心中一直是高大的,但从来没有现在那么高大。因为从父亲的身上我看出,一个人看他是否有爱心,要看他为爱付出多少,付出了什么。父亲的举动告诉我,爱心可以产生巨大的能量,可以克服种种困难,可以做出平素难以做到的事。当然父亲的付出,猫也给予了回报,父亲常说,闻到腥气味心里也不好受,但想着大黄逗你开心,跟你玩,天天去老远的地方接你,受罪只是一会儿,快乐却是无限的。

正当我们纠结的时候,出乎意料的是,傍晚时分母亲又把大黄给带回来了。母亲感叹道:"大黄算是送不走了。"

原来,母亲吃过中饭后急匆匆地就从二舅家悄悄溜了出来,慌忙赶往公交车站,正巧一辆公交车进站,母亲连头都没敢回,忙不迭地上了车,生怕大黄跟了来。车开了,母亲不知是自己的幻觉,还是心里割舍不下大黄,总是听到有猫叫声。母亲无意识地往车外看去,只见大黄边跑边叫狂追公交车!母亲连忙向司机师傅大喊,"停车,司机师傅快停车"。

公交车司机根本不理睬母亲的大声叫喊,母亲挤过人群,来到司机身边急切地说道:"师傅,麻烦您能不能停下车,让我下去。"司机终于开口:"我们有规定,中途不能擅自停车。"

母亲焦急地说:"可是我有急事,我家的猫在追着咱们的车跑呢。"司机通过反光镜看见一只黄色的猫正奋力跑着追赶公交车,司机感叹道:"阿姨,您家的猫真神了。这样,前边马上就要到站了,您快换到门口吧,到时候您第一个下车。"

公交车刚一进站,门还没有完全打开,母亲便迫不及待地冲了下去,迎着大黄跑了过去。就这样,大黄生生追了一站地,终于扑进母亲的怀抱。母亲抱着它,流着眼泪说:"咱们回家,咱们回家。"不可思议的是,当母亲拿出来装大黄的提包时,大黄居然自己主动跳进袋子里,冲母亲喵喵叫着,仿佛在说:"快带我回家吧。"

母亲将全过程讲述完了,全家人唏嘘不已,妻子抱着大黄,眼里闪着泪花说:

"你这个小坏蛋，让人怎么舍得扔了呀。"

是呀，这个骗取我们全家人眼泪，让人又爱又嫌，难抛难弃的大黄。

四

儿子过完满月后我们搬回自己家住了，每周都来看望父母，其实是爷爷奶奶想孙子。每次来到母亲家，母亲看孙子看不够，妻子都会跟大黄玩不够，有时也抱着伯仁让大黄看看，妻子说这样大黄就算认识伯仁了，它就不会抓他了。说来奇怪，大黄见到伯仁很温顺，儿子见了大黄也很兴奋，妻子有时拿着儿子的小手摸一摸大黄身上的毛，儿子居然不害怕还会咯咯地笑出声来。

又逢周末了，我打电话给母亲，告诉她老人家周日我们去家里。母亲说行，让我把电话交给妻子。妻子和母亲聊天，我带着儿子出去买菜。半个多小时回到家的时候，见妻子眼睛红红的，显然是刚刚哭过，我问出了什么事，妻子话未出口，眼泪竟先流了出来，带着哭腔地向我转述了大黄被人打死的经过。

大黄淘气我们是知道的，它喜欢抓人家的鱼，这回它在房上扑人家的鸽子，被养鸽子的人用气枪打伤了。这还不算，他们竟然把大黄杀死了。

我只觉得头嗡的一声像炸了似的，眼前一黑手里的菜掉在了地上，那瓶刚刚买来的酱豆腐碎了一地，红红的汁，在水泥地上漫延，我看见的仿佛是大黄的血⋯⋯

草木性情[1]

刘学刚[2]

一、奔跑的香草

在洪沟河南岸，在野蒺藜、三棱草、毛谷英、蓬子菜、马齿苋之间，香草最有女人味。

出了村子，向北走，一直向北走，远远望见一片果园，绕过去，就是洪沟河。这果园，村里人叫它苗圃，广播站的大喇叭也喊它苗圃。苗的圃，人的脚是不能乱印的，怕惊扰了苗的梦。到了洪沟河南岸，就是另一番天地了。

洪沟河，顾名思义，是洪水冲出的大沟，人们因势利导，疏通为"河"，村里人说话"ong""eng"不分，一出口就是"横沟河"。一条大沟横在那里，两岸的村庄牵根红线，都让媒婆费半天口舌。闭塞，也有闭塞的好处。河的南岸，白杨长得比屋顶的烟囱还高，槐树在浓密的枝叶里爽朗大笑，一些灰麻雀呀红蜻蜓呀绿蚂蚱呀，就会从草滩上扑棱棱乌压压地飞起，人欢马叫地，统治了偌大一个

---

[1] 刊于《天涯》文学双月刊 2014 年第六期，《中国散文年度佳作 2014》转载（贵州人民出版社）。
[2] 刘学刚，现居鲁中某小城。中国作协会员，作品多被《诗刊》《天涯》《山花》《散文》《散文选刊》等名刊推介、转载，人民文学出版社、花城出版社、长江文艺出版社、江苏文艺出版社、人民日报出版社、山东人民出版社、贵州人民出版社所编全国年度散文选本，均有作品入选。50余篇文章命制为中学语文考试试题。著有本版书《草木记》《舌尖上的节气》《安静的勇气》《路上的风景》等六部。

草滩。

　　说说草滩吧。自然要从春天说起，从零零星星的鹅黄说起。米粒儿大的草芽拱出土层的时候，还异想天开地顶起一小撮泥土，像顶了一个小小的斗笠。也有穿蓑衣的，那是一丝鹅黄沿着干枯的草棵往上蹿，鹅黄，嫩绿，浅绿，草绿，当这根温度计的水晶柱到达翠绿的高度时，阳光已是夏日的温度。稍稍远处，苹果是绿的，果叶同色，一枝枝深绿在微风里晃悠，一副举重若轻深不可测的样子。草滩上，草不像嫩绿的时候那么内秀：到处乱跑，勇敢而又偏执；自信满满，甚至有一些疯狂。毛谷英长到一尺多高的时候，就开始抽薹吐穗，向天空肆意扩张，毛茸茸的穗子突然变得谦逊，向下弯曲，立着，摇着，颇有谷子的风度。熟草蔓，单是这名字，就有鸡鸣、炊烟、羊肠小路的味道。在草滩上，它是熟练的偷渡客，巧舌如簧的媒婆。一棵草分枝发杈，波纹一样四散开去，前脚路过一蓬野蒺藜的家，后脚跟已在一株灰灰菜那里安家落户，拉拉扯扯，盘根错节，但看上去，翠绿墨绿深绿碧绿覆盖了整个草滩。

　　也有香气。细闻，不像是果园的。苹果平和的呼吸，要拨开枝叶浓密的喧哗，越过花椒树站成的篱笆，从远处跑来，微微的青涩，已细若游丝。这香，起初是一线微光，不动声色地擦过你的鼻翼。等你察觉空气的氛围微微变了样，那香气却飘忽不定，就像一阵好风，迟疑着，犹抱草叶半遮面，过了一会儿，你的鼻子抽动了一下，声响很大，告诉眼睛耳朵们它的新发现，它激动得有些语无伦次，继而又抽动了一下，香气还有些羞涩，淡淡的，和空气一般稀薄，鼻尖却有一种温柔的抚摩，就像情人的低语，毛毛虫的蠕动。就这样走着，香气它有脚啊，挪着细碎的脚步，走一路香艳。过了一些日子，那香，真叫一个香，仿佛猪肉片裹在滚烫的油锅里，刺啦刺啦地香，香破了鼻子，还要香到肉里去，快要把骨头撑开了。

　　这香，是草的魂，空气里的宝石，隐秘的空中花园。它四处奔跑，给绿的草滩镀上了一层黄金，它把夜晚的秘密、朝露的纯净、空气的激情、阳光的明快以及不可名状的幸福都集聚在这片草滩上，无限扩张着我们的嗅觉世界。

草有香味，就叫香草吧。有些艳，有些野，但朴实，有质感。草是丝绸，薄薄的凉；香是肌肤的气息，细腻的香，温柔的香。香草，把我们从高大光明激越宏亮的核心世界里搭救出来，呼吸着新鲜的香气，自然的香气。香草，无疑是人类的一个重大发现。

窄着身子，香草散布在三棱草、熟草蔓、野蒺藜和毛谷英丛中，苗条的茎配以细长的针形的叶，酷似古代的静女，它把更大的空间让位给伞状的草冠。纤细的茎上，丛生着微凸的节，节上分生出枝杈，枝杈上再生枝杈，细丝一样的枝杈吐出细密的苞蕾，互生，有茎和枝杈相连，就像摊开的婴孩的手。说是苞蕾，细细碎碎的，星星点点的，更像是草籽，靠近根部的稍稍大些，草尖上的就娇小得让人心疼了。就叫花吧，它有花的体态和香气。似乎一生出来就那般小巧，柔弱，单薄，开了，和草叶一色，是淡然的绿；枯了，也不萎谢，和草叶一色，是淡定的黄。这花之伞在微风里摇，即使你对它视而不见，它也在摇，摇啊摇，而盛大的空中花园就是从这里向我们敞开了它的门扉。

二、毛谷英

毛谷英，到处都有。俗话说，有毛不是土。这毛，是草木，或者草木细碎的根须、茎叶。土不是毛，它是大地，是空空的容器；毛是生命，是灵魂，是大地的心。有毛，这土就有了内容，洪荒的世界就这样被改变了。

有土的地方，就有毛谷英。耕地里、山坡上有，沟渠里、岩石上也有，枯木上、院墙上还有。去一个著名的景区游玩，新修的水泥台阶，让人疑心通往某幢高层建筑，果然，九米高的玉皇神像支撑着一座大殿，殿内油漆未干，浓烈的刺鼻的气味让人觉得胸闷，下山途中，拐进一所寺院，有松树枯了，枝条甚长，很执拗，做着迎客的手势。有经过的人为之赞叹，蹚过水洼，拨开杂草，去抚摩枯松的遒劲，忽然爆出一声惊呼："快看，枯松有新芽！"我举起相机，拉近，调焦，小小的取景框里疯长着一簇绿色,叶子是披针形的,窄而长,显得很自信,内里探出三两枝细细的绿茎,绿茎各擎着一穗毛茸茸的绿缨,斜斜地飘舞着,圆柱形的小穗四围闪着灿灿的金光。远远望去,那一簇绿,很像一个古代的少年英雄,平步青云,手持利剑,八杆护背旗随风招展,策马扬鞭,驰骋云天。年轻而沧桑。

它是毛谷英,学名狗尾草。这形似狗尾的草,挺秀在高大的枯松之上,颇具普世的深意。是乘着飞鸟的翅膀,还是遇上一阵好风?不偏不倚,它降落在半空的枯枝上,生长在命中注定的空间之外,让七八米高的枯松成为它的植株。

一棵毛谷英在哪里扎根发芽,看似随波逐流,实则有着坚韧的抗争和顽强的意志。一根穗子细而长,能结出千百颗籽粒,籽粒虽小,却可以安静地等待十多年:在干旱的土壤,它等待一场雨;在僵硬的地方,它呼唤一阵风。它不择肥瘦之地,哪里都想闯一闯,就是农田里,它也想和庄稼做做邻居,它从不认为它是杂草,摇动着自己的穗子,很是悠然自得,锄头见了,把它连根拔去,一个鲤鱼打挺,它又扑棱棱站了起来。锄头的勤劳和它的顽强不无关系,它越顽强,锄头越勤劳,一遍一遍地铲除,等谷子沉甸甸黄灿灿了,还是有毛谷英探出一些茸茸的小穗,扮个鬼脸。其实,谷穗,它是我们的粮食,也是大地的物产。那毛谷英丰收了,是牛驴马羊的粮食,不也是大地的物产吗?我们不应该对土地过于苛求,土地属于整个物种。

山坡沟渠、河畔地边,是毛谷英的王国。在我的故乡洪沟河南岸,毛谷英的穗子很打眼,远远看着,黄绿相间,犹如一群挤在一起的小狗小鸡,穗子在顶端竖起,就像顽皮的孩童顶着圣诞老人的帽子,成群结队,前呼后应,喜气洋洋,出尽风头。毛谷英发芽的时候,也是细细嫩嫩的两瓣绿叶,如同婴儿出生的模样,大都差不多,就像乳白的雾凝成的鲜亮的露珠,让人不忍心碰触,只是静静地端详。眨眼间,风一吹或者雨一停,它颤颤巍巍地站了起来,小心翼翼地伸出绿色的叶子,看起来像一个刚睡醒的人,无比舒展和欢畅。一节一节,它见风就长;一层一层,草叶也在向上攀升。长到一尺多高的时候,顶端就吐出一个嫩绿的小穗来,草叶不再攀升,只是观望着,凸鼓的小穗慢慢往外挤,竟拖曳出一根细而长的茎秆来，那样子，像一头鹿，很突兀地站在它的草原，巡视着它的王国。在它的下面，节上分杈，杈上生叶，叶间吐穗，如此扩散开去，一棵毛谷英就形成一蓬一蓬的墨绿，每一穗绿缨尽管起点不同，但都到达了天空的高度。

小时候，跟着父母去地里扛活，帮牲口追化肥，几趟子下来，累了，大人坐在地头歇气，吸烟，我和玩伴们就在洪沟河畔跑上跑下，掰一根腊条，在草丛里赶蚂蚱，惊起的蚂蚱一飞老远，刚一歇脚，就被我们逮着正着，拽一根毛谷英，细长的茎秆串起蚂蚱，末端有穗头，一个天然的结。蚂蚱越捉越多，毛谷英越来越重，腿不觉得累，心里想着，再串一根，回家爆炒了，香喷喷的蚂蚱，让鼻子通透，舌尖也流津。

也把毛谷英编成草戒指，很民间的佩饰。扯三根毛谷英，除去草叶，只留三条细细的茎秆，两两缠绕，往里缠，向外绕，缠来绕去，编成一条长长的麻花辫，在手指上弯成一个环儿，两端交汇，轻轻系一个草结，多余的草茎用牙齿小心地咬去。咬痕还在，淡淡的涩涩的味道依旧存留在唇齿之间。草戒指的环，笨拙的环；草戒指的结，潦草的结。青涩清凉清爽的气味，初恋的气味。"毛谷英、毛谷英"，轻轻念叨着，像是呼唤一个邻家女孩的乳名。

三、菸莜

洪沟河南岸，一个古老的百草园，匍匐着、斜出着、攀缘着、直立着，各种草欢实实青亮亮地生长。一岁一枯荣，这是草的命。也有树，很多的树。各种树，张扬或者含蓄。哨兵似的白杨，一脸天真的槐树，叶子阔大如伞的梧桐，在风里摇头晃脑的垂柳。杨絮一朵，又一朵，雾一般的洁白，和空气一样轻盈，飘来飘去，让人疑心——这些小精灵来自远天的白云。洪沟河南岸的植物，和天空大地，和谷雨霜降，和鸟鸣虫啾，都是那么同声相应，意气相投。

有一种草，并不安分守己，它对树和树顶的蓝天充满了艳羡，茎直立，枝枝权权的，叶子类似于辣椒叶，茎株比筷子还粗，侧生白花，伞状花序，五瓣，细细的，碎碎的，黄的蕊拂动着轻的风，耳语一般细微曼妙。夏初挂绿果，翡翠绿，秋天成熟了，颜色深紫，亮亮的，紫色不肤浅，有底气。这种草，我们叫它菾莜，它的浆果也叫菾莜，可食用，含在口里，圆润如珠。在洪沟河南岸，在众草之间，它就是一棵枝繁叶茂的"树"了，坚实的植株，珠玉般的果实，很有树的气场。

洪沟河向东流去，犹如一根粗壮的植株，沿途分生侧生着田野、丘陵和宽宽窄窄的村落。河流和根系的相遇，那是另一条道路的开始，发芽，抽枝，生叶，分权，吐蕊，挂果，是一条自下而上的路。菾莜是幸运的，河流给予了它鲜活的思想异质的思维，让它的草本有树木的架构。草木千千万万，大自然也有足够的智慧和宽阔的想象，它不会复制自己的灵感，它想让植物世界千姿百态。作为草向树的过渡，菾莜的出现，体现了大自然独特的构思和创造的深意。如同蝉鸣响在夏日冗长的午后，月光涤荡着冬天沉闷的夜晚，菾莜生长在一个空白地带。老树新枝，遮天蔽日，树木千年挺秀；旧根新芽，冬枯夏荣，草四季一生。而菾莜，用树的姿态走草的路径，短促而生动，也不失为一种美好的旅程。

割草去。夏末秋初，草肥嫩猪长膘，绾起绳子，挂在镰刀把上，去洪沟河割草去。涉沟坎，穿草滩，拱玉米地，见到青草，左手攥个满把，右手伸出镰刀，雪光闪过之处，割断的草茎渗出绿色的汁液，腥涩凉薄的气味。草是割不完的，割多了也背不动，够猪吃上三两顿就行了。对于我们来说，割草的奇遇不是大片肥草，而是那么一两棵菾莜。割草累了，寻几颗浆果犒赏自己，菾莜却像长了腿，在草丛里躲躲闪闪，微风一吹，深紫的小果就像姑娘动人的眼睛，在绿叶浓密的睫毛下，眨呀眨，流光溢彩的，泄露了它的踪迹。

通常松软的地里菾莜长得粗壮，有一米多高，根扎得自由自在，叶子长得欢实实的，颜色深绿，枝枝权权挑着串串果实，绿果初生时很小，如三五颗雨滴凝在植株上，通体油亮，长成野枣一般大小，慢慢发紫，摘一颗小果，搭在牙齿上，轻轻一咬，甘甜得很，又有微微的酸，甜里藏酸，酸里含甜，葡萄的汁，苹果的味。那时，粮食短缺，食物粗糙而乏味，野菜树叶地瓜蔓，只要能充饥的，我们都往嘴里塞，往咽喉里赶，往肚里填。菥莄太甜了，甜津津的，就像冰糖，入口融化，激活了我们的味蕾，把我们的身体也变成一个器皿，盛着蜜，装着甜。割草，这力所能及的劳动，让握镰刀的手越来越有力，一把一把的青草通往家畜的舌头和胃，也通往一棵一棵的菥莄。一捆青草，几颗菥莄，酸酸甜甜的，朦朦胧胧中，似有别的味道，说不清的味道，让味觉停止下降，迟钝的味蕾日渐敏感，如一颗少年的心。

菥莄，野生草本，浆果小巧，与水果的名分无缘。上学以后，我才知道，菥莄有一个很响亮的学名，龙葵，它的果实还有一个可爱的昵称，叫紫端端。有一年，我把一棵幼小的菥莄移植在我家的庭院里，给它浇水，施肥，打杈，看它的果实由绿转紫，紫端端，好诱人的菥莄，让我的舌尖涎水涟涟。

乡村安魂曲

向迅[1]

一

许多个冬天之前,祖母就已被我们遗忘。她独自生活在一片黑暗中,被巨大的孤独包围着,吞噬着。就像《百年孤独》里的乌尔苏拉一样,在眼睛彻底失明而不能参与正常的家庭生活之后,便被遗忘在一个黑暗的角落。

我不得不坦白地承认这一点。我甚至认为,祖母的孤独,比100多岁时的乌尔苏拉的孤独还要大——至少,还有两个孩子将乌尔苏拉当成戏耍的木偶。他们在她的脸上涂满油烟和胭脂,在她的身上挂满花布条,蜥蜴和蟾蜍干尸,念珠和古旧的项链,甚至险些将她的眼珠子挖出来。

"现在要么是在这里坐着,要么就是在底下门口坐着。"她坐在五叔家的电视机前很无奈地对我们如是说。只见她皱着的额头间,含混的眼神里,净是叹息。我很清楚,她的这句话,并非抱怨糟糕的现实生活,只是她对自己年老体衰无所作为的现状所发出的感叹。

---

[1] 向迅,男,1984年生于湖北建始,现居江南。中国作协会员。作品散见于《人民文学》《青年文学》《北京文学》《民族文学》《散文选刊》《长城》《长江文艺》《文学界》等中文期刊。已出版散文集《谁还能衣锦还乡》《斯卡布罗集市》《寄居者笔记》等四部。曾获林语堂散文奖、冰心儿童文学奖、孙犁散文奖、中国红高粱诗歌奖等多种文学奖。

在与命运进行了一场马拉松式的搏斗后,祖母已沦为彻头彻尾的输家,从此像一只布袋任其摆布。

那只看不见摸不着的黑手,让她坐在桌子边,她就乖乖地坐在桌子边看电视,屁股仿佛被胶在了椅子上。你还以为她看得津津有味呢,实际上,她压根儿就没有观看电视节目——多年以前,我们就发现她看不懂电视,她只是对荧屏里不断切换的花花绿绿的画面感到好玩罢了。她听不懂普通话,分辨不清歌词,更弄不清楚电视剧里的故事情节。让她坐在五叔家一楼面向马路的大门口,她就成天坐在一把椅子上打盹儿——仿佛有人捆住了她的双脚——直至暮色像天使一样从屋檐上降落下来,像季节一样从田野里漫漶而来,她才缓缓起身回到室内。

可耻的时间像一条无家可归的狗,在祖母的眼皮子底下窜来窜去,就在她坐在门口打盹儿的时候,就在她望着远方发呆的时候,就在她与陌生路人搭话的时候,可她对此毫不知情,就像她对自己身体的败落视而不见一样。

祖母或许从来不曾预料到,以前不能容忍丁点儿瑕疵、总想在儿媳面前树立至高无上的家长权威的自己,有朝一日竟会变成一个老态龙钟、耳背眼花、手无缚鸡之力的老太太,变成一个经常给儿子添乱的多余人,一个可有可无的角色。

可怜的祖母,变成了一团无人呼吸的空气。在孤独的晚年,没有一个故交登门拜访,并与她一起追忆往昔,没有一个儿孙愿意聆听她的唠叨。因此,她不得不将平生往事尘封于心底,同时不得不保留她对现实生活的看法——一旦她发一下牢骚,就会招致儿子的责备;她最多喃喃自语一番。

——我们从中可以看出,她的外交手段是极其失败的。在村子里,在80多年的人生历程里,她似乎没有结识一个值得信赖的朋友。她对内也是失败的,七个儿媳,她没有赢得一个儿媳的好感。

事实上,早在12年前,自从祖父离开后,祖母就过上了这种无人问津的生活——尽管祖父还在世时,他们就已分居多年,但毕竟还有人不时跑过来跟她说说话。那个时候,她独自一人居住在两间低矮的老房子里。白天在那几分养老田里操劳,晚上用一盏孤灯照亮灶台,照亮独居者的凄凉晚景。

那个时候，我的父辈们就已很少与他们的母亲交流了，除非她在生活上遇到了非常棘手的问题，他们才踏进她的家门。他们再也不曾像小时候那样，把针尖般大小的事都从心窝里掏出来与他们的母亲进行分享，再也不会与她就某一件事进行商量。他们一定认为，他们的母亲，我们的祖母，已被时代淘汰出局。

我有时不免怀疑，我的父辈们从来就没有试图在他们与他们的母亲之间搭建一个有效的沟通渠道。

我还发现，我的父辈们在他们的母亲面前，是缺少耐心的。他们之间既缺少一个儿子对母亲那样的耐心，也缺少一个母亲对儿子那样的爱。

我们这一辈人，与她更是存在天然的无法逾越的代沟。在我的记忆中，没有一个堂兄堂妹试图与她进行过真正意义上的对话与交流。每次遇见她，或专程去看望她，我们都只是礼节性地寒暄几句。之后再无言语。

我们不曾想过要走进她的内心世界，我们把她当成一团空气晾在角落里。她就像那些"不知有汉，无论魏晋"的桃花源人，对村子之外的事情一无所知，对于我辈之间的交谈全然陌生，根本无从插嘴。生活在生活这口水井底部的祖母，不仅被我们遗忘，也被这个世界遗忘了。

刚开始，她像一把不会说话的椅子，郁郁寡欢地坐在被我们忽视的灰色地带。但当她对这一待遇习以为常之时，她渐渐将自己坐成一尊菩萨，傻呵呵地望着我们笑，或者凝望着某一个点，一动也不动，像是进入了沉思的神迷状态。

祖母自然知道被人遗忘的后果：一旦退出对家庭事务的管理，就会变成一件碍手碍脚的摆设，一个包袱，一个任务——在我们那儿，大家都把家里的老人当作任务，哪一天把老人送上山了，任务就算完成了。

就像刚刚失明之时不甘心就此退出家庭生活的乌尔苏拉一样，祖母也曾极力想将自己从那种百无聊赖的生活中，从那种深渊般可怕的孤独里挽救出来，以表明自己虽然年事已高，但并非百无一用。

端午节期间，我就见她试图帮五婶收拾晒在院坝里的粮食，结果被阻止。因为一不留神儿，她就可能摔个跟头。前车之鉴，让五婶怕了。

一个孤独的老人，是很容易把记忆弄丢的。就像一个舌头正常的人，如果几年不开口说话，就有可能变成哑巴。

我们每个人或许都有过这样的体验：当你反复背诵一篇课文时，背着背着就短路了，把一些段落和句子遗失了；当你反复写一个汉字时，写着写着就觉得陌生了，不认识了。同理，当一个老人因为无人对话而只能靠反复咀嚼记忆以打发时间时，记忆就可能发生错乱，游离，甚至背叛，丢失。

2013年，祖母已显露出意识模糊的端倪。大年三十的晚上，我耐心与之交谈，想从她的口中抢救一些有意义的记忆，却是枉费工夫。虽然她也做出了全力配合我的姿态，但她的回答总是前言不搭后语——她一个人断断续续地追忆着年轻时候的往事——惹得我们哭笑不得。

第二年正月，伯父在一个大雪纷扬的黄昏给我讲述过一个更为可笑但也更可悲的掌故：祖母在年前摔过一跤，卧床不起。伯父前去探望。祖母和他谈论起他的兄弟们。结果她怎么也想不起老三的名字了。你猜她怎么说？"反正是住在公路上边的那家……"伯父听了如坠雾中，过了半晌才明白他母亲的语义指向。

时间似乎还可以追溯得更早，不记得是2011年，还是2012年年底，祖母就不认识我了，她以为前去看望她的，是我的一位堂弟。

同族画家黄永玉先生撰文说，要相信、要承认有一种使战斗者"孤独"的幽灵朝夕窥视的可怕力量。它渗透在任何历史时期任何人，任何性质的情感中。战胜孤独，比战胜离别艰难。伟大如薄伽丘也怕。

祖母是如何战胜离别的，我不得而知——在相当长的一段时间里，据五叔说，只要一提起他们的父亲，祖母就会痛哭流涕——但我知道，连薄伽丘也怕的事情，祖母是无力战胜的——我尚未听说过一个乡村老妪战胜孤独的良方。她们的命运大体相同。她们把最后的时光都消耗在漫长的等待中。

等待，成为她们唯一能做的事情。正如赫塔·米勒所描写的那样："当她们完成衰老的过程后，就和男人一般无二，接着就决心走向死亡。"

被我们遗忘的祖母，尤其是她坐在大门口打盹儿的那幅画面，不知为什么，总让我联想起在树下等待戈多的那两个流浪汉。

"希望迟迟不来，苦死了等的人。你就是这样一个人，脚出了毛病，反倒责怪靴子。"

《等待戈多》里的这句话，更像是替祖母说的。

二

"上了年纪的老鼠是灰色的，身体臃肿，像是它们一辈子只受到爱抚似的。它们无声地窜来窜去，沿着脚步拖出又长又圆的痕迹……"当我在赫塔·米勒的短篇小说《低地》中读到这段话时，我以为她写的，是我晚年的祖母。

晚年的祖母，与一只上了年纪的灰色老鼠确实有着太多的相似之处，身体臃肿，行动缓慢，神情呆滞，无声无息，像一团向时光深处蹒跚而去的灰色的影子。她咀嚼食物的时候，尤其像一只老鼠，只见她不剩一颗牙齿的嘴巴嚅动着，腮帮子一鼓一瘪的，像有一只小动物在里面拱来拱去。

可她没有变成一只真正的老鼠，而是变成了一只可怜巴巴的足球。尽管她在80余年的岁月里从未见识过这种黑白相间，外形成网状结构的球，更不知其游戏规则，可她确确实实变成了一只货真价实的足球。

他们的命运，实在毫无二致。

我已不能确定祖母究竟是在哪一年哪一月变成一个足球的了，但可以肯定的是，我那时尚且年少，对于人世间的纷争和亲人间的微妙关系还懵懂无知，而她已不再年轻，毕竟她已是许多个孩子的祖母，一大串孩子呢。

还可以肯定的是，即使有孙辈不嫌麻烦地给她解释足球是怎么一回事，即使对于球类没有一点概念的她也完全明白了游戏规则，她也一定不会把自己与一个被踢来踢去的足球联系起来。

"我这一生养育了七个儿子，怎么会变成一个足球呢？"她一定会这样说。

祖母不可能知道真相。"她的一生都过得稀里糊涂的，对于生活没有一点把握。"大家都这么说。

事实上也是这样，就在她奄奄一息之时，就在她与世长辞之际，她仍然不曾摆脱作为一个足球的可悲命运。那个看不见星星的凌晨，她的儿子们正站在黑夜中争吵不休。他们激烈的措辞，像星光一样迸溅。

他们争吵的主题，更像是一个永恒的母题，因为这么多年来，它从未发生改变："我们该怎样赡养自己的母亲。"

祖父一早就确定了赡养他的人选——他的第四个儿子，我的四叔，一个习惯默默做事而不事声张的人，一个可以托付终身的人，但赡养祖母的人选一直不曾明确。祖父曾多次召开家庭会议，对几个儿子施行过许多软硬兼施的办法，但直至他离开人世，祖母也没有得到妥善安置。

祖母的养老问题一直悬着。"她的不幸遭遇，都是她咎由自取。如果她的嘴巴不那么令人厌烦的话，她是可以安度一个幸福的晚年的。"不仅局外人这样认为，她的儿子们也这样认为，她的孙辈们也这样认为。

可嘴巴长在她的脸上，谁也管不了。或许连她自己也管不了。多年以前，妯娌们在串门谈天时，时常提起祖母的那张嘴巴。在她们眼里，那是一张比老鼠的嘴巴更可恨的嘴巴。她们都不喜欢那张嘴巴。

那张爬满了皱纹的嘴巴，总是会发出咕叽咕叽的声音。听起来，就跟老鼠在黑夜里咀嚼粮食时发出的声音一模一样。

那张咕叽咕叽的嘴巴，总喜欢对儿媳们的所作所为指指点点，评头论足。实际上，她的儿媳们，无论在哪一方面，都不比她逊色。

正是这张在妯娌们看来喜欢无中生有，喜欢在鸡蛋里挑骨头的嘴巴，把它的主人变成了一位长舌妇，变成了一个不受欢迎的人。

最让她们难以忍受的是，祖母喜欢当着这个儿媳的面，夸另外一个儿媳的好——在她们看来，婆婆含沙射影的话，无异于打了她们一记耳光。虽然心里不快，却又不好发作；祖母还经常在外人面前，在不合时宜的场合，数落她们的不是。然而，她上午说出去的话，下午就传到她们的耳朵里。

记忆有时候是残酷无情的——在我的记忆中，好像没有几位婶子不曾与祖母发生口角。在经过长时间的忍气吞声之后，忍无可忍的她们，受够了的她们，终于对"恶婆婆"的压迫进行反击了，并在无形之中形成了一个联盟。

她们甚至背地里为祖母送了一个十分形象的别称：怪老婆子。每当她们谈起祖母，总是说：怪老婆子……怪老婆子……

就这样，在不知不觉间，祖母被儿媳们孤立了起来。她对此可能有所觉察，可她并没有对自身的言行进行反省，也没有意识到与儿媳交恶的严重性，依然我行我素，嘴不饶人，以致与儿媳们越来越疏远。

因为那张嘴巴，祖母不仅失去了儿媳们的好感，也伤透了长子们的心。

记得在我很小的时候，父亲和一位叔父因为一点纠纷发生了肢体冲突，结果，祖母不分青红皂白地站在了叔父那一边。她不仅没有走上前去将倒在地上的二儿子扶起来，反而对他破口大骂，甚至扬言要与他拼个你死我活。

有一年，两家人不知为了什么事发生了一点摩擦，祖父握着锄头跑到我们家疯狂地挖院坝的地基，祖母则在一旁疯疯癫癫地哭闹，继而坐到我们家的火塘屋里哭泣；她冲到院坝里时差点摔倒在地，我眼疾手快的哥哥伸手扶了她一把，结果她诬陷我哥哥，说他是故意推她的。

还有一年，祖母一边在田地里做事，一边骂父亲是老鼠，并对他进行最恶毒的诅咒……

像这样的事，还可以列举出不少。为了维护幺儿的利益，祖母几乎达到了要与其他儿子断绝母子关系的地步。

有几年，她和祖父与交恶的儿子们形同陌路——即使狭路相逢了，也互不言语，甚至与祖父一道，怂恿并默认外人欺负自己的儿子。多年以后，当母亲偶尔回忆起那一段段不堪回首的往事时，仍然心有余悸。

我无法知道，祖母是否明白，亲情的裂缝其实是最难以修复的。

有一件事，我想忘记却又无法忘记。这么多年以来，它像一个幽灵，一直在我的记忆里晃来荡去。

20多年前的一天，我和哥哥正在山坡上放羊，忽然被一个不知从哪里传来的奇怪唱腔吸引住了。几只羊也把脸从草丛里抬起来，立在山冈上竖起了耳朵。

那是一个巫婆的声音。我们从来没有见识过的一个声音。它正从我们家院子附近的田地里幽幽传来。

"天上的大菩萨啊，天上的小菩萨啊……"

我们刚开始感到好奇，甚至在嘴角流出了几许笑声，但侧耳一听，才发现那副抑扬顿挫的唱腔，竟来自祖母的舌头。更叫人难以置信的是，祖母正吟唱着古老的咒语诅咒我们兄妹。我的身上一下子起满了鸡皮疙瘩。

祖母的诅咒，给我的心灵留下了阴影。那些叫人毛骨悚然的咒语，活像一个金箍，在无形中影响着我对祖母的态度。

祖母终于尝到了自己亲手种下的苦果——在年老之时，没有一个儿子愿意接纳她，没有一个儿媳愿意接纳她，大家都怕她的一张嘴巴，而她最疼爱的幺儿在一个她从未到过的地方做了上门女婿，一年也难得见上一面。

祖母的嘴巴，成为她一生悲剧的根源。它一步步把她推向孤独的深渊，把她变成一只旋转在空中的足球。

多年过去，我已不能确定，祖母究竟是在哪一年哪一月跟着大幺一家生活的。大幺那时在镇上的水泥厂工作，是他们兄弟中唯一一个有着正当工作和稳定收入的人。幺婶也很贤惠。两口子将日子过得很红火。

祖母若一心一意地跟着他们，理应会享几年清福的，但她管不住自己的嘴巴，不仅与幺婶发生言语上的冲突，还经常在其他儿子面前告幺婶的状，在其他儿媳面前数落幺婶的不是，以致勉强维持的婆媳关系渐渐失和。

在一次争吵中，五叔为了给祖母撑腰，粗暴地对幺婶动了手。一个女人哪里能够忍受此等屈辱？幺婶一气之下远走他乡，数年不归。大幺不得不辞去工作，将女儿托付给一位婶子，就此踏上了漫长的打工之路，至今漂泊在外。毕竟孩子不能没有母亲，一个家不能说散就散了。

这个事件影响深远。大幺家好端端的新房，由于长久无人居住，已经显现出破败之相，门窗油漆剥落，门锁锈迹斑斑，室内尘灰遍地。更重要的是，祖母再次成为无依无靠的孤家寡人，不得不一个人生活，像一个孤老。

被巨大的孤独笼罩着，祖母该咀嚼出苦涩的味道，并在反刍中意识到自身的问题。可在几年之后，当年让幺婶蒙羞受辱的五叔在村干部的见证下将祖母接到家中后，她依然管不住自己的嘴巴。

五叔对此很恼火，更让他烦恼的是，祖母不时在家中声称自己藏在口袋里的钱财不翼而飞，并且她一口咬定是她的孙子干的。实际上呢，是她自己管理不善抑或是忘记了藏钱的口袋。

我们都不明白祖母私自藏些钱财有什么用。几年前，她已无力步行到村子里的商店，更不用说到镇上赶集了。钱财对她而言，已无实际意义，只是一张张废纸而已。或许对她而言，把钱财和粮食抓在手中，才会获得安全感吧。

正如你猜测的那样，祖母过得并不愉快——可以预见，无论她住到哪个儿子家，都不会过得愉快——过不了多少日子，就会听见她的哭泣声自五叔家传出。不用打听，那一定是母子俩又发生了言语上的冲突，抑或是受到五叔的呵斥了。村子里的人都知道，五叔可不像大幺那样文气。他脾气火暴，更像个武夫。

但无论如何，祖母终究有了着落，就像一个在空中不停旋转着的足球终于落到了草地上。所有人都松了一口气。人们总喜欢在一件悬而未决的事情得到缓解之时松一口气。可意外还是发生了。

如果不是发生这次致命的意外，祖母将活得更为长久，长命百岁也说不一定。当然，也就不会出现我的父辈们在黑夜中为了他们母亲的赡养问题而争吵不休的那一幕了。她也就不会跟着受辱。

2014年冬季的一天，82岁的祖母在楼梯上一脚踩虚，随着一阵沉重的闷响，身体臃肿的她，跟一麻袋粮食一样，从楼梯口滚落到了一楼冰冷的水泥地上，动弹不得。

这一跤，比往年的任何一跤都要严重，不仅摔坏了她脆弱的尾脊骨，还摔碎了她的尊严——她从此卧床不起。据说还挫伤了神经，导致大小便失禁。总之，情况比想象的还要坏。

五婶每天服侍于祖母的床榻，一个多月下来，渐感吃力。于是，五叔向他的同胞弟兄们提出，要么轮流照顾他们的母亲，要么由他的妻子一个人照顾，但他们得向她支付一定的护理费，按月结算。

祖母至死没有逃脱作为一个足球的命运。

那大约是她的宿命。

三

那个冬日的上午，我见了祖母最后一面——在知客司仪当众宣布孝子孝孙见祖母最后一面之时——在此之前，她已经在一间黑色的屋子里躺了两天两夜；在此之后，她将永远躺在黑夜里。

她的儿子们已站在高脚板凳上躬身围着她，脸含悲戚地，耐心细致地为她盖上了一床又一床暗红色的带花的廉价绸面，大概还精心地为她整理了一下仪容。估计在他们的记忆中，他们还从来没有在他们的母亲面前显示出如此好的耐心。

我和众多堂兄堂妹们立在五叔家堂屋的角落里，望着两三个昼夜以来不曾合过眼的父辈们忙碌。他们一个个神情肃穆，满眼通红，举止庄重，言语短促而哀伤。他们仿佛在同一时刻苍老了一二十岁。年纪最小的叔父，抹了好几把眼睛。

我的父辈们，在11年前失去了父亲，又在这一天失去了母亲。他们一下子变成了孤儿。

以前，即使他们在内心里是多么讨厌这个人，即使这么多年来，他们一直把她当成一个足球踢来踢去，但只要她在这人世间多停留一天，他们就不会成为孤儿，他们就还是有母亲的人，他们就还是孩子，尽管年长者已至花甲之年。

可是从此以后，他们再也没有机会，当着一个白发堆雪的老人的面，当着一个满面皱纹的老人的面，叫她一声"妈——"了。

他们再也发不出这个在人生伊始之时最先发出的，更像是出自无意识的声音了——一定是从血液里遗传下来的声音——即使偶尔在梦中发出了，那个声音也只会像一颗迸溅的火星，消失在黑夜里。

轮到我们这一辈的时候，我迟迟迈不开脚步。我与另外一个自己暗自做着一番激烈的思想斗争。

我不敢面对那个时候的祖母。我怕见了她，晚上会做噩梦，尽管她是我的祖母——事实上，这种担心并非空穴来风。之后的许多个夜晚，只要我一闭上眼睛，我所看见的那一幕，就从我紧闭的眼前跳跃而出。我拼命地暗示自己不要去想，可那一幕竟是那么顽固，活像一个挥之不去的幽灵。我因为恐惧而彻夜难眠。

可另外一个我，又不断提醒我不管怎样都要踏上那条板凳，与她见上一面，最后的一面，"她是你的祖母"。

堂兄堂妹们一一从我面前经过。我在他们脸上没有看到恐惧——或许是他们刻意隐藏了那种最隐秘的内心感受，毕竟他们都已跟我一样，长大成人了。他们沉默着从我面前返回，一脸哀伤地离开了堂屋。在越来越空旷的堂屋里，我像一个无处可躲的人，被一盏聚光灯照耀着，被无数双雪亮的眼睛盯着，被逼上了一条绝路——实际上，没有一个人注意我。我看与不看，根本没有人在意。

我权衡再三，终于鼓足了勇气，长吸了一口气，踏上了那条高脚板凳。像是有人给我下达了一道命令。但我知道，是一股无形的力量把我推了上去。这股力量，来自我的内心，来自我的血液。

我见到了祖母。那是一幅无论我怎么想也想象不到的画面。她被大红大紫的绸缎簇拥着，头上戴着一顶青色帽子，像一个正在睡梦中过着荣华富贵生活的地主婆。这种绫罗绸缎的生活，一定被她奢望过，现在终于了却了心愿。

她更像一尊菩萨，甚至像一个被包裹起来的"刚出生的老妪"（马尔克斯描写乌尔苏拉老年时的样子）。

她的面目是那样端庄，神情是那样安详——跟她坐在椅子上打盹儿时没有什么两样。如果她换个地方躺着，人们肯定只是觉得她睡着了。

谁也不会把这个面目安详的老太太，与那个被人们视为巫婆一般古怪的怪老婆子联系起来，与那个令儿子们头疼让儿媳们避之不及的老妪联系起来，与那个既诅咒过儿子也诅咒过孙子的老人联系起来。

我必须得承认，这么多年以来，我从未改变过也从未掩饰过我对祖母的态度，我不喜欢她。在我的心底，她不是一个好邻居，不是一个好母亲，也不是一个好祖母——如前文所述，她过去的所作所为给我留下了阴影。

奇怪的是，当我在这一天面对如此安详的祖母时，我在不安与恐惧中忽然发现，所有的恩怨与前嫌，都在这个时刻获得了冰释；所有的误会与曲解，都在这个时刻得到了澄清；所有的阴影与暗面，都在这个时刻自动消失了。

所有的事情都已不再重要，所有的事情都已成为遥远的过去……

猝不及防地，我的眼里涌起一股酸涩，眼泪就要掉下来——真相像一道闪电，像一把刀子，总是残酷地把我们从表象抑或幻想中强行带入到必须面对的现实面前。祖母就要上山了——但我强忍住了，没让它们落下来。

四天前的那个晚上，我们去看望祖母时，她还躺在堂屋后面的那间屋子里，躺在她睡了多年的床上呢。而现在，她已躺进了永恒的黑夜之中。在空间上看，她只不过是从卧室移到了堂屋，只不过换了一个睡觉的地方。以前，她无数次从卧室走向堂屋、走向院子、走向田野，最终都回到了那间卧室，但这一次不一样，她将像一阵风像一朵风中的菊花一样消失在田野。

那大概是我长大成人以后，第一次走进祖母的卧室。那是一个陌生的狭小的几无陈设的房间。自然，卧室里的东西都不属于她，那间卧室更不属于她。从某种意义而言，她更像是一位寄人篱下的寄居者。

——在这个世界上，谁又不是寄居者呢？

那天的祖母神志清醒，还能把上身微微抬起，还能挥手示意，还能表达自己的想法。彼时，小幺将一套叫人刚刚从镇上捎回来的崭新的睡衣拿给她，她一个劲儿地拒绝："不要——不要——买这么多做什么呢？"

我们兄妹好几人，簇拥在祖母局促的卧室。她将头高高抬起，并将皱纹满布的脸毫无保留地绽开。她冲着我们傻呵呵地笑——与她多年来的笑容几乎一模一样——她已经不能下地行走了，她已经卧床两个月了，她已经吃不下什么东西了，可她还在冲我们笑。跟身体安然无恙似的。

虽然已不能一一叫出我们的名字，但她依然把一个祖母的慈祥馈赠给了我们。那是她最后的礼物。

那一天的祖母，气色虽然看起来不错——甚至给人以某种错觉而对她不容乐观的前景产生不切实际的幻想——但仍然流露出前所未有的衰老迹象：满头纷披白雪，是那样的苍凉。像一座雪山那样苍凉。

我直疑心，一个人在生命中咀嚼过的苍凉，最终都通过头发呈现了出来。咀嚼的苍凉越多，头发也就越白。

一生的往事，像一场大雪，在祖母的头顶纷纷扬扬。

那两天，小幺百思不得其解，祖母的卧室里，为什么总飘荡着一股令人蹙眉的异味？尽管幺婶给祖母认真地清洗过身子，置换了干净的床单与被单，可异味依然。父亲解释说，那是因为祖母长期卧床所致。他还说，再健康的人，卧床两月，身上也会散发出异味。

——我由此想起了被人遗忘在一个孤独的角落，后背在连绵不断的雨天里生满了密密麻麻的水蛭的乌尔苏拉。

当时，我是认同父亲的看法的。动物在熟睡之时都会发出难闻的气味，人也不能例外。祖母躺了整整两个月，无人与她说话，而她又不能自由活动，睡觉便成为她迫不得已的功课，以致她的身上一直散发着熟睡动物的气味。

现在，我有无数个理由相信，那种让小幺百思不得其解的气味其实是死神出入祖母的房间时遗留下来的气息。奄奄一息的祖母，日夜被这种气息笼罩着。惹得像幽灵一样出没的乌鸦，昼夜不停地在村庄上空盘旋鸣叫。

记得四五岁之时，觉得乌鸦"啊啊啊"的叫声独特，便咿咿呀呀地跟着叫。祖母说，学乌鸦叫，嘴巴会变臭。你肯定不想嘴巴变臭（直到我将这两句话写出来，我才发现，她警告我们的口吻竟与赫塔·米勒在《低地》中所写的那位祖父吓唬孩子的口吻完全一致）。我们便闭嘴了。

现在，我们把嘴闭得更紧了。因为祖母在乌鸦漆黑的叫声中消失了。祖母一定是被乌鸦的叫声驮走了。可恶的乌鸦。该死的乌鸦。

四

事实上，早在半年前的端午节期间，我就在祖母身上发现了某些势不可挡的东西。

那一天——那是怎样遥远的一天啊——祖母坐在五叔家一楼的客厅里笑意吟吟地接受了我们的拜访。那时正值中午，一道炽热的阳光从门口铺过来，直铺到祖母灰色的鞋子上，竟跟长了脚一般。祖母臃肿的身体，被从地面折射而来的光笼罩着。从这条阳光之河的另一岸望过去，坐在彼岸的祖母就像周身被一圈光晕环绕的圣母玛利亚。但在言谈之间，我的内心还是受到了不小的震动。

那种震动，来自我对祖母的打量，来自时间对一个人悄无声息的风蚀。

说不清楚是什么原因，在我的记忆中，祖母一直是那样老——咀嚼东西之时，嘴巴里像有一只小动物拱来拱去——也差不多一直是那一身装扮，仿佛她这饱受争议的一生不曾年轻过，但也没有继续向前滑行，仿佛她衰老的步伐，就此停留在了某一个台阶上，停留在了某一个固定不变的点上。

说不定，祖母在无意之中发现了某种不再衰老的秘方，并偷偷服食。这不是没有可能。她以前住着的那几间光线暗淡的老房子——多年以前，我们一家也在那儿住过——在潮湿的雨季，瓦椽与房梁会在夜间秘密地生长出花纹绮丽的蘑菇。

说不定，祖母就是服食了那些蘑菇。据孩子们猜测，那些蘑菇，很有可能就是传说中的灵芝，但无人敢用舌头品尝。就连最大胆的孩子也不敢。他们把它们遗弃在了记忆的废墟里。

我以为偷偷服食灵芝的祖母是不会继续变老的，可就在这一天，我惊奇地发现，祖母满月般的脸已经坍塌败落，就像大幺家粉饰一新的房子，有一天忽然就油漆剥落殆尽，蛛网遍布角落了；一双被一圈皱纹包围起来的眼睛，已经浑浊无神，暗淡无光了；一双哆哆嗦嗦的腿，已不能很好地支撑她的身体，已经不大听她的使唤，她因此经常跌倒在地……

祖母的身体，已经被无孔不入的时间风蚀成一座废墟，犹如西格弗里德·伦茨笔下的那个已经倒塌、没有叶片、一动也不动的四月里的风磨。这不免又让我想起去世之前的乌尔苏拉：她日渐一日越发瘦小，变成胎儿，变成木乃伊，到最后几个月仿佛裹着睡衣的李子干，那永远高举的手臂活像蜘蛛猴的爪子……

祖母虽没有像乌尔苏拉那样变成胎儿，木乃伊与李子干，但确实与之前的模样迥然有别。一时间，不同时期的祖母从一个遥远的地方向我走过来：

那个是在一架外形黝黑锃亮、柜门上镶有黄铜环扣的碗橱里像魔法师一样给我变出一个红扑扑的苹果的祖母。那时的苹果树早已落光了叶子，光秃秃地站在厨房外边的空地上。她神秘地叮嘱我，苹果要偷偷地吃，不要让别人看见了。我把苹果别在屁股后面，会意地点了点头。

那个是在一个秋天把我和堂弟堂妹从祖父大大咧咧的骂声中解救出来的祖母。那一天，我们相约去偷祖父的苹果，没想到刚刚爬上树就被他逮个正着。在他的骂声中，我们像猴子一样跳下苹果树，躲在树下茂密的魔芋林里不敢吭声。祖母闻讯赶来，把我们一个个牵出了潮湿阴暗的魔芋林。

那个是在我放寒暑假后，千方百计要为我张罗一顿饭菜的祖母。哪怕我因为莫名其妙地嫌弃她而拒绝去她独自居住的那间老房子，她也不生气，总要花一个上午的时间烧火炒菜，然后用一个包袱装着提到我们家的院子里来——打开包袱时，腾腾热气与菜香味儿从碗盏里扑面而来。

那个是在田地里手把手教我做农活的祖母。她不仅夸我是个做农活的好把式——那几乎是她对一个人最高的夸奖了——还教我在干活时要记得把腰杆挺直。现在看来，她似乎是在教我做人的道理啊。

那个是在一个三月提着一篮子鸡蛋来给父亲过生日的祖母。那个是在池塘里淘洗洋芋的祖母。那个是在院子前边晾晒衣服的祖母。那个是正唱着摇篮曲哄堂妹睡觉的祖母。那个是在清晨站在门口梳洗的祖母……

当然，在所有的祖母中，让我记忆最为深刻的，是那个在一个夏秋之际的日子袒露着一对如同布袋般的乳房的祖母。

时至今日，我仍然不知道该怎么描述那个被尘封多年的日子，那个注定了要被我永久记忆的日子。

请原谅，我已经忘记，我在那个日子是因为左手背上长了一个馒头大小的红疙瘩，去请祖父按照草医的叮嘱边吃草烟边就着唾液在清洗干净的瓦片上磨两剂草药，还是在他们家做客。

事情是这样猝不及防地发生的：当我坐在堂屋后面的客厅里和祖父聊天时，竟意外地发现在厨房准备午餐的祖母，赤裸着上身。我赶紧移走目光，再也不敢抬头望向她，即使她时不时走到客厅里来提炉子上的水或到壁橱里拿东西。

我只是感觉到一团月光在我眼前移动。

祖母变成了一个发光体。

更让我措手不及的是，吃饭时，祖母也没有穿上衣裳，她依然赤裸着上身坐在我的对面。她不时给我碗里夹菜。她炒的菜，都是我爱吃的。我没有理由拒绝。祖父坐在我的旁边，与我谈着话。一副见怪不怪的样子。

尽管刻意回避，可我仍然在无意间瞥见了祖母。她像一尊圣母像坐在我的对面。一对布袋般的乳房静静地垂挂在她尚且丰腴的胸前。活像两条被去了皮的冬瓜。祖母的脸上和手上早已爬满了皱纹，但乳房上没有。

那是我平生第一次看见女人的乳房。我感到羞愧，难为情，无地自容，面红耳赤。多年以后，当我再次回想起那幅画面时，我看见的居然是蒙娜丽莎。真是不可思议。

蒙娜丽莎半裸的乳房以及微笑，喂养了艺术。祖母的乳房以及慈祥的笑，喂养了七个儿子与一个饥饿的时代。

女人与艺术是相通的，哪怕她们的身份只是穿了一生粗布，从来不知道艺术为何物的农妇——那个荒诞不经的时代早已成为历史，连她的长孙们都已在唢呐声中成家立业，重孙也在众人的盼望中相继呱呱坠地之时，她的乳房仍和蒙娜丽莎画像一样，不曾随着时间的流逝而凋零。

记忆中的祖母，喜欢在后脑勺上盘一盘发髻，把头发梳理得一丝不乱，每一根花白的头发都看得清楚自己的来龙去脉——那大概是她在出阁前就已养成的习惯——发髻间斜插着一个印有蝴蝶图案的褐色发卡。

她年轻的时候，大约也是个美人。

五

我的父辈们从未在我面前提起过祖母年轻时的往事。大约是因我从未向他们请教过这个问题，他们也就觉得没有义务主动告知——或许他们认为根本没有这个必要；但我还是相信事实如我在前文分析时所说，祖母的早年生活，对她的儿子们而言，一定是一个谜——他们也未曾目睹与见证。

而当他们开始记事时，祖母已彻底沦为一位唠叨不尽的家庭主妇，也实在没有多少传说可言。即使她曾给他们留下过较为深刻的记忆，你也很难证明，那些记忆就是经得起时间考验的。

尤其是在他们各自有了家室以后，他们的母亲一而再，再而三地干预他们的生活，时常因为一些鸡毛蒜皮的事与他们大动干戈，继而与他们形同陌路，甚至故意制造事端，让他们兄弟失和，水火不容，他们也就更不愿意多说一句。

我从他们的态度里看得出来，他们在内心里并不认同他们的母亲，甚至对她糊里糊涂的一生充满了轻视和否定。

我也从来不曾想过要去打听祖母的过往。那么一个不明事理的人，我实在没有多少心情去追溯她的人生。

谁也没有想到，祖母竟在最后的岁月里追忆起了她在年轻时代鲜为人知的经历。而作为讲述者的她，已与将过去和现在完全混淆的乌尔苏拉无异。

事情发生于我在前文提及过的 2013 年大年三十的晚上。我和兄妹在给她拜年之后，专程向她打听我们家族历史的故事，她却顾左右而言他，沉浸于对往事的追忆之中。尽管我多次打断她的追忆，试图让她走出往事的泥淖以回答我们的问题，然而，一脸惊讶的她，在茫然不知所措地打量了我们一眼之后，又开始了喃喃自语般的讲述，直到我们感到厌倦，继而起身告辞。

我们都对祖母带有自传性质的讲述充满质疑。

虽然她的讲述不仅像屋檐下的雨珠子一样断断续续，同时有多条线索相互交织齐头并进，而且因为跳跃性太大使得前后左右的内容听起来并没有多少逻辑关系，甚至是矛盾的，但我依然像一个技艺超群的炼金术士一样，从一大堆冗繁无用的话语迷障中分离出了她的黄金岁月。

她的过去，果真如她所说吗？在祖母的追忆中，在她嫁给祖父之前，她是一个可塑性特别强的人，理由是她受到了时任乡长周桂菊（音）的器重。

她的原话是这样的："周桂菊培养我，她到哪开会都会带着我。她坐在主席台上说话，我也跟着说话。"——在现代语境中，祖母无异于扮演着乡长机要秘书一类的重要角色。

有意思的是，周桂菊当选乡长一事，在祖母的叙述中，还与她的支持紧密相关，两者之间甚至构成了因果关系："那时乡里开会选举，大队的人集中在一起，我就标她的名字，结果她当了乡长。"仿佛她的那一票，起了决定性的作用。

祖母继续说："我驻在村里，他们都听我安排，虽然我不识字。我开会，安排生产，都有工分。"——她已经说得够透明了，那个时候，她的身份差不多就是一个驻村干部。她所需要做的事情，就是全心全意地开会与安排生产。

然而，她出众的才能并没有长久地施展下去，而是被浪费在了烦琐的家庭事务中与望不到尽头的苦日子里："来到这里时，要服侍他奶奶。把饭做好了送到床上，每天（给她）洗三遍（身子），端屎端尿。日子苦啊。那么大一家人，全靠我一个人。"

日子是真苦。"上面两个学生,五花寨两个。黑天哒。每天晚上,我要打一个魔芋豆腐,一个细豆腐。第二天天不亮就背出去卖。"她还谈及去山上打柴的往事:"我每次背三捆柴,这么粗,细的不要,全部是这么粗的。"她一边声情并茂地讲——担心遗漏任何一个细节,一边把双手合在一起比画柴禾的粗细。

回想起那些苦日子,她忽然拐了弯数落起她去世多年的丈夫,她的表兄,我们的祖父,挖苦他是一位手无缚鸡之力的无用书生:"他爸爸小时候吃面糊长大的,奶水都被他二哥吃了,没有一点力气。背背不起,挑挑不起,连走路都不行,只会算账,躲在家里读书。"

如果不是祖父娶了她,她的人生肯定是另外一番气象,她也就不会吃这么多苦。她在心底一定是这么想的。

祖母不时用粗糙的手掌揩着眼角混浊的泪花,并不失时机地感叹命运:"我就是命不好。命不好,喊天都不行。""苦了一辈子,就是现在好玩一点了。可是现在吃饭摔跤,上厕所摔跤。冬天穿得厚不要紧,夏天穿得少,一摔就摔坏了。"

"我就吃亏没有读书,不识字。"祖母总结道。眼看着我们就要起身告辞,她又突兀地补充了一句,"我一个人把那么大一个家撑着。"

当时我没有意识到,现在我终于留意到了,祖母在那个晚上缅怀往昔的时候,她在意识里并没有把我们当成她的孙辈,而是把我们当成了单纯的听众,乃至她的同辈人。但是,她最后的补充,分明又是说给她的孙辈听的。

我曾向父辈们求证祖母所忆之事的真伪,然而他们对此都只是付之一笑,并没有正面回答我。然而,种种迹象表明,他们并非首次听到她的故事。

我最终选择了相信,毕竟任何一个人都拥有在晚年追忆美好岁月的权利,只是暗自吃惊——一如十余年之前,在与祖母的闲谈中,我忽然为从她布满皱纹的嘴巴里冒出来的"思想"二字感到震惊不已。

原来被我们遗忘了多年的祖母,被我们认为终其一生都碌碌无为的祖母,也有一段被光环笼罩的过去,而且她在人生最后的岁月里仍对这个光环充满怀念,并将之当成一笔记忆遗产，讲述给了她的孙辈。

你还敢确信，一个终日像一团影子一样生活在角落里的老态龙钟的乡间老妪，没有年轻过，没有美过，没有厉害过吗？

我在祖母身上窥见了时间的秘密。哪怕你是一堵密不透风的墙，它也有本事将你变得千疮百孔，面目全非。它有的是耐心。没有它扳不倒的牛。

六

我大概是身在老家的祖母的孙儿中最后一个出席她葬礼的人——伯父家的两个儿子，就没能从外省赶回来。春节前夕的票，无论是天上飞的，还是地上跑的，都在短时间内难以求得，除非有人退票，恰好又被你抓住了机会——为此，我还挨了父亲的训。父亲有好多年没有训过我了。

那天上午，他气冲冲地从五叔家跑过来，在客厅里逮着我就将我训了一顿。当时，还有几位客人正坐在客厅里烤火呢。父亲是真生气了。他第一天没有在五叔家的院子里看到我的身影，第二天上午还是没有看到。

"哪里像个读书人哦，一点知识都不懂。"父亲严厉地批评我。

我自知理亏，一句话也没说，赶紧跟着父亲过去了——尽管在他教训我之前，我就已准备动身了——自始至终，我都没有告诉父亲，对于祖母的忽然离开，在我们这一辈人中，大概没有比我更难过更敏感的了。

祖母在前一天的凌晨与世长辞时，我是获得了比较显著的感应的——我的哥哥说，他也在当天夜里极度不适，心痛如绞。血脉的力量就是这么神奇——而且捕捉到了一些十分异常的现象。

我家那条名叫狮子的狗，几乎叫了整整一夜。谁也不知道它是什么时候安静下来的——它大约看见了祖父驾着一辆马车从天而降，将祖母接走了；马车跑起来时，还发出了轱辘轱辘的响声；它因恐惧而吠叫。

我在狗叫声中辗转反侧，胸口像是压着一块石头，烦闷异常，隐隐作痛，可我就是没有勇气起床前去一探究竟——有一股古老的神秘的力量，把我绑在床上——直至黎明艰难地来到窗前。

对我而言，那确实是个漫长难挨的夜晚。不会有人知道我在那个夜晚所受的煎熬，也不会有人知道我在那个夜晚对自己进行过多少次质问。

妻子像婴儿一样睡着了。她被蒙在鼓里。

那是我们的新婚之夜。

前一晚十点钟光景，我的婚礼已近尾声，宾客都已归去，一切都显得尽善尽美，就等着洞房花烛夜了。然而就在司仪召集帮忙之人派发红包之时，堂弟忽然气喘吁吁地跑到我们家捎来了一个坏消息：奶奶快不行了。我脸露不悦，认为他带来的消息太不合时宜了。我的胸口还佩戴着新郎官的胸花呢。

固然不悦，然而未等堂弟离开，我就在心底开始祈祷了——出于某种风俗上的禁忌，我并没有随着父母去看望病危的祖母——我祈祷祖母能够活得更长久一些，还有一个礼拜，就要过年了。况且早在几年之前，我就意识到，祖母是我们这个家族的宝贝。当然，我也是存有私心的。

我的祈祷无济于事——我的预感得到了证实。一大清早起来，我就获知了祖母已走的确切消息。

事实上，关于祖母的生死之事，大家一早就进行过比较严肃的讨论。在成都工作的堂弟说，他在回家之前曾在寺院里替祖母抽过一签。签上说，祖母若能安然度过年关，就能再多活一年。我们的父辈都默认了这一说法。

在拿不准的事情上，人们总是相信神的智慧，相信第六感与第三者的判断。殊不知，神在诸多事情上给出的答案，都是模棱两可的。

而这一次，神的话灵验了。

我的心情自然是相当糟糕的，也是相当复杂的。尽管在预感得到确认之前，我已做好了面对最坏情况的思想准备，但当我和母亲在阶檐上相遇，她低声告诉我那个消息时，我仍然无法接受；尽管我并没有表现出任何悲伤，也没有流露出一丝惊愕，只是叹了一口气，好像我一早就获知了消息，并平静地接受了事实。

当时，对祖母的生之希望尚且怀着一丝侥幸心理的我，还穿着前一天在婚礼上穿过的大红色外套呢。在哥哥的提醒下，我方才换了一件青色衣裳。

那个阳光灿烂的冬日的上午，我就准备跑到五叔家，可有一个声音阻止了我。

记得筹备婚礼之时，我曾查询过新人的注意事项，其中一项说，新人在婚后的三个月之内既不能参加婚礼，也不能参加葬礼。不然，喜气就给冲掉了。我固然不信，但一些古老的传统又不得不遵守。

想起这些，我忽然对祖母心生怨怼，认为她不曾顾及我的感受——刚刚举行婚礼，紧接着又要参加她的葬礼，总会给人留下心理阴影。虽然，这个念头在我的脑海里转瞬即逝，但它曾经真实地闪现过，我无法回避。

那天上午，当我跟随父亲一身素服地出现在祖母的葬礼上时，堂弟告诉我，祖母在我结婚的当天其实就已意识昏迷，但她还是撑到了第二天凌晨。"她是等着你把喜事办完呢。如果她在那一天没有撑住的话，那就麻烦了。"他补充道。

我顿生愧疚，可我已看不见祖母。

那时的祖母，已经变成了一张黑白照片，被挂在一个十分醒目的位置。照片里的那个老妪，神态安详，一如她活着时坐在椅子上目光和蔼地望着我们。

我远远地望着她，胸腔里一阵一阵的疼。

记得小时候，我在一个葬礼上见过知客司仪站在宾客们的面前，拿着一张草纸，大声朗读着一篇字迹潦草、语言干瘪的祭文。短短几百字，就概括了逝者漫长的一生。逝者在人世间度过的数十年光阴，仿佛都被压缩到了那张扁平的草纸上；他们所经历的苦难与幸福，都被浓缩成了几百个潦草的汉字。

那本是一个肃穆的默哀时刻，但总有宾客因为知客司仪略带书面化的表达、抑扬顿挫的调子和一本正经的神态而发出不合时宜的笑声。

在祖母的葬礼上，我没有见到这个在我看来应该必不可少的仪式。我也就没有机会看见司仪拿着一张草纸，对祖母的一生做出客观公正的总结。

是知客司仪遗漏了这个重要仪式，还是我错过了这个庄重时刻？无论是哪一方面的原因，都不能不说是一个遗憾。

七

晚景凄凉的祖母一定不曾预料到，她的葬礼会是那么隆重。在长达82年的人生岁月里，祖母也不一定见识过如此隆重的葬礼。

前来吊唁的人络绎不绝，马路上的鞭炮声此起彼伏，厨房里的流水席一桌紧接一桌。五叔家前方的院子里坐满了披麻戴孝的人——没找着地方坐的，只能站着。在他们的脸上，你看不到一丝悲伤。

他们更像是来赶集的，会友的，甚至像是参加一个古老的盛大的节日。他们三三两两聚在一起，问询着彼此的近况，嘻嘻哈哈开着玩笑。就是我们直系亲属，偶尔也会从悲伤中抬起头来，露出一个短暂的笑容。

被遗忘多年的祖母，通过这一不同寻常的方式，终于从毫不起眼的灰色地带重回到了生活舞台的中心，从狭小的卧室走到了宽敞明亮的堂屋——仿佛从幕后走向了前台；她通过这一举足轻重的方式，重新唤起了人们对她的记忆——人们在交谈中，或多或少都会提及她。尤其是她的几位同辈人。

祖母是他们的一面镜子。

那两日，祖母隆重的葬礼成为村子里毫无争议的头版头条新闻。那是人们给予亡者的礼遇。

但知情者都知道，在这条新闻的背后，隐藏着太多太多的故事。这些故事，犹如不敢见光的黑幕，将我的父辈们，甚至是将我们整个家族，推上了风口浪尖，推到了一盏周遭坐满了观众的聚光灯下。

早在我的婚礼之前，父亲就预料到，五叔和小幺会借我的婚礼之便，将前来参加婚礼的伯父和叔父们召集在一起，重议祖母的赡养事宜。

父亲对此也没有提出异议。虽说五叔将祖母接过去赡养，是他为自己当年的鲁莽行为买单，而且还当着村干部的面郑重地做出过承诺，但现在祖母卧病在床，情形已不同于往日；毕竟祖母不只是哪一个儿子的母亲。

然而，事情的进展还是超乎了父亲的预料。那几日，在远方当上门女婿的小幺，在挨家挨户串门时，就已与他的哥哥嫂嫂们互相通了气。

在反复的讨论中，大家一致否决了按月坐庄式的轮流照顾祖母的方案——祖母年事已高，身子骨原本就脆弱，而且带病在身，经不起折腾。况且搬来转去，折腾的不仅仅是肉身——大家都同意每月凑份子，支付给五婶。

我们都说："这么多儿子，如果连一个妈都养不起，岂不让人家笑话。"只是每个月究竟支付多少数目，父辈们尚没有形成统一口径，毕竟还需与五叔商酌，但有一个前提，那就是不可能超过大家的承受能力。

大家就像一致否决第一种方案一样，一致推举自认为口才出众的小幺去与五叔商谈。熟谙五叔脾气的婶子们都对她们的小叔子说："你常年在外，好说话一些。如果大家都去，肯定煮成一锅粥。"

那几日，我忙于自己的婚事，无暇顾及更多的事情，也就不知道小幺是否与五叔在商谈的事情上预过热——不过想想那幅画面，就觉得滑稽。

事情的真相或许更为滑稽：他们几兄弟在我结婚后的那个凌晨正聚集在五叔家的院子进行激烈地谈判，一件大事的意外发生，就让他们在此之前所作出的全部努力与妥协宣告破产了——意识迷糊的祖母，在他们的争吵声中撒手人寰了。

祖母或许是真的被尚未痊愈的伤痛折磨得油尽灯枯了，又或许是在昏迷之中感知到了她的儿子还在为她争吵不休，但是她又无力劝阻，同时感到无限凄凉，只好选择离开。事后，就有人开玩笑说，祖母是被她的儿子们气死的。

遗憾的是，祖母的离开，并未达到她的本意，既未消除横亘在他们兄弟之间的隔阂，也没有让他们醒悟，他们在另外一条歧途上越走越远：他们继而在如何操办祖母的葬礼这件事上大吵起来——无非是操办葬礼费用的摊派问题——之后又在祖母下葬的日期上出现严重分歧。

迷信风水的五叔，抱着几本风水一类的书，自行推算了日期，坚持要将祖母沙到坡里，等到来年三月再行安葬；而伯父、父亲、四叔和小幺则坚持在腊月二十四这一天安葬祖母。

"否则，我们就不管了。"他们在五叔面前撂下这么一句气话。

腊月二十四，正是五叔请来的道士先生选定的吉日。而五叔之所以又推翻这个日子，按照他的兄弟们的说法，他是太执着于他所收藏的那些书籍。

在那两日，双方各持己见，互不让步，几兄弟的嗓子都在那两天因为争执不休而严重受损。说起话来，出现的都是一个陌生人的声音。知客司仪——他们的叔父，以及诸多同族兄弟都纷纷从中说项，早点下葬吧，免得祖母受苦，但被孤立起来的五叔依然一意孤行。

而那个时候，祖母就躺在大门后面灯火辉煌之下的一片黑暗之中。

谈判的过程显得漫长而又艰难，但又显得刻不容缓，毕竟时间不等人。尽管势单力薄，但五叔还在做着最后的博弈。在腊月二十三日为祖母守灵的那个晚上，他还抱着一本风水学方面的书急不可耐地找到我，企图说服我，进而用我的意见来说服我的父亲、伯父、四叔和小幺。

最终，经过不懈努力，五叔还是被迫接受了既定的方案，祖母的葬礼也才得以在二十四日上午如期举行，再未出现其他波折。

那个阳光灿烂的冬日的上午，我，小幺，哥哥以及堂弟几个人，从五叔的院子里运来水泥和砂子，提来一桶桶清水，将搅拌好的砂浆递给八大金刚。满头大汗的他们给祖母砌上坚固的坟墓。

我在干活的间隙，目睹了发生在眼前的一切。

在金色的阳光中，一个黄泥堆砌的新坟很快隆起在祖父的旧坟身旁。祖母在这个人世独自生活了11年之后，终于与祖父在另外一个世界重逢了。那是真正意义上的久别重逢。从这个意义上讲，祖母的葬礼，实则是她和祖父的婚礼。

记得祖父在世时，曾给我们透露过一个秘密：他每天晚上都会把祖母叫醒一次。那时，祖母身体不好，在睡觉时出不动气，祖父担心她再也醒不过来。

而从这一天开始，祖父又得承担起照顾祖母的职责。

他们的儿子并没有在他们的墓前立一块墓碑。据说不立墓碑，不刻墓志铭，是我们这一门向氏的传统，但没有人能够道出一个令人信服的原委。只是有人说，这一祖训现在已有所松动。"传统，总还不是人定的。"他们说。

这也就意味着，除了我们的父辈，除了向家院子以及周边地区熟悉祖母的人，没有人知道她这一生所经历的风风雨雨，没有人知道她的生卒年月——即使是年龄都已徘徊在花甲之年的父辈们，也不一定了解他们母亲的全部。她的早年生活，对他们而言，一定是一个谜；更不用说我的子侄辈们，哪怕祖母给他们这一代人留下了一星半点印象，但随着岁月的流逝，终将被遗忘殆尽。

正午时分，当成千上万发礼炮从田野里前赴后继地冲上天空，在树梢间密集地炸响，并弥漫开来一大阵刺鼻的烟雾时，祖母所有的儿孙都站在那个空旷的院落里，凝望着那无比庄重的一幕。

那一幕，极有可能是这块土地上有史以来最热闹的一幕，最隆重的一幕。

至少在我的记忆中是这样。

八

祖母会飞了——就在悬浮于空中的堂弟和堂妹跌入那条黑咕隆咚的深沟之际，祖母出乎意料地出现了。她像踩着一阵旋风，径直飞到深沟中央，把他们一个个接住，并将之送达安全地带，然后她从深沟对岸的一棵白杨树的枝丫上跳跃而下，消失在田野里。

我在现场被惊得目瞪口呆的同时，牢牢记住了祖母下树时做出的那个跳跃动作，比猴子还要轻捷灵敏。你很难想象，身体臃肿的她，竟然拥有那么好的身手。难道这么多年以来，她一直躲在角落里修炼秘不示人的功夫？

我在那个冬日的第二天就启程去了外地，但祖母并没有因为山高水远就放弃出现在我的梦境，而且还给我留下一个接一个的疑问。想必，在那一个个刮着寒风的黑夜，在那一个个不辨东西的陌生之地，从未走出过小镇的祖母，为了寻找到我不断变化的行踪，没少吃苦头吧。

还好她会飞。如果她不会飞，她怎么可能出现在我的梦境呢？

祖母从来没有坐过长途汽车，也未曾见识过火车——她顶多在半个多世纪以前陪祖父去邻村看病时在山间官道上坐过一路颠簸的马车，在庄稼地里干活时仰头观望过在天空留下一条灰白色尾巴的跟燕子一般大小的飞机——她不知道怎么买票，不知道怎么坐车，对于复杂的地理知识更是一无所知。

更何况，她在生活中连走路都摔跤呢，连正常的饮食起居都成问题。你想想，她已老到了什么田地。

尽管知道了祖母隐藏多年的秘密，但除了妻子和妹妹，我尚未告诉过第三人。我决定替她保守这一秘密。

一字藏天机

张金凤[1]

一、点横撇捺

汉字，中华民族的文化密码，从一页历史的陶片中走来，从黄河源头的清澈走来。汉字可一笔贯通气韵，豪气干云，大唱《满江红》，汉字亦繁复多画需耐心描摹禅心静悟《四张机》。看似简单的一横一竖是乾坤是阴阳是哲学的卷轴，繁如丝绦飘逸如惊鸿之舞暗藏玄机无数。

点、横、撇、捺，是汉字的经络，它们肢体简约、身量单薄，却蕴含无穷的力量；偏旁是汉字的骨架，是汉字的刀锋，意在笔先，神在形上；部首是汉字丰满的血肉，承载着一个个从远古而来的字的身世之谜，蕴藏着天地的玄机；音韵平仄是汉字的气韵灵魂，形如片羽翩飞，音似气场凝结，一韵轻扬，意指八极。

点、横、撇、捺、提、折、钩组成的汉字，就是《易经》里的否泰八卦，阴阳平衡，就是《诗经》里的赋比兴、风雅颂。一个汉字是一口井，联通着巨大的水脉；一个汉字也是一部治国大典，孔子说，一个"恕"字可安天下；一个汉字是一部

---

[1] 张金凤，女，20世纪70年代生于青岛胶州。中国作家协会会员，青岛市文联签约作家。在《人民文学》《中国作家》《北京文学》《诗刊》等报刊杂志发表诗歌、散文作品百万余字，文章入选《散文海外版》《散文选刊》等，散文作品曾获孙犁散文奖，叶圣陶教师文学奖以及《人民文学》主办的全国大奖多次。出版散文集《空碗朝天》《岁月流歌》和诗集《山坡羊》三部。

哲学巨著，"中"字讲的是和谐之美，"淡"字说的是顺应自然。那些或简单或繁复的字，就是一脉脉儒家经纶，道家智慧，佛家禅意，更是一脉华夏的文明圣泉。

孤独的一个汉字是天地间坐禅或讲经的佛，是一口沉思的古井，是一脉文明的源头；两个牵手的汉字是知音相遇，是眷侣胜仙，是彼此的扶持、成就和无言的懂得，是相互的搀扶和陪伴；三个字相遇，是万物生，是三点定面，有了无限的拓展，是三足鼎立，构成一个最稳定的和弦；四字成语如椽如柱，经天纬地，如琉璃瓦，金碧辉煌在华屋之脊柱，辉耀着栋梁；押韵、对仗、格律，散装的汉字是联，是金线穿珠，是琴瑟和谐，是互补扶持天地相合；韵味、意境、格局，词牌为金冠，一阕新曲一阕民风，在流云里、音韵中飞天般袅袅娜娜。汉字排列成唐诗宋词，是闪烁的珠衫翠服，装扮着华夏文化灿烂夺目；汉字的排列是史书是药典，是厚重的史记春秋，是神奇的草木为医。汉字最长的排列是族谱，从三皇五帝的传说到秦砖汉瓦真实的史迹，蘸着墨，蘸着朱砂，蘸着血迹，蘸着赤诚，真实地标记了中国文脉的传承。

"点"是最小的笔画，别看它小，却是皇冠上熠熠生辉的明珠，是一字千金的诺言，是称提万斤的那点秤砣，没有它乾坤就乱了，再准的称星都是虚设。点，是斩豆腐的那勺卤水，没有它，一缸豆浆永远混沌，不会有质的飞跃。点，是百战浴血的那一枚勋章，是经天纬地的信物玉玺，用来执掌天下，指点江山。没有一个起点，漫长的人生路就是海市蜃楼。没有现实的起点，再美好的蓝图都画在纸上。一个点，在天是闪烁的星星，给仰望者梦想；在地是希望的种子，传承生命，延续香火；在人间，它就是那黑夜中的灯盏，为探索的脚步照明方向。点如水，清纯透亮，是生命的源泉，是漫漫旅程的一个个脚印，是人生仰望高处的灯盏；点，是一枚印鉴，一言九鼎，信安四方；点，是刀口上那明晃晃的钢刃，没有刃，一口钝刀，哪里削得平世间的块垒？没有那一点，不论多么生动的龙都只是画在壁上的色彩，要腾飞，还得有点睛之人出手。说什么自己努力了那么久，那么久的努力只欠点拨的一点，就与飞翔无缘。

"横"，那么平，如一碗水端平，如水的无私。横是一架天平，是人良心的一杆秤。当"横"在肩上，它是担当，是一个人堂堂正正地接过责任，此生担当道义，不负重托，不辱使命；当"横"别在腰间，它是约束，是规矩的尺度，是法律的力量，是遵循规律走出天圆地方，是万物参拜太阳生长；当"横"卧在脚下，它就是一条门槛，一条横在眼前的河，挡在面前的壁，对懦弱的人来说，那是一条羁绊的坎，无法逾越的雷池，永远无法突破的壁垒；而对于乐观者，这一横却是拨开杂草和迷雾的藜杖，又是一条通往远方的小路。你勇敢地去跨越，执着地去破壁，就是面前横着一座山，你也会翻山越岭到达远方。

"竖"顶天立地，是一根旗杆威严树立，大旗不倒，信念不倒。竖不偏不倚，竖堂堂正正，是追日的夸父，是补天的女娲。竖不营私、不斜逸，是神农尝百草救病疗伤，是舜耕田亩济天下苍生。竖是一根历史的血脉传承，竖是中华民族文明的薪火代代相传。竖是寂寞的坚守者，艰苦的探索者，竖绝不做墙头上的草，更不做风里的云。竖的信念是扎根红色的土地，用干瘦的身躯，做开花的铁树。

"撇"是飘缈入云的豪情，是侧卧如峰的壮志，是剑走偏锋的智慧，是潜行在大地的隐逸。"捺"是坚实的脚步循序渐进地攀登，如宝剑待机出鞘，是五彩梦起飞的航道。撇捺如手足，当"撇"与"捺"双手相握，就是友谊力量，是万里长城永不倒，是众志成城无坚不摧；当"撇"与"捺"双足立地、相互成就和支撑，就是最神圣的组合，是"人"在天地间，是登山我为峰，渡水我为舟，是天地万物皆为我用的万物之灵。

"提"，那是从低到高处的一次飞跃，是对凡俗的叛逆，对规律的发现。"提"是宇宙飞船探索天空的奥秘。"提"是藏不住的锋芒，掩不住的才华，是岩浆到了熔点火山要喷发，是十月的孕育一朝要呐喊一声"世界，我来了！"。已经是沉到谷底了，该是弹跳起来的时候了。哪怕这一跳无法跃上高台，无法回到原来出发的高度，至少是一种态度，一种努力，你已经在奔跑的路上。

"折"，生活告诉执着的"横"，该回头的时候要回头，该拐弯的时候要拐弯。皎皎者易污，峣峣者易折，一味追求完美不如包容残缺的存在。百尺篙竿不如千年的门槛，有时候，一味地战斗，不如走下神坛，融入民间，在路上打个折，拐个弯，也许生活更柳暗花明，不要怕生活因此打了折扣，因为，世界上，真的没有最完美的人生，东隅已逝，桑榆非晚，幸福实际上就在俯仰之间。

"钩"是一帧隐藏的风骨，厚重处的雄心。没有这一"钩"，人生是波澜不惊，多了这一钩，就是峰回路转，就是匠心独具，就是于无声处闻惊雷，就是故事里意外的结尾。那一"钩"，或许是夜幕上皎皎的新月，正渐渐长大，或许是挑开珠帘的那一声叮当的钩环，闺阁的芳馨由此打开。"钩"是水落石出的那一个结果，或者一钩钓取贪食者的布局。"钩"是远走的路上的一个回头，是爱到不能自拔时的一个警醒。也许是败北的马蹄不甘心地嘶鸣，一个回马枪，改写了战争的结局，扭转了乾坤的机关。

"三点水"是润泽大地的水，是江流奔涌澎湃起的浪花。它是水，是一件百搭的衣饰，愿意为任何一个寒冷知羞的躯体御寒遮蔽。它遇川成浪，遇洼成泽，遇谷成江河，遇广袤成湖海。它遇干渴成润泽，遇污浊成濯洗。它是乳汁是蜂蜜，是丰收的琼浆；它也是药剂，是墨香，是洋洋洒洒的史书。

"绞丝旁"是怎样一条婉转多姿的绶带，佩挂在勇士的肩头，或者是一条飘摇的绿色丝绦在绵软的柳枝中荡漾。它是水红色的飘带，在窈窕淑女的裙间优雅；是缥缈游弋的云，是绿肥红瘦的青春。它是绫罗绸缎，在华贵的厅堂赏梅花半开，是棉麻布衣，在乡野的阳光抚摸下扑棱棱长大；它是丝绢，在"扎扎"的织机上成缕成匹成瀑布；它是纱缕，在泠泠的溪涧边浣去尘埃，洗去沧桑，还原清纯，柔滑如初。当遇到绞丝旁，冰就融化成一江春水，欢快歌唱；当遇到绞丝旁，山就披上一件柔和的绿衣，掩盖起严肃的面孔。绞丝旁是修饰着田园的花朵和鸟鸣，是老牛在田埂，脚步比缰绳走得更悠闲；是石头开花，从笑歪的嘴角处流淌出一丛阳光。它是纲常，是伦理，是经纬，是天道的半壁江山；它又是风流倜傥的羽扇纶巾，端庄儒雅，丹青素琴。

"四点底"，同样是水，却是汪洋恣肆的水，如瀑如洪如兽如魔的水在大地上横行。事不过三,三点水已经是盛泽之水，水多则溢，溢成汪洋，吞田噬物。洪水汹涌，女娲炼石补天是因为雨水过盛，大禹治水也是为缚住苍龙，人们搬来山石土木镇压,水不疏导终成决堤之患,于是,水灾变身成烈焰,变身成火熊熊煎熬。"鱼"字踩着四点底舞蹈,是在水上游,还是在火上飞?世间隐藏着那么多水火无情,水火不容,却又物极必反否极泰来的至境转换和意想不到的玄机,如水之火,燎烤着每一个挣扎的灵魂,每一步成长都有破茧成蝶的痛,都有涅槃重生的煎熬。

"山"是一马平川里的崎岖,是崇山峻岭的巍峨,山挡住了远望的眼睛,挡不住梦想的翅膀,梦想可以飞越万水千山,将山当作闲坐时补墙头的风景,隐居时身后的一帘屏风。山是我们平静生活中的浪花,顺风顺水里的潮涌,山是父亲的脊背,沉静深沉,他遮挡过我们,是为了给我们更远大的梦想和未来。

二、流浪的字

最早的文字只是一个意念攀附上了一个载体,是心中的情绪难以宣泄,用一个符号求一种解脱,镌刻下巨大的灾难或喜悦。刻在山石上,给天地阅读;结在藤蔓上,体现自己的悲喜。汉字的奔波,比6000多年的半坡村落还要早,还要艰辛;汉字四处飘零、流浪,跟着聚居之前的原始篝火散落在岁月深处,无法挖掘。在那个半坡氏族的温暖村庄里,50多种符号聚在一起召开了第一次聚会,庆祝它们结束流浪的步伐。它们整齐地躺在石头上,规律地演唱着快乐的歌谣,汉字脚步在这里积聚,梦想在这里萌芽。朝露晚霜,寒来暑往,那些承载巨大秘密的符号在寒暑里瑟瑟发抖,在风雨霜雪里衰老哀叹,它们多么需要一段坚硬易存的床板安放它浪迹的脚印和疲惫的身躯。甲骨,剥离自血肉之躯的坚硬鞍马,驮上了这些流浪的文字。

甲骨文是隐喻的天机,暗藏的心迹,是一枚大道至简的书签,是一阕洪荒苍凉的印记。一个简单的符号或线条,记录着天地间的秘密,自然界的规律,伟大的发现和进化,记录着部族的兴衰或者蓝图,或者是对天道的虔诚,对地母的尊崇。龟甲兽骨，修竹柘木，因为镌刻了有意义的线条而有了灵魂，因为承载了历史而成就了不朽的价值。

小篆是一场绵延的战火，焚烧了六国的城池和堡垒，焚烧了宝座和虎符，焚烧了林林总总、咿咿呀呀的占山小寇。那些败落的王，被小篆的华美烧得形神俱散。小篆以它的美统一了天下文字，那些粗陋的文字俯首称臣，在岁月里逐渐削去了犄角，隐匿了音信。"书同文，车同轨"，小篆在秦国大篆籀文的基础上羽化，褪去了繁复的笔画，兼收了时代的和谐与华丽。小篆一直如歌舞女子一般优美，它好像在创字之初就不是仅仅担任记录的功效，而是有舞蹈娱目之美。后宫佳丽，民间杨柳，繁复处珠光宝气、环佩叮当，简约处风摆杨柳、临水照花。小篆横平竖直，践行着人立于世间的刚直秉性，却又圆劲均匀，笔画以圆为主，圆起圆收，方中寓圆，圆中有方，表达了人们对天圆地方的崇拜，对方正做人、圆满做事的期盼。

隶书是小篆的近侍，辅佐着文字的传承，最终以绝对优势取而代之。造字之初，它只是小篆的一个侍女，是小篆的一种辅助字体，身份卑微，只做红袖添香。一个"隶"字，透露着隶书的出身和地位，小篆走着走着因为没有子嗣而将文字的源流让位给隶书。隶书虽起源于秦一统疆域的雄风，却更多地浸染了大汉朝的雍容华贵气度、庄重宽容之美，所以叫汉隶，并以庄重为修行。隶书是扶正的侧室，却没有小人得势的早魃，它具有了母仪天下的气度，书写起来略微宽扁，体现一种宽厚和包容。隶书蚕头雁尾，起笔凝重，大事可托付；它结笔轻疾，干脆利落，不拖泥带水，凡事求圆满。隶书，一辈子不隐藏自己的身世，坦荡担当曾经的卑微，光华却辉耀了千秋之久。

汉字的性格各异，癖好不同，分体书写使汉字的美更是重峦叠嶂，远近高低各不同。篆书是民间的字谜，是绣女手中的锦绣，旖旎婉转，多情汁液满溢；隶是士大夫，满腹经纶，修心追古；楷书如书生端庄儒雅，丹青羽扇，坐怀不乱；行书如剑客急行，锋芒暗隐；草书是炼丹狂士，手执救世的灵丹，天下苍生不入眼，戎马倥偬，闲云野鹤。

大约从粗粝藤蔓上一个标记事件的结开始，汉字从萌芽到襁褓，历经甲骨文的青涩童年，钟鼎文的执着印记，由小篆开枝散叶，隶书的花团锦簇，草书狂放不羁，楷书的修行坚守，行书的洒脱通透，文字在流浪中，变形诸多，留下了芳香的足迹和动人的故事。那刻于甲骨，铸于青铜，凿于石碑，镌于竹简，浸染于棉帛丝绸的文字，是中华文明的烟火传承，那随意的一个转身就是《诗经》，一牵手就是《楚辞》，一欢聚就是汉赋，一列队就是大唐浩如烟海的诗篇，是宋惊涛拍岸的词牌。它们是汉乐府，是木兰辞，是平平仄仄的楼梯，带你登高望远，吟咏昨夜西风凋碧树；它们是桃花渊水，清泠叠玉，澄澈着金玉般的友情；那些被战火烧在赤壁石间的字，被瀑布镌在灵秀庐山的字，被大雪封在极寒塞地的字，只是小号里的起点音，是中国文化的基点。汉字，那些散落的星辰，散开的花朵，零落的玉石，在人的手中排列成星座，排列成园林，组合成奇珍。

那些汉字，阵容强大，组合有序。汉字是碑林，记录着民族血脉的传承；汉字是乡愁，每一个汉字都凝聚着浓重的乡音；汉字是铺展的工笔，流丹的大写意，是一篇篇汪洋恣肆的大赋，是浓墨重彩的清明上河图；汉字是金刚，一首短诗，一副楹联，每一个汉字里都蕴含着无底的富矿，洞彻了无涯的乾坤。汉字是口井，是甜水井，滋养生命的传承和延续，那井水是一种药，一旦喂养过一颗淳朴的黄皮肤的生命，这一生他都无法戒掉这思念的瘾。天道皆藏字中，一笔一画都体现风水阴阳，体现教化和传承，一字一乾坤，一语一经典。山川河流入字，文墨精神入字，铮铮铁骨入字，朗朗乾坤入字。孤单时汉字是一首小令，一字千金，枯藤照出四季枯荣，人生跌宕；热闹处汉字是一篇芳华四溢的汉唐大赋，洋洋洒洒，殿宇华屋市井陋室，惟妙惟肖，纤毫毕现。汉字冷了就归隐田园和山林，是禅语一枝，是平常屋檐下的一枝素梅花，开着孔乙己，甲乙丙；汉字寂寞了就重出江湖，一呼百应，呼啸天地间；汉字是深闺贵胄家的千金之娇，环佩叮当，走一步是繁复之美，舞一曲是霓裳羽衣。汉字在长衫的方巾上镶嵌，在秉烛的灯火里生花，在疾行的快马间军令如山，在血脉的传承里历尽黄沙始见金。

三、以何为贵?

以女为贵

中国字的萌芽是远古时代,传说中,汉字起源于仓颉造字。黄帝的史官仓颉根据日月形状、鸟兽足印创造了汉字。复杂的汉字不可能由一个人发明,仓颉可能只是一个汉字的收集、整理者,在统一和创新上做出了贡献。仓颉所在的远古时期,是人类向母系社会过渡的时期,女人在生活中占主导地位,人类的尊母情结应该与母系社会女人的绝对地位关系重大,更与每个人成长中对母亲的依赖和尊崇有关。所以,最早的文字以女为贵。女,在文字中,一直是个简单而神圣的字。甲骨文字形中的"女"像一个敛手跪着的人形。所以,人类一开始就意识到女性忍辱负重的艰辛,从字面上就给了她一个说法和感恩。古代以未婚的为"女",已婚的为"妇"。甲骨文的"妇",字形左边是"帚"右边是"女"。表示已婚女子要操持家务,多洒扫事务,比之清纯少女,多了责任和担当。

良女为"娘",汉字从牙牙学语的幼儿开始,人类第一个脱口而出的汉字是"娘"。"娘"是撼山动岳的发声。从字面看,娘是无比高贵的称谓,是"良好的女子"才配使用的字。古汉语中娘一般指青年女子,多指少女。后来竟然因为它的高贵和美好,成了妇女的统称。古代给女孩子起名,多用娘字,如《千里送京娘》中的京娘,《聊斋志异》中的封三娘,范十一娘,梁山好汉一百单八将中,仅有的两位女子,分别是"母夜叉孙二娘"和"一丈青扈三娘",即便是四肢粗壮性情凶悍的女孩子,也用了"娘"字,可见"娘"是多么被追捧的美好字眼。美丽的女子叫"秋娘",追求爱情的女子有杜丽娘,传说中的名妓叫杜十娘,中国唯一一位女皇帝,在人们习惯的称谓里,竟然是"媚娘",不仅用了"娘"字,连"媚"据说也是她14岁入宫时由太宗所赐,她占用了两个由"女"字旁构成的字。

娘，是古代最美好的字眼，纯洁无瑕的少女的代名词。繁体的娘，是女字旁加"襄"。"襄"意为"包容""包裹"的意思。女性是含蓄的，古代女子是不轻易抛头露面的，是藏在深闺的，尤其是年轻女子。另一层意思是：女性是隐忍的，包容的，是温柔温和的。再一层意思，就跳离了年轻女子，这一层包裹是娘字含义的拓展："女"和"襄"联合起来表示"身体包裹了婴儿的妇女"，是腹内怀胎的女子，后来又延展成怀抱娇儿的女子。"良女"是受人尊重的，当娘的崇高出现倍增时，就至高无上。当"娘"双字相叠，成为"娘娘"的时候，尊卑拓展成了阶级分化。至高无上的那个女子，一人之下万人之上的那个女子，不甘心当芸芸众生里被人尊崇的女子，要双倍的尊崇，于是，她就成了"娘娘"。"娘娘"是皇帝的夫人正妻——皇后。观音菩萨这位至慈至善的象征，也成了"娘娘"，被民间称为"观世音娘娘""送子娘娘"；玉皇大帝的原配叫作"王母娘娘"，人类的缔造者"女娲娘娘"，推及其他，有神灵的女神大都佩戴了这一荣誉称号，如"眼光娘娘""痘神娘娘""桃花娘娘""枣神娘娘"等。在凡人心目中，最伟大最高尚的那个人，不是权位至上的皇后、王妃，那太遥远，太冷漠，无法寄托凡俗之人的景仰之情；也不是庙堂之上的威严神像，那太虚幻，也无法完全寄托一个凡夫俗子的尊崇。于是，人们脱口而出的"娘"是自己一生最珍贵、最珍惜的那个人，那个给了自己生命和抚养恩情的女人，那个给了自己一生牵挂和爱的女人，那个在眼前触手可及的时常被忽略却呼之即来的人，"娘"！喊一声娘，空旷的人间立即就温暖如春；喊一声娘，大地震颤，苍穹无语。这世间，还有比娘更伟大的字眼和角色吗？

女性的天性是隐忍、包容、随和，所以女作为偏旁，可以与很多部首搭配成字，可见，女子这一温柔角色，是可以身安于辅佐之位，心安于服从之职的。这也是女性地位使然，一个女人，从少女到青年，总要谈婚论嫁，嫁作他人妇，由一个家庭剥离出来，嫁到一个陌生的环境里去，所以，女子必须适应，必须接受，必须与众多未知的因素结为一体，迅速缔造新的生活关系。在古代，女子出嫁为归，她所出生的那个家不是家，夫家才是她的家，她的出嫁就是女子找到了自己的家。即便是现代，女人也将找到可以托付的男人称为找到了归宿。嫁出去的女人，就是新娘，是那个男人另一个像母亲一样依赖和心心相通的人，女人是不可以辜负"新娘"这个词的，她寄托的是男人的家族甚至整个社会对女子的期待。新娘接过娘的责任，对丈夫体贴、规劝、抚慰，相夫教子的女人，第一要务是辅佐好丈夫，第二要务是生养并教育孩子。男人年轻时，称自己的新娘为"娘子"，老了成为夫人。"二人"组成"夫"字，就是说，成家立业的男人才真正是夫，而夫人就是这个"夫的人"。夫人再好听，在古代也仍然是一个表从属地位的词。"人"字肩头抗上一道横是"大"，就是接过责任，就不再是小孩子，而要对这世间有所担当。"夫"是"人"扛上两道横，那是二，是夫妻两个人，一个人肩上扛了两个人的责任。

女人出嫁就产生了诸多新的社会关系，这些新关系也是女字旁组成的字，如，那个最重要的女人就是"婆婆"，在古代，婆婆是天，女子们谨小慎微地在婆婆面前行事，年轻的女子就是在最下层慢慢地隐忍着、付出着甚至煎熬着。多年媳妇熬成婆，女子的地位由新妇渐渐熬成母亲，最后又成为婆婆，一旦成了婆婆，仿佛就是人生曙光的来临，执掌天下的日子到了。女子出嫁后还要面临"妯娌"行的打磨，那些出身不同，处境相似的女性，在同一个屋檐下或相看两厌，或亲如姐妹，妯娌关系实在是非常微妙的。

最美好的事物出自女子，都由女字旁帮衬。嫦娥是最美的仙子，婀娜是最美好的姿态，嫣然是最美好的表情，妖娆是媚好、娇娆的年轻貌美，是在水一方的佳人，婕好是倾国倾城的传奇。娉婷之女，妗媛之女，婵娟之女，女子，是世间最美丽芬芳的花。

"委"字有禾有女，是事业家庭双丰收，是物质精神兼得，是神仙的日子。一个女人，甘愿把禾托举在自身之上，是一种献身精神，也是一种自我牺牲精神，人们会替她委屈，因为这世间，人愿意高于物质，虽然依赖物质而生存，但是，谁忽略了人权而过于注重物质，那他是本末倒置的。但是那些女子们，常常是将自身低到尘埃之下，托举着禾和一切需要她的力量的物质而艰辛地存在。"委"

又是一种委托和信任，苍天把禾苗和女人交给你，是信任一个男人的责任和能力，这就是为什么男人在古代社会中总是扮演着勇于担当的角色。当一个男人，将女人和家产都托付给你的时候，这是怎样的信任。

女子隐忍到尘埃中的极致，是一些令人伤心的女子，她们是奴是婢，那些出身卑微，处境可怜的女人，带着刑枷行走的女子，血管里流着泪水。解除了奴婢制度的社会，才是真正有人性的社会。女遇残酷的生活变故，就如禾苗遇霜而凋萎，女遇霜则天塌地陷，在那个男人为天，男人执掌天下的社会，一个女人一旦失去了丈夫，成为"孀"，就像一株霜中苟延残喘的禾苗，已然没有了生活的图景。即便还能够仰望太阳，遭受霜打的植物，是否还有一个灿烂的秋天？

以田为贵

中国有一部漫长的农耕史，历来以田为贵。

度过母系氏族，漫长的中国历史就由男人来主宰，那个伟大的"男"，是有力量的人傍田而立。"男"字结构"从田，从力"，表示用力气在田间耕作的人。现代的男大都远离田园了，那"田"蜕变成一扇扇写字楼里的格子窗，一张张工作台上的电脑。是造字之初先人就这样预言了男人的归宿，还是造化巧合？

"田"字无疑是象形字，广袤的一片田野，要有边，没边的可能就是荒芜之地，边就是疆域，代表了开垦，代表有主人。于是，一片大野，被篱笆围起，被田埂界定，成了封地。人来人往地耕种，那些错综复杂的小路出现了，文学词汇叫阡陌，"阡"是指南北走向的埂；"陌"是指东西走向的埂。一块大田，有了阡陌才有了"田"字。这是通俗意义上的田。如果把田放在人类的生存史上看，那么"田"字就是"口中有物"。在漫长的农耕时代，民以食为天的哲学空间里，有了田地就是有了生存的根本，有了糊口的粮食，有了蔽体御寒的布帛，总之，有了田地，就"横""竖"都有了。田字暗含有五个口，四个小口和一个大口，那么田就是人口的吸乳之处，是哺育的根基。田有四个日，横两个，竖两个，在人们崇拜诸神的岁月里，太阳神尤其重要，日光一照，天地有彩，一旦出现日食，古人惶惶。万物生长靠太阳，日头藏在田地里，自然蕴含丰收图景。

再说"男"字，在男尊女卑的封建社会，此字就是田与力气的组合。一个有力气足以举起、胜任田亩劳作的男人才是真正的男人。富贵是不足炫耀的，但男丁是可骄傲的，因为，有男丁才有耕田的劳力，才有了生活的保障，"一夫不耕，全家饿饭；一女不织，全家受寒"。

男人的男，另一种解为"甲"与"刀"的组合。甲是铠甲，刀是兵器，所以男人，在和平时代是耕田的劳力，在战争来临的时候必须是士兵，披甲带刀，捍卫家园。在构字上，男与女截然不同，它不轻易给任何一个字做偏旁，也几乎不与别的字一起组合成字，他是独立的，就像天地间的男子汉一样伟岸。一个含有"男"字的字是"外甥"的"甥"，是伟岸的男人身边跟随着一个小童，是男人慈爱一面的展现，"无情未必真豪杰，怜子如何不丈夫"，不管一个男人在外面的世界如何呼风唤雨，他终究是一个有感情的人，是一个家庭中的角色，是儿子，是父亲，是祖父，是叔叔，是舅舅，在晚辈绕膝的生活层面上，他既是一个小孩子的偶像，也是他们的亲密玩伴。一个男人，不要以事业的借口疏远你的孩子，作为一个男人，唯一可以堂堂正正俯下身来的事是与童子嬉戏，这是远古时代，祖宗造字的时候就推崇的。还有一个男字组成的字是"嬲"，属于生僻字，现代汉语已经不多使用，是戏弄，纠缠，骚扰的意思，这个字看起来就没有正能量，两个男人欺负一个女人的事，是世间男人最唾弃的行径了。

田字出头即为"甲"，甲是拆的意思，指万物剖符穿甲而出，是天生万物，破冰成溪。甲的本义是指种籽萌芽后，所戴的种壳，幼苗破壳而出，必然生机勃勃。甲的字形就是意喻"扎根的田"，是种子发芽，是那片最有希望的田地，所以，甲，这片有希望的土地被作为天干十个字的开头之字。春雷动，雨润百谷，雷声是农耕时代的图腾之音，造字的先祖视为天下丰收的福音，于是，"雷"字构造是"田"地之上降甘霖"雨"。种子发芽，雨水勤勉，田地就茂盛起来，就有了"苗"，禾苗蓬勃，丰收有了扎实的基础。

有田处，有人留，居有粮出有车为富，五谷丰登、六畜兴旺是福。东风与便，万事完备，田川风景如画卷，子孙贤孝笑堂前，人生的每一样福祉，都与田川有着千丝万缕的关系。以一个农民的子孙回望我的田亩，给我乳汁给我口粮的田亩啊，与尊前的娘亲一样的尊贵。

文化俊彦的风骨

邢增尧[1]

在绵延不绝的历史长河中,神州大地涌现了不知凡几的俊彦英豪,闪耀在中华世纪坛的文化巨星就有 40 人。其中长眠在越乡青山绿水间以超人风骨盖世才华彪炳史册的王羲之,不仅是越乡人们的骄傲,更是高山仰止的偶像。

东晋时期,中华文化的上空升起了一颗璀璨的巨星——王羲之。他的盖世才华和鬼斧神工般的妙艺不仅使一代又一代炎黄子孙为之倾倒,也震炼了一衣带水的友邦东瀛。我在引以为豪之时又不由得思忖:是其高洁的人品陶冶了他的书艺抑或是他登峰造极的书艺抬高了他的人品;是个人修炼所致抑或是时代风尚使然?对王羲之来说,举足轻重的究竟是政治生涯还是书法艺术?

在我脑际首先刻下王羲之印记的是家住西郊乌漆大台门时期。说是乌漆其实徒有虚名,老态龙钟的台门乌漆早已剥落殆尽;大倒是真的,里面挨挨挤挤足有五六户人家,日出日落相见,锅盆瓢碗相闻,热闹得紧。

那时,最疼我的要数与我家比邻而居的王婶。每当放学回家,王婶总会拉住我的小手,塞给我薄荷糖什么的。一天,她和家母聊天,得知我读书经年竟未拜过王羲之,不由嗔怪莫名:"哎呀呀,难怪阿尧的字歪歪扭扭的,不拜书圣,哪行!"于是,古道热肠的王婶毛遂自荐,陪同我和母亲前往她的娘家金庭,拜谒她的先

---

[1] 邢增尧,男,任职于浙江省嵊州市公安机关;浙江省作家协会会员,曾获全国性奖项 15 次;作品集《如画人生》列入"散文百家作家书系"出版后获首届"巴贝文艺奖"金奖;散文集《心中的芳草地》列入"收获五十年精选系列"由中国文联出版社出版,获绍兴市鲁迅文艺奖百花奖。

祖——王羲之在天之灵。

出嵊城东行 50 余里便是金庭，山门前，传为王羲之手植的数株千年古樟巍然耸立，虬枝擎天，浓荫匝地。山门左侧为"晋王右军墓道"石牌坊，是清道光年间浙江学政吴钟骏题写。太师椅般的王羲之墓坐落在山腰。墓前，大明弘治年间重立的"晋王右军墓"碑穆然伫立。王婶点燃香烛，袅袅青烟遂与历史的故事幽幽衔接……

时光永是流逝，往昔的足迹早被岁月的风雨洗涤净尽，进驻心田的是东晋名士王羲之。他是以全新的楷书使我们啧啧称羡的。如果说名家钟繇的楷书常含隶书笔意，王字则隶意全无。王羲之的字骨力雄健浑然天成，体态妍美而粉黛无施，姿仪清雅而庄矜严肃，法度谨严而从容衍裕……有"常人莫之能学"之势。故时至今日，叹喟王字可望而不可即的依然数不胜数。

王羲之出道走的是从政之路。

自古以来，大凡有志的文人学士都视仕途为进身的阶梯，视济世安民为做人的基准：司马迁、杜甫、白居易……王羲之也不例外。他不管朝野如何腐朽晦暗，始终不改行善政、为循吏的初衷。

据《晋书》记载，王羲之仕途坎坷。成帝咸和四年（公元 329 年）六月，王羲之首仕临川太守。小小临川郡，辖县仅十，民 8500 户，不过一地瘠民稀之郡，绝非王羲之所能施展抱负，可他并不因此就敷衍塞责，而是"循名责实，虚伪不齿"，不仅大胆抵制上司刘胤的强征硬索，还直言极谏，险因触犯权贵而遭杀身之祸。

我时时思忖：王羲之其实是不用冒这么大的风险的。当时的政坛，凡郡守、县令无不以"服食""清谈"、饮酒遨游为时尚，政务尽可由下属处置，谁想过问，反有被讥为俗人之虞。因此，王羲之纵然"隆中高卧"不闻不问，亦不会有非议。我难以洞明，王羲之以南渡第一高门的属身放任穷乡僻壤的感触，他又是如何摒弃心中的怅惘勉力负起为民请命的使命，从而显露出不仅"骨鲠"却有"鉴裁"的品行。

成帝咸康五年（公元339年），偏安江南的小朝廷经历了一场生死劫。这一年，酣睡在"卧榻"之旁的后赵突然发难。东晋重镇邾城陷落。阵亡将士6000余人，居民被掠近万，汉水以东，尽是绝望的呻吟和声嘶力竭的呼号。面对败局，征西将军、都督江、荆、豫、益、梁、雍六州诸军事的庾亮痛心疾首：悔不听羲之之言，致有今日惨祸。

背晦颠顶的朝臣有的是，后果也可想而知，但此事却非同小可，黎民百姓的栋折榱崩无须多言，社稷的陵替方是可怕的祸胎。

庾亮的叹悔是有道理的。

早在公元334年，庾亮屯兵邾城意欲北举时，王羲之即犯颜直谏：邾城外接群夷，内无所倚……可惜忠言逆耳。

仕途的厄运似乎特别钟情文人学士，无论贾谊、嵇康，还是李贺、张九龄……概莫能外。离开庾亮的王羲之显示了一个政治家兼艺术家独有的容止。他一面殚精竭虑寻绎实现夙愿的奥秘，以出世的精神做入世的事情；一面笃行不倦苦学名家书艺，博采众长，以有限的形态表现无限的意蕴，未敢有丝毫懈怠。

我时时思忖：王羲之若只痴宦海不及其余，或"备精诸体"却不锐意创新，那么，有"天下第一行书"之誉的《兰亭集序》还能这样水灵鲜活吗？书圣的桂冠就更是个未知数了！

王羲之本是史不绝书的人，显现了过人的才能，不久就奉诏加宁远将军，领江州刺史。从初始的穷郡太守、征西幕僚一跃为领十余郡的州刺史，可谓重任之兆。惜好花不常开，好景不常在，赴任不过年余，王羲之又因不愿为虎作伥祸害子民而"花事泯灭"。待至穆帝永和六年（公元360年）方东山再起，受任会稽内史。此时，王羲之的仕途也走到了尽头。他终于无法与唯官为上的胥吏相抗衡。事实上，这亦与王羲之济世安民的宗旨相悖。唯官为上，对济世安民之说自不屑一顾；或为求官运亨通，蒙上忧国忧民面纱的也并非俱无；也有趋向极端，衍生出诸如秦桧般狗苟之徒。

江山易改，本性难移。

我无意标榜人品，也无意标榜文品。可是，在漫长的人类文明史中，文如其人，亦云字如其人、风骨即人早经验证。我不时思忖，俞万春的笔端为何流不出《水浒传》，更不可能喷薄出如"宁溘死以流亡兮……"般惊天地、泣鬼神的诗文，他若置身屈原的境地，迈的将是迥然不同的步履。

　　书法不像摄影那样易于窥察作者的用心。它的特色是含蓄和蕴藉，一个人的性格、人品、学养、艺术理想和时代风貌无不有机地融溶在"点、横、撇、捺……"诸般符号中。王羲之以他高澍的操履，姿媚流便的书体完美践行了古代"字如其人"的艺术思想，也造就了他在书法的历史上继往开来、集其大成的书圣地位。

　　王羲之在心底烙定了济世安民的印记。我时时揣摩他屈就征西幕僚时的心绪。那时，境外强敌觊觎，境内财力空虚，庾亮若能纳羲之之忠谏，熟习战阵、备齐资用而后举，击败后赵光复祖业并非没有可能。果能如此，号称中兴然而僻处江东一隅的朝廷无疑将揭开辉煌的一页。王羲之实是有功之臣。可他依然未能坐定江州刺史之职，上了辞官之章。按理，教训屡屡，他该以不在其位不谋其政自慰，然他仍然说，不！我大脑的荧光屏常常浮现如是镜头：云海如墨，风声如涛，参天大树下，一风流倜傥儒生仰首问天：新月，你在哪里？

　　芽儿般的新月仿佛冒出了地平线，穆帝时，王羲之有幸出任会稽内史，然而，宦海茫茫，梦般的月华转瞬即逝。为临川太守时的上司刘胤早已自食恶果，而现任的上司王述却不知比刘胤厉害多少。他先是对王羲之优礼有加，后终于逮到了机会：王羲之忧国忧民而为朝野传诵的《上会稽王笺》触着了会稽王的痛处，会稽王震怒了！

　　王述横眉剑出鞘。

　　这是把杀人不见血的隐形剑。

　　东晋王朝在成帝时就多日薄西山的征兆，后赵南侵一役，使东晋王朝原本羸弱的身子又挨了一记闷心拳，用气息奄奄来描述似乎有点过分，可也相去不远。穆帝时，更是民穷财竭灾祸连连。永和五年、六年，江左洪灾，接着又是大旱，王羲之屡屡"开仓赈贷"以救民命。王述却让人四处造谣。说什么灾情本轻，王羲之这开仓赈济是故意收买民心，王羲之屡屡上书是变相诽谤朝廷，不一而足，连王羲之工书之誉也成了哗众取宠的代词。着意加工的谣言直把京城炒得沸反盈天。

面对乌云压城城欲摧之势，王羲之再也不能挂笏看山了。他开始强慑心神，郑重揭开心灵深处的覆盖，检点自己从政以来亦断亦续的轨迹，或愉悦，或烦闷，或惆怅，或伤心……然无论如何总没有忘却济世安民的重任，可说仰不愧于天，俯不怍于人，然今日为何竟要受制于小人呢？为的是功成名遂吗？自己早就可应王导的举荐出任吏部尚书，要是那样，现在自己就不是区区郡守了，自己是为了做人的准则啊！王羲之觉得从政若梦，这梦无论怎样绵长，总是要醒来，今生今世，纵然朝廷再诏，也不再出仕了！

王羲之找到了通往内心深处的道路，毅然决然去父母墓前"告慰先灵"，然后交卸郡篆，在众多耆老士庶的送行中移居蕺山别业。未几，又仰慕剡县（今之浙江省嵊州市）秀山丽水，踏衰草，穿疏林，赴金庭定居，在绵长的时光中用书画疗自己的伤口，在前行中终老余生。

王羲之一生仕途艰难竭蹶，最后宁可辞官也不变志从俗，力求品格的完美。这于封建时代的一个文人学士来说，实使人钦敬有加。撤出历史的隧洞，聚焦五光十色的现实，如是风范亦属鲜见。

行文至此，我篇首所需之标准答案似乎仍是有影无形。王羲之跻身政坛，追求的是济世安民。他作出了努力，更以自己的实践在人生之路上书写了凝重的一笔。但是，在广袤而绵长的历史原野中，他的政绩之花毕竟不是最绚烂的。而他的书法艺术呢？《别传》赞他"千变万化，得之神功"；唐太宗李世民誉他的字"烟霏露结，状若断而还连；凤翥龙蟠，势如斜反直"；梁武帝萧衍更说王书"字势雄逸，如龙跳天门，虎卧凤阁"。

王羲之，中华民族的一座齐天丰碑。

王羲之，前不见古人，后不见来者？！

狐

祖克慰[1]

一

那时我在乡下，种完庄稼，无所事事。没事可干时，我喜欢在山坡上游荡、闲逛。更多的时候，我在黄昏时，在山坡上独坐，看天上的云朵，移动飘浮，变幻着形状。看血红的残阳，慢慢地掉进山谷。我有时坐在一棵树下，有时坐在一块光溜溜的石头上，仰着脸，很执着，很耐心，不厌其烦地看落日，看到只剩下一抹余晖，看到雾霭从山坡沟里冒出来，在树梢上弥漫，然后拍拍屁股上的尘土，慢腾腾地回家。

那年我22岁，在农村，绝对的大龄青年。乡村里，20多岁的青年，大都结了婚。没有结婚的，有的长得丑，有的家境差。我长得不丑，高挑的个头，白净的脸，眼睛黑亮有神，很标准的一个美男。但是，我没有媳妇。我家里穷，三间草房，屋里空荡荡的。在村子里，长得英俊的、丑陋的、瘸脚的、眼盲的、都结了婚。可我，依然孤身一人。自卑、孤独、寂寞时时包围着我。

因为自卑、孤独和寂寞，我的性格变得有点孤僻，不愿与人来往，不愿与人

---

[1] 祖克慰，男，河南南阳人。中国作家协会会员，中国散文学会会员。主要从事动物散文创作，200余篇散文在全国200余家报刊发表。先后有90篇（次）散文被《散文选刊》等国内52家文摘类刊物和散文选本转载。散文《寻找一只红色狐狸》获"2014年冰心儿童文学新作奖获"，散文《与一匹狼对峙》获中国第二届网络文学大奖赛散文奖。出版有散文集《观鸟笔记》《动物映像》等6部。

交流，喜欢一个人独处。不干农活时，我把自己关在屋子里看书，那可怜的几本书，被我翻得伤痕累累。不看书时，我会走出草房，走向山坡。其实，山坡既不是山，也不是丘陵，就是土坡，像山一样像丘陵一样的土坡。山坡上长满了松树，一棵挨着一棵，密密麻麻，错落有致。松树下是栗毛，一墩挨着一墩，把山坡覆盖得严严实实。血红的残阳，洒在松树上，洒在栗毛上，泛着金黄色的光芒。傍晚时，鸟也不多，好像回到巢穴里。只剩下三三两两的鸟，孤独地蹲在树梢上，连叫一声的兴趣都没有，一副慵懒的样子。偶尔，不知道是哪棵树上的鸟，"唧溜"一声，让人感到，这寂静的山野，还有生灵存在。

有一天傍晚我看天空，有一朵云彩，像一只狗，也像黄鼠狼，再看像狐狸。我瞪着眼睛看得正起劲儿，前面的栗毛丛"哗"地响了一声，很清脆的响声，直抵耳膜，吓得我身子一抖，打了个激灵。我抬起头，看见一只狐狸，从栗毛丛中跳出来，惊地看着我。真是想啥就看见啥，刚才看云彩像狐狸，狐狸就出现在我面前。它看见我，吓得身子一抖。黄昏的山野里有一个人，让狐狸感到突然。看见我在它面前坐着，就停下来，站着不动，眼睛盯着我，眼珠子瞪得像要跳出来似的。我坐在石头上，动也没动，只是看着它，我觉得它像我一样，孤独地游荡在荒野里，是多么地寂寞。狐狸见我不动，没有伤害它的意思，有点放松，慢慢地抬起前腿，试探着向前走了一步，又走了一步，然后又停下来，看了我一眼，转过身子，向山坡下走去，走得不慌不乱，不惊不颤，好像是在悠闲地散步。

我曾经喜欢过狐狸，一直想养一只狐狸，可一直未能如愿。我现在依然喜欢狐狸，这种可爱的动物，一直在我心里。看到这只狐狸，我突然想起很多年前的一个场景，一个与狐狸有关的场景：少年时代，乡村夜晚，那些狐狸的故事，让我死心塌地地喜欢狐狸，可我没见过狐狸，总想看看狐狸的模样。那天也是一个黄昏，我坐在山坡上，想在狐狸出没的地方，看一眼狐狸。就在我期待着狐狸出现在我面前时，我听到前边的栗毛丛中，哗哗作响，就在我屏着呼吸，想一睹狐狸容颜时，栗毛丛中，却站起一个男人，赤身裸体。接着看见一个女人站起来，粉红色的上衣还未拉下来。这个女人，是我们村子里的美人，曾一度，是我暗恋的对象。那时我想，我长大了，就娶这样的女人做老婆。可是，在这个黄昏，她的那副形象，击碎了我美妙的梦想。他们看见我，打了个激灵，女子麻利地拉下粉红色上衣，理了理凌乱的头发，看着我笑了笑。两个人一前一后，不紧不慢，镇定自若地走过来。那男人走到我跟前，用手摸了摸我的头，像是对我说，也像是对他们自己说：天晚了，回家吧！然后两个人向村庄走去。我没有回家，看着他们走远，我摸了摸被男人摸过的头，突然就有点恶心的感觉。我没有回家，来到山坡下的小河里，脱光衣服洗澡，直到夜色苍茫。

我有点奇怪，不知道我为什么会想起很多年前的那个场景。它与黄昏无关，它与落日无关，它与鸟儿无关。也许，那个寂寞的傍晚，带给我是某种快意，或者是启蒙，我无法从记忆里抹去。以至于以后的很多年，我总是想起那个场景，它让我想入非非，在想象里，我告别了少年，成为一个成熟的男人。可是，那么多年过去，我依然孤独，依然寂寞，在孤独寂寞中青春骚动。也许，那个穿着粉红色上衣的女人，就是我梦中的狐狸，她带着我在想象中，排解一浪又一浪的孤独，一波又一波的寂寞。

那只狐狸，早已消失在栗毛丛中，太阳掉进了山谷，鸟儿无影无踪。只有灰色的雾，在我不经意间，悄悄地爬上树梢。太阳已经回家，狐狸已经归穴，鸟儿已经入巢。只剩下我，剩下雾蒙蒙的山坡，凝绿色的松林。我知道，我也应该回家。

二

秋天，我在山坡上挖花生。秋天的天，闷热，热得我直流汗。挖着挖着，黄昏来临。刚才还有一个人，赶着一群羊，放羊的人，呃呃呃地叫着，羊们咩咩咩地叫着，叫着叫着声音就离我远去，四野里只剩下一片寂静。刚才还有几只山雀，蹲在松树的树梢上，滴溜溜地鸣叫着，现在也没了声音。刚才还吹来一阵凉风，带着呼哨，尖利地从树梢上掠过，松针簌簌坠落，树下满地金黄。现在，夜色迷离，四野寂静。

这块花生地，屁股大一片，是冬天我寂寞无聊时开的荒地，来年春天点播一些花生种子，也没指望有多少收获。没想到，秋天却硕果累累，每一棵花生，都结满了果实。多的四五十颗，少的二三十颗，粒粒饱满。也有三五十棵，上面没有几粒果实。我知道，不是花生不结果，是被野兔、田鼠偷吃了。地里只剩下巴掌大一块花生，我想挖完这片花生就回家。就在这时，我看见栗毛丛中，有一双眼睛盯着我。我感觉那双眼睛有点熟悉，可一时没有想起来。再看那双眼睛，却看不到了，它似乎感觉到我发现了它，就躲了起来。我突然想了起来，是狐狸，是那只我见到过的狐狸。这只狐狸，为什么总是跟着我，它为什么总是在我不经意间，出现在我的附近？是不是它像我一样，是一个孤独的灵魂？

是的，它是一个孤独的灵魂，没有同伴，没有可以交流的对象，既孤独又可怜。它跟着我，是不是也觉得我孤独可怜，想给我一点慰藉？我突然觉得，这只狐狸，是一只有灵气的狐狸，是那么可爱，那么善解人意。也许，我与这只狐狸，有着某种宿命。

挖完最后一棵花生，我舒了口气，伸了伸腰，打了个哈欠。刚站直身子，眼前出现一个红衣女子，矮小的个子，丰满的身材。是村子里的锐，最近一段时间，锐总是冷不丁地出现在我面前，吓我一跳。看到锐，我就想起那只狐狸，她像那只狐狸一样，紧紧地盯着我，不时出现在我身边。锐来到我面前，不吭不响，蹲在地上帮我收拾花生。她总是这样，帮我干活，这让我时不时地感动着。可是，我怎么也提不起精神喜欢她。其实锐除了矮点胖点，眉眼还是很耐看的，说不上漂亮，但绝对不丑。可是，我却一直没有找到喜欢她的理由，不是因为她没气质，也不是因为她不漂亮。究竟因为什么，我说不清。要说像我这样的家庭，锐能看上我，是我的福气，我为什么就不能喜欢她一点呢？

锐帮我收拾完花生，坐在我身边看我抽烟，看我一个接一个地吐烟圈。我每吐一个烟圈，锐就盯着圆圆的烟圈看，直到另一个烟圈升上来。锐看完我吐烟圈，就用手拉拉我，示意我回家。这个女孩，她让我感动，也让我可怜。很多夜晚，当我孤独寂寞时，我就想，锐是个不错的女孩，如果娶锐做媳妇，就这样过完一生，也是个不错的结局，不枉来到这世界上走上一遭。我这样想时，黎明悄然来临。

太阳的余晖掉进了山谷，慢慢消散，夜色苍茫。起风了，树梢随着风不停地摇曳，阴森森的树林，在风的作用下，带着一丝尖锐的鸣响，锐可能有点害怕，伸出胳膊搂着我的腰，头靠在我的肩膀上。我想拒绝，可没有拒绝。是的，我不能拒绝一个女孩对我的依赖，或者说信赖。可是，我始终没有伸出胳膊搂她，给她一点温暖，给她一丝安全感。靠在我身上的锐，是幸福的，我从她粗重的呼吸里，能感到她心跳的速度。可是，我却没有一丝的激动，肩膀上的女孩，不能让我心跳，我知道，我与锐，此生无缘。

锐靠在我的身上，喃喃地说着什么，我却一句也没听清，我原本也没打算听清。我想，就这样，让锐度过一个美好的黄昏吧！锐没有感觉到我的僵硬，把嘴贴到我的脸上，轻轻地说我爱你。可是，我没有回应，也没有拒绝。在这样美妙的黄昏，我不能让一个爱我的女孩伤心。是的，我不能给她爱，但也不能给她眼泪。起码，这个黄昏，不能。

风又来了，我听见栗毛丛中传来一声响动。来自风吗？不是，是从狐狸藏身的地方传来，我相信，那一声响动，是狐狸弄出来的。孤独的狐狸，是不是饿了，是不是想着那些饱满的花生？我想是的，狐狸也需要食物，抵抗漫长的黑夜。

我拉起锐，穿过阴森森的松树林，穿过茂密的栗毛丛，走上一条土路。月亮升起来，冷冰冰地泛着银光，照着我和锐。我看见锐的长发，在风中飘荡。

三

是在一个午后，我在山坡上游荡。闷热的风，吹着我的脸，热乎乎的，汗水顺着我的脸颊流了下来。有谁愿意在这闷热的午后，一个人在山坡上闲逛？吃过午饭，母亲说："你老大不小了，整天在山坡上晃来晃去，哪像个庄稼人。我想好了，你也不是干庄稼活的料，就学个手艺吧！我跟东坡你九伯说了，跟着学木匠活。再这样下去，连个媳妇也说不来。"我告诉母亲，我不想学手艺，也不想学木匠活。我那时正在写小说、诗歌，梦想当个作家，我觉得自己一定会离开农村，离开这个寂寞孤独的小山村。我不想就这样一辈子蜷缩在乡村，与土地打交道，也不想与斧头锯子刨花打交道。我的拒绝，招来母亲一阵又一阵的吵骂。我觉得母亲不理解我，心里烦，就来到山坡上。

山坡上到处是松树，我躲在一棵松树下，一边乘凉一边吐烟圈。松树的树干上，有一只大黑蚂蚁，顺着树干往上爬。它爬得太快了，这让我忌妒，我决定阻止它。我用手中的烟头堵着它的去路，大黑蚂蚁感到前边有障碍物，就绕过烟头继续爬。我继续堵它的路，但它总是躲过我的烟头。这是一只倔强的蚂蚁，执着的蚂蚁，脑袋不会转弯的蚂蚁。它只会向前，不会后退。这让我更加生气，于是决定制服它。我用树枝把它从树干上扒拉下来，放到树下，如果它不再爬树，我就放过它；如果它继续爬树，就只能从我的烟头上爬过去，别无他路。大黑蚂蚁很倔，我刚把它扒拉下来，它就又顺着树干往上爬。大黑蚂蚁的倔强激怒了我，就用烟头熏它，一不留神，烟头就燎到它头上的触须。可能是我烧疼了它，大黑蚂蚁腰一揪，从树干上滚了下来，挣扎了一阵，落荒而逃。

没有事干，心里就烦。我突然想起，南洼的那片林子里，就是我看到狐狸的那片林子，曾经多次看到过刺猬。刺猬是个好东西，有点憨，有点傻，很多次，我看见刺猬，把刺猬当球踢，踢得刺猬满坡滚。要是能看到一只刺猬，该有多好玩啊！南洼不远，翻过一道岭，就到了。还没走下山坡，就听见有响声传来，我抬起头，不是刺猬，是一只狐狸。不，是两只。一只是我认识的狐狸，一只是我不认识的狐狸。我认识的那只狐狸，它看见我没有惊慌，眼睛眯成一条缝，笑不吃吃地看着我。不认识我的那只狐狸，看见我有点惊恐，眼睛瞪得溜圆，转身躲在我认识的那只狐狸的身后，伸出头，怯怯地打量着我。这是一只公狐狸，一只胆小的公狐狸，它原本应该挡在母狐狸的前边，可是，它却躲了起来。这是一只不称职的公狐狸。看它的样子，我想笑，但没笑出来。

　　山坡上空荡荡的，只有树，只有栗毛和疯长的荒草，看不到一个人。甚至看不到一只野兔一只鸟。这个季节，大豆、水稻、高粱、玉米、花生、红薯，都已成熟，有的已经收获，大多的庄稼还长在地里。漫山遍野的食物，野兔和鸟们，却躲在暗处，不出来觅食，这让我有点奇怪。我这样想时，那两只狐狸，一前一后走下了山坡，走进了一块挖过的花生地，它们在花生地里寻觅着，想找到一颗农人遗落在土地上的果实。也许，它们根本就不是觅食，而是喜欢那块空旷的花生地。它们可以在那里追逐、嬉戏、打闹、翻滚。看着那只狐狸，我突然就有点忌妒。

　　是的，我有点忌妒。那只我认识的狐狸，它找到了伴侣。现在，一只狐狸就在它的身边。从它的眼睛里，我看到了一种满足，一种幸福，一种快乐。是的，这只孤独的狐狸，找到了爱情。从此以后，它不再是一只孤独的狐狸。尽管，那只公狐狸，不可能给它以保护。但是，在茫茫的山野里，它的同类日渐减少，几近消失，它能找到一只同类陪伴左右，何尝不是一种幸福？

　　我有点失落，心里空荡荡的。我想起了锐，那个迷恋我的锐，已经离开村子去了城市。据说，锐在城市的亲戚家做保姆。那个时代，农村姑娘能走进城市，是不多的，但愿锐能在城市找到幸福。锐是应该离开我，我的冰冷，伤透了锐的心。我多次看见她泪眼蒙眬的脸，我看见她无声的哽咽，我看见她怨恨的眼神。我似乎也看见我曾经冰冷的脸，我迷离的眼神，无情的拒绝。可是，就在今天，就在此时此刻，我一个人孤独地站在荒野上时，突然又想了胖乎乎的锐，那个温柔体贴的女孩。也许，我不应该想锐，她是我什么？为什么我总在自己寂寞空虚时才能想起她？于我而言，锐只是一个慰藉我空虚心灵的替代品。于锐而言，我是一个令她伤心欲绝的寡情男人。很多时候，我觉得，我冷酷、自私、无情。就像锐说的那样——冷血动物。

四

蕾满山岭地找我时，我正穿个裤头，光着上身，撅着屁股挖红薯。这个季节，天已不太热，但我却累得浑身冒汗，大颗大颗的汗珠，顺着我的脸往下流。我不时用手抹一下脸，擦去脸上的汗水。蕾走到我跟前，看到我的模样，忍不住笑出声来。我知道，我的样子很滑稽，很狼狈。看见蕾，我有点不好意思，扔下手中的镢头，咧着嘴嘿嘿地笑着，慌乱地穿起衣服。

这个漂亮的女孩，是我邻居三叔的外甥女，也是我少年时代的玩伴。小时候，每逢暑假，蕾总是到舅舅家住上一段时间，因为是邻居，年岁又相当，我们很快就玩熟了。我常带着蕾到山坡上抓鸟，下河摸鱼。那个十多岁小姑娘，一度是我的跟屁虫。后来蕾上了高中，来的就少了，偶尔来一次，又匆匆离去。我与蕾，总是聚少离多。在这之前，我见过蕾一次，她告诉我，考了四年大学，年年落榜，这次依然不理想。蕾对我说，她不想再考试，上不上大学，还不一样活。那次我带着蕾，在山坡上逛了几天，帮她抓了一只松鼠，蕾很高兴，带着那只松鼠，欢天喜地地回家了。

蕾也曾邀请我去她小镇的家，让我看她写的诗，带我去月季园看月季。在月季园里，蕾对我说："我想嫁人。"我问蕾："记不记得你当年曾经说过的话？"蕾抿嘴笑笑："你还记得啊！"我说："一直没有忘记，你说的，长大嫁给我。"蕾很羞涩地笑笑，没有说话。蕾的父亲似乎对我有着某种厌恶，看见我，总是阴沉着脸，好像我家欠着他多少银子。这个小镇上的小商人，长着一双势利眼，不是我家欠他多少钱，而是嫌我家穷，又住在乡下。那年代，住在镇子里的人，总觉得比住在乡下的人高人一等。

其实，我看得出来，蕾喜欢我。只是，这个腼腆的女孩，不好意思挑明。每次我提起我们的关系时，蕾总是沉默，既不拒绝，也不接受。也许，蕾有着难言的苦衷。但是蕾，她从不告诉我为什么。很多年后的今天，我依然无法找到答案。

蕾看着我的脸，笑得眼睛眯成一条缝。蕾说："累坏了，歇歇吧！"我们坐在一棵松树下，我掏出一支烟，还未点燃，蕾把烟从我手中取下来说："要我嫁给你，你就戒烟。"我说："只要我戒烟，你就嫁给我，不准反悔。"蕾似乎意识到自己说漏了嘴，低下头，不再吭声。沉寂，仿佛这世界，在一刻间，停止了呼吸。刮过来一阵风，松枝摇摆，松叶簌簌作响，一如无奈的叹息。

"咱们看狐狸吧！"蕾说。我记得我对蕾说过，带她到山坡上看狐狸。南洼的那对狐狸，很长时间没出现过，我不知道，它们是否还住在南洼的某个巢穴里。能不能看到狐狸，我不知道。但我不能拒绝蕾，蕾从小镇到乡下，跑二十几里路看狐狸，我不能让她失望。这个美丽的女孩，对任何事物，都有着一种别人没有的兴趣。

太阳还有老高，阳光在连绵的山峦间游移，树叶被照得明晃晃的，在很远的地方，你就能看到从树叶上反射过来的光芒。蕾挨着我，离我很近，我能听到蕾均匀的呼吸，感觉到蕾身上的气息在我的周身弥漫。风吹过，蕾的长发随风中舞动，从我的脸上掠过，有一种痒痒的感觉。有好几次，我都冲动地伸出手，想搂蕾纤细的腰肢。可是，我的手在蕾的身后伸出又缩回，我不敢，我怕弄疼了蕾。

在漫长的等待中，狐狸没有出现，我们坐在石头上，傻傻地等待着。太阳一点一点地下移，挂在远处的山峰上，然后咚的一声，沉到了山谷里，只有血红的余晖，从山谷里射出，把西天烧得一片通红。突然，蕾发出一声尖叫："狼。"然后扑到我的怀里，我伸出手，想把蕾搂到怀里，可是，我却触到了一个柔软的物体。我的心一阵悸动，有一种眩晕的感觉。

哪里是狼，分明是一只灰色的狼狗。在苍茫的傍晚，一只狼狗出现在栗毛丛里，不要说是蕾，就是我，也会以为是一只狼。蕾还在我的怀里瑟瑟发抖，我迅速地抽出那只手，对蕾说："是狼狗，不是狼。"蕾并没有动静，就那样靠在我的怀里，什么也不说。很长时间，蕾说："我们回去吧！"

再次见到蕾，是在一个月后。那天蕾找我，似乎不是来看狐狸。我们坐在原来坐过的那块石头上，蕾脸色苍白，明亮的眼睛，迷茫而空洞。她不看我，也不看松林，盯着远山的落日，就那么地看，直到夕阳西沉。

那只善解人意的狐狸，那只有着满身灵气的狐狸，在它该出现时，却一直没有出现。想让蕾看一眼美丽狐狸的愿望，未能实现。蕾也没有像以前那样兴奋，不时地念叨着狐狸。我们就这样坐着，在等待中，夕阳掉进山谷。就在这时，蕾突然抱着我，身子微微颤抖，用祈求的目光望着我，看上去那么无助。蕾说："带我走吧！"我有点吃惊："去哪里啊！"蕾说："哪里都行，越远越好，只要离开这里。"也许是太突然了，我六神无主。说实话，我没有能力带蕾去浪迹天涯。我知道，我甚至拿不出两个人的路费，更不要说以后两个人的生活。我对蕾说："等着我，让我凑一笔外出的钱。"可是，我没有凑够一笔钱，哪怕是200元。1986年深秋，我面对着家徒四壁、空空荡荡的屋子，面对着故去的父亲，面对着苍老的母亲，面对着因无钱娶妻年近30的哥哥，流下了无奈和伤心的泪水。

又是一个夕阳西下的黄昏，我送蕾走出村口，再次问蕾，发生了什么？可是蕾，只是流泪，沉默，再流泪，再沉默。这个看似柔弱，但内心强大的女孩，什么也没告诉我。看着蕾瘦弱的身影，越走越远，慢慢变成一个黑点，消失在苍茫的夜色中，我无声哽咽，就在蕾消失在我的视线之外时，我突然感到一阵揪心的疼。那种疼，至今依然留在心中。

五

蕾回去后，就没有了音信，我去小镇找她，没有人告诉我蕾去了哪里。以至以后二十几年，我再也没见过她。也许，是我伤了她的心，伤得太深，无法弥合，稍一触碰，就会滴血。蕾不愿意见我，是怕心再次流血。是的，蕾那么信任我，可我，却不能给她哪怕一点点的保护。像我这样的男人，又有什么值得留恋呢？

蕾离开我半个月后，我又一次看到那只狐狸。只是，是一只。那只狐狸看到我后，迟疑了一下，很陌生地看了我一眼，那目光，没有了昔日的温柔，也少了昔日的灵气，像一只暮年之狐。我看见，那只狐狸两眼迷茫，一脸忧伤。它再次看了我一眼，慢慢转过身，走进一片栗毛丛，从我的眼前消失。

随之，是大规模的开荒造地。山上的松树、栗毛被砍伐，到处躺着松树横七竖八的尸体，整个山坡，被掘地三尺。那葱郁的树，茂密的栗毛，晃眼间，从我的视野里消失。曾经的野兔、刺猬、黄鼠狼，还有成群的鸟们，离开了这片土地。留下的，是一块又一块的梯田。没有了树，山坡就不再是山坡，山坡只能是一片荒地。

孤独的狐狸，已没了踪影。山坡上没有树，狐狸就没有了家，它可能去了远处的山林，寻找自己生存的家园。或者，它太孤独了，去寻找一个伴侣。是的，没有了家，没有了爱，这块土地还有什么值得留恋？这只孤独的狐狸，从蕾离开后，我只见过它一次。此后，它像蕾那样，音信全无。我再次陷入巨大的孤独中。锐走了，蕾走了，狐狸走了，只剩下我，孤独一人，站在光秃秃的山坡上，任凭山风和烟尘，吹打着我的忧伤的脸。

很多年以后，我回老家，坐在我和蕾曾经坐过的石头上看落日，看着看着，我看见蕾从远处走来。蕾越走越近，走到我跟前时，我站起来，迎着蕾走过去。可是，我眼前的蕾，变成村子里的一个姑娘，看着陌生，但似曾相识，我想起了一个故去的邻居嫂子。我突然醒来，逝去的岁月，不会再回来。是的，不会再回来。

双重生活

闫文盛[1]

一、被搬迁的房子

这幢楼被拆掉以后,那久随他们的痛苦也被搬移到了别处。但在这件事情发生之前,痛苦的胚胎已经变成了巨大的身形,他们常常得带着另一个虚浮的影子晃来荡去。

我不知道那些人后来都去了何处。但,我明明听到大雷雨就响在这个城市的某个街区。那些根部已经裸露的树木高悬在我们的头顶。

不是树木,而是梦,他们齐刷刷地回来,用集体忆旧的声调轻声说道,以前这里还荒芜的时候,就跟现在这样。但是随着这幢楼被建起来,他们就陆续地离开了原先的轨道。

而那些空荡荡的日子也被锅碗瓢盆曲取代了。

在整幢楼被拆掉之前,这片土地容纳了他们的痛苦。

我不知道他们为什么白天夜里都在争吵。他们喋喋不休,像我已经老去多年

---

[1] 闫文盛,1978年生。山西文学院专业作家。中国作家协会会员。迄今发表作品300万字。出版《失踪者的旅行》《你往哪里去》《在危崖上》等多部著作。2012年以来,主要着力于多卷本长篇散文《主观书》的创作(已完成45万字)。目前就读于鲁迅文学院和北京师范大学合办的文学创作方向硕士研究生班。

的祖父母。他们片刻都不能停顿，我猜想他们终将被这种巨大的过失所吞噬。他们每天从时间的这一头出去，再从坟墓里钻出来，浑身带着宁静的痴迷的气味。

从宋代或者更早的时候开始，这里就被建成了一个城市。后来，有军队驻扎下来。再后来，他们的领头人死了。再后来，他们守卫的政权也灭亡了。这里变成了另一个朝代。

但时间没变，它按照惯性运行，在空洞里生下许多老去的骨头，在仅仅能够容纳一盘土炕的屋子里生下了很多孩子。他们在屋子里长出了苍老的面容。生与死之间，漫长得就像一个个被拉伸的瞬间。

这里建过很多房子，都被拆掉了。那久随他们的痛苦都进入了坟墓。后来，他们的子女也遗传了自从创世以来就有的种种矫情，他们悲伤地吹奏，夜里像个幽魂似的站在离地三尺的高处。他们多数人都没有自杀的念头。但他们中的很多人，都死于不想死的痛苦。

战乱发生了很多次，他们被自己所经历的过程所欺瞒，变得冲动，易怒，像一只只脾气很躁的臭虫。他们丢掉了那些别出心裁的部分。

在他们初生的时候，很少被赐予人间的重物，但日复一日，他们的头颅就变沉了。他们很少昂首挺胸地度过一生。

现在，他们都搬走了，我在这附近住了下来。很幸运，我告诉自己，我这样写就行了。他们曾经住过的房子，也只是一些狼藉的砖瓦而已。他们的痛苦被转移了，这里的空气再度变得混乱，宁静，像盘古开天之时的样子。

石头都没有说话。

树木也没有说话。

生活再度静止下来。

"只是，通过乱糟糟的现场，我看到蚂蚁在叫唤它们的失去。"那些房子，像天女散花一般，分布在一些不见主角的梦里。我们都想死了那些岁月。

不错，宋朝没有回来，以后的城市也没有回来。昨天再也不会回来。

只有房子还在，它们被搬迁到了别处。

二、论写作的不可战胜

我用写作将我与这个世界上的所有人都拉开了距离：他们是伟大的，我是渺小的；或者我是伟大的，他们都是渺小的。

在我所生活的街区，作家是一种最普遍不过的职业；不过，对于那些尚未开始写作的人来说，崇尚作家和蔑视作家都不很对；因此，为了保持一种独立的姿态，我必须相信自己判断的正确性。

我是对的，采取这种姿态对我来说最为自然不过；但我不是绝对诚恳的寓言师，我只是为了使自己信服自己，而必须变得诚恳罢了；在离开人群的时候，我通常必须膨胀到这样一种自足的情境里方可开始写作。

那些启动写作之门的人，是我视之为上帝的那个布道师；他立足于这样的角色已经很久了，对我来说，这个世界上每一个人，都扮演过上帝，只是他们尚不自知；到了后来，我才想到要写一部绝对客观的书，来塑造这个世界上所有的上帝。

他们灵魂中有各种各样的疼，但是总要有一种力气是用来验证的：他们的故事只活在上帝未死的时分；他们在那些时刻中，能感受到各种疼。

每一天的晚饭时分，我几乎都会有片刻焦虑；因为观察到了落日将尽，我开始从我的梦境里抽身出来，但是黑暗无法用来弥合一切距离；我在悲观厌世的那些年也是如此，但是，晚饭，伴随着夕阳西下而至，只有少数人尚不自知。

我在晚饭时分写作片刻，用以排遣心中残余的焦虑，到了真正的夜晚降临，我真正的人间生活方才正式启幕；但是写作自带的荣耀之感在小空间里不起作用，我被拒绝，排斥，被阻于另外的时空。

我在这样的日子里度过了许多时辰，最后，只有自己才相信写作的不可战胜。

那些被隔绝的时空打乱了我进入生活的所有步骤，那些密林、疏雨都来自记忆的深处；我一定是来自那里，因此，我的生命中有各种故事、死亡，它们只适合被天然书写。

我很纠结于这些时刻：但是，它们从来都是这样的，带着一切虚妄与病痛，打碎了写作之外的所有空壳。

只有我一个人的时候，写作亦颇寂寞；但这种真实之感却告诉我人间之阻隔的不可逾越。

我后来也不完全相信自己，但那必然是与写作全无关系的时候；为了使自己活得更加真实和诚恳一些，我写作的时间越来越多了；但是为了使自己完全区分于写作狂人，以下的事实也是免不了的：

我已经用了 20 年，把自己的许多生活都改造成了写作的样子；我还准备用 20 年，将自己真正的写作隐藏起来；我为了使自己变得更加诚恳，就必须认可自己心灵世界的薄弱之处。

只有上帝，才相信他有一双拨弄浮云的巨手，但我或许没有。

我相信自己不可战胜的寓言只来自一种心理暗示，这种暗示已经被上帝充分地反驳过了；因为他从那人迹蛮荒处走来，后来，为了排遣寂寞，才使这世界上有了各种复杂的造物，但这些造物事件是交叉发生的，再加上不久之后就有种种变异，所以，现在连上帝也分不清这个世界上到底有多少造物和艺术。

一般说来，不可逾越的障碍只发生在上帝身上，而我们之间，只有大大小小的阻隔。

如果孩子也能明白这些就好了，但他们不会选择写作，因此汉字就注定了要被重新制作，一天天被简化。

三、本为隐忍之痛

在村子里生活，生死本在一念间。

我母亲因为生活中的好些麻烦事儿，不止一次动过轻生的念头。

现在她儿孙满堂,我经常回去看她,她似乎是好些了。

但她仍然会想到,若真有一日老到无法自理了,该是一件多么可怕的事。

我经常会听到她谈论死亡。

村子里的老人们一代代老去,又有一代代新人像幼苗一般悄悄地长大了。

现在,我人至中年,老一辈已经日渐寥落,而30岁以下的人我基本都不认识了。

天地荒疏,人的情感本不该处处纤细入微。年龄稍长,它势必要变得稍微粗糙一些,坚硬一些。唯其如此,在死亡真正来临的时候,方可从容面对,体贴自身。

但是,我没有离开村庄的时候,只是经历了极少至亲之死,其时,我年龄尚且幼小,并不知道死亡尚可称为:人的终结。

是时间的磨炼,使我渐渐地明白,死亡并非一些绝对的个例。它恰恰是最为普遍和凡庸之事。上帝为之命名,且从无更改。

在普通人那里,死亡还可以称为对苦难的终结和反叛。因为对爱和孤老残病的恐惧,一个人在终点来临前即已经被动地放下了一切,他(她)眼睁睁地看着死亡一点点地临近。

我在离开村庄之后,确实听闻了太多的死亡。亲戚旧邻,年长的病殁,幼小的夭亡。直到后来,我都听得麻木了。

时间已经太长,对我来说,在村庄里逗留的岁月永远只是那15年。但在15年之后,不经意间,时间已经翻了一倍。

此后,它一直在往前奔涌,跳荡。

到今天,粗粗一算,我离开村庄,竟已长达23年了。

走在23年未有大变的村南公路上,我觉得自己并不年轻了。看着那些几乎毫无变化的土地,我觉得自己比它们都要古老。

但是,当我离开之后,仔细想来,那些土地却是日日如新,我觉得时间的作用力会使它们发生天翻地覆的巨变。我不能设想它们其实年年如故。

但是,埋葬在泥土之下的人越来越多。这些人,有的我是认识的,更多的从未谋面。

但是，他们都曾经在这个村庄生活过很多年。一横一竖，一撇一捺，便是他们所经历的全部。

在他们死了之后，那些插在坟头的树木如果能幸运地活下来，他们的身后或许还不至于空洞无物，但是，似乎，坟头树活下来的并不多。

因为他们已经不在，即便真正在意他们的人也不会日日守护。那些树木会逐日变得干枯。

他们在地下逐日腐烂，变成一堆尸骨。

当然，这是我们每个人的归宿。

除了爷爷死亡那年，我大概看到了凡人下葬的一幕，其后的30多年，我再未有这样的经历。

30多年，差不多已是半生过去了，我看到了我的另外一个亲人死亡。

我看着他的棺材慢慢地被推入墓穴的坑道。

我看着他的一生在我的眼前缓慢流淌。

我想，这就是一个人的终结了。想到这一点，我的悲伤就不可遏制地涌了上来。

这个即将被埋葬的人是我的姑父，比我的父亲小三岁，比我的母亲还小一岁。

我看着我始终不太了解的他的一生，被慢慢地推入了墓穴；他占据了其中一半的席位，他的旁边，预留了我的姑母的将来。

然后，我的表弟被唤了过来，工人们中的头人告诉他日后种种，包括，等我姑母百年之后，如何挖开坟墓，将她与其夫合葬。

然后，工人们扬起铁锹，开始填土。眨眼之间，巨大的坟墓被堆积起来。

我确实有些悲伤，我的姑母健在，但与她同龄的我的姑父，先她一步去了。

但是，我看到很少有人哭泣，包括我的表弟和表姐——我已经死去的姑父的一对亲生儿女。

我想，几天下来，他们的泪水已经在无人看见的时候一点一滴地流干了。

我的表弟与我同岁。他只是生日比我略小一点罢了。

但我仍然觉得痛不可抑，我只是觉得需要竭力地隐忍。

我看着我的至亲的亲人们，我的弟弟，堂兄弟，我的亲伯父，我的堂姐堂妹，除了个别人的眼角含着实在擦不干净的泪水，更多人的脸上都是那种竭力隐忍的悲伤。

我奇特地看着这一幕，我觉得我已经看到了更多的终点。

在那个没有更多悲伤的正午，我站在离城数里的山上，心中被某种麻木和困惑折磨得难以忍受。

但是我终究不知道该如何说出这一切。在大多数人都默默地撤离之后，我回头看了看姑父的坟地。我觉得是很多人在共同使劲儿，把他孤零零地丢在了那里。

他是从外地飘荡而来的一个异乡人，身前经历了各种压迫和磨难，但他真是身材高大，气派不凡，现在他死了，被埋在了别人的土地上。

这或许是他从未确切想到过的一个地方。

山下 30 多里远的乡村，便是我们的乡村，他早年插队落籍之地。

但是后来，他靠着自己的奋斗成了一个城里人。

30 多年过去了，他终于不得不放弃一切，再度回归了土地。

数月之后，我的大伯父也步他的后尘，孤零零地钻到了地里。

多少年后，我们一个个地在步他的后尘，孤零零地钻到地里。

但是，因为这个过程的无比漫长，新旧交替，死亡的伤痛终究会被慢慢地稀释，变得如同生命日常一般自然和随意，不值得一谈。

母亲只是在同我闲聊的时候才会一次次地说起这个话题，但是，谈久了，也会令人生厌。

因为在这个只有活人才可以畅快地呼吸的世界上，谈论死亡会被视为不洁之事。

但是，我有时会想到我们每个人已经遍及全身的污垢，会想到我们此前所受到的教诲，所承受的苦痛，我觉得谈什么也都无所谓了。

在反复地打量了这些年之后，我算是彻底地理解了他们。

在这地下，有一个巨大的充满了虚无的迷宫。

我不亲近他们，当然，也不仇视他们。

我死了之后，你们也不要悲伤。我想起母亲常对我说的这句话。

我现在已经渐渐地认同她了。

因为悲伤，真是多么糊涂和无望的事。

因为死亡，它真是多么必然和简单的事。

四、双重生活

我们的生活具有双重性质。

明的和暗的部分。一种可以被看到的生活，和另一种自在潜伏的生活。

一种充满了明亮的诗意的生活，和另一种隐晦的曲折的心灵生活。

一种关于爱和可以被讲述的生活，和另一种灰色的无法描摹的生活。

一种取决于自己主观意志的生活，和另一种被迫的在寻找接受底线的生活。

一种高度敏感的生活，和另一种麻木徘徊的生活。

一种张扬的生活，和另一种隐忍的生活。

一种可以和所有外界无缝对接的生活，和另一种与宇宙整体性格格不入的生活。

一种正在说出的生活，各种样貌，美好形容，和另一种只重践行的生活。

一种可以代替所有生活的生活，和另一种绝对孤寂充满了唯一性的生活。

一种忍饥挨饿的生活，和另一种饱食终日的生活。

一种巨大的具有历史感的生活，和另一种日常化的细水长流的生活。

一种哲学生活，灵魂生活，精神生活，和另一种物质生活。

一种向着终点疾奔但却旅途漫长的生活，和另一种速度缓慢但却迅速结束的生活。

一种已经被无限次地呈现的生活，和另一种向着未来开拓的尚未被充分言及的生活。

一种狂乱的不知天高云厚、地大物博的生活，和另一种深悉民瘼，体贴万物的生活。

一种喘息般的生活，和另一种沉稳如山岳的生活。

一种小说生活，和另一种散文式生活。

一种虚构生活，和另一种写实生活。

一种诚恳的生活，和另一种虚伪的生活。

一种透彻可见的生活，和另一种不可告人的生活。

在我们居住的当下，处处被这样的生活充斥。我观察那人间烟火：的确有很多时候，我被那些人物和事情感动，但却无法写下它们，直到一切都成为灰烬的时候，我才从自己总是滞后的旧时间里退出一步。没有多久，我就来到了这些地方。

我看到了我们许多人的共同生活，而在以前，这些都是被我拒绝和过滤的生活。

很多时候，我们与最真实的生活是有距离的，但就连这一点，也很难被所有人认同。

或许，我们生活的真正意义只在于填补地球有史以来的巨大空虚，在所有大脑的沟回里，这种空虚都可以带来恐惧和被否定。

但是，在自杀的人类那里，生活的圣洁部分和污垢都被屏蔽了，这些曾经有灵魂的人真的什么都没有看到。

这和聪明洞达的人、颠顸无知的人都相类似。

但是，上帝连种种背恩的人都饶恕了，无论让他们生与死，其结果都是一样的。

这世界上所有人的来路，都是不可抉择的，而且他们也都没有为小说家添加素材的意思。

他们与上帝之间没有协约，上帝与人间没有协约。大人与小人之间没有协约。

在生活与生活之间，我所知的一切也仅止于此了。

至于那些另外写下的字，都是为了弥补这篇文字的不足而溢出的部分。

五、心理疾病

有一个人，他总在对我说，你不叫某某某。

不，我总是直接反对。我就是某某某。

但他总在说。时间长了，我对自己产生了一丝疑惑。他说，你不是某某某。

我开始变得安静。我已经不想反驳。

妈妈去年这个时候就犯过一阵子糊涂。我本不该像她。但我不知道自己的名字。

这个给我带来刻骨仇恨的人与我住在同一所院子里。我经常看到他，我在想那些被他故意忽略的部分。但很奇怪，他如此看重我的名字。

为了不去向其他人求证，我竭力控制着自己的冲动。

但现在我觉得自己叫什么已经无所谓了，至少在他那里，我的面孔曾经变了多次。

我并非自己。

在他拥有的那些时间里这只是一件小事。但我不知道自己的名字。

我很痛苦地发现，我被他牢牢地控制的这些年，世界已经大变了。

但我不知道自己的名字。

这的确不是一件常事，在我的不想反驳之中深藏了那种被缩小到极点的痛苦。它直接促成了这篇文字的诞生。我觉得自己是造神的恶人。

我只是不知道自己的名字。

透过这件滑稽的事情,我还发现了许多真理,但是,笔墨所限,我无法从容展开。

我刚刚拟定了一部书的提纲。在这部名为《变形的灵魂》的书中,我将确证那些被我们完全忽略的部分,但是否使用自己的原名进行著述,仍然使我深感困惑。

作为一个话题,我将探讨他的许多事情,但是我不能确定,他是否在意我如何谈论他。

除非另有别的办法,否则我绝对不会把这部将带给我巨大声誉的书束之高阁。

刚才,我已经很小心地写下了自己的名字,但我异常恐惧。

我不知道他会如何反驳,我更担心他会禁止我写书。

很遗憾,我不能告诉你他的名字。

不能不说,我异常悲伤……

六、不一样的种子

以前我揣测过生命的巨大之型:一曰孔夫子,一曰秦始皇。

以前我揣测过生命的空旷和精微,并且设想那卑微和高尚的极处。

我想象孔夫子惶惶如丧家之犬的样子。他经过的流水和他站立的土地。

现在,一切往昔的事物都已破败,只有时间未老,它在不同的种子生长的地方开出新鲜的花来。它们已经将昨日的痕迹消泯殆尽了。

现在,一切出现于我们眼前的事物都被赋予了今日之新特征。仿佛它们不是再生。

它们都是自"我"开始创世的神。

那些种子种下,不知以什么样的力道穿破泥土,它们摇曳在新日之风中。

一切语词都是新鲜的。所有人都是新人。他们都忘却了祖宗。

但他们的确向不同的方向生长，变成了与其祖先不同的样子。

他们血液和骨骼里的基因尚未大改，但异变已经发生。

现在，这些人类，与数千年前的人仍是同一种属，但他们的眼神，却已经开始四顾八荒。

他们自认为比数千年前的人更接近外来星辰。

以前我揣测过秦始皇的日常生活，他征伐的事物和最终抗不过的命数。

现在，一切与往日都不可完全类比，只有唯一的共同之处在提示我们的来处：作为会呼吸的生命，我们仍然没有越过这片土地。

将时间一点一滴地分解，则须臾之间可以被无限延伸。

那综合了无数生命个体的时光是如何日复一日、年复一年地走过来的，没有人可以提供精准的答案。那飞扬的寂然而温暖的泥土嗅到了旷古未闻的味道，但它一直处于散乱的尘埃状态。它是时光之中除了空气之外最大的空白。

以前我揣测过孔夫子的日常生活，他心中的理想，宏愿和苍茫目光下的广袤国土。

在他们的时代，神以唯我独尊的方式来表达爱。他控制了除自身之外最为渺小的部分。

他除了看到人间，看不到任何白云间的事物。

这和我们今天并无不同。我们的目光并未真正越界。

那高傲的穹庐，自有其黑暗和光明的部分。

不同的灵魂生长在不同的时代和不同的土地上，他们都是用来组成宇宙的不同物质。

现在，这些灵魂有的已经不存在了，有的却在继续放大，变成更多的种子重新孳生。

当我们埋首于生活之时，这些种子各自为生，他们并不会集体注视往昔。而那旧日忧愁，也已经独立于另外的宇宙。这其实已经是我们最为接近的真理状态了。

自今往后,那些不同人的生活仍在沿着不同的方向展开,他们的命运被不同的暴风和流水冲动,变成了完全不同的真空物质。

他们后来没有根深蒂固的生活,所谓现实,只是一种庸俗的感觉罢了。

在空寂的宇宙,他们都是土丘,他们都是浮云。

当人类经过了这个星球之后,所有的种子都并非种子。

我们经过那些洞口,不同的人在二次荒芜中发出不同的回声。

我们在这些回声中寻找、辨别我们的灵魂。那些冷光闪烁,它们只是不同的磷火。